HERA LIND | Verwechseljahre

# HERA LIND

# Verwechseljahre

ROMAN

Diana Verlag

*Vorbemerkung*

Dieses Buch erhebt keinen Faktizitätsanspruch. Es basiert zwar zum Teil auf wahren Begebenheiten und behandelt typisierte Personen, die es so oder so ähnlich gegeben haben könnte. Diese Urbilder wurden jedoch durch künstlerische Gestaltung des Stoffs und dessen Ein- und Unterordnung in den Gesamtorganismus dieses Kunstwerks gegenüber den im Text beschriebenen Abbildern so stark verselbstständigt, dass das Individuelle, Persönlich-Intime zugunsten des Allgemeinen, Zeichenhaften der Figuren objektiviert ist.

Für alle Leser erkennbar erschöpft sich der Text nicht in einer reportagehaften Schilderung von realen Personen und Ereignissen, sondern besitzt eine zweite Ebene hinter der realistischen Ebene. Es findet ein Spiel der Autorin mit der Verschränkung von Wahrheit und Fiktion statt. Sie lässt bewusst Grenzen verschwimmen.

MIX
Papier aus verantwortungsvollen Quellen
FSC® C014496
www.fsc.org

Verlagsgruppe Random House FSC® N001967
Das für dieses Buch verwendete
FSC®-zertifizierte Papier *EOS*
liefert Salzer Papier, St. Pölten, Austria.

2. Auflage

Umschlaggestaltung | t.mutzenbach design, München
unter Verwendung von Motiven von © Joerg Steffens/Corbis; shutterstock
Autorenfoto | © Regina Hügli
Satz | Leingärtner, Nabburg
Druck und Bindung | GGP Media GmbH, Pößneck
Printed in Germany

978-3-453-29121-8

www.diana-verlag.de

# 1

Nebenan wurde was für dich abgegeben.« Meine Mutter saß mit ihrer Lieblingswolldecke vor dem Fernseher. Sie war gerade einundneunzig geworden und wohnte noch bei mir. Na ja, die Wahrheit war: Ich wohnte noch bei ihr. Das Schicksal hatte es so gewollt, dass wir seit sechsundvierzig Jahren eine eingeschworene Zweck- und Wohngemeinschaft waren. Abgesehen von meinem schrecklichen Aufenthalt in dieser grauenhaften Klinik damals, waren Mutter und ich noch nie länger als drei Tage getrennt gewesen.

»Bei welchem Nebenan?« Schwungvoll stellte ich die Einkaufstüten auf den Tisch und schob Mutter ein Kissen in den Rücken. Bitte sag jetzt nicht: »Bei Rainer«, flehte ich innerlich.

Rainer Maria Frohwein war unser direkter Nachbar im Sechsparteienhaus. Ein früh pensionierter Lehrer, der mich aus irgendeinem Grund vergeblich liebte. Es war wirklich anstrengend, ihm ständig begegnen zu müssen.

»Bei Rainer!«

Ich schluckte. Anscheinend gab es kein Entrinnen. Ich meine, Rainer Frohwein war nett, keine Frage. Aber irgendwas in mir stellte sich quer. Ich konnte auch ohne Rainer leben.

»So ein hilfsbereiter Mann.« Mutter richtete sich auf und lächelte mich an. Im Schein der Nachmittagssonne, die durch den Vorhangspalt fiel, sah ich ihre tausend lieben Fältchen. Sie streckte ihre mageren Hände nach mir aus. »Komm, Kind, setz dich!«

Ich ließ mich auf die Lehne ihres Rollstuhls sinken. Mutters Augen wurden wässrig: »Carin, Liebes. Der Rainer ist doch so ein netter Kerl.«

»Ja, Mutter. Ich weiß.«

»Und er schreibt dir so nette Briefe.«

Ich verdrehte die Augen.

»Mutter, was wurde bei Rainer für mich abgegeben?«

»Ein Zettel. Mit einer Telefonnummer. Ich hatte meine Brille nicht griffbereit, deshalb habe ich zu Rainer gesagt, er soll ihn dir doch nachher selber geben.«

Wenn das nicht ein Trick war. Rainer gab mir ständig Zettel. Da standen Gedichte drauf.

Kostprobe gefällig?

*Dort,*
*wo ich*
*immer hinwollte –*
*am Ende*
*des Regenbogens –*
*dort*
*fand ich*
*dich.*

Schön, nicht? Wenn unsere benachbarten Wohnungen im Maiblümchenweg 17 a für ihn das »Ende des Regenbogens« waren – warum nicht. Ich sah darin eher eine Warteschleife. Meine Mutter wollte nur, dass Rainer wieder einen Grund hatte, vorbeizuschauen. Sie hatte einen Narren an ihm gefressen. Klar, er war ein »alleinstehender Mann«, geschieden, gediegen, nett und zuverlässig … leider auch sterbenslangweilig. Seinen Modeberater hätte ich erschlagen können. (Kleiner Scherz: Er hatte keinen. Irgendjemand hatte ihn bereits erschlagen.) Ich versuchte, unseren Nachbarn auf Abstand zu halten, was gar nicht so einfach war.

»Verstehe. Und was ist das für eine Telefonnummer?«

»Keine Ahnung. Laut Rainer hat jemand aus Hamburg bei ihm angerufen, der eigentlich dich sprechen wollte.«

»Wer ist denn so blöd und ruft Rainer an, wenn er mich sprechen will?« Ich lachte auf. Wenn das nicht schon wieder einer seiner Tricks war. »Haben wir etwa kein Telefon?«

»Doch.« Mit zitternder Hand griff Mutter nach dem kleinen Gerät, mit dem sie die Lehne ihres Rollstuhls elektrisch verstellen konnte. Versehentlich fuhr sie erst mal in die Horizontale. »Aber ich hab das Klingeln nicht gehört, mein Hörgerät war nicht an. Und du warst ja nicht da.«

»Nein, Mutter.« Ich fuhr sie wieder in die Sitzposition. »Ich war in der Bibliothek. Wie jeden Tag.« Ich verdrehte die Augen. »Ich arbeite dort. Auch da bin ich telefonisch zu erreichen.« Ich tätschelte meiner Mutter liebevoll die Hand. Manchmal hatte sie den einen oder anderen kleinen Aussetzer. Vielleicht kultivierte sie das aber auch und spielte mir die Verwirrte vor, um ihre Ziele zu erreichen.

»Rainer sagt, der Anrufer war von irgendeinem Verlag.«

Ach so. Jetzt verstand ich, was los war. Ich wollte den *Stern* abonnieren und hatte irgendeinem Zeitschriftenanbieter auf den AB gesprochen und um Rückruf gebeten. Ich begann, die Einkäufe auszupacken. »Das ist nicht so wichtig, Mutter. Aber erzähl, wie ist es dir heute so ergangen?«

Mutter schilderte mir, was sie den ganzen Tag erlebt hatte. Erst war die Putzfrau da gewesen. Dann war der Briefträger gekommen, anschließend Essen auf Rädern, schließlich war sie vor dem Fernseher eingenickt, bis Rainer wegen dieser Telefonnummer vorbeigeschaut hatte – und schon war der Tag fast wieder vorbei.

»Warum hat Rainer den Zettel nicht einfach hiergelassen?« Leicht verärgert stellte ich Milch und Joghurt mit etwas zu viel Karacho in den Kühlschrank.

»Ich glaube, er will dir einfach mal wieder Hallo sagen.«

Ich seufzte. »Mutter. Bitte hör endlich auf, mich mit Rainer zu verkuppeln.« Mit einem Joghurt und einer Serviette setzte ich mich zu ihr. »Hier. Vanille. Deine Lieblingssorte.« Mutter ließ sich folgsam füttern.

»Er wäre immer für dich da, mein Kind.«

»Ja, ich weiß. Es ist schön, wenn man nette Nachbarn hat.«

»Wenn ich mal nicht mehr bin.«

»Mutter: Erstens bist du noch, und zweitens bin ich erwachsen.«

»Aber du brauchst doch jemanden …« Mutter bekam feuchte Augen. »Du warst doch noch nie allein auf dich gestellt …«

»Aber Mutter!« Ich wischte ihr mit dem Serviettenzipfel eine Träne ab, die sich gerade verselbstständigen wollte. »Was sind denn das heute für düstere Gedanken?«

»Ich habe Angst, dass ich bald abkratze.«

Oh. Dieses Gespräch nahm eine immer unerfreulichere Wendung. »Wir müssen alle eines Tages sterben!«

»Aber ich habe vielleicht nicht mehr lange …« Sie sah mich mit einem verzweifelten Lächeln an.

Ich musste ein Grinsen unterdrücken. Diesen Spruch hörte ich nun seit über dreißig Jahren. Seit dreißig Jahren sagte sie: »Das könnte mein letztes Weihnachten sein. Das könnte mein letzter Frühling sein. Das könnte mein letzter Muttertag sein.« Jeder Feiertag wurde von ihr auf diese Weise anmoderiert.

Jetzt sagte sie weise: »Das könnte mein letzter Sommer sein.«

Mir gefror das Lächeln auf den Lippen. »Dann lass ihn uns doch noch genießen! Komm, ich bringe dich auf den Balkon.«

Energisch zog ich die Vorhänge auf und schob meine Mutter hinaus in die Sonne.

Auf dem Balkon nebenan hantierte Rainer. Im Moment hängte er seine gewaschenen Hemden umständlich auf einen

Wäscheständer. Alle hatten dieselbe undefinierbare Form und Farbe und waren von der Marke »Keiner wäscht Rainer«. Rainer war immer zufällig auf dem Balkon, wenn unsere Balkontüre aufging. Er schien eine Art Frühwarnsystem in seiner Wohnung zu haben: Achtung, die Nachbarbalkontür! Wenn das Alarm schlug, flitzte er aus seinem Bau, um Witterung aufzunehmen. Ich warf einen Blick auf seine unsägliche Wachstuchtischdecke, auf der seine Kakteensammlung stand. »Hallo«, sagte ich freundlich.

»Oh, Carin, gut, dass ich dich sehe!« Rainer wurde ein bisschen rot. »Grüß Gott, Frau Bergmann!«, begrüßte er meine Mutter artig.

»Er ist so ein netter Mann!«, flüsterte die mir unüberhörbar zu. »Er braucht dringend eine Frau im Haus!«

»Mutter!«, zischte ich zurück. »DENK nicht mal dran!«

Das hatte er gehört.

Seine Unterlippe zitterte leicht, und er steckte die Hände in die Taschen seiner ausgebeulten Cordhosen. Sein schütterer Haarkranz lag wie ein verdorrter Adventskranz um seine Glatze. Rainer sah irgendwie rührend aus in seinem eingelaufenen Wollpullunder über dem angegrauten Hemd, das er wahrscheinlich mit der Buntwäsche in die Maschine getan hatte. Der Kragen wellte sich wie eine Wurstscheibe, die zu lange in der Sonne gelegen hat. Ich musste mich schwer beherrschen, ihn nicht in Form zu ziehen. Aber das hätte eindeutig ein falsches Signal gesetzt. Ich räusperte mich, bemühte mich um einen neutralen Nachbarinnen-Ton.

»Mutter sagt, du hast eine Nachricht für mich?«

»Ja. Hier.« Mit zitternden Fingern reichte Rainer mir den Zettel. Ich erkannte seine Handschrift auf Anhieb, schließlich war sie mir wohlvertraut.

*Zwischen*
*gestern und heute*
*habe ich dich*
*ganz deutlich*
*an mir*
*gespürt –*
*auch wenn da*
*noch eine gewisse*
*Entfernung war.*

Aha. Die Entfernung betrug zwar nur wenige Zentimeter in Form einer Wohnungszwischenwand, aber er meinte wahrscheinlich eher meine freundliche, aber unwiderrufliche Distanziertheit, die er einfach nicht akzeptieren wollte. Der letzte Brief, den er mir zugesteckt hatte, lag mir noch schwer im Magen:

*Nichts,*
*was im Kopf entsteht,*
*ist*
*unveränderlich.*
*Aber*
*meine Liebe zu dir*
*entstand im Herzen.*

Auf seine Art war Rainer Frohwein wirklich bezaubernd, aber er war weit davon entfernt, mein Traummann zu sein. Mutter hingegen fand sein altmodisches Werben einfach nur hinreißend.

»Wer schreibt denn heute noch so wundervolle Gedichte?«, sagte sie immer wieder. »Und dann noch in dieser wunderbaren Handschrift. Jeder normale Mann benutzt inzwischen den Computer!«

Tja, wo sie recht hatte, da hatte sie recht. Natürlich war es romantischer, seine Angebetete mit grüner Tinte zu besingen, statt ihr eine SMS oder eine Mail zu schreiben. Aber nachdem wir Wand an Wand wohnten, und das seit achtzehn Jahren, waren seine Bemühungen um mich auch etwas penetrant. Als Frühpensionär mit amtsärztlich bescheinigtem Burn-out-Syndrom hatte der Mann eindeutig zu viel Zeit. Für mich.

»Rainer! Nicht noch 'n Gedicht! Mutter sagt, da hat jemand aus Hamburg für mich angerufen?«

»Wie?« Rainer wühlte in den Untiefen seiner ausgebeulten Cordhose. »Ach so, entschuldige. Das solltest du erst später kriegen.«

Mutter ließ uns nicht aus den Augen.

Ich kam mir total bescheuert vor, als ich da mit ausgestreckter Hand auf dem Balkon stand. Doch was Rainer Frohwein nun aus der Hosentasche zauberte, war ausnahmsweise mal kein Gedicht. Mir entfuhr ein erleichterter Seufzer. Na also, geht doch! Es war eine Telefonnummer mit Hamburger Vorwahl.

»Bestimmt vom Verlag«, stellte ich fest, nachdem ich die Lesebrille aufgesetzt hatte. Ich warf ihm ein strahlendes Lächeln zu.

»Es war ein gewisser Roman Stiller dran«, bemerkte Rainer eifrig.

»Sicherlich ein Mitarbeiter aus der Abo-Abteilung.«

Mein Nachbar zuckte die Achseln. »Er bittet um dringenden Rückruf.«

Ich sah auf die Uhr. »Es ist schon nach sechs. Meinst du, ich kann da jetzt noch anrufen? Ich wollte einfach nur den *Stern* abonnieren. Da ist sicher niemand mehr im Büro.«

In Rainers Augen glomm Hoffnung auf. »Ich kann das auch gern für dich im Internet erledigen.« Schon trat er näher an unsere halbhohe Trennmauer heran. Der Wäscheständer wackelte bedenklich. Ich sah, wie die winzigen Schweißperlen auf Rainers sommersprossiger Stirnglatze in der Sonne glänzen.

»Lass nur, das kann ich auch«, entgegnete ich würdevoll.

»So lass dir doch von Rainer helfen, Kind! Er meint es nur gut.«

»Mutter!«

»Ich will mich ja nicht aufdrängen«, beteuerte Rainer, ohne rot zu werden.

Nein. Nicht doch. Rainer und aufdrängen? Was für ein absurder Gedanke, stöhn! Ich warf dem in Liebe Entbrannten einen genervten Blick zu. Diesen Spruch hörte ich ebenfalls seit Jahren. Warum tat er es dann? Immer wenn ich ihn bat, meine Privatsphäre zu respektieren, sagte er Sätze wie: »Du bist ein freier Mensch. Tu, wonach dir ist. Entfalte dich nach Herzenslust.« Dabei schien er sich unheimlich großzügig vorzukommen. Als ob es eine Gnade wäre, von ihm in Ruhe gelassen zu werden. Ich meine, hallo? Wir waren Nachbarn! Wir waren KEIN PAAR! Jedenfalls nicht aus meiner Sicht. Ich schluckte und versuchte, eine unangenehme Erinnerung in den Schlund des Vergessens zurückzubefördern.

»Siehst du, Kind, er will sich nicht aufdrängen!«, sagte Mutter wie zu einem lernbehinderten Erstklässler. »Er hält sich bescheiden im Hintergrund.«

Na, das wüsste ich aber! Ich schob Mutter so, dass sie ein wenig in die Sonne blinzeln konnte. »Hast du alles?«

»Ja, ja, Kind, mir geht es gut. Kümmere dich ruhig um deine Angelegenheiten.«

Täuschte ich mich, oder zwinkerte sie Rainer vertraulich zu? Ich schüttelte den Kopf. »Du meldest dich, wenn du mich brauchst?«, fragte ich Mutter. Dasselbe fragte mich Rainer. Mit leerem Blick starrte ich ihn an. Ging wieder in die Wohnung. Und zog die Balkontür laut vernehmlich hinter mir zu. Man sollte doch eine gewisse Distanz wahren. Denn war Rainer erst mal bei uns in der Wohnung, ging er nicht so schnell wieder. Dann fand er hier was zum Schrauben, dort was zum Sägen, holte mit großer Geste seinen Handwerkskoffer der Marke

Jippijahaha hervor und hatte schon wieder eine Duftmarke gesetzt. (Nein, zum Pinkeln ging er schon noch nach nebenan, aber Sie wissen, was ich meine.) Es wäre halt so praktisch gewesen! Rainer und Mutter träumten gleichermaßen davon, die Wand zwischen unseren Dreizimmer-Eigentumswohnungen niederzureißen. Die Umbaupläne hatte Rainer schon gezeichnet. Dann wären wir eine perfekte Kleinfamilie. Vater, Mutter, Großmutter. Denn ein Kind hatten wir ja keines. Leider.

Das war ein dunkles Kapitel in meinem Leben. Ich wischte mir hastig über die Augen. Bloß nicht darüber nachdenken. Das war Vergangenheit.

Die Vorstellung, mit Rainer zusammenzuziehen, war einfach bizarr. Besonders die Vorstellung von einem gemeinsamen Schlafzimmer »nach hinten raus«. (Bitte nicht falsch verstehen. Die ursprüngliche Bedeutung ist schon schlimm genug.) In Eiche rustikal. Mit bügelfreier Frotteebettwäsche. Dann doch lieber ein Massai, der nicht lesen und schreiben kann (und die Missionarsstellung nicht mal ansatzweise in Erwägung zieht). Oder vielleicht doch nicht? Egal, beides war für mich ähnlich verlockend. Mutter waren solche Dinge natürlich egal. Aus dem Alter war sie raus. Sie dachte da viel praktischer. »Endlich ein Mann im Haus!«, würde sie jubeln. Ein großer, starker (dicker) Bär, der uns beschützt. Nun ja, er hätte sich um sie gekümmert. Betreutes Fernsehen, so was in der Art. Dann hätte ich ihr gegenüber nicht so ein schlechtes Gewissen haben müssen, wenn ich sie täglich acht Stunden allein ließ.

Leider gab es da eine winzige Kleinigkeit, die mich daran hinderte, begeistert die Handwerker zu bestellen: Ich, Carin Bergmann, sechsundvierzig und ledig, wollte nicht mit Rainer Frohwein zusammenleben! Obwohl ich auf dem besten Wege war, eine alte Jungfer zu werden, wie Mutter gerne durchblicken ließ. Lieber welkte ich einsam vor mich hin, wurde wunderlich und vertrocknete meinetwegen (alles düstere Prognosen meiner

Mutter), als so einen faulen Kompromiss einzugehen! Mutter war fest davon überzeugt, dass ich nie mehr einen Mann kennenlernen würde, der mich so auf Händen trug wie Rainer. Was ich mir denn noch erträume, in meinem Alter?! Worauf ich denn warte?! Sooo schön sei ich nun auch nicht mehr! Welkende Blumen müsse man pflücken und schnell ins Wasser stellen, bevor sie faulig werden. (Danke, Mutter!)

Doch ich war zufrieden mit meinem Leben. Es hatte Turbulenzen gegeben, aber bei wem gibt es die nicht? Und ich musste auch gar nicht auf Händen getragen werden. Naaaaa guuuut, zugegeben: Natürlich war da mal was gewesen, mit Rainer und mir. Vor Jahren. Er hatte wirklich alles versucht, mich für eine eheähnliche Partnerschaft zu gewinnen, und wir waren ein paarmal zusammen aus gewesen. Und, jaaaaaa, wir waren auch einmal im Bett gelandet, nach zwei Flaschen Froh-Wein. Oder waren es doch mehrere Male gewesen? Jaaaaa, zugegeben, ich hatte versucht, mir den Mann schönzutrinken, allein schon meiner Mutter zuliebe. Und jaaaaa, ich hatte versucht, über meinen Schatten, sprich, über die Balkonmauer zu springen. Gott, war ich damals betrunken! Ich erinnerte mich nur ungern daran. Es war, ohne Rainer zu nahe treten zu wollen (denn dafür sorgte er selbst), nicht so der Hit. Nein, also, alles, was recht ist. Es war … bemüht. Er bemühte sich, mich glücklich zu machen, und ich bemühte mich, ihn in dem Glauben zu lassen, er hätte mich glücklich gemacht. (Selber schuld, Carin Bergmann!) Im Nachhinein fand ich es schrecklich unfair von mir, ihn so belogen zu haben. Ich schämte mich, als ich am Morgen danach in den Spiegel sah. Er war so siegesgewiss, so rührend verliebt gewesen. Er hatte richtig glücklich gelacht und geglaubt, mein glückliches Lachen sei echt gewesen. Dabei konnte ich nach vollbrachtem Akt gar nicht schnell genug in meine Behausung zurückkommen. Er dachte, ich wäre genauso verliebt wie er, und rief zärtlich: »Lass dir Zeit, denk in Ruhe über alles nach!« Während ich einfach nicht fassen konnte, dass mir so etwas Dämliches passiert war! O Gott, warum täuscht man als erwachsene Frau einen Orgasmus vor? Das ist doch ein Eigentor!

Solche Dinge konnte ich leider nicht mit meiner Mutter diskutieren. Das Einzige, was sie je zu diesem Thema gesagt hatte, war: »Pah! Eine Frau MUSS keinen Orgasmus haben. Es gibt Wichtigeres im Leben.« Und in ihrer Denkblase stand: »Wo kommen wir denn da hin, wenn jede Frau einen Orgasmus haben will!« EINEN, Mutter? Ich bin nicht sicher, ob wir in derselben Liga spielen!

Aber zurück zu Rainer. Briefe wurden unter dem Türspalt hindurchgeschoben, in denen stand: »Ich will dich ganz für mich gewinnen!«, und: »Du hast einen glücklichen Mann aus mir gemacht«, dabei hatte ich einen Trottel aus ihm gemacht, und er hatte mich längst verloren. Er tat mir leid, und ich schämte mich, aber manchmal packte mich auch die Wut. Wie konnte man nur so grenzenlos naiv sein! Es war ein One-Night-Stand! Oder mehrere. So was kann schon mal passieren. Es war ein Versehen. Es hatte keinerlei Bedeutung.

Für ihn aber sehr wohl. Ich war seine Traumfrau und wohnte zu meinem großen Pech gleich nebenan.

Behutsam versuchte ich, das Ganze einschlafen zu lassen. Ich bat um Abstand. Um Zeit. Was gar nicht so einfach war bei unseren Wohnverhältnissen und meiner pflegebedürftigen Mutter, die dauernd nach ihm rief: Glühbirne hier, Klospülung da. Oh, Rainer war da sehr flexibel. Und seitdem beteuerte er mir, dass ich alle Zeit der Welt hätte, um über eine Beziehung nachzudenken. Dabei gab es nichts nachzudenken. Er dachte aber, dass ich immer noch darüber nachdächte, und half mir folgendermaßen auf die Sprünge:

*Wir*
*haben uns*
*lange nicht gesehen,*
*und ich*
*möchte dich fühlen,*
*an mir spüren.*
*Aber*
*zwischen uns*
*ist ein Stacheldraht*
*aus Fragen,*
*aus Wenns und Abers.*
*Ich*
*umarme*
*dich*
*nicht,*
*weil ich weder dich*
*noch mich verletzen will.*

Ach, was für eine unschöne Situation! Ich wollte ihm auf keinen Fall wehtun. Aber ihn eben auch nicht heiraten! Leider schien es keinen Mittelweg zu geben.

»Eine Frau MUSS keinen Orgasmus haben. Sie KANN dabei auch an die Decke gucken.«

Apropos Decke: Unter der steckte Mutter mit Rainer. Also im übertragenen Sinn. Nur leider wollte er nicht SIE heiraten. Sondern mich.

# 2

Erst am nächsten Tag fiel mir Rainers Zettel beim Aufräumen wieder in die Hände. Instinktiv hatte ich ihn zu seinen anderen Gedichten in die Küchenschublade gestopft. Doch diesmal stand ausnahmsweise kein Gedicht, sondern eine Hamburger Telefonnummer darauf. Das Abo, genau! Ich blinzelte in den blauen Sommerhimmel. Es war Samstag, und Mutter machte ihr Schläfchen. In unserer kleinen beschaulichen Vorstadtsiedlung Butterblum standen alle Balkontüren und Fenster offen. Kinderlachen und Schaukelquietschen waren zu hören. Rainers blank geputzter grüner Ford stand in der Einfahrt. Ich meine, Männer, die Ford fahren, sollen doch einfach nur fortfahren! Aber Rainer wollte mit unserer »Beziehung« fortfahren. Welch schreckliches Missverständnis! Obwohl sein Auto da war, hörte ich nichts von Rainer. Bestimmt war er mit seinem megacoolen Elektrofahrrad unterwegs. Auch so was, das für mich gar nicht ging: Mit Helm, Knieschonern und in einem hautengen neonfarbenen Fahrraddress, der sein Beamtenbäuchlein erst recht zur Geltung brachte, pflegte mein Nachbar am Wochenende um den See zu radeln. Um sich vom Nichtstun zu erholen. Und das auch nur, um mir zu gefallen. Ich hatte irgendwann mal angedeutet, dass ich Wert auf Sportlichkeit lege und versuche, nicht aus dem Leim zu gehen. Weshalb ich regelmäßig ein Fitnessstudio besuche. Daraufhin hatte Rainer ganz schlau reagiert: Schau her, ich bin auch sportlich. Ich »bike«. Wow.

Cool. Aber noch lieber setzte er sich mit seinem Notizblock auf eine Bank, packte Butterbrot und Thermoskanne aus, fütterte die Schwäne und dichtete, was das Zeug hielt.

*Ich*
*bin ein Wanderer*
*auf*
*einsamen Straßen.*
*Ich*
*suche alles*
*und*
*will es*
*jetzt,*
*solange ich noch lebe.*

Damit klang er fast schon so wie meine Mutter: Los, Kind, ich lebe nicht mehr lange. Tu was. Unterhalte mich. Kümmere dich um mich. Sonst bin ich tot, und du bist schuld.

Ich seufzte. Im Gegensatz zu meiner Mutter beharrte ich trotzig auf dem Standpunkt, a) ohne Mann leben zu können oder b) wenn schon, einen Mann von Welt verdient zu haben, egal wie alt und alleinstehend ich auch war. Doch Mutter dachte noch in diesen altmodischen Versorgungskategorien. »Eine Frau ohne Mann ist wie ein Fisch ohne Fahrrad.« Diesen Spruch hatte sie noch nie verstanden: »Fische fahren doch gar nicht Fahrrad! Aber Rainer durchaus! Schau doch nur, Kind, wie viel Mühe er sich gibt.«

Nein, eine Frau ohne Mann war für Mutter ein hilfloses Wesen, das am Hungertuch nagen muss. Sie selbst hatte diese schreckliche Erfahrung nämlich machen müssen: Als Vater starb, war ich erst vierzehn, und sie hatte große Angst, uns nicht durchzukriegen. Sie hatte keinerlei Berufsausbildung. Und dann wurde sie auch noch so krank, dass sie nicht mal putzen gehen konnte.

Wir lebten zu zweit in einer Besenkammer und wussten nicht, wie es weitergehen sollte. Zu allem Überfluss passierte mir auch noch diese entsetzliche Geschichte. Eine Geschichte, über die ich nie, nie wieder nachdenken wollte. Nein, diese Zeit war endgültig vorbei. Ich hatte einen Schlussstrich darunter gezogen. Das Leben war weitergegangen. Schon lange.

Ich straffte mich. Die Zeiten hatten sich zum Glück geändert. Ich war nicht auf einen Mann angewiesen – weder auf seine Frührente noch auf seinen Bohrer (ich meine natürlich den vom Baumarkt). Ich verdiente mein eigenes Geld, war frei und unabhängig, liebte meine zwei besten Freundinnen Billi und Sonja, die ich regelmäßig im Fitnesscenter traf, konnte mit einem Computer umgehen und eine Zeitschrift abonnieren. Wenn es denn sein musste, auch über das Internet. Ach, wie schön es jetzt wäre, den neuesten *Stern* zu lesen, ganz in Ruhe auf dem Balkon. Wie schön es doch wäre, das aktuelle Exemplar jeden Donnerstag im Briefkasten zu haben. Am Wochenende würde ich mich dann den Rätseln widmen. Einfach nur abschalten und die Füße hochlegen. (Großartig weg konnte ich ja nicht. Wegen Mutter.) Ich warf einen erneuten Blick auf besagten Zettel, ohne auch nur im Geringsten zu ahnen, dass er mein Leben von Grund auf ändern sollte. Obwohl ich nicht damit rechnete, am Wochenende jemanden zu erreichen, griff ich zum Telefon und wählte die Hamburger Nummer. Nach dreimaligem Klingeln wurde abgehoben.

»Stiller«, meldete sich eine Männerstimme.

Oh. Das war der, von dem Rainer mir erzählt hatte. Der war bestimmt ganz heiß darauf, endlich ein Abo zu verkaufen. Ich räusperte mich. »Mein Name ist Bergmann. Toll, dass Ihr Büro auch am Wochenende …«

»Danke für Ihren Rückruf«, unterbrach mich der Mann. Er hatte eine tiefe, sonore Stimme und klang auf einmal ganz aufgeregt.

»Carin Bergmann?«

»Ja?«

»Carin mit C?«

»Ähm … ja?!«

»Geboren am 7. Juli 1967 in München?«

»Ja! Genau die bin ich!«

»Wohnhaft von 1979 bis 1983 in Tutzing am Starnberger See?«

»Ja!« Der Mann war aber gut informiert!

»Die Carin Bergmann, die ins Liebfrauen-Gymnasium gegangen ist?«

»Äh … ja?« Meine Güte, was das Internet doch alles für Informationen über einen ausspuckte! Und das, obwohl ich doch nur ganz arglos eine Illustrierte abonnieren wollte! Vielleicht wusste er auch noch meine damaligen Lieblingsfächer Musik und Turnen? Oder den Namen meines Lateinlehrers, Eberhard Brünger, der mich mit einer Vier minus durchs große Latinum gebracht hatte?

Doch der engagierte Mitarbeiter aus Hamburg hatte eine noch viel größere Überraschung für mich parat. Herr Stiller wusste sogar, dass meine Mutter Paula hieß. »Sie machen Ihren Job aber gründlich«, lobte ich den fleißigen Mann. (Das hätte Mutter auch getan.) »Und das am Samstag, mitten in den Sommerferien!« Bestimmt hatte der nichts Besseres zu tun, als Leute zu googeln und sie mit solchen Informationen zu beeindrucken.

»Sie sind ledig und Leiterin der städtischen Bibliothek?«

»Auch das ist korrekt.«

»Sie leben mit Ihrer Mutter im Maiblümchenweg 17 a?«

»Sie sind ein Ass!« Ich lachte. »Bestimmt kennen Sie auch die Farbe unserer Wohnzimmertapete!«, scherzte ich. »Und was es heute Mittag bei uns zu essen gab?«

»Nein.«

»Aber dass unser Nachbar Rainer Frohwein heißt, wissen Sie. Sonst hätten Sie ja nicht bei ihm angerufen.«

»Ich konnte Sie persönlich nicht erreichen«, sagte der übereifrige Mensch. »Ich bitte um Entschuldigung.«

»Ich wollte eigentlich nur den *Stern* abonnieren«, erklärte ich. »So dringend, dass Sie deshalb extra bei meinem Nachbarn anrufen müssen, ist das auch wieder nicht.«

Der Mann vom Verlag räusperte sich verlegen. In der Leitung blieb es lange still. Merkwürdig. War das irgendein Trick für die »Versteckte Kamera«? Hockte der Mann in Wahrheit mit einem Fernglas hinter der Hecke? Ich überlegte gerade, ob mein gut informierter Gesprächspartner auch noch mein Gewicht, mein Lieblingsgericht und den Farbton meiner Strähnchen kannte, als er eine Frage stellte, die mir komplett den Atem verschlug.

»Und waren Sie 1983 als Leiterin der Katholischen Jugend im Ferienlager Ried am Wolfgangsee?«

Mein Herz begann zu rasen. An diese Zeit wollte ich NICHT erinnert werden. Nie mehr. Auch nicht von einem Abo-Verkäufer aus Hamburg oder wer immer der war.

»Ja«, flüsterte ich mit trockener Kehle. »Aber das ist wirklich vollkommen uninteressant. Ich wollte nur eine Zeitschrift abonnieren.«

»Dann kannten Sie auch den damaligen italienischen Austauschvikar Alessandro Bigotti?«

Meine Beine gaben nach. Ich hörte ein Klirren, als ich aus Versehen irgendwas vom Tisch fegte, bevor ich aufs Sofa sank. Die Vase mit Rainers Blumenstrauß. Eine übel riechende Lache breitete sich auf dem Teppich aus.

»Wer sind Sie?«, hörte ich mich flüstern. »Was wollen Sie von mir? Lassen Sie mich in Ruhe!« Ich wollte ihn anschreien, diesen unheimlichen Störenfried. Aber ich schrie nicht. Ich bekam keinen Laut heraus. In meinen Ohren dröhnte es, als hätte sich ein Düsenjäger in meine Gehörgänge verflogen. Das war doch nicht … Das konnte doch nicht … Warum heute? Warum jetzt? Es rauschte im Hörer. Es rauschte in meinem Kopf. Ich wollte etwas sagen, egal was, konnte aber nicht. Der Mann namens Stiller sagte auch nichts mehr. Er WAR nicht von der Abo-Abteilung des *Stern*. Ich musste die Augen schließen. Bilder tauchten auf. Schöne Bilder, schreckliche Bilder. Er war jemand ganz anderes. Jemand, den ich vor dreißig Jahren im Arm gehabt hatte. Den ich an mich gedrückt und nie mehr hatte hergeben wollen. Er hatte schwarze Haare gehabt. Und dunkelbraune Augen. Er hatte mich unverwandt angesehen, während meine verzweifelten Tränen auf sein niedliches Gesicht getropft waren. Der Mensch, den ich so innig geliebt hatte wie niemanden sonst. Den mir diese kirchliche Organisation weggenommen hatte. Dem ich von Herzen nur das Beste wünschte. Für den ich immer noch betete, auch wenn ich mit diesem Verein nichts mehr zu tun haben wollte. Seit dreißig Jahren hoffte ich jeden Abend vor dem Einschlafen, dass er Menschen gefunden hatte, bei denen er glücklich war. Und diesen Mann hatte ich jetzt am Telefon? Er hatte mich gefunden? Warum rief er mich an? Was wollte er von mir? Das war der Moment, den ich erst jahrelang ersehnt und dann jahrelang gefürchtet hatte! Ich telefonierte mit dem Menschen, den ich verzweifelt hatte vergessen wollen und von dem ich nach wie vor jede Nacht träumte. Den ich erst vergeblich gesucht und dann aus meinen Erinnerungen verbannt hatte.

Die Einzige, die ihn damals noch gekannt hatte, war meine Mutter. Sie hatte mir in der Klinik bei dieser entsetzlichen Trennung beigestanden. Damals hatte ich nicht geahnt, dass es eine Trennung für immer sein würde. Es sollte doch nur vorübergehend sein. Bis es Mutter besser ging. Bis ich einen Job gefunden hatte. Dieses schreckliche, nie mehr angesprochene Geheimnis verband Mutter und mich. Ein Geheimnis, das mich daran hinderte, eine feste Beziehung einzugehen, eine Familie zu gründen, mich frei zu fühlen, mein Leben zu genießen. Ich fühlte mich schuldig. Jede Sekunde meines Lebens. Seinetwegen. Wegen dieses Mannes, den ich jetzt am Telefon hatte.

In meinem Kopf herrschte nichts als Chaos. Wieso hieß er Roman Stiller? Das passte doch überhaupt nicht zusammen! Er hieß doch … Nein! Wie er sich jetzt nannte, konnte ich doch gar nicht wissen! Nicht mal meine zwei besten Freundinnen Billi und Sonja kannten dieses Geheimnis. Aber dieser Mann am anderen Ende der Leitung kannte es.

Ich spürte, wie mein Magen sich zusammenzog. Minutenlang starrte ich auf die Scherben der Vase, auf die Scherben meines bisherigen Lebens. Warum? Warum heute? An einem ganz normalen Samstag im Juli? Ich presste den Hörer ans Ohr. Hatte er noch weitergesprochen? Hatte er noch etwas gesagt? Oder hatte er aufgelegt?

Er war noch dran. Er atmete. Auch er war tief bewegt. Mir war, als hörte ich sein Herz durch die Leitung schlagen. Mein Mund formte ein O. Mit letzter Kraft brachte ich meine Stimmbänder zum Schwingen und einen heiseren, krächzenden Ton hervor.

»Oliver«, flüsterte ich. »Bist du das?«

# 3

Es war Oliver. Es war mein Sohn.

Er hieß nur nicht mehr Oliver, sondern Roman Stiller. Und er arbeitete als Journalist bei einem Verlag in Hamburg. Aber nicht beim *Stern*. Es war ein sportwissenschaftlicher Verlag, der Fachbücher und Fitnessratgeber herausgab oder so was in der Richtung. Sosehr ich auch versuchte, die Informationen zu verarbeiten, so fassungslos war ich über die Tatsache, dass er mich gefunden hatte. Nach dreißig Jahren.

Ich hatte damals alles versucht, um ihn zu finden. Alles. Schon drei Monate nach dem schrecklichen Tag, an dem sie Oliver holten, hatte ich meine Unterschrift bitter bereut. Dabei hieß es doch in diesem unseligen Dokument ausdrücklich, ich erkläre mich bereit, das Kind »in Pflege zu geben«. Und nicht zur Adoption freizugeben! Aber nach drei Monaten war Oliver spurlos verschwunden. Die kirchliche Organisation wollte mir keine Auskunft geben. Das dürfe sie nicht. Im Interesse des Kindes. Ich war damals fast gestorben vor lauter Kummer. Mutter war zu dieser Zeit sehr krank gewesen. Es hieß, sie habe nicht mehr lange zu leben. Ich war knapp siebzehn. Die Kirche hatte sich gekümmert. Um Mutter. Um mich. Um Oliver. Die Kirche hatte alles geregelt. Diskret. Der alte Schmerz loderte wieder auf.

Mutter hatte überlebt. Ich auch. Während Oliver das Leben eines Roman Stiller in Hamburg geführt hatte. Er klang gebildet, war erwachsen geworden. Ich bekam bloß vage mit, was er sagte, denn ich wollte nur eines wissen, nämlich ob er eine schöne Kindheit hatte. Ob es ihm auch an nichts gefehlt hatte. Und ob seine »Eltern« lieb zu ihm waren!

»Und, Oliver, ist es dir gut ergangen?« Ich unterbrach ihn einfach. Er redete schon seit Minuten auf mich ein, und erst jetzt fiel mir sein leicht norddeutscher Akzent auf. Er berichtete mir gerade von seinem beruflichen Werdegang, von seinen Auslandsreisen, Fremdsprachenkenntnissen und sportlichen Aktivitäten. Golf war seine Leidenschaft. Skifahren. Wassersport. Er war verheiratet, lebte in Hamburg, und seine Frau hieß Silke. Die beiden hatten zwei süße kleine Kinder, Laura und Max, und ein drittes war gerade unterwegs. Alles war gut. Ich konnte kaum fassen, dass ich Enkelkinder hatte. Wie denn auch! Bis noch gerade eben war ich eine mehr oder weniger alleinstehende Frau gewesen. Eine alte Jungfer, die irgendwann einsam enden würde. Wenn Mutter nicht mehr wäre. Dann hätte ich die Wahl: Rainer oder keiner.

Und nun würde ich – eine Familie haben? Sie kennenlernen?

Mutter!, schoss es mir durch den Kopf. Was würde sie für Augen machen, wenn ich ihr das gleich erzählte: Mutter, ich habe meinen Sohn gefunden! Nach dreißig Jahren! Oliver hat sich gemeldet! Du hast einen Enkel! Du hast Urenkel! Ich selbst bin schon Großmutter! Wir werden sie alle kennenlernen, wir fliegen nach Hamburg! O Gott, ich konnte es kaum fassen. Ein jähes Glücksgefühl brach sich Bahn. Nichts war mehr so wie vorher, eine ganz neue Welt lag vor mir.

Immer wieder hatte ich sie mir ausgemalt, diese – LEUTE. Eine Frau und einen Mann, die in dieses Entbindungshaus, diese Einrichtung für junge ledige Mütter gekommen waren, wo ich Oliver geboren hatte. Wo Schwester Mathilde eines Tages kam und sagte, jetzt sei jemand für Oliver da, und ich müsse ihn hergeben. Schwester Mathilde hatte selbst ein uneheliches

Kind. Über den Vater verlor sie keine Silbe. Auch sie hatte in dieser Klinik entbunden, ihr Kind aber zur Adoption freigegeben. Danach war sie Nonne geworden. Sie half mir bei der Entbindung und beim Ausfüllen der Dokumente. Sie tröstete mich und sagte, das sei für alle die beste Lösung. Man komme darüber hinweg. Man müsse nur Gott um Verzeihung bitten. Was die (geistlichen) Kindsväter beteten, stand nicht zur Debatte. Sie sollten in Ruhe Karriere machen.

Oliver war damals knapp vier Wochen alt. Ich hatte ihn Tag und Nacht bei mir, in diesem Kämmerchen im Entbindungsheim, wo die jungen ledigen Mütter schwanger durch den Hintereingang kamen und ohne Kind wieder gingen, während die Adoptiveltern den Vordereingang benutzten. Vor dem sie ihren großen schicken Wagen mit Kindersitz parkten, um anschließend mit einem Bündel im Arm überglücklich wegzufahren.

Wir waren damals tief in der katholischen Kirche verwurzelt, Mutter und ich. Nachdem mein Vater so plötzlich gestorben war, hatte sie uns Halt gegeben mit ihren fürsorglichen Menschen, dem Chor, in dem Mutter sang, und der Jugendgruppe, in der ich damals ein zweites Zuhause fand. Mit sechzehn übernahm ich die Leitung der Kindergruppe, organisierte Theateraufführungen, Ausflüge, Freizeiten. So wie die am Wolfgangsee. Im Sommer 1983 war das gewesen. Ich schloss die Augen und sog noch einmal diese warme, würzige Luft ein. Moos. Weiches dunkelgrünes Moos unter nackten Füßen. Ein herrlicher Sommer. Ein Jahrhundertsommer, wie die Leute sagen. Der blaugrüne See, die Berge, der wolkenlose Himmel, die rauschenden Wälder, die lauen Nächte, die Neugier und Lebensfreude … Es war wie ein schöner Traum. Eine Kinderfreizeit: lautes Lachen, ausgelassenes Herumtoben, Gesang am Lagerfeuer. Ich stand an der Schwelle zum Erwachsenwerden. Vikar Alessandro Bigotti aus Italien betreute die Jungen, ich die Mädchen. Er konnte wunderbar Gitarre spielen und mit tiefer Stimme dazu singen. Sofort kam mir mein Lieblingslied wieder in den Sinn: »*Herr, deine Liebe ist wie Gras und Ufer, wie Wind und Weite und wie ein Zuhaus.*«

Ja, die Kirche war für mich ein zweites Zuhause gewesen. Und er – eine Art Vaterersatz. Er war um einiges älter als ich. Ein erwachsener Mann. Ein toller Mann. Ein unerreichbarer Mann. Ich schloss die Augen: Genau dreißig war er damals! So alt wie jetzt … unser … Sohn! Ich riss mich aus meinen Erinnerungen, atmete schwer. Ich hatte ihn am Telefon, hier und jetzt!

»Oliver, was hattest du für Eltern?«, hakte ich nach. Wenn ich jetzt zu hören bekam, dass er in gute Hände gekommen war, wären dreißig Jahre voller Gewissensqualen endlich vorbei! Dieser Anruf könnte mich endlich erlösen!

»Ich kann Sie beruhigen …«

Er SIEZTE mich, mein Sohn siezte mich!

»Ich hatte wunderbare Eltern. Aber das habe ich Ihnen doch schon erzählt!«

»Oh, bitte, Oliver, erzähl es mir noch mal«, unterbrach ich ihn. »Ich habe vor lauter Schreck kaum etwas verstanden!«

»Ich heiße Roman«, sagte mein Sohn. »Roman Stiller.«

»Ja, natürlich. Verzeihung. Daran muss ich mich erst gewöhnen.« Im selben Moment hörte ich ein Geräusch aus dem Flur und zuckte zusammen. O nein! Nicht jetzt! Ich sah Mutters Umrisse durch den Milchglaseinsatz in der Wohnzimmertür. Sie sollte doch gar nicht mehr alleine laufen! Ich sah, wie sie mühsam die Toilette aufsuchte. Normalerweise wäre ich jetzt aufgesprungen und hätte ihr geholfen. Doch meine Beine versagten ihren Dienst. Ich konnte doch jetzt nicht sagen: »Warte mal kurz, Junge, bleib dran, ich muss deine Oma aufs Klo begleiten!«

»Meine Eltern waren das Beste, was mir passieren konnte«, sagte Oliver mit seiner sonoren Stimme.

Das gab mir einen schmerzhaften Stich. Das Beste, was ihm passieren konnte, wäre ICH gewesen! Sie waren nur das Zweitbeste! Ein dicker Kloß steckte mir im Hals. Trotzdem. Es war ihm gut ergangen. Mehr wollte ich gar nicht wissen, oder etwa doch? Ich schluckte. War es nur Erleichterung oder auch Schmerz, die mir Tränen in die Augen trieben?

»Mein Vater ist Reeder und besitzt einige Kreuzfahrtschiffe, auf denen ich einen Großteil meiner Kindheit und Jugend verbracht habe. Stiller Cruises. Kennen Sie sicher. Ich habe Ihnen doch schon meine Reisen nach Amerika, Australien, Asien und in die Südsee geschildert!«

»Ja, natürlich«, flüsterte ich. Ich kannte keine Stiller Cruises. So etwas ließ unser Geldbeutel nicht zu. »Und deine – ähm – Mutter?« Dieses Wort wollte mir so gar nicht über die Lippen. Sollte ich ihn auch siezen? Ich räusperte mich und versuchte es erneut. »Ihre Mutter? War sie immer mit dabei?«

»In den Schulferien sind wir auf Vaters Schiffen mitgereist.« Oliver lachte leise. »Doch irgendwann wurde uns das zu langweilig. Dann sind wir an Land geblieben, wir zwei. Wir waren ein Herz und eine Seele.«

Autsch! So genau wollte ich es auch wieder nicht wissen. Gern hätte ich eingestreut, dass auch meine Mutter und ich ein Herz und eine Seele waren, aber ich brachte kein Wort über die Lippen.

Er machte eine kleine Pause, räusperte sich. »Aber meine Mutter ist vor Kurzem gestorben.«

Nein!, wollte ich brüllen. Ist sie nicht! Sie LEBT! Sie sitzt hier und telefoniert mit dir! Aber ich hörte mich höflich sagen: »Oh, Oliver, das tut mir entsetzlich leid!«

»Ich heiße Roman«, wiederholte der Mann am Telefon, der mein Sohn war.

»Entschuldige, ich bin so durcheinander.« Ich hatte dreißig Jahre lang »Oliver« gespeichert, wie sollte ich das in wenigen Minuten in »Roman« ändern? Oliver, nein, was sag ich, Roman machte eine kleine Pause. Dann sprach er weiter: »Mutters Tod belastet mich sehr. Sie war die beste Mutter der Welt. Sie hat alles für mich getan. Ich habe sie vergöttert. Sie fehlt mir.«

Mein Herz wusste nicht mehr ein noch aus vor Schmerz. Musste er mir das gleich beim allerersten Telefonat sagen? Einerseits wollte ich es wissen, andererseits wollte ich hören, dass er MICH vermisst hatte, MICH brauchte und nun zu MIR zurückkehren würde. Was für egoistische Gedanken! Ich musste mich am Riemen reißen. Ein Kinderreim aus dem Ferienlager am Wolfgangsee schoss mir durch den Kopf. In diesem Zusammenhang schien er mich grausam zu verhöhnen: *Verschenkt ist verschenkt. Wieder holen ist gestohlen.*

Die Klospülung rauschte. Mutter machte sich im Bad zu schaffen. Ich hörte sie am Waschbecken hantieren. Ein Zahnputzbecher fiel um. Wie elektrisiert zuckte ich zusammen. Sie brauchte meine Hilfe! Doch ich konnte dieses Gespräch unmöglich beenden.

»Ich kann Sie gut verstehen«, versuchte ich den Gesprächsfaden nicht abreißen zu lassen. »Auch MEINE Mutter steht mir sehr, sehr nahe. Sie ist schon gesegnete einundneunzig!«

»Aha«, sagte er. »Dann habe ich ja noch eine biologische Großmutter.«

»Genau!«, erwiderte ich schnell. »Und ich biologische Enkelkinder.«

Biologisch. Wie das klang. So amtlich, nach Brief und Siegel. Eine Pause entstand.

»Ich möchte nicht, dass dieses Telefonat irgendwelche Verpflichtungen nach sich zieht«, sagte er schließlich. »Ich wollte nur wissen, ob Sie auch wirklich meine Mutter sind.«

»Ja«, beeilte ich mich zu sagen. »Klar.«

Was denn für VERPFLICHTUNGEN?

»Mein Vater war sowieso vehement dagegen, dass ich Sie anrufe.«

»Das kann ich verstehen«, sagte ich schnell. »Besonders zu diesem traurigen Zeitpunkt.«

»Wollen Sie denn gar nicht wissen, wie ich Sie gefunden habe?«

»Doch!«, rief ich laut. Aus dem Badezimmer kam ein lautes Poltern. Mutter würde doch nicht vom Hocker gefallen sein? Meine Stimme bebte. »Bitte erzählen Sie es mir!«, sagte ich drängend.

»Ich habe die Tagebücher meiner Mutter gelesen«, verkündete Oliver. »Nach ihrem Tod natürlich.« Er schwieg.

»Natürlich. Verstehe.« Ich spürte, wie mich ein irrationaler Groll erfasste. Sonst hätte er es NIE erfahren, oder was?! Und ich hätte ihn NIE wiedergefunden?

»Carin!«, kam ein dünnes Stimmchen aus dem Badezimmer. »Carin!«

O Gott! Mutter brauchte mich! Sie war gestürzt! Ich musste ihr helfen! Wie konnte ich jetzt diesen – Roman/Oliver dazu bringen, am Telefon zu bleiben? Während ich mit einem Ohr angestrengt zum Bad hinüberlauschte, presste ich mein anderes verzweifelt an den Hörer. Mein leiblicher Sohn redete wie ein Wasserfall und ließ mir nicht die geringste Chance, zu Wort zu kommen. Wenn ich das mit halbem Ohr richtig mitbekam, hatte er tatsächlich erst aus den Tagebüchern von seiner Adoption erfahren. Sein Vater war stinksauer, anscheinend hätte das Ganze ein wohlgehütetes Geheimnis bleiben sollen. Kein Wunder, dass der Reeder von Olivers Idee, mich anzurufen, nicht begeistert war. Andererseits … Ich schüttelte den Kopf. Wie hatten sie einem erwachsenen Mann so lange verheimlichen können, dass er adoptiert war? Spätestens bei seiner Heirat hätte er doch … Nervös fuhr ich mir durchs Haar. So genau kannte ich die Regeln nicht. Vielleicht galten in Hamburg andere Bestimmungen als in Bayern?

»Carin!«, kam es flehentlich aus dem Bad. »Hilfe! Carin!«

Mir schwante Schlimmes.

»Oliver, ähm, Roman, also, Herr Stiller, ich MUSS Sie leider unterbrechen«, rief ich gehetzt. »Meine Mutter ist gestürzt! BITTE bleiben Sie dran, ich muss ihr nur kurz aufhelfen!«

Mit diesen Worten ließ ich das Telefon neben Rainers sterbende Rosen fallen und eilte ins Bad. Mutter lag im Nachthemd auf dem Boden und hielt sich mit schmerzverzerrtem Gesicht das Bein. »Carin! Warum telefonierst du denn einfach weiter?«, wimmerte sie

Ich fühlte mich furchtbar. Ich war eine Rabentochter. Sie war im wahrsten Sinne des Wortes vom Hocker gefallen! »Mutter, du sollst doch nicht allein ...« Ich sah mein rot geflecktes Gesicht im Badezimmerspiegel.

»Au, Carin! Ich glaube, da ist was gebrochen!«

»Oh, Mutter, du glaubst ja nicht, wer da angerufen hat – das heißt, ich habe IHN angerufen, und er ist immer noch dran ...« Ich sah mir ihr Bein an und entdeckte eine klaffende Wunde. »Um Himmels willen, Mutter!«

»Au! Ich glaube, ich werde ohnmächtig ...« Mutter verdrehte die Augen.

Entsetzt starrte ich auf den Knochen, der aus ihrem Bein ragte. Blut färbte den Klovorleger rot. Mir wurde schlecht. Das war alles zu viel für mich. Der reinste Albtraum! Noch vor zwanzig Minuten war das ein ganz normaler Samstagnachmittag gewesen! Ich hatte mich doch nur mit einem Unterhaltungsmagazin auf den Balkon setzen und Rätsel lösen wollen. Aber doch nur welche zum Zeitvertreib und keine, die mein ganzes Leben auf den Kopf stellten.

»Warte, ich hole Hilfe!«, stieß ich erstickt hervor. Meine Gliedmaßen zitterten so sehr, dass ich auf allen vieren zurück ins Wohnzimmer kroch. Meine Hände hinterließen Blutspuren an Tür und Tapete. Panisch griff ich nach dem Hörer. »Oliver, ich rufe zurück!« Ich drückte die Auflegetaste und rief die Rettung.

Als zwei Sanitäter die Trage mit meiner Mutter in den Krankenwagen schoben und sich eine Traube aus neugierigen Nachbarn um uns scharte, zitterte ich am ganzen Leib. Meine Hände waren eiskalt und klamm. Fassungslos starrte ich auf die kaum wahrnehmbare Erhebung unter dem Laken, auf Mutters spitze Nase in ihrem leichenblassen Gesicht. Ihre magere Hand tastete suchend nach mir, doch der junge, bullige Sanitäter warf schon die Tür zu. Verzweiflung ergriff von mir Besitz. Alles war meine Schuld! Mutter durfte jetzt nicht sterben, nicht jetzt! Ich starrte auf meine Hände und Knie, an denen Mutters Blut klebte. Die Nachbarn mussten ja denken, ich hätte versucht, sie abzumurksen! Das Blaulicht ging an, die Gaffer wichen zur Seite, und der Wagen raste mit Tatütata aus unserer verkehrsberuhigten Wohnstraße. Mit hängenden Schultern stand ich da. Ich hatte den Sanitätern gesagt, ich werde mich waschen, frische Klamotten anziehen und dann mit dem eigenen Wagen ins Krankenhaus kommen. Verzweifelt wühlte ich in meinen Jeanstaschen. Wo war nur der Schlüssel? Die Haustür war ins Schloss gefallen. Hilflos wie ein kleines Kind stand ich da und wäre am liebsten im Boden versunken.

Da entdeckte ich ein Augenpaar, das mir vertraut vorkam. Von unter einem Helm schaute es mich besorgt an. Ein Elektrofahrrad wurde achtlos in den Kies geworfen, gleich darauf lag der Helm daneben. Ein verschwitzter, rötlich behaarter Arm streckte sich nach mir aus.

»Carin, Schnuckelmaus, was ist denn passiert?«

Auch wenn ich mir das »Schnuckelmaus« in jeder anderen Situation energisch verbeten hätte: Jetzt warf ich mich schluchzend in Rainers Arme.

# 4

Um Mutter war es nicht gut bestellt. Sie hatte aus unerklärlichen Gründen versucht, auf den Badezimmerhocker zu klettern, den ich benutzte, wenn ich die Fenster putzen oder etwas im Schrank verstauen wollte. Mit ihren einundneunzig Jahren hatte sie den Ehrgeiz gehabt, aus dem obersten Fach des Badezimmerschränkchens ein Medikament zu holen, das ich mit Recht vor ihr versteckt hatte! Angeblich hatte sie mich nicht beim Telefonieren stören wollen. Das war mal wieder typisch meine Mutter! Der reinste Altersstarrsinn. Jedenfalls war sie gegen die Heizung gefallen und hatte sich das Bein regelrecht aufgeschlitzt. Viel mehr konnte mir der Arzt auch nicht sagen, als ich mit Rainer in der Notaufnahme des Krankenhauses ankam: Sie müsse operiert werden, man hoffe, die große Beinwunde werde wieder gut heilen. Aber: »In diesem Alter kann das schwierig werden. Wenn wir Pech haben, müssen wir amputieren!«

»Um Gottes willen!« Erneut sank ich in Rainers tröstende Arme. »Das wird meine arme Mutter nicht verkraften!«

»Schnuckelmaus, bleib ganz ruhig.« Rainer klopfte mir besänftigend auf den Rücken. Ich war so geschockt, dass ich die Schnuckelmaus kommentarlos im Raum stehen ließ. Dass der Arzt kaum merklich die Brauen hochzog, veranlasste mich, schamesrot auf den Linoleumfußboden zu starren.

Rainer besprach geistesgegenwärtig noch dies und das mit dem Arzt, weil ich dazu nicht mehr in der Lage war. Behandlung erster Klasse, Einzelzimmerzuschlag – das Übliche. Über mich und meinen sicheren Job war Mutter wenigstens privat versichert. Ich war so erleichtert, dass Rainer da war!

Anschließend führte er mich zu seinem grünen Auto, das ich auf einmal gar nicht mehr so scheußlich fand. Rainer, mein Retter, gurtete mich fürsorglich an, stellte mir den Beifahrersitz richtig ein und sah mich von der Seite an: »Das war ja heute ein schwarzer Tag für dich, Schnuckelmaus!«

Ich massierte mir die pochende Stirn. Als er losfuhr, lehnte ich ermattet den Kopf an die Kopfstütze: »Es war kein schwarzer Tag, Rainer! Ich habe meinen Sohn gefunden!«

Sein Kopf fuhr zu mir herum: »Was? Du hast einen …«

»Guck auf die Straße!«, rief ich mit letzter Kraft. Fast wäre Rainer mit einem Moped zusammengestoßen. Noch mehr Unfallopfer konnte ich heute einfach nicht mehr verkraften. »Ja, ich habe einen Sohn.«

»Wie alt?« Erneut sah er zu mir hinüber.

»Dreißig. Bitte, Rainer, ich werde wahnsinnig, wenn du so schlingerst.«

Rainer bog rechts ab, wobei er fast einen Radfahrerkollegen umnietete, der ihm wild klingelnd den Vogel zeigte. Dann hielt er vor einem Biergarten, aus dem fröhliches Stimmengewirr zu hören war.

»Ich kann jetzt auch nicht mehr fahren. Lass uns ein Bier trinken.«

Der Radfahrer von vorhin humpelte an uns vorbei und tippte sich an den Helm. Er murmelte etwas wie »Du dämlicher Idiot!«, was ich geflissentlich ignorierte.

Arm in Arm betraten Rainer und ich den Biergarten. In jeder anderen Situation hätte ich mich freundlich, aber bestimmt aus seiner Umklammerung befreit, aber jetzt ließ ich es geschehen. Vermutlich wäre ich sonst zusammengesackt.

Ah, das Gartenlokal kannte ich! Als Mutter noch gut gehen

konnte, war ich ein paarmal zu Kaffee und Kuchen mit ihr hier gewesen. Man konnte herrlich am See sitzen und seinen Gedanken nachhängen. Wie oft hatte ich meine Liebe zu Oliver diesen sanften Wellen anvertraut? Bunte Lampions hingen in den Bäumen, Gläser klangen, und es roch köstlich nach Gegrilltem. Die Welt drehte sich einfach weiter, als wäre nichts gewesen. An der Schänke standen mehrere Männer mit ledernen Schürzen. Sie lachten laut und zapften Bier in riesige Krüge. Eine energische Kellnerin balancierte üppige Salatteller an uns vorbei. Ich war mir sicher, nie wieder etwas essen zu können. Aber mir war nach sehr viel Alkohol.

Wir ergatterten noch einen Tisch am Seeufer. Mit zitternden Knien ließ ich mich auf einem wackeligen Stuhl mit grüner Holzlehne nieder. Rainer schob sich ächzend auf die Bierbank unter dem Gesträuch, in dem es von Mücken summte. Sofort schmiegte sich eine Ranke um seinen Nacken. Er wischte sie ein paarmal vergeblich fort, dann arrangierte er sich mit ihr. Rainer trug immer noch sein durchgeschwitztes Radfahrerkostüm mit der Reklame der örtlichen Sparkasse. Sein Hinterteil zierte ein »Windelpaket«, wie es Rennradfahrer gerne auf der Tour de France tragen. Rainer sah aus wie ein zu groß geratenes Wickelkind in einem zu engen Strampelanzug. Ständig schlug er sich in den Nacken, um die Mücken zu vertreiben, die sich an seinem Schweiß laben wollten. Der wirklich coole Radfahrer lehnte inzwischen am Ausschanktresen und starrte finster zu uns herüber.

Wir bestellten beide ein großes Bier. Er, weil er »mindestens achtzehn Kilometer geradelt« war, und ich, weil ich meinen Sohn wiedergefunden und meine Mutter fast verloren hatte.

Am liebsten hätte ich meine beiden besten Freundinnen angerufen, aber die waren nicht verfügbar. Billi, Mutter von drei Kindern, war mit ihrer Familie beschäftigt. Ihre Tochter Rikki erwartete jeden Moment ihr Baby. Und Sonja war mit ihrem Fitnessstudio beschäftigt. Sie wollte einen neuen Trainer einstellen und den bestmöglichen Eindruck auf ihn machen. Deshalb verbrachte sie den heutigen Tag bei einem angesagten Friseur, der ihr Haarverlängerungen machen sollte. Das dauerte. Nein, die Sache mit Oliver wollte ich ihnen irgendwann in Ruhe persönlich sagen. Ich hatte ihnen meinen Sohn nie gebeichtet. Doch nun wussten schon drei von seiner Existenz: Mutter, ich – und Rainer. Ausgerechnet!

Nach dem ersten Schluck Bier ging es mir etwas besser. Rainer nahm meine Hände, bevor ich die Geistesgegenwart besaß, mich rechtzeitig draufzusetzen. »Du armes Schnuckelmäuschen. So viel Stress an einem Tag.«

Der Rennradfahrer am Ausschank wandte sich angewidert ab. Ich konnte es ihm nicht verübeln. Rainer sah wirklich lächerlich aus. Und ich war auch kein Schnuckelmäuschen, leider. Im Moment sah ich eher aus wie eine struppige Ratte. Ich widerstand dem Reflex, meine Hände wegzuziehen, und Rainer war im siebten Himmel. Die von mir ertrotzte »Auszeit«, für Rainer eher eine »Eiszeit«, schien endlich vorbei zu sein. Nach Jahren hatte er mich wieder. Ich hatte mich in seine Arme geworfen! An seiner Schulter geheult! Er kannte mein Geheimnis! Und er hatte mir aus der Patsche geholfen! Er war ein Held! Wie konnte ich mich da zickig zieren und ihm die kalte Schulter zeigen?

»Magst du mir nicht mehr von deinem Sohn erzählen?«, fragte Rainer. Alle Fragen von Rainer, die mit »Magst du« begannen, machten mich wahnsinnig. Genauso wie die Formulierung »ein Stück weit«. (Der Gipfel des Grauens war folglich: »Magst du mich ein Stück weit streicheln?«) Aber heute mochte ich. Also erzählen. Ich hatte sogar ein Stück weit das dringende Bedürfnis.

# 5

Wie gesagt: 1983 gab es einen wunderschönen Sommer. Ich hatte gerade die Mittlere Reife gemacht und konnte mich nicht entscheiden, ob ich noch drei Jahre die Schulbank der Klosterschule drücken oder den Bürojob annehmen sollte, den man mir angeboten hatte. Die Freiheit erschien mir zum Greifen nah. Sosehr Mutter und ich auch der Kirche verbunden waren, sosehr engten mich Klosterschule, Kirchenchor und Sonntagsmesse doch ein. Dafür erlaubte mir Mutter, als Leiterin einer Kindergruppe zum Wolfgangsee zu fahren. Singen, beten, wandern. Sechs ungetrübte Wochen in einem alten Barockkloster, einem riesigen gelb gestrichenen Bau am Ende des Sees. Hinter uns nur noch steil aufsteigender Wald, vor uns der türkisfarbene, glasklare See. Wir hatten Boote, mit denen wir jeden Morgen nach St. Gilgen hinüberruderten, um die Kinder zu versorgen: mit frischen Brötchen, frischer Milch und Nutella. *»Jetzt fahrn wir übern See, übern See, jetzt fahrn wir übern See. Mit einer hölzern Wurzel …«*, war unser damaliger Sommerhit. An einer bestimmten Stelle musste man plötzlich aufhören zu singen, und wer aus Versehen weitersang, musste ein Pfand abgeben. Ich war ganz in meinem Element. Singen konnte ich gut. Ich feuerte die Kleinen an. Wenn sie Heimweh hatten, tröstete ich sie. Ich hatte eine wichtige Aufgabe, bekam Anerkennung, Lob und Zuwendung. Die Kinder liebten mich. Mit mir konnte man Pferde stehlen. Ich erzählte den Kindern Geschichten, um sie bei Laune zu halten. Ich fühlte mich erwachsen. Und schwebte auf Wolke sieben, als Vikar Alessandro Bigotti mich als junge Frau wahrnahm. Ich sah seine bewundernden Blicke aus tiefschwarzen Augen. Schon bald betrachteten uns die Kinder als coole Ersatzeltern. Sie rissen sich darum, im Speisesaal neben uns sitzen zu dürfen, an unserer Hand zu gehen, in unserer Nähe zu sein. Alessandro und ich spielten das Spiel mit: Vater, Mutter, Kind. Wir waren eine große, lustige Familie. »*Widdewiddewitt, guten Appetit. Jeder esse, was er kann, nur nicht seinen Nebenmann. Piep, piep, piep, wir ham uns alle lieb.*« Dabei hielten wir uns an den Händen. War es Zufall, dass sich unsere Knie unter dem Tisch berührten?

Bei uns war am längsten Abendsonne: Wenn der ganze See schon düster und schwarz im Schatten lag, leuchtete unser gelbes Kloster noch wie von göttlichen Scheinwerfern angestrahlt, und wir sprangen ein letztes Mal ins Wasser. Dann senkte sich die Sommernacht über unser Fleckchen Paradies. Tausend Sterne spiegelten sich im See, und wir kuschelten uns am Lagerfeuer zusammen, genossen das duftende Holz und das heimelige Knistern des Feuers. Ich stimmte das Abendlied an. »*Der Mond ist aufgegangen.*« Mit Hingabe sang ich die Oberstimme. »*Und aus den Wiesen steiget … Und unsern kranken Nachbarn auch.*« Wir brachten die Kinder in ihre Schlafsäle. Hinter den vergitterten Fenstern sah man den fahlen Mond.

Alessandro Bigotti hielt Wache bei den Buben, ich bei den Mädchen. Zwischen den beiden Schlafsälen lag der Aufenthaltsraum. Mit dieser Kuschelecke. In der wir irgendwann saßen und uns streichelten und küssten. (Ein Stück weit.) Er war erregt, und das erregte mich. Ich hatte gute Chancen, sein Keuschheitsgelübde zu entkräften. Ich fühlte mich wichtig, und das Leben war so aufregend wie nie zuvor.

»Carin, ich darf das nicht!«

Ich wusste, dass es Sünde war. Das machte es ja gerade so

spannend. Aber wenn Sünde so schön war, wollte ich gern in der Hölle schmoren. Hauptsache, ich durfte dort neben ihm sitzen.

»Im Himmel würde ich mich langweilen«, kokettierte ich übermütig. »Da kenne ich ja keinen!« Lachend zog er mich an sich, sagte, er sei hin- und hergerissen. Schelmisch sang ich: *»Kann denn Liebe Sünde sein? Darf es niemand wissen, wenn man sich küsst, wenn man einmal alles vergisst – vor Glück? Kann es wirklich Sünde sein? Wenn man immerzu an einen nur denkt, wenn man einmal alles ihm schenkt – vor Glück? Niemals werde ich bereuen, was ich tat und was aus Liebe geschah …«*

Er fand mich süß, hinreißend, verführerisch, frech. Ich sei so anders als andere Mädchen …

Wir diskutierten ernsthaft über Adam und Eva. Ich war ja bibelfest wie ein Pfaffe. Über die verbotene Frucht. Von wegen Apfel, Frucht! (Eine Pflaume, vermutlich.) Dass das alles doch nur eine Parabel sei. Und von wegen Schlange … Besaß sie in gewisser Weise nicht Ähnlichkeit mit dem männlichen Anhängsel? Hüstel. Das Paradies war hier und jetzt. Und daraus wollten wir uns nicht vertreiben lassen. Noch nicht. Es war unser Sommer.

Am Ende der sechs Wochen passierte es – eine herrliche Dornenvögelei. Aber nur eine einzige, und danach waren wir beide völlig erschrocken. Wir schworen uns, es niemandem zu sagen. Alessandro nahm mir das Versprechen ab, ihn nicht zu kontaktieren. Er wolle der Kirche treu bleiben, er werde es seinem Beichtvater beichten, und wenn Gott ihn freigesprochen habe, würde er es für immer vergessen.

Ich wollte dasselbe tun. Beichten und vergessen. Wir waren zu weit gegangen. Alessandro gehörte der Kirche. Ich hatte schlimme Schuldgefühle und noch entsetzlicheren Liebeskummer. Mein gebrochenes Herz war die Strafe des Himmels. Ich hatte sie verdient und schämte mich abgrundtief. Ich nahm all meinen Mut zusammen und beichtete es. Die Stimme hinter dem lila Vorhang begann, von Maria Magdalena zu faseln – das war Standard bei diesem Thema –, und sagte schließlich: »Geh hin und sündige nicht mehr.«

Das hatte ich auch nicht vor. (Siehst du, Rainer: Es liegt nicht an dir! Andererseits gab es da auch noch das achte Gebot: Du sollst nicht lügen.)

Alessandro sollte ich nie mehr wiedersehen.

Nach diesen Sommerferien war es für mich ein Ding der Unmöglichkeit, in die Klosterschule zurückzukehren. Ich war eine Frau geworden, auch wenn das mein Geheimnis bleiben sollte. Ich wollte auf eigenen Füßen stehen, Geld verdienen. Selbst über mein Leben bestimmen. Ich hatte den Bürojob gerade angenommen und mein seelisches Gleichgewicht einigermaßen wiedergefunden, als Mutter Gebärmutterhalskrebs bekam: Totaloperation. Sie bekam Chemo, kotzte sich die Seele aus dem Leib.

Und eines Morgens kotzte ich mit.

An diesem Punkt meiner Erzählung kam der große gemischte Grillteller für Rainer. Er ließ umständehalber meine Hände los, griff nach dem Besteck und ging wie Obelix auf ein Wildschwein auf seine Fleischberge los.

»Tut mir leid, dass ich dir hier was voresse«, sagte er mit vollem Mund. »Aber ich bin total ausgehungert. Ich bin schließlich achtzehn Kilometer weit Rad gefahren.« Er wischte sich das Fett von der Oberlippe und schob Kartoffelsalat hinterher.

Mit einer Mischung aus Bewunderung und Abscheu sah ich ihm dabei zu. Wie konnte er nur in so einer Situation essen? Aber sein Magen war ja nicht zugeschnürt. Nur meiner. Immer wenn ich an damals dachte, glaubte ich, nie wieder einen Bissen herunterzubringen.

»Erzähl ruhig weiter!« Mit seiner Gabel dirigierte Rainer mich wie ein Orchester, das zum zweiten Satz übergehen soll. Zum langsamen Teil. *Andante con moto.* »Ich höre.«

»Nun ja«, fuhr ich fort, nachdem ich einen großen Schluck Bier genommen hatte. »Wir kotzten also. Alle beide.«

»Okay«, sagte Rainer, schob sich ein dickes Stück Wurst in den Mund und sah mich erwartungsvoll an.

Ich reichte ihm eine Serviette. »Du hast Soße am Kinn.«

»Und dann?«, drängte Rainer und wischte sich die Soße vom Kinn und den Schweiß von der Stirn. »Was ist? Wie geht's weiter?«

»Um Gottes willen!«, lauteten damals die Worte meiner lieben Mutter. »Schwanger! Von einem Vikar! Und dann auch noch von einem Italiener!« Sie schlug die Hände über dem Kopf zusammen. Abgemagert und glatzköpfig saß sie in ihrem Bett.

Es war die Hölle. Eine Hölle, die ich verdient hatte, das war mir klar. Von wegen, deine Sünden sind dir vergeben, bete drei schmerzensreiche Rosenkränze. So leicht kam ich nicht davon. Ich heulte und heulte. Mutter schimpfte nicht. A) hätte es die Sache nicht besser gemacht und B) hatte sie dazu gar nicht die Kraft.

»Was soll nur aus dir werden, Kind, wenn ich nicht mehr bin! Es könnte mein letzter Sommer sein!«, krächzte Mutter wie ein sterbender Vogel.

Ja, unvorstellbar. Ich, knapp siebzehn, elternlos, aber mit Kind. Wir mussten Alessandro Bigotti finden, das war unser erster Gedanke. Gleichzeitig sagte eine Stimme in meinem Kopf: »Nein, ich habe versprochen, ihn nie wieder zu kontaktieren!«

Mutter war anderer Ansicht. »Das badest du nicht alleine aus. Zum Kindermachen gehören immer zwei.«

Damals gab es noch kein Internet. Ich wusste nur, dass er aus Florenz stammte. Im Telefonbuch von Florenz gab es viele Bigottis. Meine Mutter beauftragte einen Detektiv. Dieser fand schließlich die Adresse von Alessandros Eltern heraus und erkundigte sich erst mal bei den Nachbarn, wo denn der geistliche

Sohn zu finden sei. Die Nachbarn waren Deutsche und hießen Sturm. Aber sie wollten dem Detektiv keine Auskünfte geben. Das sei der Stand der Dinge, meinte der Detektiv. Aber immerhin habe er eine Kontaktadresse aufgetan, sein Job sei damit erledigt. Mit diesen Worten hielt er die Hand auf. Darin verschwanden die letzten Geldreserven aus Mutters Sparstrumpf.

Während ich all das erzählte, biss Rainer krachend auf Knöchelchen.

»Weiter!«, forderte er kauend. »Und dann?« Ich bin ein guter Zuhörer, sagten seine Augen. Das solltest du wissen.

Ich nahm meine Geschichte wieder auf.

Mutter schrieb tapfer an die Sturms in Florenz. Wo denn der Sohn ihrer Nachbarn zu finden sei, es gehe um ihre Tochter. Ich sah sie noch heute an dem wackeligen Nachttisch im Krankenhaus sitzen, am Tropf hängend und auf dieses linierte, graue Krankenhauspapier schreiben. Zu wissen, dass sie zu mir hielt, war unbeschreiblich tröstlich.

Den Antwortbrief des alten Herrn Sturm vom Dezember 83 kannte ich auswendig:

*Sehr geehrte Frau Bergmann,*
*leider kann ich Ihren freundlichen Brief vom 29. November nur unvollständig beantworten, denn wir haben zu unseren Nachbarn zwar korrekte, aber nur flüchtige Beziehungen. Wir sehen uns selten, meist bloß über die Gartenmauer, grüßen uns freundlich, erkundigen uns gegenseitig nach dem werten Befinden, mehr aber auch nicht. Den jungen Herrn Alessandro haben wir vor etwa anderthalb Jahren nur etwa zehn Minuten gesprochen und seitdem nicht mehr gesehen. Soweit wir wissen, wohnt er jetzt in Rom. Seine Mutter hat stolz berichtet, er habe die heiligen Weihen der Kirche empfangen. Nach dem Österreichaufenthalt hat sich der junge Herr anscheinend entschieden, in einen Orden einzutreten. Vielleicht schreiben Sie an die Frau*

*Mutter, eine sehr respektable, hochanständige Dame, die hier in Florenz höchstes Ansehen genießt. Ebenso wie der Vater, Signor Dottore Bigotti, Richter am obersten Gericht der Stadt.*

*Wir wären Ihnen allerdings sehr verbunden, wenn Sie uns nicht als Quelle nennen würden. Egal, in welcher Angelegenheit Sie die Familie Bigotti zu kontaktieren wünschen: Wir möchten damit nichts zu tun haben, wollten Sie als Landsmännin aber auch nicht im Stich lassen.*

*Ich grüße Sie und hoffe, dass sich die Angelegenheit damit für uns erledigt hat.*

*F. Sturm.*

»Aha«, sagte Rainer und ertränkte seinen Grillteller in einem halben Liter Bier. »Nicht im Stich lassen. Feine Herrschaften!«

Na ja, dass Rainer mich jemals im Stich gelassen hätte, konnte ich ihm wirklich nicht vorwerfen. Er stand zu mir, ob ich das nun wollte oder nicht. Im Moment wollte ich es allerdings. Ohne ihn wäre ich noch verrückt geworden. Ich seufzte laut auf und sog die milde Abendluft ein. Es tat so unendlich gut, mir einmal alles von der Seele zu reden! Hätte ich das doch alles Oliver erzählen können!, dachte ich sehnsüchtig. Er hatte ein Recht darauf, es zu erfahren. Ich hoffte so sehr, bald mit IHM hier zu sitzen. Es war mein innigster Wunsch. Aber nun war es eben Rainer Frohwein. »Man kann nicht alles haben«, hörte ich Mutter sagen. »Kind, nun bescheide dich auch mal.« Rainer schob den Teller weg, griff wieder nach meiner Hand und zog mich im wahrsten Sinne des Wortes über den Tisch.

»Hier!«, sagte er und zauberte einen winzigen Zettel aus seinem Fahrraddress. »Habe ich heute für dich geschrieben. Ich wollte es dir erst später geben, aber es passt gerade wie die Faust aufs Auge!«

Die grüne Tinte war ziemlich verlaufen, aber sein Gedicht war noch zu lesen.

*Wieso kann man sich nur in einer Beziehung,*
*der von vorneherein Grenzen gesetzt sind,*
*ganz einfach fallen lassen?*

Ich las das Gedicht und bekam Gänsehaut. Einerseits tat das verdammt gut. Endlich, ENDLICH konnte ich mich ganz einfach fallen lassen. Ich gefallenes Mädchen. Dreißig Jahre hatte ich über meine Schande geschwiegen und Mutter auch. Andererseits WAR ich kein armes Mädchen mehr. Ich war eine Frau in der Mitte ihres Lebens und hatte mir in den letzten dreißig Jahren viel erarbeitet. Auf Mitleid konnte ich gut verzichten. Im Gegenteil! Die Welt sollte mir gratulieren und sich mit mir freuen! Ich hatte Oliver gefunden! Ich konnte es immer noch nicht fassen!

Aber jetzt, wo Mutter sich so schlimm verletzt hatte und möglicherweise ein hundertprozentiger Pflegefall wurde, musste ich mir mit unserer Dreizimmerwohnung und meinem Vollzeitjob in der Bibliothek wirklich was einfallen lassen. Und NEIN, der Durchbruch zur Nachbarwohnung, der den Weg zu einer großzügigen Sechszimmerwohnung mit eifrigem Krankenpfleger geebnet hätte, stand NICHT zur Debatte. So bedürftig war ich nun auch wieder nicht.

Mit der freien Hand nahm ich den Zettel mit dem grünen Gedicht tief gerührt an mich und steckte ihn in die Handtasche.

Rainer griff nach seinem zweiten Bier und erklärte mir entschuldigend, dass er seinen Flüssigkeitspegel ausgleichen müsse. Er sei immerhin achtzehn Kilometer geradelt. Gleichzeitig griff er mit seiner anderen Hand nach der meinen.

»Und? Habt ihr den guten Mann schließlich gefunden?«

Ja, meine Geschichte war noch lange nicht zu Ende.

Über Detektive, Anwälte und Übersetzer gelang es uns schließlich, einen Kontakt zu Alessandro Bigotti herzustellen. Er hieß nun Pater Giulio und war für die Welt nicht mehr zu sprechen.

Ich war inzwischen im fünften Monat und hatte meinen Bürojob verloren. Der Chef, dem mein Missgeschick trotz kaschierender Gewänder nicht verborgen geblieben war, betonte, wie sehr er es bedaure, ein so fleißiges und tüchtiges Mädchen wie mich entlassen zu müssen, zumal meine Mutter vermutlich bald sterben werde. Doch aus moralischen Gründen könne er keine unverheiratete Schwangere beschäftigen. Das habe absolut nichts mit mir persönlich zu tun, aber er sei schließlich im Kirchenvorstand und könne nicht nach außen hin »pfui« und nach innen »hui« sagen. An diese Wortwahl erinnerte ich mich noch ganz genau. Nachdem mich der Chef gefeuert hatte, tätschelte er mir bedauernd die Wange, drückte mir eine Schachtel Pralinen in die Hand und schloss dann für immer die Tür. Es schneite, es war dunkel, ich fror, und wir hatten kaum was zu essen. Außer Pralinen.

Das war der Tag, an dem ich plötzlich Alessandro Bigotti an der Strippe hatte. Der 18. Dezember 1983.

Die Pralinen hatten meine Mutter und ich der Nachtschwester gegeben, damit wir im Schwesternzimmer in Ruhe telefonieren konnten. Mutter war nur noch die Hälfte ihrer selbst, während ich mich schon fast verdoppelt hatte. Ihr Gesicht drückte Entschlossenheit aus. Ich hielt den Hörer so, dass sie mithören konnte.

Alessandro zischte panisch, ich habe ihm doch versprochen, ihn nie mehr zu kontaktieren!

Ich sagte mit zitternder Stimme, dass sich die Umstände erheblich geändert hätten.

Darauf er, er habe den weltlichen Dingen entsagt. Was ich da sage, könne gar nicht sein.

Ich wiederholte mit bebender Stimme, dass ich bereits im fünften Monat sei!

Mutter krächzte dazwischen, dass zu so etwas immer zwei gehörten! Denn das mit dem Heiligen Geist sei ihres Wissens nach vor zweitausend Jahren zum ersten und letzten Mal passiert! (Später erfuhr ich, dass auch Elisabeth, Marias Mutter, jungfräulich schwanger geworden war. Schätzungsweise auch vom Heiligen Geist. Vom wem auch sonst? Dieser kirchliche Feiertag ist am achten Dezember und heißt »Mariae unbefleckte Empfängnis«. Kein Schwein weiß, dass es sich um die GROSSMUTTER und nicht um die Mutter von Jesus handelt. Seit zweitausend Jahren haben an diesem hohen Feiertag Schulen und Banken geschlossen. Kein Witz!)

Alessandro flüsterte, dass er riesigen Ärger bekomme, wenn sich so etwas in seinem Kloster herumspreche. Er sei gerade erst im Probejahr. Sein Abt würde ihm den Kopf abreißen und ihn gleich wieder rausschmeißen!

Mutter rief in den Hörer, sie rate ihm, sich seiner Verantwortung zu stellen. Sonst werde ihm nicht nur der Kopf abgerissen, sondern auch noch ganz andere Dinge, die er sowieso nicht mehr brauchen werde. Dafür werde sie eigenhändig sorgen, bevor sie sterbe. Mutters Stimme zitterte vor Wut, und ich hatte Angst, dass sie sich viel zu sehr verausgabte.

»Sie haben meine Tochter auf dem Gewissen, Herr Bigotti! Ein junges, unschuldiges Ding!«

Alessandro wisperte, er könne jetzt leider nicht mehr weitersprechen, er werde sich aber melden, und legte auf.

Mutter und ich saßen kreidebleich im Schwesternzimmer und starrten uns an. »Wetten, dass er sich meldet?«, flüsterte ich.

»Wetten, dass er sich NICHT meldet?«, flüsterte Mutter. (Leider hatten wir nichts, worum wir wetten konnten.)

Weihnachten saß ich bei meiner siechen Mutter im Sechsbettzimmer, hielt ihre Hand und spürte, wie sich das Kind in meinem Bauch bewegte. Ein Geistlicher kam mit zwei Messdienern und einem Weihrauchfässchen zum Beten und Stille-Nacht-Singen. Ich weiß noch, dass sich die Patientinnen lautstark dagegen wehrten. Ihnen wurde schlecht von dem Geruch. Sie waren alle auf Chemo.

Mir war auch schlecht.

Der Geistliche bemerkte meinen Zustand und steckte mir einen Zettel zu. Darauf stand die Adresse eines Entbindungsheims. Ganz diskret gelegen, an der Grenze zur Tschechoslowakei. Später nannte er den Namen Schwester Mathilde und sagte, bei ihr sei ich in den besten Händen. Die Kirche werde sich kümmern. Die Kirche werde zu ihrer Verantwortung stehen. Die Kirche werde kein noch so verirrtes Schäfchen im Stich lassen.

Ich betete so viel wie noch nie in meinem Leben. Wer so katholisch aufgewachsen ist wie ich, kommt auf keine andere Idee. Ich versuchte, mit Gott zu handeln: Wenn ich jeden Morgen um sieben in die Messe gehe, wenn ich täglich zwölf Stunden an Mutters Bett wache, wenn ich mich auch noch um andere Kranke kümmere, wenn ich meinem Heißhunger auf Süßes widerstehe – hilfst du mir dann? Wenn ich gelobe, niemals zu heiraten? Auf meine Weise den Zölibat zu leben? Ich betete um ein Wunder.

Meine vielen Gebete zeigten Wirkung. Zu meiner Überraschung geschahen gleich zwei Wunder: Mutter starb in diesem Jahr NICHT. Und Alessandro Bigotti meldete sich DOCH. Und zwar mit einem Schreiben, das der Anwalt seiner Eltern verfasst hatte. In diesem Schreiben wurde noch einmal seine Vaterschaft angezweifelt. In unserem damaligen »Aufenthaltsraum« könne doch gar kein Geschlechtsakt vollzogen worden sein. Man sei ja nie allein gewesen, es seien doch ständig sechzig Kinder dabei gewesen! Im Übrigen sei ich anscheinend leicht zu haben. Warum da ausgerechnet der junge Vikar verantwortlich sein solle, der ja bekanntlich keusch lebe?! Ein Mädchen, das sich in den Ferien so benehme, habe in diesem Sommer doch sicherlich noch andere Männer verführt?! Da sich Alessandro Bigotti jedoch zu den guten und wohltätigen Menschen zähle, sei er beziehungsweise seine Eltern bereit, einen Abbruch zu finanzieren. Dies sei ausdrücklich keine Anerkennung der Vaterschaft, sondern ein Akt reiner Nächstenliebe. Ich solle mir mein weiteres Leben doch nicht verbauen. Im Anhang fand ich eine Adresse in Holland mit der Bemerkung, man habe dort bereits gute Erfahrungen bei solchen Zwischenfällen gemacht. Man sei dort diskret und verschwiegen.

Inzwischen war ich weit über den sechsten Monat. Das wusste Alessandro Bigotti. Das wussten seine Eltern, und das wusste auch der Anwalt. (Ich ging davon aus, dass sie bis sechs zählen konnten.)

Ich war fassungslos. Noch immer spürte ich eine Mordswut, als ich Rainer davon erzählte. Der geriet auch richtig in Rage:

»Diese Heuchler, dich so im Stich zu lassen!« Auf den Schreck hin musste er gleich noch ein Bier kippen, wobei er nicht vergaß zu erwähnen, er müsse seinen großen Flüssigkeitsverlust ausgleichen. Schließlich sei er achtzehn Kilometer geradelt. »Also, ich werde dich nie im Stich lassen, Schnuckelmaus!«

»Ich weiß«, murmelte ich schwach.

»Ich bin übrigens schon lange aus der Kirche ausgetreten«, sagte Rainer selbstgefällig, um mir seine Solidarität zu bekunden, wobei ihm ein kleiner Rülpser entfuhr.

»Glaubst du nicht an Gott?«

»Nein. Ich bin bekennender Atheist.«

Das klang ganz schön stolz.

»Besser gesagt Agnostiker.« (Meines Wissens nach ist ein Agnostiker jemand, der nicht weiß, ob es Gott gibt oder nicht, und der sein ganzes Leben lang darüber nachdenkt. Beispielsweise beim Seeumrunden mit dem Fahrrad und beim Schwänefüttern.)

»Ich glaube immer noch an Gott«, erwiderte ich, »aber nicht mehr so kompromisslos wie früher an die Kirche. Trotzdem hat sie sich damals bestmöglich um uns gekümmert, und sowohl Mutter als auch Oliver sind noch am Leben. Nicht alle waren so verlogen wie die Bigottis.«

»Prost!«, sagte Rainer und hob sein Glas. »Auf Oliver. Und auf deine tolle Mutter.« Er trank einen großen Schluck, dann fiel ihm noch eine Steigerung ein: »Und auf Olivers rattenscharfe Supermutter!«

O Gott. Mir brach der Schweiß aus. Dagegen war die Schnuckelmaus ja noch harmlos gewesen! »Rattenscharfe Supermutter«, was erlaubte der sich? Hüstel. Nur weil wir einmal, vor langer Zeit … Nur weil ich ein paarmal so getan hatte, als ob … Nur weil ich ihn aus Mitleid glauben ließ, sein kleiner grüner Kaktus … Hollarihollarihollaho!

Nein, nicht aus Mitleid. Sondern weil ich naiverweise geglaubt hatte, dann sei es schneller vorbei. (Wie blöd kann man nur sein, Carin! Du siehst ja, wohin das geführt hat.)

Ich fuhr mir mit beiden Händen über das erhitzte Gesicht. Nicht dran denken. Sex hatte in meinem Leben nur zu Katastrophen geführt. Ich griff zu meinem Bier. Heute war jede Art von Beruhigungsdroge erlaubt.

»Auf Oliver!« Ich schloss die Augen und stellte ihn mir vor. Schwarzhaarig, braunäugig. Sogar seine Stimme war dunkel. Ich hatte einen erwachsenen, erfolgreichen Sohn! Der Redakteur bei einem Verlag war und Familie hatte! »Ich bin schon fast dreifache Oma«, teilte ich Rainer mit. Vielleicht würde ihn das abschrecken.

»Auf dich, du rattenscharfe Schnugglmaussubaoma«, improvisierte Rainer, der Konsonanten nicht mehr ganz mächtig. Er war schon ziemlich betrunken.

Trotzdem erzählte ich weiter.

Mutter gesundete allmählich, während ich die letzten zwei Schwangerschaftsmonate in dem abgelegenen Entbindungsheim verbrachte. Der Ort hieß Mollseifen, das würde ich niemals vergessen. Die Schneereste auf den braunen kahlen Feldern sahen tatsächlich so aus wie Seifenlauge. Und Moll ist nun mal per se eine traurige Angelegenheit. Ich war nicht die Einzige, die dort diskret niederkam. Mädchen aus ganz Deutschland waren da, wir freundeten uns an und standen uns bei. Schwester Mathilde ermunterte uns, doch wie sie ins Kloster zu gehen. Dann wären wir fein raus! Einige dieser Mädchen nahmen die freundliche Einladung an, ich dagegen wollte mit meiner Mutter ein neues Leben beginnen. Schließlich war sie nicht gestorben. Das war doch ein Zeichen des Himmels, oder?

Mein Kind kam zur Welt. Es war eine lange, schmerzhafte Geburt. Mutter, die Rekonvaleszentin war, besuchte mich und war hin- und hergerissen: »Und wenn wir es doch schaffen, ihn zu behalten?«

»Sie sind gerade erst dem Tod von der Schippe gesprungen, Frau Bergmann«, mahnte Schwester Mathilde zur Vernunft. »Noch sind Sie nicht übern Berg.«

Wir hatten keine Wohnung mehr, keinen Job. Mutter wog kaum noch fünfzig Kilo. Ich war siebzehn und hatte keinen Plan.

»Wir finden gute Eltern für den Kleinen.« Schwester Mathilde blickte uns freundlich an. »Du solltest das Abitur nachholen, Carin. Du hast deine Zukunft noch vor dir!«

»Aber wie kann man so etwas übers Herz bringen …«

»Auch für mein Kind haben sich mit Gottes Hilfe gute Eltern gefunden.«

»Kennen Sie die denn?« Ängstlich sah ich von meinem Wochenbett zu ihr auf.

»Nein. Aber ich habe Gottvertrauen.«

»Wollen Sie denn gar nicht wissen, wie es Ihrem Kind geht?«

»Gott weiß, wie es ihm geht. Und ich stehe in seinen Diensten.«

Jedes Mal, wenn ich abschalten wollte, stürzten tausenderlei Gedanken auf mich ein. Was, wenn es böse Rabeneltern wären? Wenn sie mein kleines Baby schlagen würden? Allein bei der Vorstellung, man könnte ihm wehtun …

Mutter und ich wechselten bange Blicke. Immer wieder

schaute ich auf meinen kleinen schwarzhaarigen Sohn, den ich Oliver genannt hatte. Er nagte an seinem winzigen Fäustchen und gab so bezaubernde Laute von sich, dass es mir schier das Herz zerriss.

»Ich gebe ihn nicht her.« Entschlossen setzte ich mich auf. »Ich schaffe das.«

»Das Gefühl kenne ich«, sagte Schwester Mathilde tröstend. »Man glaubt, man kann Berge versetzen für sein Kind. Aber das kann nur Gott. Vertrau ihm! Er hat die richtigen Eltern für dein Kind schon auserwählt. Sie werden kommen.«

Mutters Augen schwammen in Tränen, als sie mir beim Stillen zusah. Drei Wochen. Drei Wochen durfte ich Oliver behalten. Dann kam Schwester Mathilde lautlos wie immer in meine Kammer, und an ihrem Gesichtsausdruck sah ich sofort, dass Gott nun die richtigen Leute geschickt hatte. Sicher parkte ihr großer, geräumiger Wagen bereits am Vordereingang.

Es ging alles ganz schnell. Die Papiere hatte ich in Anwesenheit eines Notars bereits vor Tagen unterschrieben. »In Pflege«. Das war für mich okay. Auf dem ganzen Dokument stand nirgendwo das Wort »Adoption«. Das Wort »unwiderruflich« hatte ich verdrängt. Ebenso den dazugehörigen Satz: »Hiermit erkläre ich mich einverstanden, dass das Kind den Namen der Eheleute annimmt und fortan trägt.«

Für mich hieß er Oliver. Die würden ja nicht so blöd sein, ihm einen anderen Namen zu geben. Er sah doch aus wie Oliver: klein, rund, niedlich und entzückend. Sie würden ihn schon nicht Karl-Heinz, Rudolf oder Gottfried nennen. Und wenn doch: ihr Problem. Sobald ich ihn zurückgeholt hätte, würde er wieder mein bezaubernder, gut riechender, süßer Oliver sein. Die Hoffnung gab uns Kraft. Mutter und ich machten einander Mut. Nur nicht den Kopf hängenlassen. Wir schaffen das. Eines nach dem anderen.

Als Erstes brauchten Mutter und ich ein Dach überm Kopf.

Und ich einen neuen Job. Und sobald sich alles eingespielt hatte, würden wir unseren kleinen Liebling zurückholen.

»Für Oliver ist es das Beste so.« Schwester Mathilde streckte die Arme nach ihm aus.

»Sag Oliver auf Wiedersehen.«

Ich küsste und streichelte das kleine schwarzhaarige Köpfchen. Olivers dunkelbraune Augen waren unverwandt auf mich gerichtet. So als wollte er sagen: Das tust du jetzt aber nicht wirklich, Mama?!

Dieser Ausdruck in den ernsten, fast schwarzen Augen hatte mich dreißig Jahre lang verfolgt. Immer wieder hatte ich von diesem Moment geträumt, und im Traum gab ich mein Kind nicht her. Im Traum nahm ich Oliver und rannte und rannte, um dann irgendwann schweißgebadet aufzuwachen.

Bis heute Nachmittag, als ich beim Aufräumen den Zettel mit der grünen, von Rainer notierten Telefonnummer fand.

Rainer schenkte mir verklärte Blicke. »Nun kenne ich also dein kleines großes Geheimnis.« Er drückte meine Hand, die schon ganz eingeschlafen war: »Danke, dass du es mir anvertraut hast.«

Ja, das hatte ich. Was blieb mir auch anderes übrig, wenn sonst niemand zur Verfügung stand. Für so etwas hat man schließlich Nachbarn (und nicht zum Testen eines Klarspülers. Nur damit das ein für alle Mal klar ist!)

Rainer hatte inzwischen sein fünftes Bier intus, und wir riefen ein Taxi. Auf der Heimfahrt streichelte er pausenlos meine Hand. Inzwischen hatte er eine solche Fahne, dass der Taxifahrer demonstrativ die Scheibe herunterließ.

»Zu mir oder zu dir?«, lallte Rainer.

»Ich zu mir, und du zu dir«, stellte ich klar. Der Taxifahrer warf mir über den Rückspiegel einen verständnisvollen Blick zu.

# 6

Während wir nach Hause gondelten, geriet ich immer mehr ins Grübeln. Vielleicht hätte ich Billi oder Sonja längst alles erzählen sollen? Sie wären bessere Adressaten gewesen. Ich liebte meine Mädels vom Fitnesscenter. Wir waren die *Sex-and-the-City*-Freundinnen für Arme. Sonjas erwachsene Tochter Vivian gehörte auch mit dazu. Wenn wir zu viert Arm in Arm durch Butterblum zogen, fühlten wir uns wie in Manhattan. (Na ja, fast.)

Aber als ich vor achtzehn Jahren mit meiner Mutter in diesen kleinen Ort zog, um Leiterin der Bibliothek zu werden, war ich nicht in der Stimmung, meinen neuen Freundinnen von meinen Altlasten zu erzählen. Wozu alte Wunden wieder aufreißen? Stattdessen stürzte ich mich in die Arbeit und nach Feierabend in Sonjas Fitnesscenter, wo ich mich bis zur Erschöpfung abreagierte. (Mein Lieblingssportgerät war der Boxsack.) Tagsüber organisierte ich Lesungen, und es gelang mir immer wieder, namhafte Autoren und Schauspieler für einen viel beachteten Abend zu gewinnen. Die Butterblumer Seeabende waren gesellschaftliche Highlights bei uns, für die Billi, Sonja, Vivian und ich uns ladylike ausstaffierten und auf denen wir viel Prosecco tranken.

Für meine drei Freundinnen war ich die selbstständige, berufstätige Frau, die ihr Leben blendend meisterte und außer ihrer alten Mutter niemanden zu versorgen hatte. Rainer Frohwein, meinen Nachbarn, hatte ich nie erwähnt (man hat ja auch seinen Stolz). Ich war also ein unbeschriebenes Blatt.

Billi und Sonja betrachteten meine vermeintliche Unabhängigkeit sogar manchmal mit einem gewissen Neid.

»Du hast es gut! Als Einzige keine Kinder an der Backe!«, sagte Sonja gern. »Keine Schwangerschaftsstreifen, keinen Hängebusen, keine Orangenhaut!«

Wie gesagt: Sonja gehörte das Fitnesscenter Nord am Kreisverkehr. Sie betrieb es mit ihrer fünfundzwanzigjährigen Tochter Vivian, die unverschämterweise genauso aussah wie Sonja in jung. So eine perfekte Schönheit gab es sonst nur im Märchen. Da war Göttin wirklich gemein gewesen, Sonja eine soooo schöne Tochter vor die Nase zu setzen. Ausgerechnet Sonja, die selbst die Schönste im ganzen Land sein wollte! Von wegen, Königin – Ihr seid die Schönste hier, aber Schneewittchen im Fitnessraum nebenan ist tausendmal schöner als Ihr! Schneewittchen hatte immer die knappsten pinken Fitnessoutfits an, solche, die bei den Gebrüdern Grimm nicht vorkommen. Klar, dass die Königin Brechreiz bekam.

Vivian ließ ihre blonden Zöpfe und ihre kessen Brüste wippen, wenn sie Kurse wie »Zumba« oder »Hot Iron« abhielt. Ihre blendend weißen Zähne strahlten, während sie die Kursteilnehmer anfeuerte: »Noch zehn, neun, acht …«, und dabei gegen die ohrenbetäubenden Rhythmen aus der Anlage anschrie. »Es muss brennen, Mädels! Erst wenn ihr anfangt zu zittern, habt ihr genug!«

Sonja dagegen sah aus wie eine gealterte, verknitterte Ausgabe ihrer Tochter. Auch sie kleidete sich in knappe pinke Outfits, war immer eine Spur zu olivfarben und zwang ihre schon dünnere Haarpracht ebenfalls in blonde Zöpfchen, die eher wie Rattenschwänze aussahen. (Rainer hätte gesagt: »Rattenscharfe Superschwänze.« Aber erst nach ein paar Bier.)

Wenn man sie von hinten sah, konnte man sie fast für Vivian

halten. »Aber der Zahn der Zeit beißt die Frauen«, wie Mutter zu diesem Thema gerne anmerkte. Von vorne sah Sonja eben doch aus wie eine Frau, die auf die fünfzig zugeht: Krähenfüße um die Augen, viele Lachfalten um die Mundwinkel, überkronte Zähne, Hautunebenheiten, größere Äderchen an den Händen und Falten an Kinn und Hals. Sonja war keck und witzig, oft auch laut und übermütig – doch manchmal wirkte ihr Jugendwahn etwas albern. Warum musste sie Klamotten der Marke »Forever 18« tragen und darunter einen Stringtanga, den Mutter wahrscheinlich für ein Haarband gehalten hätte? Sie trug BHs, die das Wesentliche unbedeckt ließen, und ich fragte mich oft besorgt, ob sie auf diese Weise die Trennung von ihrem Mann Holger verarbeitete. Der hatte sie vor einem halben Jahr Knall auf Fall verlassen und war mit einer Jüngeren durchgebrannt. Obwohl wir alle drei fanden, dass diese Jüngere mit Namen Nicola Sonja den Prosecco nicht reichen konnte (so fade, schmallippig, bieder und langweilig war sie), war Sonja seitdem leicht verhaltensgestört. Wir versicherten ihr immer wieder, dass Holger zurückkommen werde, dass er nur eine Art Midlife-Crisis habe und eines Tages bestimmt merken werde, was für eine Traumfrau sie sei, aber sie glaubte uns kein Wort. (Und wir uns manchmal auch nicht.) Sie war mehr denn je auf ihr Äußeres fixiert und tat alles, um zwanzig Jahre jünger auszusehen. Sie bretterte im silbergrauen (geleasten) Porsche durch die Stadt, tänzelte auf abenteuerlichen High Heels durch unsere winzige Fußgängerzone, hatte »French Pedicure« an den Füßen und Glitzersteinchennagellack an den Händen. Gern lief sie auch für unsere einzig brauchbare Boutique auf einem eilig errichteten Laufsteg zwischen Brunnen und Zebrastreifen Modenschauen. Die Klamotten durfte sie anschließend behalten, was sie total euphorisch stimmte. Ihr Modegeschmack war mit meinem nicht kompatibel. Sonja trug gern Nietenledergürtel zu engen Jeans, die ihren gepiercten Bauchnabel freigaben, dazu knappe Nietenlederjäckchen in Größe 36 und darunter winzige Spaghettiträgerhemdchen, die sie ihrer Tochter Vivian stibitzte.

An Vivian sahen sie bezaubernd, entzückend, sexy aus. An Sonja einfach nur deplatziert. Sonja hatte ein echtes Problem damit, nicht mehr zwanzig zu sein, und trotzte der Erdanziehungskraft mit allen nur erdenklichen Mitteln. Neben Botox, Permanent-Make-up und diesem ganzen Zeug, mit dem ich mich nicht auskenne, trainierte sie täglich bis zu vier Stunden ihren Body. Aber diese Besessenheit … Da lobte ich mir doch Billis würdevoll getragenen Muttispeck!

Und nun liebäugelte Sonja mit Echthaar-Extensions. Dieses Haar stammte von langmähnigen Inderinnen, wurde dann wasserstoffblond gefärbt und an europäische Köpfe geschweißt. Ich konnte über solche Ideen nur den Kopf schütteln, aber Sonja fand das alles toll und aufregend. Noch gehörte sie nicht zum alten Eisen!

Nun gut, Sonja hatte gleich an drei schrecklichen Gewitterfronten zu kämpfen: Denn da waren nicht nur ihre bildschöne Tochter Vivian, die sie durch ihre bloße Existenz in den Schatten stellte, und Nicola, die schmallippige Bürotusse mit Schluppenbluse, mit der ihr Mann Holger durchgebrannt war, sondern bis vor Kurzem auch noch ihre Mutter, ihre grausam geltungssüchtige Mutter, die früher ein Ballettstudio geleitet hatte. Im Gegensatz zu meinem goldigen Mütterchen musste sie ein echter Drache gewesen sein! Ich stellte sie mir immer vor wie Cruella aus *1001 Dalmatiner,* die kleine Hundbabys abschlachtet. Sonja wurde nicht müde zu erzählen, dass sie bei ihrer Mutter immer nur das ungeschickte Trampel gewesen war, das peinliche, mittelmäßige Nichts, das keinen anständigen Spagat auf dem Schwebebalken hinbekam, noch nicht mal einen Salto rückwärts aus dem Stand. Ein Trampel, für das sich die Mutter nur schämte und das es nie zu etwas oder jemand Bedeutendem bringen würde. Die arme Sonja versuchte ständig, aller Welt das

Gegenteil zu beweisen – inzwischen konnte sie die kompliziertesten Yoga-Verrenkungen, die ganz abwegige Namen hatten und nach krankem Inder aussahen. Manchmal hatte ich das Gefühl, dass sie es erst jetzt, mit Mitte vierzig, gewagt hatte, in die Pubertät zu kommen, nachdem ihre alles überschattende Mutter endlich tot war. Sie tobte sich aus, flirtete, was das Zeug hielt, und holte sich alles, was ihre Mutter ihr damals versagt hatte. Hauptsache, sie stand im Mittelpunkt und fiel auf.

Eine Pubertät, die im Übrigen nahtlos von den Wechseljahren abgelöst wurde. Sonjas Launen konnten durchaus anstrengend sein. Besonders die Eifersucht auf ihre eigene Tochter war geradezu lächerlich! Da biss sich doch die Katze in den Schwanz: Weil Sonja ihre Tochter Vivian NICHT so behandelt hatte, wie sie es von ihrer eigenen Mutter gewohnt war, war sie eifersüchtig und brach in Tränen aus, wenn Vivian etwas Tolles gelang! Aber auch wenn sie mir manchmal auf die Nerven ging: Sonja war so etwas wie das Salz in der Suppe in unserem braven Butterblum, und ich mochte sie so, wie sie war.

Meine andere beste Freundin Billi Stark war klein, rundlich und rotwangig. Letzteres, weil sie recht gern dem Prosecco zusprach. Ihre dünnen blonden Härchen, die Ähnlichkeit mit Federchen hatten, trug sie mit der gleichen humorvollen Würde wie ihre kleinen Hüftpölsterchen. Billi war eine tolle Hausfrau und Mutter, konnte kochen, backen, tapezieren und hatte einen grünen Daumen. Der Beweis waren die Blumenmeere in ihrem Garten und auf den Balkonen ihrer Landvilla. Ihr Mann Rudi war Gynäkologe. Auch ich war seine Patientin. Selbstverständlich wusste auch er, dass ich schon einmal entbunden hatte, hielt sich aber an die ärztliche Schweigepflicht. Woran er sich nicht hielt, war der eheliche Treueschwur. Rudi sah verdammt gut aus, war groß, schlank, sportlich, spielte Golf und fuhr Ski. Alle Damen des Orts waren ihm verfallen. Außer wir Mädels vom Fitnesscenter Nord natürlich. Wir waren schon aus Solidarität mit Billi nicht an ihm interessiert. Sie war so eine kluge, herzliche und witzige Frau, wie konnte er sie da betrügen? Wegen ein paar Pfündchen Übergewicht?

Billi wusste, duldete, schwieg weise und genoss die Vorteile, eine angesehene Arztgattin zu sein. Die Leute nannten sie ehrfurchtsvoll »Frau Doktor«. Sie stand im weißen Kittel in seiner Praxis, verteilte lächelnd Rezepte und vergab Termine an potenzielle Nebenbuhlerinnen.

Hinzu kamen wie bereits erwähnt ihre drei Kinder. Und nicht nur die: Alle Freunde, die diese anschleppten, durften ebenfalls bei Familie Stark übernachten. »Besser, sie tun es zu Hause als unter der Brücke«, pflegte Billi achselzuckend zu sagen.

Ihr ältester Sohn Robbi war längst ausgezogen und war wie Billis Mann Rudi ebenfalls Arzt. Zu ihm hatte sie eine ganz besonders innige Beziehung. Robbi war ihr Augenstern, ihr ganzer Stolz, das perfekte Ergebnis ihrer Erziehungsarbeit. Die beiden gingen Arm in Arm durch die Stadt, hielten Händchen, wenn sie ins Gespräch vertieft waren, lachten und schäkerten herum und machten einmal im Jahr eine Reise zu zweit. Robbi liebte seine Mutter über alles, und sie weinte jedes Mal, wenn er wieder nach München fuhr, wo er an der Uniklinik arbeitete.

Es zog mir das Herz zusammen, wenn ich solche Szenen sah! Wie gern hätte ich meinen Oliver als Sohn und besten Freund bei mir gehabt! Wie Iris Berben ihren Oliver! Ein tolles Paar! Erfolgreich, schön, stark. Die brauchten auch keinen Vater! Lachend gegen den Rest der Welt! Immer wenn ich Iris Berben im Fernsehen sah, musste ich umschalten.

Aber Billi ahnte ja nichts von ihm, sonst hätte sie mir nie das Herz schwer gemacht mit ihren Schilderungen und Familienfotos. Ihre Zweitälteste, Rikki, war siebzehn und gerade hochschwanger. Das Baby konnte jeden Moment kommen. Anders als damals bei mir war das weder eine Schande noch sonst ein Grund zur Aufregung. Billi freute sich auf das Enkelkind und hatte ihrer Tochter versprochen, sich darum zu kümmern, bis Rikki mit der Schule fertig war.

»Nun werde ich Großmutter«, sagte die warmherzige Billi immer wieder freudestrahlend. »Und der Fabi« – Rikkis Besamer – »ist wirklich ein prima Kerl! Der hilft mir immer mit dem Computer und trägt den Abfall raus.«

Dann gab es da noch den fünfzehnjährigen Tobi, der gerade mitten in der Pubertät steckte und Billi den letzten Nerv raubte. Auch sie ließ ab und zu eine Bemerkung fallen, wie gut ich es doch hätte, keine »verwöhnte Brut« an den Hacken zu haben, keine »maulfaulen Stinktiere«, aber sie meinte es nicht so.

Alle in dieser Familie hatten Kurznamen mit »i«. Das klang, als könnte sie kein Problem der Welt nachhaltig erschüttern. Die Leute im Ort hatten zwar gelacht, dass ausgerechnet die Tochter des Gynäkologen Rudi Stark schon zu Schulzeiten schwanger wurde, aber Billi trug es mit Würde und Humor. Pille vergessen, na und? Hund, Katze, Kinder, Kuckuckskinder, Austauschschüler, Praxis, Villa und Garten: Billi wuppte das mit links. Deshalb schlief sie auch meist auf einer der Gymnastikmatten ein. Sie kam ins Fitnesscenter Nord, um endlich mal ein Stündchen Ruhe von ihrer Rasselbande zu haben. Tapfere Billi! Sie hieß nicht nur Stark, sie war es auch. Ich liebte sie sehr und freute mich mit ihr auf ihr Enkelkind. Es sollte ein Mädchen werden.

»Wir sind da.«

Die Stimme des Taxifahrers riss mich aus meinen Gedanken. Er drehte sich zu uns um und streckte die Hand aus. »Zwanzig Euro genau.«

Rainer schnarchte inzwischen auf dem Rücksitz, also zog ich das Geld aus der Tasche und legte fünfundzwanzig hin. »Passt so.«

»Danke, schöne Frau.«

Na gut. Das mit der schönen Frau war relativ, aber für fünf Euro Trinkgeld sagte der das bestimmt zu jeder.

Der Taxifahrer half mir, Rainer aus dem Auto zu ziehen.

»Und, wenn ich mir eine Bemerkung erlauben darf: Gute Entscheidung!« Er warf einen Seitenblick auf Rainer, der torkelnd seinen Hausschlüssel in den Untiefen seiner gepolsterten Radfahrerhose suchte.

Ich unterdrückte ein müdes Kichern und hievte den verwirrten Rainer die Treppe hinauf.

»Gute Nacht, Rainer. Geht's?« Ich nahm ihm seinen Wohnungsschlüssel ab und schloss auf. »Schaffst du's von hier aus?«

»Kmmse nichmehrsumiraufnkaffee?« Seine dicken Daumen strichen mir über die Lippen. Ups! Er wollte mich küssen! Diese FAHNE!

»Nee du, lass mal. Schlaf dich aus. Schließlich bist du heute unglaubliche achtzehn Kilometer mit dem Elektrofahrrad gefahren.«

Rainer taumelte in seinen Bau, und ich flüchtete in meinen.

Auf dem Wohnzimmertisch lag immer noch das Telefon. Seine Stimme! Oliver, mein Sohn. Verzeihung, Roman. Mein Kind. Ich hatte ihn wieder! Nach dreißig Jahren! Ein unkontrolliertes Jubeln entrang sich meiner Brust. Sollte ich weinen? Schreien? Singen? Das alles hätte ich getan, wenn das nur mit Mutter nicht passiert wäre. Heute würde ich ihn nicht mehr zurückrufen. Er sollte sich nicht belästigt fühlen. Es war weit nach Mitternacht. Wir hatten ja alle Zeit der Welt. Vielleicht würde ER MICH wieder anrufen? Morgen früh gleich? Oh, wie aufregend! Er hatte ja alle meine Nummern! Er wusste ja alles von mir! Ab jetzt würde uns nichts mehr trennen! Eine große Dankbarkeit ergriff mich. Fast zärtlich legte ich das Telefon wieder ins Aufladegerät. Am liebsten hätte ich ihm ein Küsschen gegeben. (Ja, Mütter in den Wechseljahren kommen auf die abwegigsten Ideen.)

Ich ging ins Badezimmer und schreckte vor dem großen Blutfleck zurück. Ah ja, das Leben hatte mich wieder. Seufzend machte ich mich ans Putzen.

# 7

Am Sonntagmorgen rief ich im Krankenhaus an und erfuhr, dass meine Mutter immer noch schlief. Es bestehe aber keine Lebensgefahr mehr, und die Wunde »sehe gut aus«.

Na bitte!, dachte ich, während ich mir einen Kaffee machte. Mein armes Mütterchen haute so schnell nichts aus den Puschen. Das war sicherlich nicht ihr letzter Sommer. Nicht auszudenken, wenn sie es gar nicht mehr erfahren würde, dass sie einen Enkel hat! Na ja, das wusste sie ja schon. Aber dass sie Urenkel hatte! Und dass es Oliver gut ging! Dass er sich gemeldet hatte! Mich durchzog ein süßer Sehnsuchtsschmerz, gepaart mit flatteriger Aufregung. *»Aber ich will euch wiedersehen, und euer Herz soll sich freuen!«*, schoss mir eine Zeile aus Brahms deutschem Requiem durch den Kopf, die wundervollste Musik der Welt.

Na ja. Von »Wiedersehen« konnte ja in dem Sinne keine Rede sein. Kennenlernen! Ich würde ihn kennenlernen. Mich zu einem Blinde Date verabreden! Wie aufregend war DAS DENN! Vielleicht würde er eine Rose im Knopfloch tragen oder eine *FAZ* neben sich liegen haben. Oder den *Stern*, kicher.

Die Kaffeemaschine hustete und röchelte, ein vertrautes Geräusch, das bedeutete: Dein Getränk ist fertig. (Vielleicht lachte sie mich auch nur aus.)

Kurz darauf trat ich mit meiner bauchigen Lieblingstasse auf den Balkon. Ein kurzer Blick nach nebenan verriet: Von Rainer fehlte jede Spur. Dafür türmte sich Staub auf seinen Balkonmöbeln. Ich seufzte. Ja, dieser Mann brauchte eine Frau, die ihm Dampf machte. Aber ich war das ganz bestimmt nicht. Mich schauderte, als ich an den gestrigen Abend dachte. Zum Glück war nichts weiter passiert.

Nein, nicht mehr dran denken.

Die Rasenflächen glitzerten noch vom Morgentau, und ein Amselpärchen rief sich gegenseitig wütende Schmähungen zu. Ich versuchte, den Inhalt ihres Disputes zu begreifen. Vielleicht waren es zwei Männchen, die einander zu übertschilpen versuchten? Vielleicht ging es um ein Amselweibchen?

»Ich mach die Alte klar.« – »Nein, ich!« – »Du hattest sie letztes Jahr, jetzt bin ich dran!«

Oder war es ein Ehepaar, das Streit hatte?

»Du liebst mich nicht mehr!« – »Doch!« – »Aber warum haben wir dann keinen Sex mehr? Tschilp!« – »DU willst doch nicht!« – »Doch!« – »Nein!« – »Doch! Bloß nicht hier auf der Hecke! Wir werden beobachtet! Siehst du nicht die Frau mit der Kaffeetasse auf dem Balkon?« – »Na, jetzt ist mir die Lust vergangen, jetzt mag ich auch nicht mehr!«

Oder vielleicht Mutter und Sohn?!

»Wo warst du, wo hast du dich die ganze Nacht rumgetrieben?« – »Ach, Mutter, halt doch den Schnabel! Ich bin schon ein halbes Jahr alt und weiß, was ich tue!« – »Plustere dich nicht so auf! Du hast doch überhaupt noch keinen Flügelschein! Solange du deine Krallen in mein Nest stellst, bestimme ich die Regeln – und der Regenwurm wird mit deiner Schwester geteilt!« – »Wieso, die sitzt doch in ihrem Ei und schminkt sich seit Stunden den Schnabel!« –»Dann klopf an die Schale und sag, sie soll zum Frühstück kommen!« – »Pah, fällt mir doch nicht ein! Erstens hat die 'n Zweig über den Ohren und hört Spatzenmusik, zweitens ist die sowieso magersüchtig und kotzt den Wurm wieder aus!« – »Dann putz dir wenigstens die Krallen auf dem Ast ab und schlepp mir hier keinen Vogeldreck rein! Außerdem stinkst du wie ein Specht!« – »Voll krass hysterisch mal wieder, die Alte! Tschilp! Ich mach mich vom Acker!« Wegflatter.

Ach, Carin. Deine Fantasie mal wieder.

Ich wärmte mich an meiner Kaffeetasse. Wie ich darauf brannte, Oliver meine ganze Geschichte zu erzählen! Gestern hatte er kein einziges Mal nach mir gefragt in seinem nicht abreißenden Redestrom. Fragten nach der Geburt weggegebene Kinder ihre leiblichen Eltern nicht zuerst nach dem Warum? Warum hast du mich weggegeben? Warum hast du mich nicht lieb gehabt? (Klischee, ich weiß.) So etwas las man doch immer in Büchern. Aber Herr Roman Stiller hatte anscheinend kein Interesse an diesen W-Fragen. Dabei verspürte ich den unbändigen Drang, mich zu rechtfertigen! Seit dreißig Jahren formulierte ich innerlich eine Entschuldigung, eine Erklärung, wie es zu alldem gekommen war. Dass ich nichts rückgängig hatte machen, das Kind nicht hatte finden können, sosehr ich die Kirchenbehörden auch drangsalierte. Denn die stellten sich taub und verwiesen auf die notariell beglaubigte Unterschrift. Das Kind sei nicht mehr in Bayern, mehr könne man mir nicht sagen. Man sei nicht mehr zuständig. ICH sei nicht mehr zuständig. Das Kind sei in den besten Händen. Das Kind habe kein Interesse und auch kein Recht, mich kennenzulernen. Die Eltern dieses Kindes hätten ausdrücklich jeden Kontakt untersagt. Ich solle das Kind in Frieden aufwachsen lassen. Wenn es erwachsen sei, werde es sich vielleicht irgendwann melden.

Und dieses Irgendwann war JETZT! Ich schloss kurz die Augen. Ein Gefühl der Unwirklichkeit erfasste mich. Ich hätte schreien können vor Glück! Aber das hätte nur Rainer auf den Plan geholt. »Ich wollte dich nicht hergeben, Oliver«, flüsterte ich in die sonntägliche Morgenstille hinein. »Ich habe es tausendmal bereut! Wenn ich die Zeit zurückdrehen könnte … Bitte gib mir eine Chance, es dir zu erklären!«

Die Kirchenglocken läuteten acht Mal.

Ich sprang auf und holte das Telefon. »Jetzt erkläre ich es dir«, murmelte ich entschlossen. »Es ist zwar noch ein bisschen früh, aber fast dreifache Väter sind um diese Zeit längst wach.«

Entschlossen wählte ich die Nummer. Es klingelte lange durch. Kein Anrufbeantworter sprang an.

»Mist, verdammter!«, stieß ich zwischen den Zähnen hervor. »Ich habe ja nur seine Nummer im Verlag.«

Ich trank den Kaffee aus, sprang auf und holte mir eine neue Tasse. Mit viel Milch. Das war tröstender.

»Warum habe ich bloß seine verfluchte Privatnummer nicht!«, murmelte ich verdrossen. »Oder seine Handynummer.« Aber gestern hatten wir ja keine Zeit gehabt, uns zu verabschieden. Ich hatte ihn im wahrsten Sinne des Wortes weggedrückt. Schon wieder!

Die Balkontür nebenan quietschte. Oje.

»Geht er nicht dran?« Rainers verschlafene Stimme klang noch sehr lädiert. »Mein armes Schnuckelmäuschen.«

»Könntest du mich einfach Carin nennen?« (Oder am besten wieder Frau Bergmann. Aber nach besagtem Zwischenfall ist diese Möglichkeit endgültig im Gulli.) O Gott. Warum hatte ich auch meine Herzensangelegenheiten vor ihm ausbreiten müssen. Ich hätte sie dem Taxifahrer erzählen sollen!

»Ich kann dir den Mann gerne googeln«, bot Rainer an.

»Rainer, ich KANN das! DANKE!«

Ob man aus diesem Frosch jemals einen Prinz machen konnte? Wenn man ihn mit Schmackes an die Wand klatschte? Wenn er … sagen wir mal drei Stunden am Tag Sport machte? Wenn man ihn modisch komplett umstylte, ihm eine coole Frisur verpasste?

Nein, denn dann wäre er ja nicht mehr Rainer.

Irgendjemanden auf dieser Welt musste es doch geben, der Rainer liebte, wie er war!

Ansonsten konnte ich schon Menschen lieben, wie sie waren.

Sonja liebte ich, wie sie war. (Außer wenn sie gerade hysterisch wurde.) Billi liebte ich, wie sie war. Vivian liebte ich, wie sie war. Meine Mutter liebte ich, wie sie war. OLIVER liebte ich – ja, wie WAR der denn? Keine Ahnung! Vielleicht liebte ich ja Oliver, aber nicht Roman? Nun, das musste doch rauszufinden sein!

Es dauerte nicht lang, und ich googelte mir die Finger wund. »Stiller Hamburg«, tippte ich hastig ein. Und bevor ich auch nur einen weiteren Buchstaben schreiben konnte, erschien der Link zu einer tollen Homepage. Ich klickte darauf. Sofort erschienen riesige weiße Kreuzfahrtschiffe, die durch blaue Fluten glitten.

Stiller, Viktor. Reeder. Der Vater. (Na ja. Der Adoptivvater.) Das Porträt eines seriös wirkenden Mannes von Ende fünfzig erschien. Mit grau melierten Schläfen, vollem Haar, ernstem Blick, tadellosem Anzug, makellos weißem Hemd und passender Krawatte. Darunter standen die Namen seiner Schiffe. Er schien Musikliebhaber zu sein. Oder aber seine Mutter hatte ihn als Kind gezwungen, Klavier zu üben. (Vielleicht auch beides.)

*Sonate, Sonatine, Etude* (das war ein kleines), *Symphonie* (ein riesiges), *Oper* (ein noch riesigeres) und *Operette* (ein Tanzschiff). Das Flussschiff war etwas behäbiger und hieß *Gavotte.* Die *Concerto Grosso,* las ich, befand sich gerade im Bau.

DAS war mal ein Mann! Altersmäßig gleiches Baujahr wie Rainer. Aber kein bisschen früh pensioniert und vom Burn-out-Syndrom gebeutelt. Der hier stand voll im Leben!

Ich bekam Gänsehaut: Dieser mächtige Mann war also der Vater meines Jungen geworden! ER hatte damals vorm Haupteingang der Geburtsvilla geparkt. Mitsamt Gattin, die weiter unten ebenfalls auf dem Bildschirm erschien. Eine bildschöne, gepflegte Dame mit glänzendem nussfarbenem Haar. Schlank und hochgewachsen. Die Hamburger Reedersgattin warf gerade eine Champagnerflasche gegen den Bug eines Hochseekreuzers.

Sie trug ein hellblaues Kostüm und einen breitkrempigen Hut (der ein bisschen so aussah wie eine übergroße tote Motte) und taufte ihn auf den Namen »MS *Opera buffa*«. Das Bild war schon etwas älter. Aus dem Jahr 2002.

Das Kostüm flatterte um ihre schlanken Beine, und die Leute, die ehrfürchtig um sie herumstanden, klatschten.

Wieder diese Gänsehaut. Sie also! SIE hatte meinen kleinen dunkelhaarigen Jungen im Arm gehabt, nachdem Schwester Mathilde ihn mir weggenommen hatte. Sie hatte seine kleinen runden Babybäckchen geküsst, sie hatte sein erstes Lächeln gesehen, und zu ihr hatte Oliver »Mama« gesagt. Sie hatte er mit seinen dunkelbraunen Augen fixiert. Nicht mich. Sie hatte er bis zu ihrem Tod für seine wirkliche Mama gehalten. Um ihren Finger hatte er seine Händchen geschlungen. Von ihr hatte er Sprechen, Laufen, Schleifebinden, Schwimmen, Radfahren, Lesen und Schreiben gelernt. Von mir hatte er nichts gelernt. Nichts. Von mir hatte er nicht mal was geahnt. Die Stillers hatten ihm seine Herkunft verschwiegen. Sie hatten mich ausgelöscht. Mich gab es gar nicht. Sie hatten meinem Oliver gar keine Chance gegeben. Während ich mit Mutter damals wieder bei null anfing, erneut die Schulbank drückte und in meiner Freizeit kellnern ging, um uns durchzubringen, glitten SIE mit MEINEM Kind auf Kreuzfahrtschiffen über die Weltmeere.

Ich musste die Augen schließen und den Laptop zuknallen. Das war mir gerade alles zu viel.

Es klingelte. Rainer erschien, frisch gewaschen und gekämmt. Er hatte wieder ein Gedicht gemacht.

*Manchmal ist es richtig aufregend,*
*in den Augen der anderen*
*alles falsch zu machen.*
*Und wie!*

»Hübsch«, sagte ich und lächelte schwach. Frust überkam mich. Und leichte Panik. Er gab ein wissendes Glucksen von sich. Sicher war er stolz darauf, mal so richtig über die Stränge geschlagen zu haben!

»Kann ich dir irgendwie helfen?«, fragte Rainer, nun wieder ganz der Alte.

»Nein danke, ich komm schon klar«, sagte ich matt.

»Verstehe. Vielleicht darf ich dann ausnahmsweise DICH um Hilfe bitten?« Er hatte ein Wasserglas in der Hand, in dem sich gerade eine Aspirin-Tablette auflöste.

»Wie meinst du das?«, fragte ich zerstreut.

»Ich könnte natürlich auch zum Biergarten JOGGEN und mein Auto abholen«, bemerkte Rainer spitz. »Aber ich bin gestern achtzehn Kilometer mit dem Rad gefahren, und mein Körper braucht Ruhe. Du könntest mich mit deinem Wagen hinbringen, wenn es dir nichts ausmacht.«

»Oh, Rainer, entschuldige!« Sofort sprang ich auf und fuhr Rainer zu seinem Wagen. Währenddessen streichelte er schüchtern meine Hand. Ich konnte mich ja schlecht daraufsetzen, während ich lenkte.

»Schnuckelmaus«, gurrte er verliebt, »wie geht es dir denn heute?«

»Rainer, bitte!« Ich schüttelte ihn ab wie ein lästiges Insekt.

»Aber gestern war ich dir noch gut genug, als ich dich vom Boden abkratzen musste.«

»Rainer, dafür bin ich dir auch sehr dankbar. Wenn ich DICH nicht gehabt hätte …«, stammelte ich demütig.

»Dann hättest du jemand anderen«, bemerkte er und kicherte selbstgefällig.

Wow. Das war schlagfertig.

Nein, dachte ich. Hätte ich nicht! Wen denn?

Rainer schaute verschmitzt geradeaus. »Wir sollten mal wieder einen ausgedehnten Spaziergang zusammen machen. Hm? Magst du?«

O Gott. Bitte alles, nur nicht das! In mir zog sich alles zusammen. »Ich dachte, dein Körper braucht Ruhe.« Ich versuchte, ihn mit seinen eigenen Waffen zu schlagen.

»Oder gehen wir erst zu deiner Mutter?«, stellte Rainer sich taub.

Wir. Natürlich. Wo wir sowieso schon in der Nähe des Herz-Jesu-Krankenhauses waren.

Rainer hatte heute zur Feier des Tages ein klein kariertes, kurzärmliges Hemd an. In grüngrauverwaschengemustert. Und Sandalen mit grauen Socken. Verständlich, dass ich meinen Freundinnen nie von ihm erzählt hatte, oder? »Um Männer mit kurzärmligen Hemden muss man einen großen Bogen machen«, sagte Sonja immer. »Kurzärmlige Hemden gehen GAR nicht, Socken in Sandalen natürlich auch nicht.« Sie hätte mir die Freundschaft gekündigt, wenn sie mich mit ihm gesehen hätte. Billi hätte herzlich gelacht und gesagt: »Ein blindes Huhn findet auch mal ein Korn.« Und Mutter hätte gesagt: »Aber auf den CHARAKTER kommt es an. Nur DER zählt! Mode kommt und geht, aber der Charakter bleibt!«

Ja, Charakter hatte er. Er stand mir bei, und dafür war ich ihm wirklich dankbar. Wir fuhren zum Krankenhaus und sahen mein armes Mütterchen im klein geblümten Krankenhausnachthemd schlafend im Bett liegen. Die Pflegerinnen hatten ihr die Zähne rausgenommen, und ihr Gesicht sah so eingefallen aus, als wäre sie tot. Mir kamen die Tränen.

»Bitte, lieber Gott, lass sie jetzt nicht sterben!«, flüsterte ich überwältigt.

Rainer legte beschützend den Arm um mich. »Schnuckelmaus«, beruhigte er mich fachmännisch. »Deine Mutter wird noch hundert.«

Der diensthabende Arzt (ein anderer als gestern, aber genauso peinlich berührt) hielt uns für ein Ehepaar, sprach Rainer mit »Herr Bergmann« an und versicherte uns noch einmal, dass keine akute Lebensgefahr bestehe. Mutter sei nur in künstlichen Tiefschlaf versetzt worden, um die Schmerzen zu lindern. Spätestens morgen werde man sie wecken.

»Ein freier Tag für uns!«, rief Rainer erfreut. »Komm, Schnuckelmaus, wir gehen was essen!«

Obwohl ich dem Arzt einen Hilfe suchenden Blick zuwarf, eilte dieser mit wehendem Kittel davon. Rainer hingegen zog mich in den herrlichen Sommertag hinaus. Ich wollte nichts essen und Rainer auch nicht beim Essen zuschauen. (Fürs Schöntrinken war es noch zu früh.) Als ich sagte, dass ich keinen Hunger habe, teilte er mir großzügig mit, er könne noch warten. Obwohl er gestern achtzehn Kilometer geradelt und sein Blutzuckerspiegel gefährlich niedrig sei, halte er es durchaus noch ein halbes Stündchen aus. »Vorfreude ist die schönste Freude«, sagte er lachend und zog mich so heftig an sich, dass ich an seine Schulter prallte.

Siehst du!, hörte ich mein Mütterchen sagen. Eine feste Schulter zum Anlehnen.

Wir liefen Hand in Hand am See entlang. Ständig begegneten uns glückliche Familien mit Kinderwagen, Dreirädchen und Puppenwagen. Auf dem Grasstreifen am Ufer lagerten weitere glückliche Familien auf bunten Wolldecken. Übermütige Kinder und Hunde sprangen ins Wasser. Das pralle Lebens eben. Und dann waren da noch wir zwei einsamen Seelen.

»Nun sind wir auch bald eine glückliche Familie«, sagte Rainer zufrieden und seufzte.

Schluck. *Ich heirate eine Familie.* (Hätte er ausgesehen wie Peter Weck in dem Film, hätte ich nichts dagegen gehabt.)

»Wann werden wir unseren Familienzuwachs denn kennenlernen?«

Ich sah ihn entsetzt an. Immer wenn es unauffällig möglich

war, entzog ich ihm die Hand, aber da es warm war und ich keine Gelegenheit hatte, sie in eine Manteltasche zu stecken, hatte er leichtes Spiel. Wie selbstverständlich griff er nach ihr und hielt sie fest umklammert. Wenn uns Bekannte begegneten, barst er schier vor Stolz, während ich beschämt den Blick senkte. Es stand ihm förmlich auf der Stirnglatze geschrieben: »Da schaut her, Bürger von Butterblum! Ich habe die kühle Bibliothekarin erobert.«

»Rainer, du hast hoffentlich Verständnis dafür, dass ich Oliver erst mal ALLEIN treffe«, begann ich zaghaft. »Er ist MEIN Sohn.«

»Natürlich.« Kurzes Nachdenken. »Obwohl: Für DICH ist er genauso fremd wie für MICH. Wir fangen gewissermaßen beide bei null an.«

Das war wieder seine Lehrerlogik. Am liebsten hätte er mir wahrscheinlich noch den Satz des Pythagoras in den Kies gemalt. Mitsamt gleichschenkligem Dreieck. Ich wurde trotzig.

»MEIN Sohn und ich fangen NICHT bei null an! Ich habe ihn drei Wochen gestillt! Das kann er doch nicht vergessen haben!« Meine Stimme war erschreckend schrill. »Dreieinhalb«, setzte ich mit gedämpfter Stimme hinzu.

»Vielleicht schlummert es noch bei ihm im Unterbewusstsein«, räumte Rainer ein. »Frühkindliche Prägung nennt man das. Kinder bekommen ja schon im Mutterleib die Gefühle und Ängste ihrer Mütter mit. Das habe ich in der elften Klasse unterrichtet.«

Hach! Ich brauchte seine altklugen Lehrerkommentare nicht! Was ging ihn das alles überhaupt an? Ich wollte in Ruhe meine Befindlichkeit ordnen, aber er wollte mir unbedingt dabei behilflich sein. Er hatte ja sonst nichts zu tun.

»Hast du denn schon wieder Muttergefühle entwickelt?«, fragte er interessiert, nachdem wir eine weitere Großfamilie überholt hatten. In meiner Wut ging ich ziemlich schnell.

»Hm? Magst du mir das sagen? Ein Stück weit?«

»Keine Ahnung«, sagte ich lahm.

Im Moment entwickelte ich im Sekundentakt Wutgefühle. Da hatten Muttergefühle gar keinen Platz.

»Ihr solltet euch vielleicht einen Mediator nehmen«, schlug Rainer vor. »Damit die Wogen nicht zu hoch schlagen. Ich hatte damals mit Dagmar einen. Sonst wären wir aufeinander losgegangen.«

Dagmar war Rainers Exfrau, die mitsamt Sohn Kyril in den Frankfurter Raum geflüchtet war. Irgendwie konnte ich mir gut vorstellen, dass Dagmar gern auf Rainer losgegangen wäre, ihm am liebsten den Kopf eingeschlagen hätte. Der lautmalerische Name des Sohnes klang nach gesplittertem Nasenbein. Ich biss mir auf die Lippen.

»Wenn du möchtest, dass ICH die Rolle des Mediators übernehme … Ich kann das gut!«

»Nein, nein«, sagte ich schnell. »Wir werden das schon irgendwie schaffen.«

»Wann trefft ihr euch denn?« Rainer war es wieder gelungen, meine Hand zu packen.

»Am liebsten sofort …« Ich warf die Arme ratlos in die Luft, ein kleiner Trick, um mich wieder zu befreien. »Aber ich weiß nicht, wie ich ihn erreichen kann!« Meine Hand war schon genauso feucht wie seine. Ich wischte sie an meinem Hosenbein ab.

»Eile mit Weile«, belehrte mich Rainer gütig. »Morgen ist er bestimmt wieder im Büro.«

Aber dem war nicht so. Obwohl ich am Montag von der Bibliothek aus im Fünfminutentakt bei ihm in Hamburg anrief, klingelte es penetrant durch.

Zu Hause hatte ich extra meine Büronummer und meine Handynummer auf den AB gesprochen: »In dringenden Fällen bin ich jederzeit unter … erreichbar.« (Und ich fand, das WAR ein dringender Fall!)

Rainer hatte noch angeboten, auch SEINE Nummer durchzugeben, er habe ja Zeit und könne jederzeit für mich ans Telefon gehen. Er könne auch gerne im Vorfeld »von Mann zu Mann« mit Oliver sprechen, aber das hatte ich dankend abgelehnt. Genauso wie sein Angebot, den ganzen Tag in meiner Wohnung zu sitzen und das Telefon zu bewachen. Ich würde den Kontakt zu meinem Sohn schon selbst wieder herstellen.

Aber Oliver rief nicht an und war auch nicht zu erreichen. Je öfter Rainer mir anbot, mich zu trösten, mich in den Arm zu nehmen oder wenigstens einen Kaffee mit mir zu trinken, umso dringender wurde mein Verlangen, auf ihn loszugehen. Rainer ließ sich durch nichts aus der Ruhe bringen: »Ich mag dich immer noch. Sogar wenn du zornig bist.« Und anstatt zu gehen, lehnte er sich an die Wohnungstür – leider von innen – und musterte mich forschend. »Du weißt hoffentlich, dass ich dir nur helfen will?«

Am Nachmittag besuchte ich Mutter im Krankenhaus. (Ohne Rainer. Ich war ein freier Mensch!) Sie war wach und konnte schon einige Sätze mit mir wechseln. Nachdem wir ihren ganzen Unfall noch einmal verhackstückt und besprochen hatten, warum sie aufs Höckerchen gestiegen war und was sie da genau wollte – sie erinnerte sich nicht mehr oder tat wenigstens so –, nahm ich ihre dünne Hand. »Weißt du, WARUM ich dir nicht sofort zu Hilfe geeilt bin?«

»Du warst am Telefon.« Sie betrachtete mich forschend.

»Bingo, Mutter! Und weißt du, wer dran war?«

»Rainer?!« Ihre müden Augen blitzten schelmisch auf. »Dann hätte mein Unfall ja noch einen Sinn gehabt!«

»Ach, Mutter!« Jetzt musste ich aber lachen. »Warum hätte ich denn mit dem telefonieren sollen, wo er doch ständig bei uns über der Balkonmauer hängt?«

»Tja?« sagte Mutter keck. »Moderne Kommunikation?«

Ach, sie war schon rührend in ihrer Hoffnung, mich in den sicheren Ehehafen schicken zu können! Offensichtlich hatte sie sich vorgenommen, nicht eher zu sterben, bis die Hochzeitsglocken geläutet hatten. Aber da würde sie so alt werden müssen wie Methusalem. (Wie alt war der eigentlich?)

»Al-so«, sagte ich und drückte Mutters Hand fest an mein heftig klopfendes Herz. »Ich habe gerade mit MEINEM SOHN telefoniert.«

Sie starrte mich an. »Mit Oliver?«

»Ja. Mit Oliver. Er heißt jetzt Roman.«

»Er hat dich also gefunden.«

»Ja.« Ich strahlte.

»Nach so langer Zeit.«

Also, begeistert war sie nicht. Eher reserviert. Das konnte aber auch an den vielen Schmerzmitteln liegen, die man ihr verabreicht hatte.

»Wie geht es ihm?«

»Es geht ihm unverschämt gut, Mutter.« Ich berichtete ihr, welchen Luxus er mit seinen schwerreichen Eltern genossen hatte. Mehr wusste ich ja auch noch nicht.

»Trefft ihr euch?«

»Sobald er sich wieder gemeldet hat.«

»Dann grüß ihn schön.«

»Willst du ihn denn gar nicht sehen?« Überrascht wich ich ein Stück zurück.

»Nein, lieber nicht.«

»Aber warum denn nicht?«

»Ich möchte ihn so in Erinnerung behalten, wie er war.«

»Aber Mutter, er war ein Baby! Und jetzt ist er ein erwachsener Mann!«

»Eben«, sagte Mutter. »Drum.« Damit war das Thema für sie erledigt.

Am übernächsten Tag ging in Hamburg endlich jemand ans Telefon. Ich hatte die Nummer nun schon so oft gewählt, dass ich sie im Schlaf vorwärts und rückwärts konnte.

»Sekretariat Roman Stiller, Sabine Stöcker am Apparat?«

»Frau Stöcker! Endlich! Wo waren Sie denn?!«, schrie ich die arme Frau erleichtert an.

»Ich hatte Urlaub«, schallte es pikiert aus dem Hörer. »Und bin auch heute auch nur aushilfsweise da.«

»Entschuldigung, ich suche ja auch nur ganz dringend meinen Sooo...genannten Gesprächspartner von Samstag, Herrn Stiller.«

Pause. Es knackte in der Leitung. Schließlich erwiderte sie norddeutsch-kühl: »Der ist auf Geschäftsreise.«

»Oh.« Ich schluckte. Das hätte er mir bestimmt alles noch gesagt, wenn ich nicht so voreilig aufgelegt hätte.

»Ähm – wohin ist er denn gereist?«

»Ins Ausland.«

»Natürlich.« (Wenn sie jetzt gesagt hätte ›Nach Butterblum‹, hätte ich den Hörer geküsst! Aber das war leider nicht der Fall.) »Und wann kommt er wieder?«

»Wer sind Sie denn?«, kam es spitz zurück.

»Ich bitte nochmals um Entschuldigung«, sagte ich schnell und schickte einen kleinen Lacher hinterher. »Ich weiß heute wirklich nicht, wo meine Manieren sind. Ich habe mich noch gar nicht vorgestellt. Carin Bergmann. Ich bin seine Mu ...« Oh. Lieber nicht. Ich biss mir auf die Zunge.

»Seine Muh?«

»Seine Muse.« Gott, das war mir jetzt einfach so rausgerutscht. Wie erstarrt saß ich da. Ich hätte vor Verlegenheit im Boden versinken können.

»Seit wann braucht Roman eine Muse? – Obwohl, dem ist alles zuzutrauen!«

»Nein, Spaß. Quatsch. Ich bin eine alte Bekannte.« (Das war nicht gelogen.)

»Und was darf ich ausrichten?« Es klang wirklich sehr kühl. Fast schon spöttisch.

»Dass ich DRINGEND auf seinen Rückruf warte!«

»In welcher Angelegenheit?«

»Das ist privat.«

»Herr Stiller ist auf einer mehrwöchigen Dienstreise im Ausland. Mehr kann ich Ihnen dazu nicht sagen.«

»Danke, liebe Frau Stöcker. Wie kann er denn JETZT ins Ausland fahren?«

»Wieso denn NICHT jetzt?«

»Ich meine, er erwartet doch sein drittes Kind?«

»Seine Frau erwartet ihr drittes Kind. Er selbst ist nicht schwanger«, zickte Frau Stöcker mich an. Ich war ganz verdattert. Mann, war das eine blöde Kuh!

»Bitte seien Sie doch so nett, und richten Sie ihm meine Nummern aus.« Ich lächelte am Telefon, um noch freundlicher zu klingen. War das demütigend, so devot zu sein! Obwohl sich die Vorzimmerzicke unwillig zeigte und versicherte, selbst keinen Kontakt zu ihm zu haben, fand ich noch ein paar Dinge über ihn heraus. Anscheinend begleitete er mit einem Kamerateam eine Gruppe junger Leute bei einer Extremsportexpedition in die Arktis. Es sollte eine Fernsehdokumentation über ein paar Wagemutige (oder Durchgeknallte) geben, die über das ewige Eis zum Nordpol kiteten oder so was. Ich fragte, was »Kiten« sei. Daraufhin erfuhr ich, dass man dabei auf einem Schlitten sitzt und sich von einer Art Fallschirm übers Eis ziehen lässt. Ein ZDF-Moderator und ein ehemaliger Schlagersänger waren auch mit von der Partie. Sie übernachteten in winzigen Zelten und waren beim besten Willen nicht über Handy zu erreichen. (Klar. Das war natürlich auch eingefroren.) Das alles offenbarte sie mir allerdings nur, weil ich ihr so penetrant an der Backe blieb. Doch was Rainer konnte, konnte ich schon längst! Ich stieß einen tiefen Seufzer aus. Ausgerechnet jetzt war

Oliver quasi vom Erdboden verschluckt. Hoffentlich würde meinem Sohn nichts passieren! Jetzt war mir auch klar, warum er mich vor Beginn dieses Abenteuers noch angerufen hatte. Er wollte für den Fall der Fälle sein Leben ordnen.

Wie gesagt: Er hätte mir das bestimmt alles selbst erklärt, aber ich hatte ja unbedingt auflegen müssen. Ich raufte mir die Haare. Konnte er denn nach dreißig Jahren nicht zu einem günstigeren Zeitpunkt anrufen? Das Leben war wirklich ungerecht!

Und seine arme Familie? Diese schwangere Silke mit den kleinen Kindern Laura und Max? Die mussten doch vor Angst vergehen!

Ich hatte der kühlen Sekretärin alle meine Kontaktdaten aufgedrängt. Selbst die von Rainer. So weit war es mit mir schon gekommen. Sie notierte sie gnädig, und ich glaubte zu hören, dass sie kein bisschen lächelte.

# 8

Am Mittwoch nach Bibliotheksschluss hatte ich erstmals wieder Zeit, ins Fitnesscenter Nord zu gehen. Die täglichen Krankenhausbesuche hatten mich davon abgehalten. Endlich, endlich wollte ich meinen besten Freundinnen alles erzählen. Ich platzte vor Rededrang! Ich würde gar nicht trainieren, sondern die Mädels gleich auf einen Prosecco einladen. Außerdem war vielleicht Billis Enkelkind schon da? O Gott, nicht nur sie wurde in diesen Tagen Großmutter, sondern auch ich! Bereits dreifache Großmutter wurde ich! Auf einmal hatte ich sie alle überflügelt! Wie würden sie diese sensationelle Nachricht aufnehmen? Würden sie mir überhaupt glauben? Ich zitterte vor Aufregung, als ich über den Parkplatz zum Fitnessstudio eilte.

Doch kaum war ich über die Schwelle getreten, stürzte sich Vivian auf mich: »Carin, gut, dass du da bist. Mama hat einen Heulkrampf!«

»Aber warum denn?«

»Sie hat sich Extensions machen lassen, und es …« Sie zog mich diskret in eine Ecke. »Es sieht einfach scheiße aus!«

Was man von Vivian nicht behaupten konnte. Dieses hinreißend schöne Kind ließ ausgerechnet heute, am Haartrauertag seiner Mutter, seine dicke semmelblonde Löwenmähne offen bis zu den grazilen Hüften hängen.

»Sag mal, sind alle Kinder so grausam zu ihren Müttern? Steck dir sofort die Wolle hoch!«

Mitleidig betrat ich den Umkleideraum, in der ein gerupftes Huhn im Fitnessdress mit verquollenen Augen und schwarz verschmierter Wimperntusche vor der grausamen, alles hundertfach wiedergebenden grell beleuchteten Spiegelwand hockte und bitterlich schluchzte. Von Weitem sah Sonja aus wie ein verunglücktes Double von Vivian. Wie eine Vivian, die vom Blitz getroffen wurde, einen Stromschlag bekommen hat oder mit ihren Haaren unter ein Bügeleisen gekommen ist. Ihre mühsam angeschweißten, gebleichten Inderinnensträhnen hingen ihr wie dünne Drähte vom Kopf. Eigentlich war es zum Totlachen. Dass sie heulte, machte den Anblick nicht schöner.

»Erst sah es hammermäßig geil aus«, weinte Sonja, nachdem sie mich durch ihre Spülbürstenfrisur erkannt hatte. »Superschön geföhnt, total füllig, glatt und seidig. Ich stöckel hier rein, und die Leute sagen, dass ich jetzt echt aussehe wie Vivian! Und dann mach ich drei Stunden Zumba, Hot Iron und Power Pilates, schüttle zum Abschluss noch eine Stunde den Flexibar, stelle mich unter die Dusche, und dann …«

Der Rest ging in hemmungslosem Schluchzen unter.

»Ja, aber Liebes!«, sagte ich aufmunternd und hielt ein paar dünne Borsten hoch, um ihr Gesicht überhaupt erkennen zu können. »Dann föhnst du es halt wieder!«

»Dann krisselt es sich!« Verzweifelt brach sie auf der Umkleidebank zusammen.

»Na und?«, stellte ich mich dumm. »Dann krisselt es sich eben! Mein Gott, davon geht doch die Welt nicht unter! Ich wünschte, ich hätte endlich mal Locken!«

»Es sind keine normalen Locken. Das sind Afrolocken«, heulte Sonja und drosch mit der Faust auf die Bank ein. »Die Schweine haben mir Negerhaare untergejubelt! Und richtig blond sind sie auch nicht mehr. Die sind metallfarben! Fast schon blau!«

Ich erschrak. Also diese Begriffe, die Sonja da verwendete … Aber ich konnte ihr das in diesem Moment unmöglich sagen.

Ich musste sie aufbauen. »Na prima«, versuchte ich es halbherzig. »Die sind aus ganz dickem Material. Ähm. Hab ich zumindest mal gelesen.«

»Ich will keine krisseligen blauen Haare«, heulte Sonja.

»Aber das ist mal was Besonderes«, beschwichtigte ich sie. »Mädels. Anderes Thema. Ich habe sensationelle Neuigkeiten. Nie werdet ihr raten, wer mich am Wochenende …«

»Ich will nicht besonders, sondern gut aussehen!«

»Soll ich euch mal erzählen, was mir Unglaubliches passiert ist …« Ich zog meine Flasche Prosecco aus dem Nylonbeutel und wollte die Oliver-Bombe platzen lassen. »Nicht nur Billi wird gerade Oma, sondern …«

»Das sind verdammt noch mal Negerhaare!«, beharrte Sonja, die dieses Thema noch nicht als beendet ansah. »Die haben mir glatte Inderhaare versprochen, und jetzt habe ich eine Afrokrause! Für zweitausend Euro!«

In meiner Verzweiflung fing ich an zu singen: *»Was ich euch zu sagen hätte, dauert eine Zigarette …«* Ich fummelte schon das *»letzte Glas im Steh'n«* aus meinem Nylonbeutel, als Vivian mit einer großen Büroschere vor Sonja herumfuchtelte.

»Komm, Mama, Augen zu und durch!« Sie kaute Kaugummi.

»Meine Mutter hat immer gesagt, ich hätte Haare wie fauliges Stroh«, heulte Sonja. »Und jetzt hat sie sogar recht!«

O Gott. Jetzt fing DIE Arie wieder an. Diese MUTTER!

»NIE war ich hübsch genug für sie, IMMER war ich ein Trampel, mit einem Hintern wie ein Brauereipferd!«

Sonjas Mutter schien wirklich ständig verbal um sich geschossen zu haben. Und zwar mit der Schrotflinte!

»Nun mach mal halblang!«, mischte ich mich ein.

»Gute Idee«, sagte Vivian und klapperte mit der Schere.

Wir zuckten zusammen, denn in diesem Moment flog mit einem lauten Knall die Tür auf, und Billi kam herein. Mit einem winzigen Bündel im Arm.

Vivian und ich ließen sofort von der heulenden Sonja ab: »Oooooohhhh!! Wie süüüüüß!«

»Ist es das?!«, fragte ich überflüssigerweise.

»Nein, es ist das Stallkarnickel von nebenan!« Billi knuffte mich grinsend in die Seite. »Was dachtest du denn?«

»Wann ist es auf die Welt gekommen?«

»Wie heißt es?«

»Wie schwer, wie groß, wie lang?«

Billi bahnte sich einen Weg zu Sonja, gab ihr einen Kuss auf die Wange, ließ sich auf die Umkleidebank fallen und hob die Decke.

Oh. Wir starrten auf das Baby. Es war winzig und süß und kaute an seinem Fäustchen und alles, und es erinnerte mich auch bittersüß an Oliver. Aber – es war ziemlich dunkelbraun.

»Das ist ein Negerkind«, stellte Vivian kaugummikauend fest.

Betretene Stille.

»Das ist ein Kind mit schwarzafrikanischen Wurzeln«, wandte ich politisch korrekt ein.

»Ich dachte, das ist von Rikki?«, schluchzte Sonja unter ihrer Sauerkrautfrisur.

»Und von Fabi«, fügte ich der Vollständigkeit halber hinzu. »Dem netten Jungen, der dir immer den Abfall runterbringt.«

»Und mit dem Computer hilft«, sagte Vivian und machte große Augen.

»Genau«, erwiderte Billi. »Das dachten Rudi und ich auch.«

Und dann erzählte sie uns alles über die Geburt. Rikki hatte aus im Nachhinein verständlichen Gründen lieber in München entbinden wollen und nicht in der Kleinstadtpraxis ihres Vaters. Deshalb war sie mit ihrem großen Bruder Robbi in die Uniklinik gefahren, als die Wehen einsetzten. Und dann, am Samstag, genau in dem Moment, in dem auch mein Leben eine entscheidende Wendung nahm, war es endlich so weit: Sie rief ihre Eltern an und bestellte sie stolz in die Uniklinik. »Ihr könnt euer Enkelkind bewundern. Es ist gesund und ein Mädchen.«

Rudi und Billi setzten sich sofort in ihre große Familienkutsche und reisten an. Billi hatte sich in ein großmütterliches Trachtengewand mit Silberbrosche geworfen und Rudi in seine Krachlederne und Joppe mit Hirschhornknöpfen. Dazu trug er mit großväterlichem Stolz seinen Jägerhut mit Gamspinsel obendrauf. Großer Auftritt. Trommelwirbel. Es bebte der Rasierpinsel auf großväterlichem Haupt.

Rikki hob huldvoll die Decke.

Rudi und Billi starrten den Säugling an, der aus schwarzen Knopfaugen zurückstarrte.

»Is dat nich wat dunkel?« Billi kam ursprünglich aus Unna bei Dortmund. Vor lauter Verblüffung nahm sie ihren Dialekt wieder an.

»Is wat dunkel, wollnech?« Ein unsicherer Seitenblick auf Rudi, ihren Gatten.

»Kann sein«, sagte Rikki.

»Das könnte eine frühkindliche Gelbsucht sein«, merkte Rudi an. Der Gynäkologe musste es ja wissen. »Was sagt denn der Kinderarzt?«

»Nichts dergleichen«, sagte Rikki ungerührt. »Es hat keine Gelbsucht.«

»Et IS aber wat dunkel«, beharrte Billi und griff nach dem schwarzen Fäustchen, das sich sofort um ihren großmütterlichen Finger schloss.

»Weil es nämlich nicht vom Fabi ist«, lüftete Rikki gnädig das Geheimnis. Fabi war semmelblond und der Sohn des ortsansässigen Notars. Man hatte sich schon auf eine gemeinsame, politisch eher konservative Großfamilie gefreut.

Billi musste sich setzen. »Nein? Von wem ist es denn dann?«

»Vom Roberto.«

»BLANCO?!« Das blanke Entsetzen stand Billi ins Gesicht geschrieben. (Und die erschütterte sonst wenig.)

»Quatsch, Mama. Der ist mir doch viel zu alt!«

»Keine Ahnung, bei dir weiß man ja nie …«

»Roberto Blanco hat gerade eine ganz junge Blondine geheiratet«, mischte sich Rudi ein. »Die leben jetzt im Salzburger Raum.«

»Großer Blödsinn«, ereiferte sich Billi. »Wenn du die *Bunte* genau lesen würdest, wüsstest du, dass er noch verheiratet IST! Mit einer Frau in SEINEM ALTER!« Dabei sandte sie ihm einen vielsagenden Blick.

»Du musst mir jetzt keine Vorhaltungen machen«, brummte Rudi. »Das ist der falsche Zeitpunkt und der falsche Ort.«

»Und DU musst hier nicht von jungen Blondinen schwärmen«, gab Billi spitz zurück. »Das ist AUCH der falsche Zeitpunkt und der falsche Ort.«

»Sagt mal, seid ihr BESCHEUERT?«, regte sich die Wöchnerin auf. »Ich kriege hier ein Kind, und ihr zelebriert hier einen erstklassigen Ehekrach? Ihr seid gerade zum ersten Mal Großeltern geworden! Könnt ihr euch das mal reinziehen?«

»Ich ziehe mir gerade rein, dass ich Opa von einem Negerkind geworden bin«, murmelte Rudi. Er war in Butterblum mit der CSU unterwegs und überlegte sich wohl gerade, was er seinen Stammtischbrüdern sagen sollte.

»Das ist völlig egal.« Billi war schon aufgesprungen und hatte das süße Enkelkind behutsam in die Arme genommen. »Es ist gesund, wir lieben es, und ich stehe zu meinem Versprechen, es großzuziehen, bis du Abitur gemacht hast.«

»Klasse, Mama.« Rikki streckte die Arme aus und zog Billi heftig an sich.

»Und was wird aus Fabi?«, fragte Billi. »Zieht der aus?«

»Meinetwegen muss er das nicht«, sagte Rikki. »Aber ich schätze, er geht von allein.«

Rudi schüttelte missbilligend den Kopf. »Da haben wir den drei Jahre lang für nichts und wieder nichts durchgefüttert!«

»Für nichts und wieder nichts stimmt doch überhaupt nicht«, protestierte Rikki. »Der war drei Jahre lang mein fester Freund.

Aber ich kann mich mit siebzehn eben einfach noch nicht festlegen.«

»Alles hat seine Zeit«, murmelte Billi. »Er hat mir allerdings immer mit dem Computer geholfen. Und den Abfall runtergebracht …« Schweigend musterte sie das süße, dunkelhäutige Baby.

»Ganz schwarze Augen«, staunte Billi. »Wie Schokoladentaler!«

»Mama, rede nicht so einen blöden Scheiß. Es hat ganz normale Augen.«

»Wo ist denn der Kindsvater jetzt?«, wagte Rudi einen altmodischen Vorstoß.

»Keine Ahnung. Wieder in Ghana oder so.«

»Und? Kommt der für sein Kind auf?«

»Quatsch. Er hat doch gar keine Ahnung davon.«

Billi und Rudi wechselten vielsagende Blicke.

»Ich wusste ja bis gestern selbst nicht, dass es von ihm ist! Die Chancen standen eins zu hunderttausend!«

Billi und Rudi wechselten weitere vielsagende Blicke. Hunderttausend. Und das alles in ihrer Arztvilla am See!

»Jetzt guckt euch doch nicht dauernd so vielsagend an! Tut ihr doch sonst auch nicht!«, beschwerte sich Rikki.

»Wie heißt es denn?«, überging Billi den Affront.

»Es heißt Mohair«, verkündete Rikki stolz.

»Oh«, sagte Billi überrascht. »Was für ein schöner Name.« Sie trat Rudi unauffällig auf den Fuß.

»Für einen Pullover«, sagte Rudi. »Oder einen Sessel.«

»Ihr seid so was von engstirnig! Mohair ist ghanaisch und bedeutet frei übersetzt: ›Kleines freies Gnu‹.«

»Warum willst du dein Kind nach einem Gnu benennen?«

»Weil Roberto Marathonläufer ist. Er hat beim Rosenheimmarathon den dritten Platz belegt.«

»Und du warst im Anfeuerteam«, erinnerte sich Billi laut.

»Oder wie nennt man die gleich? Die Girls in den knappen Röckchen, die Fähnchen schwingen und mit dem Hintern wackeln?«

»Cheerleader«, sagte Rikki und verdrehte die Augen.

»Ah«, sagte Rudi. »So wird ein Schuh draus!«

»Kein Schuh«, musste Rikki partout das letzte Wort haben. »Ein Kind wird draus.«

Und damit war das Thema erledigt.

Wir Mädels streichelten Mohairs Köpfchen und waren ganz außer uns vor Entzücken.

»Süüüüß!«

»Oh, diese Bäckchen!«

»Und diese Fingerchen!«

Dies schien mir der passende Moment zu sein, meinen eigenen Beitrag anzumoderieren.

»Mädels«, sagte ich und ließ den Prosecco-Korken knallen. Meine Finger zitterten vor Aufregung, und ich spürte, wie meine Halsschlagader pulsierte. »Ich hab euch auch etwas Wichtiges zu sagen. Also …« Ich räusperte mir einen Kloß von der Kehle. »Ich habe am Samstag aus heiterem Himmel einen Anruf aus Hamburg bekommen und dachte, das ist jemand aus der Abo-Abteilung vom *Stern* …«

Die Türglocke ging. Jemand betrat den Empfangsraum. Kundschaft. Mist!

»Geh du!«, sagte Sonja und scheuchte ihre Tochter Vivian hinaus. »Ich sehe scheiße aus.«

»Also so wie immer«, murmelte Vivian pietätslos, verdrehte die Augen und knallte die Schere auf die Fensterbank.

Man musste Vivian allerdings zugutehalten, dass Sonja ständig behauptete, scheiße auszusehen, nur damit sie von uns das Gegenteil hörte. Ein klarer Fall von *Fishing for compliments*. Sonja griff dankbar nach dem Prosecco-Glas.

»Prösterchen«, sagte Billi aufmunternd.

»Stößchen«, sagte Sonja. Und zu mir: »Sei froh, dass du keine Kinder hast.«

Ich atmete tief ein und blies die Backen auf. Gleich würde ich platzen.

»Ja, obwohl ich sie alle liebe wie Sahnepudding – manchmal könnte ich sie an die Wand klatschen«, sagte Billi. »Und dieses hier liebe ich wie Schokopudding«, fügte sie schelmisch hinzu. »Euch darf ich das ja sagen. Rikki würde mich steinigen.«

»Na ja, ...« Ich hatte ganz rote Wangen vor Aufregung und trank mir schnell noch etwas Mut an, bevor ich endlich die Bombe platzen ließ. »Wie gesagt, das Leben ist voller Überraschungen ...«

In dem Moment begann Sonja erneut zu schluchzen.

»Mein Leben hat nur böse Überraschungen für mich parat!« Sie zog an ihren Strähnen. »Alles läuft schief!«

Das war doch nicht zu fassen! Ich kam mit meiner Geschichte einfach nicht zu Wort. Während Vivian draußen mit einem männlichen Fitnessfreak verhandelte, diskutierten wir weiter über den Zustand von Sonjas Haaren, der ja das Allerwichtigste hier im Raum war.

»Ihr wisst, wie sehr mich Holger verletzt hat«, wimmerte sie. »Ich fühle mich so wertlos!«

»Aber das bist du nicht, Liebes!«

»Meine Mutter hat immer gesagt, ich kann nichts, ich bin nichts, ich werde es nie zu was bringen, und ich kann auch keinen Mann halten!«

»Man muss einen Mann überhaupt nicht halten«, sagte Billi. »Man kann Hunde halten. Oder Katzen.«

»Oder Pferde«, sagte ich. »Männer muss man ziehen lassen.« (Ich hatte gut reden.)

»Im Ballett war ich die Beste«, schluchzte Sonja. »Aber meine Mutter hat immer gesagt, bilde dir bloß nicht ein, dass du tanzen kannst!«

»Aber Sonja!« Wir strichen der Verzweifelten über den Kopf. »Du bist großartig! Du bist so vielseitig begabt!«

»Bin ich nicht! Ich kann nichts, ich bin nichts, und nun werde ich auch noch alt!«

»Quatsch! Keine von uns ist so jung und knackig wie du!« Außer Vivian natürlich, hinter den sieben Bergen, bei den sieben Zwergen. Aber das erwähnten wir lieber nicht.

»Und warum hat mich Holger dann verlassen?« Sonja war tränenüberströmt. Ihre schwarze Wimperntusche bildete ein trauriges Rinnsal, lief über ihre fleckigen Wangen und tropfte ihr vom Kinn. Sie sah wirklich mitleiderregend aus.

Vivian kam wieder rein: »Manni Adler. Mama, du bist mit ihm verabredet.«

»Oh, Scheiße, Scheiße, Scheiße!«, heulte Sonja laut auf und hieb mit der Faust auf die Bank.

Das Baby mit schwarzafrikanischen Wurzeln fing an zu weinen.

»Mohairlein, jetzt wein doch nicht! Die Oma ist doch bei dir!«, flötete Billi.

»Das ist der neue Fitnesstrainer, den ich eingestellt habe«, wimmerte Sonja. »Der soll hier das Image aufpolieren!«

»Aber Mama! Jetzt beruhige dich doch! Wir kriegen das mit den Haaren wieder hin!« Vivian setzte sich kaugummikauend neben ihre Mutter und bot ihr erneut die Schere an.

Anscheinend war ich die Einzige, die gerade abkömmlich war. So professionell wie möglich trat ich dem neuen Trainer gegenüber. Er stand am Empfangstresen und hatte mir den Rücken zugekehrt. Ein gut gestähltes Muskelpaket. Der Name Manni passte zu ihm. Ein echtes Mannsbild. Als er sich umdrehte, zuckte ich zusammen. Mir war, als hätte ich ihn schon mal irgendwo gesehen. Ich starrte ihn ein Spur zu lange an. Er sah nur so … umwerfend gut aus. Ein junger Kerl, Ende zwanzig vielleicht. Er strahlte ein gesundes Selbstbewusstsein aus, woraufhin ich mich automatisch in ein graues Mäuschen verwandelte. Ach, diese jungen Leute!, dachte ich wehmütig. Die strotzen nur so vor Selbstbewusstsein. Genau wie Vivian. Keiner hat denen je das Wort verboten. Geschweige denn den Hintern verhauen. (Mutter würde sagen, »eins hinter die Löffel gegeben«.) Er checkte mich in Sekundenbruchteilen ab. Ich war mir in meinem ganzen Leben noch nie so alt vorgekommen. Er hatte extrem blonde kurze Haare. Seine strahlend blauen Augen wirkten fast unwirklich. Damit fixierte er mich wie ein Adler. Ich räusperte mir einen Kloß von den Stimmbändern.

»Hallo. Ich bin Carin Bergmann, eine Freundin des Hauses.«

»Manni«, sagte der neue Trainer.

Ich starrte ihn mit offenem Mund an. So Trainer duzte man gleich?

»Manni Adler.«

Ich konnte meinen Blick nicht von ihm abwenden. Doch dann riss ich mich zusammen. »Tut mir leid, aber Frau König ist gerade beschäftigt.« (Mit sich. Wie immer.)

Ah! Jetzt wusste ich, wem er ähnlich sah! Sascha Hehn! Dem jungen Assistenzarzt aus der Schwarzwaldklinik! (Den kannten natürlich nur noch wir alten Tanten.)

Manni Adler schüttelte meine Hand und sah mich etwas zu durchdringend an. Er hatte etwas an sich, das mich beunruhigte.

Ich wollte mich in ein Loch verkriechen, spürte aber meine Hormone Tango tanzen. Hallo? Ich war doch nicht Lernschwester Elke! Leider. Ich war sicher zwanzig Jahre älter.

Ich entzog ihm meine Hand.

»Die Chefin hat gerade eine Krise.«

Oh. Das kam ganz missverständlich rüber. Umschwenken, dachte ich, umschwenken! Wie mache ich das jetzt bloß? Eine Kurskorrektur. Aber subtil, damit er nichts merkt.

Der Trainer stutzte. »Was denn für eine Krise?«

»Eine Sinnkrise, Lebenskrise.« Ach, zur Hölle damit. Ich war eine Frau. Und er war alt genug, das zu verstehen. »Eine Frisurenkrise, um ehrlich zu sein.«

Manni Adlers Mundwinkel zuckten spöttisch. O Gott, ich hatte schon einen leichten Schwips. Wieso wollte ich diesem Trainer gefallen? Flirtete ich etwa mit ihm? Ich hatte doch gar keine Chance gegen Vivian und Sonja. Auf einmal kam ich mir entsetzlich albern vor.

»Wir feiern gerade die Ankunft eines neuen Erdenbürgers«, faselte ich gegen meine Unsicherheit. »Eine von uns ist gerade Großmutter geworden.« Gott, wie altbacken. Jetzt wurde ich auch noch rot.

»Ach ja?«

Des Trainers unglaublich blaue Augen flackerten leicht. Ich bekam weiche Knie. Plötzlich wurden mir seine dunklen Haarwurzeln bewusst. Er hatte gefärbte Haare. (War er schwul?) Wie hätte Rikki gesagt? »Scheiß dich nicht an, Mama!« Oder Vivian: »Ist doch geil!« Das konnte ja heiter werden. Ich wollte irgendwas Unbekümmertes, Keckes sagen, aber mir fiel nichts ein. Ach, das war doch gar nicht meine Aufgabe! Sollte Vivian ihn doch bezirzen oder Sonja, wenn es ihr besser ging! Ich straffte mich. Man sollte meinen, dass ich nach achtzehn Jahren als Bibliothekarin souveräner mit einem neuen Mitarbeiter umgehen konnte. Wobei sich bei uns noch nie so ein stählerner Jüngling beworben hatte. Der letzte Neuzugang war eine ältliche Dame namens Fräulein Dünnbügel gewesen, die ehrenamtlich bei uns arbeitete und einen Dutt hatte.

»Ich darf Sie schon mal mit den Räumlichkeiten vertraut machen?«

Manni Adler lächelte mich auf einmal so charmant an, dass ich den Blick senken musste. »Aber gern! Ich folge Ihnen unauffällig.«

Was technisch gar nicht machbar war. Der und unauffällig!

Zögernd drehte ich mich um. Diese extrem blauen Augen! Dieses braun gebrannte Gesicht! Da sah verdächtig nach Sonnenstudio aus! Fehlte nur noch ein Ring im Ohr. Dieses künstliche Blond. Bestimmt hatte er irgendwo eine zweideutige Tätowierung. Vivian würde sagen: »Der Mann ist der Hammer!« (Und Sonja: »Muskel- und Samenstränge.«)

»Bitte!«, sagte ich. »Nach Ihnen.« Ich wollte lieber hinter ihm gehen als umgekehrt. Während ich ihm die Räume zeigte, fragte ich ihn ein bisschen aus. Er stamme aus Düsseldorf, habe aber lange in Kanada gelebt. Dort habe er an Wettrennen in Hochhaustreppenhäusern teilgenommen. Ab fünfzig Stockwerken werde es für ihn interessant. Wer als Erster oben sei, habe gewonnen. Dann renne man um die Wette wieder hinunter, was schwierig sei, weil die meisten noch aufwärts rannten. Ich sah ihn ungläubig an und musste lachen. Vorher sei er in Berchtesgaden bei den Gebirgsjägern gewesen, erzählte Manni Adler weiter, während er unsere Sportgeräte sichtete und hier und da prüfend Hand anlegte. Er habe Soldaten in Kampfsport ausgebildet und in Gletscherspalten und Höhlen übernachtet.

Ein knallharter Bursche also. Toll! Wo hatte Sonja den nur für unser Mutti-Studio in Butterblum-Nord aufgetrieben? Das wollte ich sie fragen, sobald sie mit ihrer Frisurenkrise fertig war. Aber wie dem auch sei: Dieser junge Kerl würde uns Feuer unterm Hintern machen. Als Erstes werde er das Fitnessangebot um Selbstverteidigung und asiatische Kampfkunst bereichern, teilte er mir entschlossen mit. Das sei mit Sonja so abgesprochen.

»Da werden Sie uns aber gehörig ins Schwitzen bringen«, antwortete ich. »Wir sind hier nämlich ein ganz normaler Hausfrauenverein, der nur ein bisschen Spaß haben will.«

»Den werden wir auch haben.«

Wieder sah mich der Mann so vielsagend an, dass meine Knie puddingweich wurden. Wieder flackerte sein Blick. War er verlegen? Aber doch nicht meinetwegen?! Baggerte er mich an? Quatsch, Carin, schimpfte ich mit mir. Er könnte dein Sohn sein!

Ich erstarrte. Er könnte … Ich schluckte. Blödsinn! Mein Sohn war in der Arktis. Mein Sohn hatte dunkelbraune Augen und schwarze Haare. Dieser hier war blond und blauäugig. Er war ein völlig anderer Typ! Außerdem hatte er einen rheinländischen Akzent und Roman einen norddeutschen. Ich sah schon Gespenster.

Vivian erschien. Aus irgendeinem Grund hatte sie das knappste Fitnessdress gewählt, das sie auftreiben konnte. Ein grellrotes mit Glitter drauf, das ihren knackigen Po perfekt zur Geltung brachte. Sie servierte ihm ihre Reize gewissermaßen auf dem Silbertablett. Als kleinen Gruß aus der Küche. Auch ihren Busen versteckte sie nicht. Ein paar Paradiesäpfel, drall und appetitlich angerichtet. Als Amuse-Gueule. Manni Adler fielen fast die Adleraugen aus dem Kopf. Er wurde doch tatsächlich rot!

Na bitte!, dachte ich mit wohligem Gruseln. Wenn das nicht gefunkt hat. Ich verschränkte die Arme vor der Brust und lehnte mich an die Fensterbank. Auf einmal war ich Luft. Klar.

Die beiden jungen Leute kamen sofort ins Gespräch und fachsimpelten über die neuesten Foltergeräte aus Kanada. Daran würde Sonja sich demnächst vor lauter Frust quälen. Meine arme Freundin.

# 9

Rainer hatte mir wieder einen Zettel mit einem grünen Gedicht unter der Wohnungstür durchgeschoben:

*Trennung*
*von dir*
*bedeutet nicht Schmerz,*
*sondern*
*unbändige Freude,*
*dich*
*bald*
*wiederzusehen.*

Da konnte ich ihm genauso gut die Tür öffnen. Er stand nämlich abwartend davor:

»Was gibt's Neues?«

»Nix.«

»Dein Sohn ist also nicht aufzutreiben. Das ist Pech.« Forsch betrat Rainer die Wohnung.

»Er wird sich schon wieder melden«, spielte ich meine Enttäuschung herunter.

»Hast du ihn schon gegoogelt?« Rainer war mir in die Küche gefolgt und griff ganz selbstverständlich in die Obstschale, um sich eine Birne zu nehmen. Laut krachend verspeiste er sie.

»Ja, das habe ich.« Energisch trug ich die Schale auf den Balkon. »Die Küchenrolle steht da hinten!«

»Ich natürlich auch«, sagte Rainer und folgte mir erneut. »Er ist dunkelhaarig und hat braune Augen. Er ist Autor oder Redakteur oder so was, arbeitet für einen Sachbuchverlag und dreht Dokumentarfilme.«

Ich wirbelte zu ihm herum. »Als ob ich das nicht längst wüsste! Und stell dir vor, ich weiß sogar noch mehr. Im Moment ist er in der Arktis!« Nicht ohne Stolz berichtete ich ihm, was ich inzwischen in Erfahrung gebracht hatte.

»Oh!«, sagte Rainer. »Da habe ich dich wohl unterschätzt. Entschuldigung.« Er nahm meine Hand und setzte seinen Dackelblick auf. »Bitte, Carin. Sei mir nicht böse. Ich bin ein dämlicher Trottel.«

Ich starrte ihn an. Ja, dachte ich. Das bist du. Aber kann man dir böse sein?

»Ich will dir doch nur beistehen in dieser schweren Phase.«

Also ehrlich gesagt wollte Rainer mir immer beistehen. Egal, welche Phase ich gerade hatte. Da war er nicht wählerisch.

Eigentlich wollte ich heute Abend allein sein, die Beine baumeln lassen und mir einen Obstsalat einverleiben. Seit ich den neuen Trainer zu Gesicht bekommen hatte, wollte ich doch ein bisschen was für meine Figur tun. Nicht, dass ich besorgniserregend aus der Form geraten war, aber gesunde Ernährung ist bekanntlich das A und O. Besonders, wenn gerade ein junger Fitnessgott im Studio Einzug gehalten hat. Und erst recht, wenn die Wechseljahre nahen.

Und das taten sie bei Sonja gerade mit Blaulicht und Tatütata. Platz da, wir sind's, die Wechseljahre! Lasst uns durch! Hormonattacken, hysterisches Herzrasen, Hochwasser in Form von Schweiß und Tränen, Erdbeben, Murenabgänge – sofort eine Rettungsgasse bilden!

Die Arme. Gut, auch mir wollten manchmal die Tränen kommen, wenn ich unerwartet mit meinem Spiegelbild konfrontiert wurde. Wer ist die alte Bleiche mit dem irren Blick? (Einmal hatte ich mich im Rückspiegel eines Autos gesehen und gedacht, meine Mutter säße hinten und würde auch mitfahren.) Da Sonja und ich fast gleich alt waren, würde es mich über kurz oder lang auch erwischen. Bald würde ich selbst Opfer solcher Weinkrämpfe sein! Aber nicht in Rainers Gegenwart. Denn das würde ihn nur dazu verleiten, mich an sich zu reißen, zu trösten, zu streicheln und mit feuchten Küssen zu bedecken. Nein, ich nahm mir vor, mich fest im Griff zu haben. So wie immer. Das hatte Mutter mich gelehrt, und dafür war ich ihr dankbar. »Willst du was gelten, so komme selten.« (Sie meinte das eher politisch als sexuell, aber dieses Thema hatten wir ja schon besprochen.)

»Ich hab dir den *Stern* mitgebracht.« Rainer zog die Illustrierte unter seinem Blouson hervor und hielt sie mir unter die Nase.

Auf dem Titel stand dick und fett: »Wenn Liebe nicht wachsen will«.

»Danke, lieb von dir. Nichts wünsche ich mir im Moment mehr, als in Ruhe auf dem Balkon zu sitzen und zu lesen.« Ich wollte danach greifen, aber er entzog sie mir neckisch.

»Ich weiß doch, was dir gefällt.«

Da war ich mir nicht so sicher.

»Noch mal danke, Rainer! Dann kann ich heute Abend IN RUHE lesen!«

Ich war wirklich gespannt, was man zu diesem Thema an neuen Erkenntnissen gewonnen hatte. Rainer hatte bereits eigene Vorstellungen:

»Sollten wir nicht ausnutzen, dass deine Mutter nicht zu Hause ist?«

Er machte ein Gesicht wie ein Schuljunge, der einen schlimmen Streich vorhat. Ja, wollte er in ihrem behindertengerechten Seniorenbett mit Galgen Schabernack treiben?

»Och, nein«, winkte ich ab. »Ich bin total kaputt vom langen Stehen in der Bibliothek und habe auch noch einiges aufzuarbeiten …« Ich zeigte auf einen Bücherstapel auf dem Tisch.

»Eben hast du noch gesagt, du willst einfach nur im *Stern* blättern.«

Jetzt kam ich mir vor wie dieses knollnasige Ehepaar bei Loriot: »Erst willst du LESEN, dann willst du ARBEITEN und dann OBSTSALAT ESSEN. Ja, was WILLST du denn?«

»Ich will nur hier sitzen.«

Platsch! Rainer saß. »Dann sitzen wir eben.«

Ich starrte ihn fassungslos an.

»Ich könnte dir die Füße massieren.« Rainer krempelte sich schon die Hemdsärmel hoch. Heute trug er ein langärmliges Hemd, was ich erfreut zur Kenntnis nahm.

»Hier, ich habe dir was geschrieben.«

»Wie, noch was?« Das nahm ja ungeahnte Ausmaße an!

»Na ja, ich hatte ja Zeit.« Er winkte bescheiden ab. Stirnrunzelnd las ich, was Rainer mir offenbarte.

*Es ist*
*ein langer*
*und beschwerlicher Weg,*
*das Herz einer Frau*
*so zu erwärmen,*
*dass man anschließend*
*auch ihre Füße*
*wärmen darf.*

Ich seufzte. »Ach, Rainer!« Insgeheim rollten sich mir die Zehennägel auf.

»Ich bin der beste Füßemassierer der Welt!« Er kniete sich stolz hin. »Zumindest hat Dagmar das immer gesagt.« Er kicherte verschmitzt.

Ich biss mir auf die Lippen. Eine Kostprobe seines Könnens hatte ich in anderen Körperregionen bereits erleben dürfen, was von einer deutlichen Fehleinschätzung der eigenen Begabungen zeugte.

Überhaupt. Das Wort »hochbegabt«. Bei mir in der Bibliothek tauchten immer wieder Mütter auf, die mir weismachen wollten, ihre Kinder seien hochbegabt. Ich solle ihnen keine Kinderbücher geben, sondern Weltliteratur. Die meisten dieser armen hochbegabten Kinder hatten nichts weiter als das Aufmerksamkeitsdefizitsyndrom, tobten in der Bibliothek herum und machten die teuren Bücher kaputt. Wenn sie denn überhaupt ein Aufmerksamkeitsdefizitsyndrom hatten. Wahrscheinlich waren sie einfach nur schlecht erzogen.

Rainer hingegen hatte das Selbsteinschätzungsirrtumssyndrom, SEIS genannt. Es leiden ja weltweit viele an SEIS, aber Rainer ganz besonders.

Gleich würde ich Rainer einen Zehenorgasmus vortäuschen müssen! Wie Meg Ryan in der berühmten Restaurantszene! Doch dazu wollte ich es gar nicht erst kommen lassen.

»Also, Rainer, wenn sonst nichts mehr anliegt, würde ich gern …«

»Es liegt nichts mehr an«, sagte Rainer vielsagend.

»Ich bin heute nicht so gut drauf«, murmelte ich erschöpft.

»Hauptsache, du bist gut drunter!«

Mit den Augen wies ich auf die Wohnungstür.

Doch Rainer ließ sich nicht abweisen. Er zog seinen letzten Trumpf aus dem Ärmel. Zum Glück nicht aus der Hose.

»Ich hab übrigens auch noch deine Post mit hochgebracht.«

Rainer zog etwas aus der Innentasche seines unsäglichen Rentnerblousons. »Ein Brief aus Hamburg.«

Zitternd riss ich ihm den Umschlag aus der Hand. »Bist du bescheuert? Und das sagst du mir erst jetzt? Was geht dich meine Post an?«

»Ich dachte, ich spare dir den Weg zum Briefkasten? Wo du doch so müde bist?«

Ich starrte auf den Absender. Roman Stiller. Hamburg Blankenese, Auf dem Elbdeich 64.

»Rainer«, sagte ich mit schneidender Stimme: »Raus!«

»Also bitte, ich habe es doch nur gut gemeint!«

»Rainer, ich SCHLAGE dich!« Wild entschlossen griff ich zu *Bekenntnisse des Hochstaplers Felix Krull.* Es war eine gebundene Ausgabe.

Da verzog er sich überraschend einsichtig in seinen Bau.

Als Erstes fiel mir ein Schwarz-Weiß-Foto in die Hände. Mein Herz raste. Alessandro Bigotti!

Nein, Quatsch. Oliver.

Wieder Quatsch. Roman.

Er hatte kinnlange schwarze Haare, einen Dreitagebart, eine markante Designerbrille, die ihn älter machte, und ernste, tiefbraune Augen. Sein schneeweißer Hemdkragen blitzte unter einem dunklen, perfekt sitzenden Jackett hervor. Das ideale Vorzeigefoto für ein Eheanbahnungsinstitut. Der perfekte Kandidat für die heiratswillige Dame aus gutem Hause. Intellektuell, erfolgreich, gut situiert. Sein Kinn ruhte nachdenklich auf seiner Hand. Das Bild wirkte gestellt. Hatte er es extra für mich, seine Mutter, anfertigen lassen? Oder war es sein offizielles Bewerbungsfoto für was auch immer? Es war kein Schnappschuss. Wie sehr hätte ich mir gewünscht, ihn im Kreise seiner Familie zu sehen, lachend mit seiner Frau Silke, an jeder Hand ein Kind. Lange betrachtete ich das Bild. Meine Hände zitterten. Er wirkte – herablassend. Fast arrogant. Das also war aus meinem kleinen, unschuldigen Oliver geworden.

Ich kramte meine Lesebrille hervor und griff nach dem beiliegenden Brief. Er war ziemlich umfangreich und auf dem

Computer geschrieben. Der Briefkopf war der eines renommierten Verlags. Einige seiner Bücher hatte ich sogar in meiner Bibliothek.

*Liebe Frau Bergmann,* las ich. *Oder darf ich Sie gleich Carin nennen? Obwohl ich eindeutig der Jüngere bin, würde ich vorschlagen, dass wir uns duzen. Also, mein Name ist Roman Stiller. Ich bin dreißig Jahre alt und Sportjournalist.*

Das wusste ich ja alles schon. Mit zitternden Fingern überflog ich den weiteren Text.

*Nachdem wir am Samstag telefoniert haben und Du so plötzlich auflegen musstest, kam ich nicht mehr dazu, Dir alles Weitere über mich zu erzählen.*

Aha, dachte ich leicht enttäuscht. Da steht nicht etwa, dass ich nicht mehr dazu kam, von UNS zu erzählen. Zum Beispiel von den damaligen Umständen, die mich gezwungen hatten, ihn wegzugeben.

*Ich hatte die wunderbarsten Eltern, die ich mir wünschen konnte. Ich bekam alles, was ich wollte, und war schon als Fünfzehnjähriger zum wiederholten Mal auf Weltreise. Ich speiste jeden Abend mit meinen Eltern am Kapitänstisch und lernte »Gott und die Welt« kennen. Auf diese Weise lernte ich auch mehrere Sprachen, sodass ich Englisch, Französisch, Spanisch und Italienisch fließend beherrsche. Ich habe dann Sportjournalismus studiert und für viele verschiedene Fernsehsender gearbeitet. Meine Frau Silke lernte ich im Studium kennen. Sie ist Sozialarbeiterin, kümmert sich um Obdachlose, Gefängnisinsassen, Asylsuchende … und arme Adoptivkinder wie mich. Wie Du schon weißt, haben wir zwei Kinder und erwarten ein drittes. Was ich Dir nicht mehr sagen konnte, schreibe ich Dir jetzt in aller Eile, da ich morgen für längere Zeit auf Reisen gehe: auf eine Expedition in die Arktis. Auf dieses Abenteuer habe ich mich schon lange gefreut und möchte es noch vor der Geburt unseres dritten Kindes in Angriff nehmen.*

Alles Sätze mit »Ich«, dachte ich ein wenig enttäuscht. Wann kam endlich das »Du«?

Hastig las ich weiter.

*Nun, wie habe ich überhaupt herausgefunden, dass ich adoptiert wurde? Meine geliebte Mutter, der ich sehr nahe stand, ist vor Kurzem an Krebs erkrankt. Auch das habe ich in unserem Telefonat schon angedeutet. Ja, schlimmer noch, sie hat sich nach der Diagnose das Leben genommen. Jedenfalls war es für mich ein Schock, sie tot im Swimmingpool zu finden, in den sie sich mit ihrem Rollstuhl gestürzt hatte. Dieses traumatische Erlebnis hat auch meine Ehe sehr belastet.*

O Gott! Mich durchfuhr es kalt und heiß. Das alles hätte er mir noch erzählt, wenn ich nicht so schnell aufgelegt hätte! Der Arme!

*Ich habe mich dann sofort für diese Arktisreise beworben, um erst mal Abstand zu gewinnen.*

Das konnte ich jetzt besser verstehen. Doch seine arme Frau Silke tat mir leid. Welche Ängste die arme Schwangere durchstehen musste! Er schien ihr weniger Hilfe als zusätzliche Belastung zu sein. Sicher drehte sich zu Hause alles nur um ihn. Mehr und mehr beschlich mich der Eindruck, dass mein Sohn Oliver sich zu einem ziemlichen Egozentriker entwickelt hatte. Wie passend, dass er eine Sozialarbeiterin an seiner Seite hatte, dachte ich mit einem Anflug von leisem Sarkasmus.

*Nach Mutters Tod habe ich mich in ihr Schlafzimmer zurückgezogen und Trost in ihren privaten Dingen gesucht. In ihren Briefen und Tagebüchern. Zu meinem grenzenlosen Erstaunen fand ich meine Adoptionsunterlagen! Du musst Dir das mal vorstellen, Carin! Als dreißigjähriger Mann und bald dreifacher Vater erfahre ich, dass meine Eltern gar nicht meine Eltern sind! Sie haben es mir nie gesagt, und auch sonst wusste niemand davon. Ein zweiter entsetzlicher Schock, der mich vollends aus der Bahn geworfen hat. Ich habe meinen Vater zur Rede gestellt, der ja selbst noch an*

*Mutters Tod »knabbert«. Vater ist aus allen Wolken gefallen, dass ich »herumgeschnüffelt« habe, und wir sind uns lange böse gewesen.*

Ich las weiter:

*Mein Vater Viktor wollte das Geheimnis meiner Adoption mit ins Grab nehmen, genau wie meine Mutter. Ich sollte es nie erfahren und frage mich natürlich heute, ob das nicht vielleicht sogar das Beste für mich gewesen wäre.*

An dieser Stelle ließ ich den Brief sinken. Obwohl er immer nur »Ich, ich, ich« schrieb, konnte ich ihn verstehen. Ja, für IHN wäre es sicherlich das Beste gewesen, wenn seine Welt heil geblieben wäre. Was für ein scheußliches Gefühl, von den eigenen Eltern dreißig Jahre lang belogen worden zu sein! Was für ein noch scheußlicheres Gefühl, von der leiblichen Mutter irgendwann weggegeben worden zu sein! Ich begriff jetzt, warum er in die Arktis, ins ewige Eis wollte: Er wollte seine Gefühle buchstäblich einfrieren.

*Plötzlich habe ich eine ganz andere Biografie,* schrieb mein Sohn Oliver. *Ich bin nicht der Sohn des Reeders Viktor Stiller und seiner Frau Beatrice, genannt Trixie, die aus einer Düsseldorfer Unternehmerfamilie stammt. Sondern der Sohn einer ledigen Bibliothekarin aus Bayern, die noch bei ihrer Mutter wohnt. Nimm das bitte nicht persönlich, Carin, aber Du bist eben doch aus ganz anderem Holz geschnitzt, wie mein Großvater sagen würde. Dabei IST er ja gar nicht mein Großvater! Obwohl er sich immer dafür gehalten hat! Was also habe ich von Dir in den Genen und was von meinem Erzeuger? Gern würde ich wissen, wie Du aussiehst, Carin. Ich bin also in der Nähe von München geboren. Natürlich stelle ich mir klischeehaft eine dralle Blonde im Dirndl vor, die vielleicht auf dem Oktoberfest gekellnert hat – bin ich da entstanden? Womöglich hinter einem Bierzelt? Ich weiß, ich habe eine blühende Fantasie – wäre ich sonst Autor und Journalist geworden? Aber vielleicht stimmt dieses Klischee überhaupt nicht. Den-*

*noch drängt sich mir jetzt mit aller Macht die Frage auf: Wer ist mein Erzeuger? Ein Besucher des Oktoberfests? Ein Vertreter auf der Durchreise oder ein ausländischer Tourist? Meine Eltern haben mir meine dunklen Augen und den dunklen Teint immer damit erklärt, dass der Vater meiner Mutter ebenfalls ziemlich »dunkel« gewesen sei. Ich kannte Opa Bruno aus Benrath nur mit weißen Haaren, und wenn ich rückblickend darüber nachdenke, war er nicht wirklich dunkel.*

*Wenn ich Dich also baldmöglichst besuche, liebe Carin, möchte ich unbedingt auch etwas über meinen leiblichen Vater erfahren. Auch ihn möchte ich finden und kennenlernen.*

*Nachdem ich nun die Wahrheit über meine eigentliche Abstammung weiß, kann ich nicht eher zur Ruhe kommen, bis ich meine Wurzeln gefunden habe. Gleichzeitig brauche ich Zeit und Abstand, um das alles erst mal zu verdauen.*

*Ich bin überzeugt, dass Du das verstehst und mich in meinen Bemühungen unterstützen wirst, Carin. Das alles wollte ich Dir noch am Telefon sagen, aber dann war unser Gespräch beendet, und meine weiteren Versuche, Dich an diesem Tag zu erreichen, blieben erfolglos. Ich muss leider morgen in aller Frühe aufbrechen und werde diesen Brief noch am Flughafen in Hamburg einwerfen. Das Foto ist schon etwas älter, aber ich finde auf die Schnelle keines, das ich so einfach hergeben möchte. Es ist ein »offizielles«, aber ist unsere »Beziehung« nicht auch »offiziell«?*

Ich ließ das lange Schreiben sinken und holte tief Luft.

*Wie habe ich Dich nun gefunden?*, las ich weiter. *Aus den Adoptionsunterlagen ging Dein Name hervor und die Entbindungsklinik, in der ich geboren wurde. Da Du offensichtlich nicht mehr geheiratet hast, war es relativ einfach, Dich zu finden. Als guter Journalist habe ich gründlich recherchiert und kam so an Deine jetzige Adresse. Da Du tagelang nicht zu erreichen warst, habe ich beim Einwohnermeldeamt die Nummer Deines Nachbarn herausbekommen. Ein sehr netter, hilfsbereiter Mann übrigens, der*

*Dir ja nahezustehen scheint. Und siehe da, es hat mit dem Rückruf sofort geklappt! Grüße den freundlichen Herrn Frohwein bitte von mir.*

*Ich mache mir natürlich auch Gedanken, wie unser weiterer Kontakt aussehen soll. Mein Vater hat Angst, Du könntest irgendwelche Ansprüche an mich stellen. ›Als alleinlebende ältere Frau‹, hat er gesagt, ›wird sie jetzt jedes Weihnachten bei uns unterm Baum sitzen wollen.‹*

Ich schluckte. Das war ja nicht gerade liebevoll formuliert. Andererseits: Was hatte ich denn erwartet?

*Ich habe Vater beruhigt und ihm erklärt, dass Du keinerlei Rechte anmelden wirst, auch keine moralischen. Denn Du hast mich ja »unwiderruflich« in die Obhut meiner Eltern gegeben und Dich damit für immer von mir losgesagt.*

Das gab mir wieder diesen schrecklichen Stich ins Herz. Ja, das hatte ich! Diese Schuld trug ich seit dreißig Jahren mit mir herum! Warum fragte er in seinem Brief nicht nach dem »Warum«?

*Dennoch,* so schloss Oliver, nein, Roman, denn dieser Mann war mir einfach fremd, sein Schreiben: *Dennoch möchte ich uns beiden die Chance geben, einander kennenzulernen. Vielleicht sind wir uns sogar sympathisch? Dass das erst mal ganz unverbindlich bleiben soll, wirst Du sicher verstehen. Ich bin jetzt auf unbestimmte Zeit verreist, aber wenn ich heil zurück bin, werde ich mich wieder bei dir melden. Nun kommt ja auch bald mein drittes Kind zur Welt, und ich werde alle Hände voll zu tun haben, beruflich wie privat! Also lass mir Zeit, ich melde mich. Wenn ich sarkastisch sein wollte, würde ich sagen: Nun kommt es auf ein paar Wochen oder Monate auch nicht mehr an ☺.*

*Bis dahin wünsche ich Dir einen schönen Sommer*
*Roman*

# 10

Sonja sah hinreißend aus. Sie hatte sich bei einem namhaften Münchner Spezialisten neue Haarverlängerungen machen lassen, für eine unvorstellbare Summe, und diesmal war die Pracht gelungen. Eine sanfte blonde Mähne fiel, ähnlich wie bei Vivian, wallend bis fast zu den Hüften. Nur wenn man ganz genau hinsah, konnte man die Lötstellen entdecken, besonders wenn Sonja sich einen kecken Pferdeschwanz gemacht hatte, um Vivian noch ähnlicher zu sehen. Denn dann sah man am Hinterkopf die kleinen schwarzen Punkte, an denen die Inderinnenhaare klebten. Mutter hätte sie wahrscheinlich für Läuse gehalten. Sie stammte noch aus der Generation, in der man keine Lötstellen, aber dafür Läuse auf dem Kopf hatte. Aber wer schaute schon so genau hin?! Wir Freundinnen jedenfalls nicht. Immer wieder versicherten Billi und ich der Strahlenden, wie wundervoll sie aussehe, wie jung und frühlingsfrisch und Vivian täuschend ähnlich. Genau das wollte sie nämlich hören. Und diese blöde Nicola, mit der Holger durchgebrannt war, könne sich sowieso gehackt legen.

Ihre Wechseljahre machten gerade Pause, so wie auf heftige Herbststürme noch mal milde, sonnige Tage folgen, bevor der entsetzliche Winter hereinbricht.

Sonja tanzte glücklich in ihrem Spiegelsaal herum: »Holger werden die Augen aus dem Kopf fallen!«

»Ja«, pflichteten wir ihr bei. »*Wenn* er dich sieht!«

»Der WIRD mich sehen! Auf allen Plakaten, in allen Zeitschriften, in allen Talkshows!«

Wir sahen uns ratlos an: »Inwiefern?«

Wollte sie eine Bank ausrauben, nur um Holger wieder auf sich aufmerksam zu machen und die fade Nicola auszustechen?

»Manni will eine Fitness-DVD in meinem Studio drehen!« Sonja wirbelte einmal um die eigene Achse und küsste eine Fünf-Kilo-Hantel. »Natürlich mit mir in der Hauptrolle!«

»Oh.« Billi und ich sanken auf zwei riesige rote Gymnastikbälle. »Das ist ja 'n Ding.«

»Ja, stellt euch vor, der Manni hat Verbindungen zu Filmproduzenten, die schon in Florida und New York erfolgreich Pilates-DVDs produziert haben! Ich komme ganz groß raus!«

»Nein!«, sagte ich staunend. Ich war wirklich platt.

»Doch! Allererste Adresse!« Sonja konnte ein Jubeln kaum unterdrücken. Sie reckte siegesgewiss die Fäuste und rief: »Yeah, Nicola! Nimm das!«

»Und – traust du dich?«

»Ja, natürlich! Ich werde es der ganzen Welt beweisen! Meine Mutter wird sich im Grabe umdrehen! Ich und ein fettes Trampel! Das sagt sie nicht noch mal!«

»Nein«, gab ich zu. »Vermutlich nicht.«

»Und wenn, dann nur ganz leise. Zu den Maulwürfen.« Billi kicherte hinter vorgehaltener Hand.

Wir lachten uns schlapp. Herumalbern und ordentlich Prosecco saufen – so liebte ich mein Mutti-Fitnessstudio in Butterblum-Nord!

Sonja drehte leichtfüßig eine Pirouette. Mein Blick fiel auf ihr Fußkettchen und ihre grellrot lackierten Zehen. Wow!

»Und wie kommt er ausgerechnet … auf dich?« Billi tätschelte ihr schlafendes Enkelkind.

»Wie meinst du das?« Sonjas Augen flackerten bedenklich.

»Na ja, ich meine, welches Publikum willst du damit erreichen?«

»Billi«, mahnte ich und knuffte sie sanft in die Seite. »Alle, die fit sein wollen!«

»Die ganz normale Hausfrau«, verteidigte sich Sonja. »Die was für sich tun will.«

»Die mit den Wechseljahren kämpft«, beckmesserte Billi.

»Kommt, Mädels!«, mahnte ich. »Wir fürchten uns alle vor dem Altwerden.«

Wie gern hätte ich den Mädels nun endlich von Oliver erzählt, aber man kam in diesem Hühnerstall einfach nicht zu Wort.

»Ich nicht!« Sonja traten die Tränen in die Augen.

»Du am allermeisten!«, sagte Billi und lachte ungerührt.

»Also, ich fürchte mich«, gab ich zu. »Ich fürchte mich vor dem Alleinsein und dem Austrocknen.«

»Weil du keinen Sex hast!« Sonja tanzte unbeeindruckt weiter.

»Nein«, sagte ich. »Leider.« (Lieber keiner als Rainer.)

»Du denn?«, fragte Billi.

»Wahrscheinlich bald.« Sonja kicherte.

Mir schwante Schlimmes. Sie hatte doch nicht vor, diesen – Manni zu beglücken?

Billi und ich wechselten einen besorgten Blick.

»Ich fürchte mich auch«, gestand Billi. »Vor Depressionen und Dauertrauer.«

»Ihr habt Familien«, sagte ich. Jetzt war es so weit. Ich holte tief Luft. »Und ich auch. Vielleicht begegnet mir bald mein Sohn!«

»Hä?«

»Wie meinst du das?«

»Du hast doch gar keinen Sohn!«

»Und wenn doch?«

Sie starrten mich an. »Also, Mädels. Was ich euch schon die ganze Zeit erzählen will: Ich habe vor Kurzem einen Anruf aus Hamburg ...«

»Jetzt wartet doch mal!«, unterbrach mich Sonja, die mir gedanklich immer noch nicht ganz folgen konnte. »Warum seid ihr denn so dagegen, dass ich eine Fitness-DVD mache?«

»Ähm«, sagte ich und klappte den Mund zu.

»Niemand hat etwas dagegen«, erwiderte Billi. »Aber mach sie doch im stillen Kämmerlein. Für deine Kundinnen.«

»Du bist doch nur neidisch! Weil ich dann nämlich nicht nur siebzig oder achtzig Kundinnen erreiche, sondern siebzig- oder achtzigTAUSEND!«

»Oder siebzig oder achtzig MILLIONEN«, spottete Billi ungerührt und zog ihr Strickzeug aus der Tasche. »Meine Verwandten in Unna kaufen die jedenfalls alle. Schaut mal!« Sie hielt ihr angefangenes Babyjäckchen hoch und ließ die Ärmelchen baumeln. »Ich komme an Rosa einfach nicht vorbei.«

»Ich schenke sie meiner Mutter zum zweiundneunzigsten Geburtstag«, sagte ich nicht ungehässig. »Es wird Zeit, dass sie mal wieder ein bisschen Bewegung bekommt.«

»Ihr seid gemein!« Sonja war das Blut aus dem Gesicht gewichen. »Nur weil ich weder einie pausbäckige Großmutter noch eine grauhaarige Bibliothekarin bin, müsst ihr euch noch lange nicht über mich lustig machen! Ich ARBEITE wenigstens an mir!«

»Reg dich doch nicht gleich so auf!«, meinte Billi. »Ich arbeite auch an mir. Nur anders.« Sie begann zu stricken. »Ärmel brauchen schließlich ein Bündchen«, informierte sie uns. »Die mach ich dann in bleu. Man kann ja nie wissen, was noch kommt. Übrigens überlege ich, meinen Doktor zu machen. In Philosophie.«

Oje. Das Gespräch lief in die völlig falsche Richtung.

»Ich arbeite auch an mir!«, murmelte ich gekränkt. An der »grauhaarigen Bibliothekarin« hatte ich ganz schön zu knabbern. »Es kostet mich einigen Mut, euch zu sagen, dass ich einen So…«

»Lange genug geredet, Mädels, höchste Zeit, dass ich euch zeige, was ich gegen das Altern und Einsamwerden tue!« Sonja machte einen Handstand und blieb eine geschlagene Minute in dieser Position. »So trocknet man auf jeden Fall nicht aus«, sagte sie lachend. »Da fließen die Säfte dahin, wo sie hinsollen!«

Es war aber auch eine blöde Idee von mir, ausgerechnet jetzt mit meiner Geschichte auftrumpfen zu wollen. Jetzt war Sonjas Show-Time. »Mensch!«, sagte ich bewundernd. »Das ist wirklich einsame Spitze!« Unglaublich, diese Körperbeherrschung. Ja, ich war neidisch. Ich konnte noch nicht mal einen einzigen Liegestütz, aber war das wichtig?

»Komm da runter!«, sagte Billi unbeeindruckt. »Wir wissen, wie toll du bist. Vielleicht gelingt es dir ausnahmsweise, auch mal anderen zuzuhören.«

»Ich HÖR euch doch zu!«, behauptete Sonja kopfüber. »Ihr strickt Babyjäckchen und staubt Bücher ab. Jedem das Seine!«

»Großmuttersein ist das Schönste, was es gibt«, bemerkte Billi spitz. »Besonders, wenn man Enkel von Kindern hat, die man LIEBT.«

»Billi, BITTE!«

»ICH bin jedenfalls nicht eifersüchtig auf meine eigene Tochter.«

»Ich BIN nicht eifersüchtig auf Vivian! So ein QUATSCH!«, ereiferte sich Sonja. »Vivian ist Vivian, und ich bin ich. Schaut mal. Ich kann mit jeder Arschbacke einzeln wackeln!«

Billi und ich wechselten gerade einen vielsagenden Blick, als die Tür aufflog und Vivian und Manni hereinkamen. Sie hatten Hanteln und allerlei buntes Gerät dabei und bewegten sich gemeinsam zur Musik aus Vivians Ohrstöpseln. Jeder von ihnen hatte einen davon im Ohr.

Draußen warteten die Teilnehmer bereits auf den nächsten Kurs. Ich zuckte zusammen. War das da draußen nicht Rainer? Suchte er mich etwa? Oder litt ich schon an Verfolgungswahn? Wollte er womöglich an einem Kurs teilnehmen? Um etwas für seine Fitness zu tun? Oder um noch mehr in meiner Nähe zu sein? Vielleicht war es ja auch ein anderer mit einem ähnlich klein karierten Hemd.

Manni trat die Tür mit seinem muskulösen, behaarten Bein wieder zu. Er hatte ein Tattoo am Knöchel.

»Voll abgefahren und krass!«, schrie Vivian begeistert gegen den Lärm an, den ich sogar ohne Ohrstöpsel hören konnte. »Das legen wir der DVD unter!«

Sonja beeilte sich, wieder auf die Beine zu kommen. Sie war ziemlich rot im Gesicht.

»Nach der Mucke rockt auch noch die Oma aus Witterschick ab«, schrie Manni. Er hatte Gel im Haar, eine freche Igelfrisur. Offensichtlich hatte er sich Vivians Modestil angepasst. »Oh. Hallo die Damen.« Er sah uns erschrocken an und nahm den Stöpsel aus dem Ohr. »Ich dachte, hier ist jetzt Pilates!«

»Jawohl!«, rief Vivian fröhlich und räumte ihre Hanteln in die Ecke. Während sie sich bückte, durften wir ihre Vorzüge im Spiegel bewundern. »Die Ladys hier halten nur mal wieder ihren privaten Schwatz.«

Mein Blick huschte zwischen Vivian und Sonja hin und her. Sonja zog den Bauch ein und setzte sich betont unauffällig in Pose, während Vivian fröhlich Kaugummi kaute: »Runter mit dem Hintern von unseren Bällen, Ladys, ihr leiert sie mir ja noch aus ...«

»Solange unser Hintern noch nicht ausgeleiert ist ...«, bemerkte Billi und erhob sich mühsam mitsamt Enkelkind und Strickzeug. »Sonja hat uns gerade erzählt, Sie machen mit ihr eine Fitness-DVD?« Billi sah Manni fragend an. »Das finden wir wirklich bemerkenswert.«

»Ähm, ich mache – was?« Manni sah erschrocken aus.

Vivian zuckte zusammen. Vor lauter Verlegenheit blies sie ihren Kaugummi zu einer großen Blase auf, die sie mit einem lauten Knall platzen ließ. Peng!

»Das ist ein Knaller, was?«, freute sich Sonja. »Da staunt ihr! Wir kommen noch ganz groß raus, der Manni und ich!«

In dieser Sekunde begriff ich, dass ich Sonja beistehen musste.

»Ja«, beeilte ich mich zu sagen. »Das ist der Lebenstraum unserer Freundin! Das bedeutet ihr sehr viel, wissen Sie!« Dabei sah ich Manni hypnotisierend an.

»Ähm, ich glaube, die Mama hat da was missverstanden«, begann Vivian, aber als ich ihr auf die Zehen stieg, machte sie den Mund schnell wieder zu.

»Diese Fitness-DVD wird mein Lebenswerk«, schwärmte Sonja und strahlte Manni an. »Da kann mein Exmann scheißen gehen. Mitsamt seiner langweiligen Büroschlampe.«

Manni errötete bis in die Haarwurzeln. »Ähm ...«

»Aber ...«, sagte Vivian.

»Also, ich glaube ...«, sagte Manni.

»DIE werden Augen machen«, fuhr Sonja fort. »Ich gehöre noch lange nicht zum alten Eisen!« Sie reckte die Faust und zog den Arm nach unten, als wollte sie eine imaginäre Notbremse ziehen.

»Sie kann mit jeder Arschbacke einzeln wackeln«, sagte Billi.

»Und auf den Händen stehen«, eilte ich ihr zur Hilfe. »Minutenlang.«

»Ja, aber ...«

»Sie machen unsere Freundin sehr glücklich«, sagte ich beschwörend. Ich warf einen flüchtigen Blick durch den Türspalt. Draußen drängelten sich nach wie vor die Teilnehmer für den Pilates-Kurs. Von Rainer keine Spur. Bestimmt hatte ich mich getäuscht. Erleichtert schenkte ich Manni ein gewinnendes Lächeln.

Um seine Mundwinkel zuckte es. Ich sah schnell wieder weg. Aus irgendeinem Grund beschlich mich bei seinem Anblick immer so ein seltsames Gefühl. Ich fühlte mich zu ihm hingezogen, und das war mir unheimlich. Ich konnte verstehen, dass Vivian ihn mochte. Denn das war wirklich nicht zu übersehen.

Sonja war nach wie vor in ihrem Element. »Hier. Macht mal mit. Wie findet ihr diese Übung für die DVD?«

Sie ging auf alle viere, spannte ihren Körper wie einen Flitzebogen und hob ihre Beine abwechselnd gazellengleich bis fast zur Decke. Ich schwitzte schon beim Zusehen.

Billi legte Enkelkind und Strickzeug beiseite und wälzte sich stöhnend auf den Bauch.

»Viel zu schwer.«

»Aber wir müssen doch auch was zeigen!«, beharrte Sonja, die inzwischen zum dreißigsten Mal spielend leicht das Bein hochriss.

»Was willst du zeigen? Wie fit DU bist oder wie unbeweglich die anderen sind? Normale Menschen sehen bei so einer Übung aus wie ein geplatztes Sofakissen!«

Ich begab mich ebenfalls in die Maikäferposition und probierte die Übung. Meine schwachen Ärmchen zitterten. »Wenn dein Zielpublikum die Hausfrau in den besten Jahren sein soll, ist das hier wirklich zu schwer.« Ein Schweißtropfen seilte sich von meiner Stirn ab und platschte auf die Matte. Keuchend ließ ich mich kraftlos auf den Bauch plumpsen.

»Mädels, das ist meine Chance, Holger zu zeigen, was ich draufhabe«, beschwor uns Sonja, immer noch die Beine schwingend.

»Aber kannst du ihm das denn nicht persönlich vorturnen?«

»Muss darunter eine ganze Nation leiden?«

»Hört mal!« Sonja wirbelte herum und ging in den Lotossitz. »Holger hat mich verlassen. Wegen einer blassen Bürotusse.

Und ich werde ihm jetzt zusammen mit dem schönsten Trainer Deutschlands die Antwort darauf geben. Wetten, dass NICOLA nicht eine einzige Übung schaffen wird?«

»Da müssen wir gar nicht groß wetten«, meinte Billi.

»Aber was FINDET er an ihr?« Plötzlich standen Tränen in Sonjas Augen. »Ich tue ALLES, um mich jung, schön und fit zu halten. Seit Jahren treibe ich vier Stunden täglich Sport, verbringe meine Zeit im Kosmetikstudio, halte Diät, klatsche mir die teuersten Salben ins Gesicht, lasse mir Botox spritzen und trage mein Geld ins Nagelstudio!«

Sie zählte noch weitere Dinge auf, von denen ich noch nie gehört hatte und die anscheinend wahnsinnig viel Zeit und noch mehr Geld kosteten. »Ich überlege sogar, mir hier Fett absaugen zu lassen!«

»Wo?«, fragte ich entsetzt.

»Na HIER!« Sonja zupfte an einer Hautfalte, die nicht größer war als ein Regenwurm.

»Vielleicht ist es genau DAS, was er an ihr findet?« Billi schaute über den Rand ihrer Brille hinweg und ließ die Stricknadeln klappern.

»Was?« Sonja riss fragend Augen und Mund auf. »Dass sie NORMAL ist?«

»Vielleicht kann sie ZUHÖREN?«

Billi konnte manchmal grausam sein.

»Ach nee«, fauchte Sonja gekränkt zurück. »So wie DU immer deinem Rudi zuhörst! Du siehst ja, wohin das führt!«

»Mädels, bitte streitet euch doch nicht!«, flehte ich entsetzt. »Wenn wir schon Pech mit den Männern haben, müssen wir doch wenigstens zusammenhalten!«

»Mit welchem Mann hast du denn Pech?«, meinte Sonja mit leisem Spott.

Oh, da hätte ich ihr viel erzählen können. Aber sie ließ mich ja nicht zu Wort kommen.

Sie tätschelte meinen Arm. »Sei froh, dass du weder Mann noch Kinder hast. Du bist ein freier Mensch und kannst tun und lassen, was du willst.«

»Ich habe meine Mutter«, sagte ich trotzig.

»Ach ja!«, rief Sonja. »Erzähl, wie geht es ihr?«

Nun war ich fast ein bisschen erstaunt, dass ich doch noch Redezeit zugeteilt bekam.

»Die lange oder die kurze Version?«

»Erst mal die kurze«, sagte Sonja und checkte ihr Handy.

»Wenn es spannend wird, können wir ja die lange nehmen«, meinte Billi.

Ich holte tief Luft.

»Sie ist buchstäblich vom Hocker gefallen! Ich war gerade am Telefon, als sie gestürzt ist und sich das ganze Schienbein aufgerissen hat. Jetzt liegt sie im Krankenhaus, und wir können nur hoffen, dass sich die Wunde wieder schließt. In ihrem Alter ist das gar nicht so einfach, sagt der Arzt.«

»Oje!«, sagte Sonja aufrichtig bestürzt. »Da hast du ja jetzt einen schweren Pflegefall.«

»Mein Nachbar Rainer kümmert sich auch um sie«, versuchte ich meine Geschichte loszuwerden. »Und da ist noch etwas, das …«

»Im Übrigen wird Holger völlig überbewertet«, unterbrach mich Sonja und sprang auf. »Andere Mütter haben auch schöne Söhne!«

Mein Herz begann zu rasen. »Was du nicht sagst! Apropos ›andere Mütter haben auch schöne Söhne‹: Ratet mal, wer da am Telefon …«

»Mädels, ich MUSS euch etwas zeigen!« Sonjas Augen leuchteten.

»Carin erzählt gerade von ihrer Mutter!«

»Wie? Ja. Ach so. Ich dachte, du warst fertig.«

»Ja. Im Großen und Ganzen. Mit diesem Thema jedenfalls.«

»Sag ihr ganz liebe Grüße!«, meinte Sonja. »Gute Besserung.«

Ich verlor den Mut. Doch gleichzeitig packte mich die Wut. Sollte Sonja tatsächlich nicht in der Lage sein, einmal an etwas anderes zu denken als an sich selbst? Im Moment anscheinend nicht. Sie platzte schier vor Mitteilungsdrang. Irgendetwas hatte sich zugetragen, das sie nun keine Sekunde länger für sich behalten konnte.

»Wie ihr wisst, werden Manni und ich demnächst für die DVD trainieren.« Sonja schlang die Arme um ihre Knie und lächelte verklärt. »Wenn alle Kursteilnehmer weg sind, probieren wir verschiedene Stellungen aus …«

Billi zog eine Augenbraue hoch und zählte konzentriert die Maschen.

»Wisst ihr, ich war mir erst nicht sicher, ob Manni mich mag, aber jetzt habe ich den Beweis …« Ihre Stimme bebte, und dann kicherte sie plötzlich wie ein kleines Mädchen.

Billi hörte auf zu stricken, und ich schluckte einen dicken Kloß hinunter.

Sonja zog einen Zettel aus ihrem Ausschnitt und hielt ihn uns triumphierend unter die Nase. Er war mit grüner Tinte geschrieben, und die Schrift kam mir verdammt bekannt vor. Oh. O Gott. Das war doch … Wie kam denn der in Sonjas Ausschnitt?

»Der lag in der Umkleidekabine vor meinem Spind!«, verkündete Sonja.

»Ähm, ich habe meine Lesebrille nicht dabei«, entfuhr es mir. Währenddessen schlug mir das Herz bis zum Hals. Moment! Rainer. Draußen vor der Tür. Ich hatte mich also doch nicht geirrt.

»Zuerst bin ich aus allen Wolken gefallen, denn die Überschrift lautet ›Kündigung‹«, erzählte Sonja. »Ich dachte, Manni will kündigen!«

»Was will er denn sonst?«, fragte ich ahnungsvoll.

»Er liebt mich!«, stieß Sonja beglückt aus.

»Lies vor!« Billi nahm einen Schluck Prosecco, bevor sie weiter Laufmaschen zählte.

»Mit der HAND geschrieben!«, frohlockte Sonja.

»Ja, wie denn sonst? Mit dem Mund?«, knurrte Billi.

*»Kündigung*
*Ich*
*kündige*
*dir*
*die Freundschaft,*
*weil ich anfange,*
*dich*
*zu*
*lieben.«*

Sonja sah sich triumphierend um und genoss die Wirkung ihrer Worte. Ihre Augen schimmerten wie tausend Diamanten. Ich verschluckte mich und musste husten. Mir wurde ganz flau. Meine Beine versagten den Dienst.

Sonja ließ den Brief sinken und strahlte uns an. »Ist er nicht süß?«

»Ich weiß nicht«, entfuhr es mir. Ich musste es ihr sagen! Ich musste ihr den Brief aus der Hand reißen und es ihr sagen! Schon öffnete ich den Mund und holte tief Luft, als ich Sonjas glückliches Gesicht sah. Sie hatte richtig weiche Züge, alle ihre Falten waren wie weggebügelt.

»Ich WUSSTE, dass er mich begehrt!«, schwärmte Sonja. »So was merkt man als reife Frau!«

Ich bekam einen Hustenanfall.

»Geht's?«, fragte Billi und klopfte mir auf den Rücken.

»Ist er nicht zauberhaft?« Sonja küsste den Zettel.

»Jedenfalls ist er für Überraschungen gut«, räumte Billi ein.

Sie sandte mir einen fragenden Blick. »Was sagst du dazu, Carin?«

»Ich, äh … Ja, das finde ich auch.«

O Gott. Das war ja alles ein schreckliches Missverständnis! Erst die Sache mit der DVD, und jetzt auch noch der Liebesbrief!

»Und ich dachte schon, er steht auf Vivian«, vertraute Sonja uns an. »Dabei steht er auf mich! Er hat Geschmack!« Sie drückte den Zettel wie ein sterbendes Veilchen an ihren Busen.

»Ja, das dachte ich eigentlich auch«, murmelte Billi. »Das würde irgendwie naheliegen.«

Ich trat ihr unauffällig auf den Fuß.

Wir tranken alle einen großen Schluck Prosecco.

»Dass ein so junger Mann überhaupt noch mit der Hand schreiben kann!«, wunderte sich Billi laut. »Also meine Kinder können nur noch in ihre Handys und Computer hacken.«

»Er kommt aus einem sehr guten Elternhaus«, verriet Sonja mit gewichtiger Miene. »Da wurde noch Wert auf Etikette gelegt.«

»Aber seine Wortwahl ist doch etwas eigenwillig«, meinte Billi.

Ich unterdrückte ein Frösteln.

»Es geht ja noch weiter!« Sonja hielt erneut den Zettel hoch. Rainers Buchstaben purzelten mir förmlich entgegen.

*Ich*
*möchte mich*
*über dich stülpen,*
*damit du auch*
*von innen siehst,*
*dass nichts in mir ist,*
*das nicht dir gehört.*

»Ach du Scheiße!«, entfuhr es mir.

»Er will sich über dich stülpen?«, fragte Billi perplex. »Ist das eine eurer Übungen?«

Zu meinem Entsetzen brach Sonja in hysterisches Gelächter aus.

»So geschwitzt habe ich noch nie im Leben!«

Ich auch nicht. Mir brach der Schweiß aus.

»Kinder, das Leben ist geil!«, rief Sonja.

Billi hüstelte. »Der Adler hat ja ne ungeahnt poetische Ader!« Sie warf mir einen besorgten Blick zu. »Sieht man ihm irgendwie gar nicht an! Carin, alles in Ordnung? Du siehst so blass aus!«

»Äh, ich bin einfach nur total überrascht! Ich glaube, mir ist schwindlig …«

»Das sind die Wechseljahre«, sagte Billi verständnisvoll. »Trink noch einen Schluck Prosecco, dann kommt der Kreislauf wieder in Schwung!«

»MEIN Kreislauf kommt von ganz anderen Sachen in Schwung! Er ist was ganz Besonderes, das habe ich von Anfang an gespürt.«

Sie beugte sich verschwörerisch vor: »Ich bin so wahnsinnig glücklich und fühle mich mindestens zwanzig Jahre jünger! Ich könnte fliegen! Ach, Kinder, ich hatte schon ganz vergessen, wie schön es ist, verliebt zu sein.« Sie küsste den Zettel, sodass die grüne Tinte verschwamm. »Von wegen vertrocknet! Ich bin unheimlich fit im Schritt!«

Billi und ich starrten sie an.

»Wisst ihr, er tut immer so sachlich, aber ich habe ihm in die Augen geschaut, in diese meerblauen Augen …«

»Das könnten Kontaktlinsen sein«, meinte Billi trocken.

»Jedenfalls hat es zwischen uns …« Sonja verstummte, weil die Türglocke ging.

»Kundschaft«, sagte Billi fast schon erleichtert.

»Ah, Mist, ich hab Personal Training!« Sonja eilte zur Tür. Nicht, ohne den Zettel vorher in ihrem Ausschnitt zu verstauen.

»Mädels, kein Wort davon zu Vivian! Ich bin einfach nur glücklich!« Strahlend huschte sie davon.

»Sind diese unsäglichen Reime wirklich von UNSEREM Manni?«, sagte Billi entgeistert. »Der Junge sieht gar nicht so bescheuert aus!«

»Nein! Verdammt! Sie sind von Rainer!«

»Von deinem Nachbarn?« Billi fiel die Kinnlade runter.

Ich nickte verstört. Und musste zugeben, dass dieses Geschreibsel mir galt. Draußen hörten wir, wie Sonja mit glockenheller Stimme ihren Klienten begrüßte und sie mit ihren Übungen begannen.

»Sonnengruß!«, gurrte sie aufgedreht. »Heraufschauender Hund, herabschauender Hund!« Irgendein armer Hund war jetzt ihren Hormonwallungen ausgeliefert.

Im anderen Nebenraum hörte man, wie Vivian ihre Kursteilnehmer zu ohrenbetäubender Musik anfeuerte. »UUUUND das Ganze noch MAAAAL! Höher! Noch höher! Noch vier, drei, zwei, eins …«

Im dritten Übungsraum drosch Manni mit jemandem auf den Boxsack ein.

Nur wir saßen sozusagen zwischen den Fronten in der Umkleidekabine. Die Tür flog auf, und Vivian kam herein. Ich sah, wie ihre schweißüberströmten Kursteilnehmer mit letzter Kraft auf ihren Podesten herumstampften. Sah ich das richtig? War das Rainer, der da mit einem Totenkopf-Schweißband auf der Stelle trat? Der Schwitzfleck auf seinem Hemd hatte die Größe des Atlantischen Ozeans!

Vivian rief über die Schulter: »UND noch zehn! Neun! Acht … Los, ihr Säcke! Gebt alles! Quält euch! Zeigt es euren inneren Schweinehunden!«, bevor sie die Tür mit der Schulter zudrückte. »Mensch, Billi und Carin, ihr müsst mir helfen!«

Das Baby war aufgewacht und quäkte. Billi wiegte es beruhigend.

»Mama bildet sich allen Ernstes ein, dass Manni die Fitness-DVD mit IHR machen will!«

Ich packte Vivians Arm.

»Vivian, wir sollten sie vorerst in dem Glauben lassen …«

»WAS? Seid ihr noch ganz dicht?« Aufgebracht riss Vivian sich los, griff nach der Prosecco-Flasche und trank sie gierig aus.

»Ein typischer Fall von SEIS«, murmelte ich.

»Häh?«

»Sie hat das Selbsteinschätzungsirrtumsyndrom. SEIS.«

»Gott SEIS geklagt«, kalauerte Billi und verdrehte die Augen.

»Sie hat im Moment eine ziemliche Sinnkrise, hinzu kommen die hormonellen Veränderungen durch die Wechseljahre …«, versuchte ich den Sachverhalt zu erklären.

»Mamas Selbstwahrnehmung geht mir am Arsch vorbei«, ereiferte sich Vivian. »Erst hält sie sich für fett und hässlich und heult wegen ihrer Haare rum, dann ist sie im siebten Himmel und glaubt, sie wird ein Fernsehstar!«

»Sie hat noch an der Trennung von deinem Vater zu knabbern«, verteidigte ich Sonja.

»Und ihre Mutter war auch nicht immer nett zu ihr«, nahm Billi sie in Schutz. »Das weißt du doch!«

»Ach, Scheiße!« Vivian stellte klirrend die Flasche ab. »Irgendwann muss das Thema doch mal durch sein. Die Oma ist seit Jahren tot!«

»Aber vielleicht nicht gerade jetzt?«

»Wann dann? Wenn sie achtzig wird?«

»Hör mal, Vivian, sie hat da so einen Brief bekommen …«, begann Billi und nahm Vivians Hände.

»Na und?«

»Einen Liebesbrief!«, sagte ich nachdrücklich. »Sie ist gerade sehr glücklich.«

»Und von wem?«

»Von Rainer«, sagte ich wahrheitsgemäß.

»Von diesem Grobmotoriker mit dem Totenkopfstirnband?« Vivian fasste sich ratlos an den Kopf.

»Ähm … ja. Ich glaube, er steht auf deine Mutter.« Billi verzog keine Miene, während sie das behauptete. Ich starrte sie entsetzt an. Das wurde ja immer schlimmer!

»Na bitte!«, seufzte Vivian. »Dann sind die Fronten ja geklärt.«

»Gib ihr noch ein bisschen Zeit. Bitte, Vivian! Lass sie noch eine Weile in dem Glauben.«

»Aber der Manni findet das gar nicht komisch!«

»Wir auch nicht«, murmelte ich schnell.

»Ich muss wieder rein!«

Vivian verschwand genauso schnell, wie sie gekommen war.

»Verdammt!«, entfuhr es mir, und ich kratzte mich ratlos am Kopf. »Was machen wir denn jetzt?«

In der darauffolgenden Stille hörte man nur zufrieden das Baby schmatzen.

»Sonja ist so glücklich wie schon lange nicht mehr! Außerdem ist zu befürchten, dass sie noch weitere Briefe findet.« Ich wies mit dem Kopf zur Tür, hinter der Rainer unrhythmisch stampfte wie ein Nilpferd im Tangokurs.

»Ich rede mit Manni!«, sagte Billi entschlossen. »Ich lade ihn am Wochenende zu uns zum Essen ein. Er muss noch eine Weile mitspielen.«

»Bist du sicher? Macht der das? Kann der das überhaupt?«

»Nur bis Sonja sich wieder gefasst hat.«

»Aber wann wird das sein? In diesem Jahrtausend wohl nicht mehr!«

»Sie fühlt sich geliebt und hat ein Erfolgserlebnis vor Augen«, sagte Billi ernst. »Wollen wir ihr das wieder kaputt machen?«

Komisch. Plötzlich spürte ich den Stachel der Eifersucht. Warum kam ich nicht selbst auf die Idee, Manni zum Essen einzuladen?

# 11

Hallo, Carin. Schön dass du dich für ein Personal Training angemeldet hast!«

Manni sah wieder umwerfend aus in seinem eng anliegenden Fitnessdress und seinem kurzen, blonden gegelten Haar. »Wie ich höre, willst du mich schlagen?« Lächelnd überreichte er mir ein Paar Boxhandschuhe und half mir beim Anziehen. Um seine Mundwinkel zuckte es spöttisch.

»Ja, ich dachte, ich übe mich mal in Selbstverteidigung.«

Verdammt, warum brach mir denn jetzt schon der Schweiß aus? Unsere Hände berührten sich. Ich zuckte zusammen und starrte ihn an. Irgendwas ging von ihm aus. So als wäre er elektrisch. Er hatte etwas, das mich völlig verunsicherte. Ich konnte Sonja irgendwie verstehen. Hatte ich etwa auch Gefühle für ihn? Spielten bei mir ebenfalls die Wechseljahre verrückt? Wieder sah er mich so eindringlich an. Flirtete er etwa mit jeder von uns? Was bildete der sich eigentlich ein? Plötzlich war mir wirklich danach, ihn so richtig zu verdreschen.

Manni zeigte mir ein paar Handgriffe, und nach einigen vorsichtigen Tuschern boxte ich mir die Seele aus dem Leib.

Manni feuerte mich an: »Ja! Hau drauf! Gib's mir! Ich hab's verdient!«

Seltsam. Diese plötzlichen Aggressionen kannte ich gar nicht an mir. Es tat mir unheimlich gut, mich einfach mal abzureagieren. Ich boxte und schlug, bis ich keine Luft mehr bekam und mir die Seite halten musste. Zitternd ging ich in die Knie.

»Hammer!«, sagte er schließlich lachend, als ich schweißüberströmt am Boden saß. »Da hat aber jemand eine Wut!«

Wir lehnten uns beide an die Wand, und ich kämpfte mit den Tränen. »Ich weiß auch nicht, was mit mir los ist!«

O Gott. Meine Stimme überschlug sich doch nicht etwa? Ich war doch sonst eine gestandene Frau! Wieso brachte dieser Kerl mich an meine Grenzen?

»Manchmal muss man einfach mal alles rauslassen«, sagte Manni, der selbst noch keuchte. Er reichte mir die Wasserflasche. »Geht mich ja nichts an, aber ist alles okay?«

»Ich habe im Moment ein paar Probleme«, stieß ich keuchend hervor und setzte die Flasche an den Mund.

»Wer hat die nicht?«, sagte Manni und musterte mich schräg von der Seite an. »Willst du darüber reden?« (Er sagte nicht »magst du« und auch nicht »ein Stück weit«. Cool!)

Ich schilderte ihm in knappen Sätzen, was mit meiner Mutter los war und dass ich auf diese Weise jemanden an der Backe hatte, den ich gar nicht wollte.

»Der belegt hier gerade jeden Kurs, nur damit er in meiner Nähe sein kann.«

»Das kann ich gut nachvollziehen«, versicherte mir Manni. »Ich habe ein ganz ähnliches Problem. Und das ist beileibe nicht das einzige.«

O Gott. Auf einmal spürte ich doch tatsächlich so etwas wie – nein, nicht Liebe, aber eine Art Seelenverwandtschaft. Und hatte das Bedürfnis, ihm von Oliver zu erzählen. Ich saß auf einem Hüpfball mit Ohren, auf dem Kinder ihre Aggressionen austoben sollen, und die Worte strömten nur so aus mir heraus: Erst der Anruf aus Hamburg. Dann der Unfall meiner Mutter. Rainers massives Eindringen in mein Leben. Meine Versuche, Roman zu erreichen. Sein Verschwinden. Meine Ungewissheit.

Komisch. Meinen eigenen Freundinnen hatte ich das nicht erzählen können, weil sich einfach keine Gelegenheit ergeben hatte. Aber diesem jungen Mann vertraute ich mich an. Erst hatte ich ihn verdroschen, und nun drängte ich ihm meine Geschichte auf. Beides tat unheimlich gut.

»Kannst du verstehen, warum er gar nicht wissen wollte, warum ich ihn damals weggegeben habe?« Ich sah Manni verunsichert an. »Ich meine, das fragt doch jedes zur Adoption freigegebene Kind als Erstes!«

Er zuckte mit den Schultern. »Keine Ahnung. Ist das so?«

»Ja! Das habe ich zumindest gelesen!«

»Und? Warum hast du es getan?« Manni trank einen Schluck aus der Flasche.

Ich erzählte ihm von Alessandro Bigotti. Von Mutters Krankheit. Von meiner Panik, uns nicht durchzukriegen. Von der kirchlichen Einrichtung, in der Oliver geboren worden war, und von Schwester Mathilde, die eines Tages kam und ihn mir wegnahm. Von meiner Überzeugung, dass es nur vorübergehend sei, und von meiner Ohnmacht, als ich mir Oliver wiederholen wollte.

Meine Augen schwammen in Tränen. »Und da war es zu spät! Ich habe ihn nie wiedergesehen!«

Manni starrte mich an. »Von dieser Warte aus hat er das bestimmt noch nie betrachtet.«

»Nein! Ich warte verzweifelt auf eine Gelegenheit, es ihm zu sagen!«

»Aber er hat sich doch gemeldet?«, sagte Manni.

»Und ist wieder verschwunden!«

»Bist du ihm deshalb böse?«

»Nein, er macht doch nur seinen Job! Aber ich könnte wahnsinnig werden vor Ungeduld!«

»Und wenn er ganz anders ist, als du dir das vorstellst?« Wir tranken inzwischen aus derselben Wasserflasche und reichten sie hin und her.

»Mir ist egal, wie er ist«, brach es aus mir heraus. »Ich will nur endlich die Chance haben, ihm alles zu erklären!«

Manni nickte bedächtig. »Die wird sich bestimmt bald ergeben!« Er sprang auf und reichte mir die Hand. »Danke für dein Vertrauen.«

»Danke, dass du mir zugehört hast«, sagte ich lahm. »Bestimmt stehle ich dir nur kostbare Zeit.«

»Besser so, als wenn du noch weiter auf mich eingedroschen hättest!«, sagte Manni grinsend und rieb sich die Schulter. Er räumte die Flasche weg und zog ein Kleenex aus der Packung.

Ich starrte auf seinen Rücken. »Soll ich dir mal was sagen?«

»Was denn?« Manni säuberte den Boxsack mit einem Desinfektionsmittel.

»Ich wünschte, Roman wäre dir ähnlich.«

Manni fuhr herum und kratzte sich verlegen am Kopf. Er zog sich das Schweißband vom Kopf und strich sich mit einer fahrigen Geste durch die Haare.

»Danke für die Blumen.« Er blinzelte nervös und fasste sich ans Auge. »Ich glaube, ich habe eine Kontaktlinse verloren …«

Wir suchten die Kontaktlinse auf dem Boden, und unsere Hände berührten sich wie in der berühmten Kennenlernszene von Rodolfo und Mimì aus *La Bohème*. Nur, dass Manni jetzt nicht anfing zu singen: »*Wie eiskalt ist dies Händchen*«.

Stattdessen sagte er, sich aufrichtend: »Carin, darf ich dich meinerseits um Hilfe bitten?« Er wandte sich ab und setzte die wiedergefundene Kontaktlinse wieder ein.

Ich ahnte, was jetzt kam. »Was kann ich für dich tun?«

»Deine Freundin Sonja scheint da was misszuverstehen …« Er wirbelte herum. »Ich mag Vivian nämlich sehr, und aus irgendeinem Grund glaubt Sonja …« Er raufte sich die Haare. »Ich habe ihr wirklich keinen Anlass gegeben, glaub mir, aber sie hat mir einen ziemlich heißen Brief geschrieben …«

Ich biss mir auf die Lippen. »Sie? Dir? Einen Brief?«

»Ja. Es wäre indiskret, ins Detail zu gehen …«

»Nein, lass mal lieber.« Ich schluckte trocken.

Die arme Sonja! Plötzlich spürte ich, wie sich mein Herz zusammenzog. Ich nahm Mannis Hände und drückte sie mit einer Inbrunst, die mir selbst peinlich war.

»Oh bitte, Manni, kannst du nicht noch ein bisschen mitspielen?« Ich war ganz aufgeregt. Durch mein langes Geständnis hatte ich Vertrauen zu ihm gefasst. »Sie ist im Moment so glücklich …«

»Ja, aber doch hoffentlich nicht meinetwegen?!«

»Lass sie doch noch ein bisschen in dem Glauben …«

»Du meinst, ich soll ihr was vormachen?« Er wurde plötzlich ganz blass.

»Würde es dir sehr schwerfallen?«

»Oh Scheiße, Mann, Scheiße!« Manni wandte sich ab und versetzte dem Ohrenball einen heftigen Tritt.

Der arme Kerl. Er war einfach zu ehrlich für unsere Intrigen.

»Aber ich will nichts von Sonja, glaub mir! Und ehrlich gesagt will ich auch keine Fitness-DVD mit ihr drehen! Sie könnte vielleicht im Hintergrund …«

»O Gott, Manni, das würde sie umbringen!«

»Ja, aber wer hat ihr nur diesen Furz ins Gehirn gesetzt?«

»SEIS«, sagte ich.

»Wer?«

»Selbsteinschätzungsirrtumsyndrom.«

Er starrte mich an.

Ich winkte ab. »Ist ja auch egal.«

»Nein, ist es nicht!«

»Ich beschwöre dich! Sie hat im Moment eine schlimme Krise, wir haben Angst, dass sie sich was antut! Bitte!«, flehte ich. »Tu es – für mich.«

Er zögerte. »Warum sollte ich das für DICH tun?«

Mir brach der Schweiß aus. Allerdings. Wer war ich denn für

ihn? Eine graue Maus, mit der er soeben trainiert hatte. Nicht mehr und nicht weniger.

»Ich meine, tu es für – das Fitnesscenter Nord.«

»Und wie lange soll ich dieses Spiel mitspielen?«

»Weiß nicht.« Ich zuckte die Schultern. »Solange du kannst.«

Stöhnend sank er in sich zusammen. »Wirklich, lange mache ich das nicht mehr mit! Ich hab wirklich ganz andere Probleme, das kannst du mir glauben!« Mit diesen Worten warf er sein Handtuch über die Schulter und knallte die Tür hinter sich zu.

Sechs Wochen nach Mutters Unfall sah das Bein noch immer schlimm aus.

»Schauen Sie nur!«, sagte der behandelnde Arzt bedauernd. »Die Haut ist leider schwarz geworden. Wir werden wohl um eine Amputation nicht herumkommen!«

Mir wurde schwarz vor Augen. »Bitte tun Sie das meiner Mutter nicht an!« Meine arme Mutter saß wimmernd im Bett und bekam alles mit. Wie konnte dieser Arzt nur so herzlos sein!

»Wir werden eine zweite Meinung einholen«, verkündete Rainer, der zum Glück dabei war. (Ja, so weit war es schon gekommen.) »Der Schwager meiner Exfrau ist Spezialist in der Uniklinik München!«

»Aber auf Ihre Verantwortung, Herr Bergmann!« Der Arzt in der kleinen Klinik hielt Rainer nach wie vor für meinen Ehemann und für Mutters Schwiegersohn. Ausnahmsweise war ich darüber erleichtert. Insofern hatte der Arzt auch gar nichts dagegen, dass Rainer meine Mutter am nächsten Tag abholte, sie in seinen Ford verfrachtete, dessen Beifahrersitz er zu einer Liegefläche umfunktioniert hatte, und mit uns nach München fuhr. Am Rückspiegel baumelte ein Murmeltier, und auf dem Handschuhfach klebte ein Sticker mit der Aufschrift: »Schnauze, Schatz«.

Ach, Rainer!

Trotzdem war ich wahnsinnig dankbar, ihn zu haben. Von seinem miserablen Klamottengeschmack und seinen Gedichten einmal abgesehen, musste man ihn wirklich mögen. Was hätte ich nur ohne ihn gemacht?

»Sie sind so ein feiner, lieber Mensch«, krächzte meine Mutter, deren Hand ich hielt.

»Ich wünschte, Ihre Tochter würde das auch so sehen«, gab Rainer zurück. »Neuerdings gehe ich sogar ins Fitnessstudio! Ich habe schon zwei Kilo abgenommen!« Er lächelte mir über den Rückspiegel zu. »Sie soll nichts an mir auszusetzen haben!«

»Aber das hat sie doch auch gar nicht! Nicht wahr, Carin! Rainer ist ein liebenswerter Mann, und wir sind froh, dass wir ihn haben.«

»Ja, Mutter. Das sehe ich auch so.« O Gott, ich gaukelte meiner Mutter vor, mich für Rainer zu erwärmen, nur um ihr Elend ein bisschen zu lindern! Ich MOCHTE Rainer, das schon, aber mehr eben auch nicht!

»Wenn ich mal nicht mehr bin«, sagte meine Mutter ihren Spruch auf, »müssen Sie auf meine Tochter achtgeben, Rainer.«

»Klar«, sagte er großzügig. »Mach ich. Ich pass auf sie auf!«

Und während wir so über die Autobahn nach München fuhren und ich hinter Rainer auf dem Rücksitz saß und seinen frisch rasierten Nacken betrachtete, nahm ich mir ganz fest vor, ihm wirklich noch eine Chance zu geben. Er war beim Friseur gewesen. Er hatte in letzter Zeit langärmlige Hemden an. Er hatte abgenommen. Mit welcher Hingabe und Fürsorge er sich um mich und Mutter kümmerte! Immer war er zur Stelle, wenn ich ihn brauchte! Ohne ihn hätte ich mich vielleicht gar nicht getraut, dem Arzt Paroli zu bieten!

Und tatsächlich machte uns der Schwager seiner Exfrau in München Mut: »Wenn Sie jeden zweiten Tag zum Verbandwechseln kommen, könnte es klappen. Es gibt da ein neues Mittel, das die Zellerneuerung unterstützt. Die Haut könnte sich regenerieren, wenn Sie Ihrer Mutter Bewegung verschaffen. Haben Sie Zeit, sich darum zu kümmern, Frau Bergmann?«

»Natürlich!«, beeilte ich mich zu sagen. Schon wieder gelogen. Plötzlich wurde mir angst und bange. Wie sollte ich bei meinem Fulltimejob in der Bibliothek jeden zweiten Tag nach München fahren? Wie täglich stundenlang mit ihr Laufübungen machen? Ich würde kündigen müssen, aber dann säßen Mutter und ich wieder auf der Straße. Dieselbe Panik wie damals vor dreißig Jahren beschlich mich.

»Carin ist berufstätig, aber ich werde mich um die alte Dame kümmern. Ich gehöre ja schließlich zur Familie, nicht wahr?« Rainer tätschelte meiner Mutter die Hand, und diese weinte vor Dankbarkeit und beteuerte, dass Rainer quasi ihr Lieblings-Schwiegersohn sei. (Na toll. Danke, liebes Schicksal.)

Der Schwager freute sich, man plauderte noch über Dagmar und Kyril, die jetzt in Frankfurt lebten. Mutter zeigte sich sehr interessiert, und Rainer drückte mir bei einer passenden Gelegenheit diskret einen grün beschrifteten Zettel in die Hand. Ich zog mich ebenso diskret auf die Damentoilette zurück, um einmal heulend gegen den Klodeckel zu treten.

»Liebe kann wachsen, Liebe kann wachsen, Liebe kann wachsen!«, beschwor ich lauthals mein Spiegelbild. Dann kramte ich meine Lesebrille aus der Handtasche.

*Die Liebe zu dir*
*ist kein flüchtiger Funke,*
*sie ist eine beständige Glut.*

Auf der Rückfahrt schlief Mutter. Die Erleichterung, aber auch die Erschöpfung standen ihr ins Gesicht geschrieben. Ich betrachtete gerührt ihr Profil, und ein großes Schuldbewusstsein überfiel mich. Doch als mich Rainers triumphierender Blick streifte, gefror mir das Blut in den Adern. Ich setzte eine trotzige Miene auf. Ich war ihm ausgeliefert. Auf Gedeih und Verderb. Andererseits: Was erwartete ich denn noch vom Leben? Welcher Traummann sollte in unserer Kleinstadt denn noch vom Himmel fallen? Wie naiv war ich eigentlich? Ich würde eine einsame, alte, wunderliche Jungfer werden. Rainer wäre das Beste für uns alle. Und wenn sich mein Sohn bald melden würde, könnte ich ihm Rainer als Lebenspartner vorstellen. Dann wäre ihm die Angst genommen, ich könnte fortan »jedes Weihnachten bei ihm unterm Baum sitzen wollen«, wie sein Adoptivvater sich so schön ausgedrückt hatte. Auf diese Weise könnte ich ihm beweisen, dass ich nicht bedürftig oder einsam war, und er würde vielleicht einen viel lockereren, ungezwungeneren Zugang zu mir bekommen.

Ich sah Roman schon mit Rainer Elektrofahrrad fahren und danach Bier trinken. Und dabei ein Gespräch »von Mann zu Mann« führen. »Nehmen Sie Carin so, wie sie ist. Sie ist im Grunde ein feiner Kerl. Im Moment ist sie nur ein bisschen launisch, aber das sind die Wechseljahre.«

Alles sprach für Rainer. Meine Mutter. Mein Sohn. Dann wären wir eine vollständige Familie. Roman würde uns mit nach Hamburg nehmen, und ich könnte meine Enkelkinder kennenlernen.

O Gott, die würden uns beim Anblick von Rainers fliederfarbener Rentnerweste die Tür vor der Nase zuschlagen! Andererseits konnte ich ihm ja vorher ein paar tragbare Klamotten besorgen. Okay, alles noch mal auf Anfang. Ich ließ die Szene noch einmal Revue passieren, diesmal trug er Anzug und Krawatte. Schon besser. Selbst der arrogante Reeder würde sich von mir nicht belästigt fühlen. Das wäre perfekt. Ich nahm mir vor, Rainer zu lieben. Vielleicht erst nur ein kleines bisschen, und dann würde es schon mehr werden. Ganz bestimmt. Ich würde ihm erst die kleine Zehe reichen und dann den ganzen Fuß. Es musste einfach funktionieren.

# 12

Manni ging inzwischen in der Arztvilla am See ein und aus. Billi hatte ihn ohne viel Aufhebens in die Familie integriert, so wie sie das mit allen jungen Leuten tat. Auch wenn ein bisschen die Eifersucht an mir nagte, musste ich mir doch eingestehen, dass Billi der mütterliche Typ war, bei dem sich jeder sofort wohlfühlte. Was hätte Manni denn bei mir in der Dreizimmerwohnung gesollt, in der es nach Bohnerwachs, Desinfektionsmitteln und altem Menschen roch? Er hatte eine Wohnung gesucht, und Billi hatte ihm das Zimmer von Fabi, dem gehörnten Rikki-Freund, angeboten.

Rudi nannte Manni einen »patenten Kerl«. So gut aussehend, intelligent, hilfsbereit und vielseitig, wie er war, hatte er alle Herzen im Sturm erobert. Er spielte Fußball mit Billis Sohn Tobi. Er jagte sämtliche Familienmitglieder über den Tennisplatz und organisierte ein richtiges Familienturnier. Kam Billis ältester Sohn Robbi, der Mediziner, auf Besuch, fachsimpelte er mit ihm über Sportmedizin. Außerdem büffelte er mit der siebzehnjährigen Rikki fürs Abitur, als hätte er nie etwas anderes gemacht. Ein richtiger Tausendsassa. (Altmodisches Wort, halt noch aus dem letzten Jahrtausend. Aus Mutters Wortschatz.)

Es war Sonntag, und wir drei Freundinnen genossen den Septembernachmittag am See. Billi hatte einen Pflaumenkuchen gebacken, der auf dem Gartentisch unter einer Abdeckung stand, sodass die Wespen nicht drankonnten. Rote Sonnenschirme spendeten Schatten. Dort stand der Kinderwagen mit Mohair. Sonja und Vivian lagen im knappen Bikini auf dem Bootssteg und forderten die Sonne heraus. (Wer ist die Schönste im ganzen Land?) Rikki lernte am Gartentisch, Tobi bolzte seinen Ball an die Garagenwand. Heimlich warteten wir alle auf Manni, der mit Rudi segeln war. Er war unser aller Mittelpunkt geworden, unentbehrlich, ein neuer Magnet am Kleinstadthimmel.

»Manni Adler Superstar«, hatte Billi ihn genannt.

»Interessant, was ein Fitnesstrainer so alles draufhat«, wunderte ich mich.

»Und dann noch so tolle Liebesbriefe!«, sagte Billi grinsend mit einem Seitenblick auf Sonja. Oje. Ich fühlte mich elend.

Sonja schwebte seit Wochen im siebten Himmel und las uns stets unter dem Siegel der Verschwiegenheit Rainers Briefe vor, die ich zugegebenermaßen dann und wann in Sonjas Spind verschwinden ließ, ohne sie vorher geöffnet zu haben. Kaum war Vivian ins Wasser gesprungen, zog Sonja einen neuen grünen Tintenerguss aus ihrer Badetasche.

»Hört zu, Mädels!« Sie setzte sich auf, zog ihre Lesebrille aus dem Etui und las mit bebender Stimme vor:

*»Wenn du wüsstest,*
*wie viele Gedanken*
*immer*
*von mir an dich*
*unterwegs sind –*
*du würdest*
*eine Luftbrücke beantragen,*
*damit sie*
*über die lange Entfernung*
*auch sicher ankommen.*

*So kommen sie*
*immer*
*unbeachtet zurück.«*

»Dabei beachte ich ihn doch!«, wunderte sich Sonja. »Aber offensichtlich nicht genug! Wisst ihr, ich kann doch vor meinen Kunden nicht mit ihm rumknutschen!«

»Meinst du, er will knutschen?«

»O ja! Das schreibt er sogar wortwörtlich!«

Ich spürte ein Kratzen im Hals. »Ähm, hast du mal einen Schluck Wasser da?«

»Für mich bitte Prosecco!« Sonja ließ sich das Glas füllen und las weiter:

*»Ich*
*habe*
*so einen*
*hungrigen Blick,*
*und*
*meine Lippen*
*dürsten*
*nach dir.«*

»Lalala«, machte ich und hielt mir die Ohren zu.

»Er will wirklich knutschen!«, sagte Billi amüsiert.

»Danke, wir haben einen Eindruck bekommen«, sagte ich schwach. O Gott, wohin sollte das noch führen?

Sonja ließ den Brief sinken und schaute uns verklärt an.

»Ist er nicht der Wahnsinn?«

»Ähm … mich dürstet gerade … Ich glaube, ich nehme jetzt auch ein Glas Prosecco.«

»Ich verstehe gar nicht mehr, dass ich Holger je eine Träne nachgeweint habe!« Selig lächelnd drückte Sonja die grünen Briefe an ihren Busen. »So schön schreiben konnte der nie!«

»Tja, unser Superstar kann einfach alles«, bemerkte Billi.

»Soll Holger doch mit seiner faden Nicola glücklich werden! Ach, mir geht es so gut! Da ist es mir ganz egal, dass ich bald fünfzig werde!«

»Achtung, Vivian kommt!«

Wie eine Meerjungfrau entstieg Vivian den Fluten und strich sich die nasse Mähne aus dem Gesicht. Es sah aus wie ein Zeitlupe-Dreh: Werbung für Diät-Margarine.

»Ist Manni schon da?«

»Nein, Liebes, noch nicht.«

Wir beeilten uns, das Thema zu wechseln.

»Ein herrlicher Altweibersommer«, schwärmte Billi und streckte sich genüsslich in ihrem Liegestuhl aus. »Alles blüht noch einmal in leuchtenden Farben, der Himmel ist so blau wie im Mai, der Duft genauso intensiv, und selbst die Vögel zwitschern sich noch mal die Seele aus dem Schnabel! Man möchte gar nicht wahrhaben, dass die ganze Pracht bald in sich zusammenfällt!«

Billis Botschaft war eindeutig. Fand ich. Doch Sonja verstand sie nicht.

»Dann hast du die ganze Schweinerei mit dem Blätterfegen. Gut, dass ich keinen Garten habe.«

Vivian ist im Mai, dachte ich wehmütig. Und wir sind im September. Aber die Farben können dieselben sein. Und wenn man wie Sonja den Verstand ausschaltet, kann man noch einmal so heftig aufblühen wie sie! Ich gönnte es ihr.

Würde MIR die große Liebe noch einmal begegnen? Warum musste ich mich mit Brosamen wie Rainer begnügen, während meinen Freundinnen die Sahneschnittchen buchstäblich vor die Füße fielen? Sehnsüchtig ließ ich den Blick schweifen: über den See, den heute Hunderte von Segelschiffen zierten, über den blumenübersäten Garten mit den vielen alten Bäumen. Billi hatte so viel von dem, was das Leben lebenswert macht. Obwohl sie keine Traumfigur hatte: Sie liebte und wurde geliebt.

Mein Blick glitt zu meiner anderen Freundin, die in einem briefmarkengroßen Bikini neben ihrer Tochter Vivian auf dem Bootssteg lag und sich mit geschlossenen Augen ihren wirren Liebesfantasien hingab. Sie sahen ein bisschen aus wie Zwillinge (nein, nicht wie Zwillinge. Wie Vorher-Nachher-Fotos). Beide liebten denselben Mann, eine im Mai und eine im September. Beide hielten aus Rücksicht aufeinander ihre Gefühle geheim.

Sonja beneidete ich auch. Um ihre Traumfigur und um ihre Traumtochter. Ich streckte mich seufzend auf meinem Liegestuhl aus.

»Ich kann verstehen, dass du dich nicht von Rudi scheiden lässt«, sagte Vivian schläfrig zu Billi, ohne die Augen zu öffnen. »Dieses Leben hier gäbe ich auch nicht auf.«

»Wisst ihr, was Rudi neulich zu mir gesagt hat?« Billi setzte sich im Liegestuhl auf und verteilte genüsslich Sonnencreme auf ihrem Dekolleté. »Du würdest dich niemals scheiden lassen, dafür bist du viel zu gern die ›Frau Doktor‹.«

»Und?«, sagte Sonja gähnend. »Da ist doch was dran, oder?«

»Und wisst ihr, was ich Rudi daraufhin geantwortet habe?«

»Arschloch?«, schlug Vivian vor.

»Ich mache jetzt selbst einen Doktor!«

»Das ist also wirklich dein Ernst?« Wir fuhren alle zu ihr herum. »Du?«

»Ja, genau. Ich!« Billi strahlte in die Runde. »Ich habe doch auch Abitur gemacht und studiert! Nicht Medizin, aber Philosophie!«

»Aber du hast doch nie Examen gemacht«, maulte Rikki von ihrem Lateinbuch herüber. Sie musste wegen Schwangerschaft und Geburt ein paar Nachprüfungen machen, um für das Abitur zugelassen zu werden.

»Ja, und rate mal, warum nicht, du Naseweis!«

»Keine Ahnung? Weil du keinen Bock hattest?«

»Weil ich drei Kinder gekriegt habe, mich um Rudis Praxis kümmere, um Haus und Garten und jetzt auch noch um mein Enkelkind!«

»Reg dich wieder ab!«, murmelte Rikki erschrocken und vertiefte sich wieder in ihre Vokabeln.

»Ich finde, das ist eine wunderbare Idee!« Ich beugte mich zu Billi vor und nahm ihre Hand. »Wenn es eine schafft, dann du!«

»Hast du denn schon ein Thema für deine Doktorarbeit?«

»›Ungleiche Paare‹«, sagte Billi wie aus der Pistole geschossen. »›Wenn die Frau älter ist als der Mann‹.«

Sonja wurde rot und kicherte. »Wie kommst du nur auf die Idee?«

»Wenn ihr mich fragt, ist das ein total bescheuertes Thema für eine Doktorarbeit«, rief Vivian aufgebracht.

»Ist doch voll im Trend«, wandte ich hastig ein. »Ich meine, warum ist es bei Männern ein Kavaliersdelikt, jüngere Frauen zu haben, während über Frauen mit jüngeren Kerlen die Nase gerümpft wird?«

»Genau! So als wäre sie notgeil«, murmelte Vivian. Ich warf ihr einen bösen Blick zu. Sie sprang auf und machte einen Kopfsprung ins Wasser.

»Man könnte glauben, das Kind ist noch in der Pubertät«, sagte Sonja seufzend.

»Oder ihr in den Wechseljahren«, ätzte Rikki über ihrem Ovid.

Billi verdrehte die Augen. Und ich musste lachen. Mai und September … Mein Mai war schon lange, lange her. 1983. Ich stand auf und dehnte meine eingerosteten Glieder. »Billi, dein Thema ist genial, und ich bin voll auf deiner Seite.«

»Und was wird dann aus Mohair?«, fragte Rikki weinerlich.

»Alles eine Frage des Timings und der Organisation«, meinte Sonja zuversichtlich.

»Du machst erst mal Abitur. Wir kümmern uns alle abwechselnd um Mohair! Ich kann sie jederzeit mit ins Fitnesscenter nehmen! Wir richten ihr eine Spielecke ein!«

Das war auch typisch Sonja: spontan, großzügig, pragmatisch.

Billi erzählte uns von ihren heimlichen Besuchen an der Uni und dass sie schon einen Doktorvater namens David Breuer gefunden habe; ein leidenschaftlicher Segler, der hier sein Boot habe und mit dem sie schon ein paarmal segeln gewesen sei.

»Wie alt ist er?«

»Och, so Mitte vierzig!«

»Ein Mann in den besten Jahren!«

»Frauen sind mit Mitte vierzig offiziell schon scheintot!«

»Aber nicht wir!«

Wir grinsten, als stichwortgerecht ein Zweimaster am Bootssteg anlegte. Leichtfüßig sprang Manni heraus und vertäute das Boot. Lachend zeigte er seine schneeweißen Zähne, als er mit geübtem Griff das Seil auffing, das Rudi ihm zuwarf. Wieder dachte ich an einen Werbespot, diesmal war es einer für Bier ohne Bierbauch. Ich musste mich zwingen, nicht ständig zu Manni rüberzuglotzen.

Jetzt. Jetzt hatte er mir mitten ins Gesicht geschaut. Ich schluckte. Ich war doch nicht auch … Ach, Quatsch! Ein bisschen Restverstand war mir noch geblieben. Trotzdem spürte ich so ein merkwürdiges Kribbeln im Bauch und zuckte zusammen, als sich eine nasse, kalte Hand auf meine Schulter legte.

»Carin, hast du mal eine Minute?«

Es war Rudi. Und er wollte mich unter vier Augen sprechen.

## 13

Ha! Auf keinen Fall würde ich ihm Billis Pläne verraten! Ich war eine loyale Freundin, das würde ich ihn spüren lassen. Bei mir würde er auf Granit beißen. Steifbeinig stakste ich neben ihm her ans andere Ende des Grundstücks, wo unter einer alten Linde eine grüne Bank stand.

»Wie geht es dir?«, begann Rudi etwas unbeholfen das Gespräch, nachdem wir beide auf der Bank Platz genommen hatten. Ich hatte nur meinen langweiligen schwarzen Badeanzug an, was mir im Moment etwas peinlich war. (Ist das nicht albern, dass man sich vor seinem Gynäkologen schämt, obwohl man mehr anhat als sonst?)

Rudi war braun gebrannt und durchtrainiert, soweit man das von einem etwa sechzigjährigen Mann behaupten konnte. Er trug eine Schirmkappe, eine coole, verspiegelte Sonnenbrille und eine sehr knappe rote Badehose. Macho!, dachte ich verächtlich. Warum stellst du jungen Dingern nach?

»Mir geht es gut, und dir?«, gab ich eine Spur zu zickig zurück. Glaub ja nicht, ich vermittle hier zwischen dir und deiner Frau. Sie macht ihren eigenen Doktor, und dann siehst du alt aus, mein Lieber. Sie braucht dich nicht. Du brauchst sie!, arbeitete es in mir.

»Mir geht es auch gut.«

»Okay, war's das?«

»Es ist schön, dass ihr Frauen euch so gut versteht.«

»Ihr Männer scheint euch ja auch gut zu verstehen.«

»Ja.« Rudi schob die Kappe aus dem Gesicht und kratzte sich an der Stirn.

»Und deshalb lockst du mich auf diese Bank?«

»Nicht ganz. Ich möchte mit dir über Manni reden.«

Oh. Das kam überraschend. »Über Manni? Was gibt's denn da zu reden?«

Oje. Bestimmt hatte er Rudi gebeichtet, dass wir ihn überredet hatten, Sonja zu umgarnen. Wahrscheinlich suchte er einen Verbündeten, der ihn davon erlöste.

»Wie gefällt er dir?«

»Gut«, gab ich knapp zurück. »Aber wenn du denkst, dass ich in ihn verliebt bin, irrst du dich.«

»Das denke ich auch gar nicht.«

»Also? Was dann?«

»Manni hat mich um Hilfe gebeten, weil er euch allen was vorspielt und nicht weiß, wie er aus der Situation wieder rauskommen soll.«

»Ich weiß. Das ist alles meine Schuld.«

»Er glaubt, dass du ihn hassen wirst, wenn er die Wahrheit sagt.«

»Nein«, sagte ich leise. »Das habe ich ihm ja selber eingebrockt. Es tut mir nur leid um Sonja.« Ich trat verlegen gegen einen Stein.

»Wieso tut es dir leid um Sonja?«

»Weil sie auf ihn steht.«

»Sonja ist aber nicht seine Mutter«, sagte Rudi ernst und nahm die Sonnenbrille ab. Plötzlich sah er mir eindringlich in die Augen.

Mir blieb das Herz stehen. »Ja, aber ich doch auch nicht!«, entfuhr es mir.

»Und wenn du es doch wärst?«

»Quatsch!«, begehrte ich auf. »Ich meine, Scheiße! Ich habe

einen Sohn, ja. Aber der heißt Roman Stiller und ist in der Arktis!«

»Das ist die offizielle Version, ja.« Rudi nahm meine Hand, aber ich entriss sie ihm.

»Manni hat mich um Hilfe gebeten, weil er aus der Nummer allein nicht mehr rauskommt.«

»Welche Nummer denn jetzt?«

»Er ist dein biologischer Sohn.«

Nein. Das konnte doch nicht sein! Roman Stiller war mein biologischer Sohn. Ich begriff das alles nicht.

»Manni ist Roman«, sagte Rudi ernst. »Manni. Kosename. Roman.«

Nein. NEIN! Er konnte mich doch nicht so vorsätzlich betrogen, ja wochenlang verarscht haben! *(Excuse my French.)* »So ein Schwachsinn!«, brüllte ich Rudi ihn an. »Hör auf, mich zu verscheißern!« Erstaunlich, was für ein Vokabular mein Gehirn bei so einem Schock freisetzte!

»Sei ruhig wütend, du hast jedes Recht dazu«, sagte Rudi betont ruhig. Jetzt kehrte er den Arzt heraus, den Profi, der gelernt hat, mit hysterischen Weibern umzugehen.

Manni. Mein Herz fing an zu rasen. Manni war also … Es stimmte, ich hatte von Anfang an so ein seltsames Gefühl bei ihm gehabt. So, als wäre er nicht ganz echt. Und jetzt war er mein Sohn? Ich fühlte mich, als hätte ich einen Stein verschluckt. Er hatte also die ganze Zeit mit mir gespielt. Mich ausgetestet.

Nein!, schrie es in mir. Das war nicht mein Sohn. Ich hatte doch dieses Bild gesehen! Manni sah vollkommen anders aus als Roman! Viel – jünger, schlanker, lässiger als dieser ernste Mann auf dem Schwarz-Weiß-Foto! »Manni ist blond und hat blaue Augen!« Die letzten Worte musste ich wohl laut ausgerufen haben, denn das Erste, was ich hörte, als mein Gehirn wieder Empfang hatte, war:

»Dafür gibt es Kontaktlinsen. Und blonde Strähnen sind keine Hexerei. Außerdem hat er in den letzten Wochen zehn Kilo abgenommen. Er hat Probleme.«

Ich sprang auf und lief sinnlos im Kreis. Sosehr ich mich auch bemühte, diese Informationen zu verdauen, es wollte mir einfach nicht gelingen. Wer hatte hier Probleme? »Aber ... Aber er spricht mit rheinländischem Akzent!«

»Weil seine Verwandtschaft mütterlicherseits aus dem Rheinland ist.«

»Aber am Telefon hat er mit Hamburger Akzent gesprochen!«

»Weil das auch ein bisschen zu seinem Plan gehört hat. Er ist ein Sprachtalent.« Mit dem Kinn wies er zu Rikki hinüber, die Lateinvokabeln paukte.

Plötzlich fiel es mir wie Schuppen von den Augen. Er WAR Roman! Natürlich! Drei Tage nach unserem Telefonat war er plötzlich im Fitnesscenter aufgetaucht! Von wegen Arktis! Ich dumme Nuss!

»Aber ... Warum? WARUM hat er mir das angetan?« Ich sprang auf und trat mit dem nackten Fuß gegen einen richtig großen Stein, was dem Stein sehr viel weniger wehtat als mir.

»Weil er dich erst in Ruhe kennenlernen wollte.« Rudi griff nach meinem Arm, und wieder schüttelte ich seine Hand ab wie ein lästiges Insekt.

»Weißt du, wie beschissen ... wie unfair das ist?« Ich wirbelte herum. »Er hatte alle Zeit der Welt, sich die Frau, die ihn zur Welt gebracht hat, in Ruhe anzusehen. Und ich?« Ich musste schluchzen. »Seit dreißig Jahren kann ich vor Schuldgefühlen an nichts anderes denken, als dass ich mein Kind weggegeben habe!«, schrie ich mit bebender Stimme. »Dann meldet er sich plötzlich. Ich fange gerade an zu begreifen, dass er wieder in mein Leben getreten ist, als er behauptet, in die Arktis zu müssen. Für irgendeine halsbrecherische Aktion!«

Die Tränen liefen mir nur so über die Wangen, und meine Nase tropfte. Zornig wischte ich Rotz und Wasser mit dem Handrücken weg.

»Ich denke Tag und Nacht an diesen Jungen, der gerade unter Lebensgefahr durchs ewige Eis irrt, mache mir die schrecklichsten Sorgen und Vorwürfe, weil ich ihn am Telefon schon wieder im Stich gelassen habe ...« Mir entfuhr ein Hohnlachen. »Dabei planscht mein Herr Sohn hier im Starnberger See herum, hat sich bei meiner Freundin eingenistet, turtelt mit meiner anderen Freundin herum, obwohl er eigentlich deren Tochter begehrt! Nur ich, ich bin mal wieder völlig außen vor!«

Ich sank wieder auf die grüne Holzbank. Brennnesseln malträtierten meine Beine, aber ich begrüßte den stechenden Schmerz.

»Also noch mal. Für Anfänger«, wandte ich mich an Rudi. »Manni alias Roman alias Oliver geht mit dir segeln oder angeln oder was weiß denn ich und fragt dich, was er mit Sonja machen soll. Dabei erzählt er dir ganz nebenbei, dass er mein Sohn ist und fragt, wie er es mir beibringen soll.«

»Genau. Als väterlichen Freund und Arzt. Ich bin der Einzige, der weiß, dass du ein Kind geboren hast. Und als dieser junge Mann so plötzlich bei uns aufgetaucht ist, dauerte es nicht lange, und mir schwante etwas. Siehst du denn nicht, wie ähnlich ihr euch seht?«

»Nein«, entgegnete ich schwach.

Sah Manni mir ähnlich? Nein. Aber Roman? Manni in runder, reifer, dunkelhaarig?

»Warum sagt er es dir und nicht mir?«

»Weil er inzwischen nicht mehr ein noch aus weiß. Dabei wollte er nur mal unverbindlich schauen, wie du so bist.«

»Na toll! Er wollte mich also besichtigen wie einen Oldtimer auf einem Parkplatz. Gefällt er, macht man vielleicht noch eine Probefahrt.«

»Ja, so ähnlich war sein Plan. Hättest du ihm nicht gefallen, wäre er einfach wieder verschwunden. Auf Nimmerwiedersehen. Dann hätte er sich nie wieder gemeldet.«

»Aber wozu tischt er mir dann diese bescheuerte Arktis-Geschichte auf?« Ich verschränkte die Arme vor der Brust.

»Er brauchte Zeit und wollte dich auf Distanz halten.«

Ich sah ihn fragend an.

»Na, versetz du dich doch mal in seine Lage!«

Ich holte tief Luft und überlegte. Mein Blick huschte zu meinen Freundinnen hinüber und zu Manni, der plötzlich Roman war. Sie standen auf der Wiese beieinander, plauderten und lachten. Manni sah verstohlen zu mir herüber, und Sonja zerrte besitzergreifend an seinem Arm.

»Okay. Vivian liebt er, Sonja ist seine Arbeitgeberin, der er Liebe vorgaukeln soll, Billi wünscht er sich als Mutter – und ich BIN seine Mutter.«

»Ja«, sagte Rudi schlicht. »Kluges Mädchen. Du hast es erfasst.«

Ich wusste nicht, wie ich diesen neuen Schmerz verkraften sollte. Er wünschte sich Billi als Mutter? Warum nicht mich?

Rudi tätschelte mir die Schulter, setzte seine Sonnenbrille wieder auf und schlenderte davon. Die Sprechstunde war beendet. Ich blieb auf der Bank sitzen und spürte diesen nicht enden wollenden Schmerz. Über mein Bein krabbelte eine Spinne. Es war mir egal.

»Carin? Können wir reden?«

Da stand er. »Mein Sohn.« Würde ich ihn je ohne Anführungszeichen so nennen können?

»Klar«, sagte ich mit ausgedörrtem Mund.

»Es tut mir wahnsinnig leid, Carin.« Der Mann, der mein Sohn war, hielt mir ein kaltes Bier hin. »Hier. Trink. Auf unsere Versöhnung, bitte!«

Wie in Trance nahm ich es ihm ab und trank gierig einen

köstlichen kalten Schluck. Wie damals mit Rainer im Biergarten, als ich gerade den Unfall meiner Mutter und Olivers, also Romans Anruf verkraften musste, der jetzt Manni war … Steig da noch einer durch!

»Wie soll ich dich denn jetzt nennen?«, fragte ich matt.

»Roman. Gute Freunde nennen mich Manni.«

Er stupste mich in die Seite, sodass ich fast von der Bank fiel.

Wir schwiegen eine Weile. Ich nahm noch einen Schluck Bier und reichte meinem Sohn dann die Flasche. Ohne ihn anzusehen.

»Warum, Roman, warum?«

»Warum was?«

»Warum hast du mir diese Komödie vorgespielt?«

»Wurde MIR etwa keine Komödie vorgespielt?«

»Warum müssen Menschen sich belügen?«

»Ich fand, dass ich ein Recht darauf hatte, dich in Ruhe kennenzulernen. Ich bin mein Leben lang belogen worden, Carin. Dreißig Jahre lang. Meine über alles geliebte Mutter hat mich angelogen. Mein Vater auch. Und da gibt es plötzlich eine Carin, die mich zur Welt gebracht hat. Ich habe einfach instinktiv reagiert.«

Ich nickte, wobei ich die Lippen zusammenpresste.

»Meine Eltern haben es niemandem gesagt, Carin! Niemandem! Dass sie mich aus diesem Heim geholt haben. Meine Mutter hat behauptet, eine alte Tante in Bayern pflegen zu müssen und kam nach sechs Monaten mit einem Baby zurück. Das hatte sie zufällig beim Tantepflegen in Bayern geboren.« Er wischte sich mit dem Handrücken über die Stirn. »Alle haben das geglaubt! Ich selbst habe es geglaubt. Mein Leben ist eine einzige Lüge!«

»Wir haben alle Fehler gemacht.« Ich sah ihn von der Seite an. »Wir haben alle versucht, das Beste aus unserer Situation zu machen. Deine Mutter auch.«

Wie leicht es mir inzwischen fiel, »deine Mutter« zu sagen! Ich nahm sie sogar schon in Schutz!

»Meine Beweggründe kennst du ja inzwischen«, stellte ich sachlich fest. »Ich habe sie dir erzählt, als ich dich noch für einen Fremden hielt. Verstehst du, warum ich dich damals weggegeben habe?«

»Ja.« Er nahm einen Schluck Bier: »Immerhin bin ich nicht auf dem Oktoberfest entstanden. Das bedeutet mir viel.« Er grinste versöhnlich.

»Okay. Da du Ende Januar geboren bist, konnte das ja auch gar nicht sein.«

Es war ein bisschen wie Friedenspfeife rauchen. Er hatte vorsorglich eine Packung Tempotücher mitgebracht, und ich zupfte eines heraus.

»Und, wie geht es jetzt weiter? Wann gehst du zurück nach Hamburg?« Umständlich putzte ich mir die Nase.

»Ich kann im Moment nicht zurück.«

Manni – okay, jetzt reiße ich mich zusammen – Roman rutschte unruhig auf der Bank hin und her.

»Wieso nicht?«

Die Bierflasche wanderte zwischen uns hin und her. Am liebsten hätte ich laut gesungen: *»Wir trinken aus einer Fläsch! Wir bezahlen aus einer Täsch!«* (Kölner Karnevalsschlager.)

»Ich hab zu Hause Ärger.« Roman zog die Nase hoch.

»Meinetwegen?«

»Das auch.«

Plötzlich fiel mir siedend heiß ein, was er am Telefon gesagt hatte: Sein Vater war entsetzt, dass er mich aufgespürt hatte.

»Ich kann deinem Vater versichern, dass ich nichts von deiner Familie will«, sagte ich fest entschlossen. »Ich werde nicht bei euch unterm Weihnachtsbaum sitzen. Wenn du willst, präsentiere ich ihm meinen – ähm – Lebensgefährten. Ich bin in – festen Händen.« Uff. Zu welchen Opfern Mütter bereit sind!

»Pass auf, Carin, das ist jetzt alles ein bisschen viel auf einmal. Also erstens haben meine Frau Silke und ich uns – auseinandergelebt.«

»Aber ihr kriegt euer drittes Kind!«

»So was passiert.« Roman nickte, und seine Zerknirschung schien echt. »Zweitens habe ich mich in Vivian verliebt. Aber sie ist nicht der Grund oder Auslöser unserer Trennung. Drittens soll ich Sonja vorspielen, dass ich an ihr interessiert bin und mit ihr die Fitness-DVD drehen will.«

»Tut mir leid«, warf ich zerknirscht ein. »Das schaffe ich sofort aus der Welt.«

»Viertens«, fuhr Roman fort, »habe ich einen Riesenkrach mit meinem Vater.«

»Meinetwegen«, sagte ich sofort wieder schuldbewusst.

»Nicht nur, aber auch.«

»Und das heißt?«

»Das ist eine lange Geschichte und hat was mit Problem Nummer eins zu tun.«

»Gibt es noch ein Fünftens?« Mir schwante nichts Gutes. Und es war auch nicht gut.

»Fünftens möchte ich wissen, wer mein Erzeuger ist!«

# 14

Also gut, alle mal herhören, es gibt Neuigkeiten.«
Rudi klopfte an seine Kaffeetasse, und sofort hörten alle auf, Apfelkuchen zu essen.

Roman und ich standen da wie Hänsel und Gretel, die aus dem Wald gekommen sind und gerade erfolgreich die Hexe verbrannt haben.

Verunsichert knetete ich meine Hände. Roman machte die gleiche Verlegenheitsgeste. In dieser Sekunde fiel mir auf, dass wir tatsächlich Ähnlichkeit miteinander hatten! Ich schaute zu ihm, er schielte zu mir. Seine Lippen zitterten. Meine Knie waren weich.

»Ja, wie jetzt?«, sagte Vivian. Irritiert sah sie zu ihrer Mutter Sonja hinüber.

»Also, wir müssen euch etwas sagen«, begann Roman.

»Ja, was jetzt«, meinte Sonja und schaute Vivian verunsichert an.

»Die Briefe waren nicht von Manni«, sagte Billi.

Ich unterbrach sie durch eine heftige Geste. »Die Briefe sind jetzt überhaupt kein Thema.«

»Nein?«, fragte Sonja erstaunt.

»Nein«, sagte Roman.

»Also, ich habe nämlich einen Sohn«, sagte ich. Alle starrten mich an. »Und der heißt Roman«, sagte ich. »Also ursprünglich Oliver.«

»Oh, wie gut, dass niemand weiß, dass ich Rumpelstilzchen heiß«, gluckste Tobi von der Fußballfront. Mit Wucht knallte er den Ball gegen das Garagentor. »Und wo isser?«

»Hier.« Ich zeigte auf Manni.

»Nee, ne?«, schrie Vivian.

»Ich kapier das nicht«, sagte Sonja und wurde rot. »Die Briefe sind NICHT von Manni?«

»Die Briefe sind jetzt kein Thema«, schrie ich sie an. »Es geht nicht immer nur um DICH!«

»Wollt ihr euch nicht setzen?« Billi wies auf zwei freie Gartenstühle.

»Also, wer fängt an?«, fragten Roman und ich gleichzeitig.

»Ich«, sagten wir wieder gleichzeitig.

»Okay, du.«

»Nein, du.«

»Nehmt euch ’n Zimmer«, rief Rikki genervt.

»Untersteht euch!«, sagte Sonja und lachte schrill. »Die Briefe sind NICHT …?!« Sie sah sich verwirrt um, und Rudi legte ihr beschwichtigend die Hand auf die Schulter.

Vivian verdrehte die Augen, und Billi drückte ihr mitfühlend den Arm. »Also. Noch mal. Ihr seid also Mutter und Sohn.«

»Ja.«

»Seit wann?«

»Seit dreißig Jahren.«

»Also, wissen tun wir das seit zehn Minuten.«

»Also ich seit sechs Wochen.«

»Obwohl … Dass ich wieder einen Sohn habe, weiß ich seit Anfang Juli. Seit dem Tag, an dem meine Mutter vom Hocker gefallen ist. Ich wollte es euch schon die ganze Zeit erzählen, aber ihr hört ja nie zu.«

»Sonja hört nie zu«, sagte Billi.

»Das ist eine böswillige Unterstellung! Ich höre immer genau zu! Du sagst, du bist seit dreißig Jahren seine Mutter, er sagt, seit sechs Wochen. Dann heißt es wieder seit Anfang Juli, und eben hast du gesagt, seit zehn Minuten. Ich habe GENAU zugehört.«

»Nur weiter!«

»Das klingt alles seeeeeeehr logisch.«

»Und wann kam der Heilige Geist ins Spiel?!«

Alle redeten durcheinander, und wieder hörte keiner richtig zu.

»Verarschen kann ich mich alleine«, warf Vivian ein und ließ einen Kaugummi knallen.

»Ich mich auch«, erwiderte Sonja und sank in den Lotossitz.

»Also darauf sollten wir erst mal einen trinken!« Billi hob ihr Glas. »Wer auch immer du bist, Roman, Manni, Olaf …«

»Oliver«, sagte ich.

»Roman«, sagte Roman. »Oder Manni.«

»Ich bin für Knut«, rief Tobi von der Garage aus, ohne mit dem Bolzen aufzuhören.

»Du bist in unserer Runde jedenfalls herzlich willkommen.«

»Danke.« Roman wirkte erleichtert und schenkte Billi einen so innigen Blick, dass mir vor Eifersucht fast schlecht wurde.

»Und von wem sind sie DANN?«

»Wer?«

»Die Briefe.«

»Können wir EINMAL nicht über dich reden?«, zischte Vivian sie an. »Es geht AUSNAHMSWEISE mal um Carin!«

»Jetzt lasst uns hier mal wie Erwachsene …«

»Pah, dass ich nicht lache«, ätzte Rikki.

Alle fielen einander ins Wort, und das Geschrei wurde so laut, dass Passanten neugierig ihre Köpfe über die Hecke reckten. Gleichzeitig hätte das einer der bewegendsten Momente meines Lebens sein müssen. Ich hatte meinen Sohn wiedergefunden. Er war hier neben mir, und ich musste ihn immer wieder von der Seite ansehen. Ja, jetzt sah ich auch die Ähnlichkeit mit Bigotti, in seinen Gesten, seiner Mimik, seiner Körperhaltung. Er genoss es sichtlich, im Mittelpunkt zu stehen. Er hatte eine Bombe platzen lassen, und wir waren sein Publikum. Irgendwie beschlich mich das Gefühl, dass ich nur eine Statistin in seinem perfekt inszenierten Stück war. Alle hingen an Romans Lippen, und er spendete uns das Sakrament der Enthüllung seines Geheimnisses.

»Nachdem ich Carin ausgekundschaftet hatte, habe ich mich in ihrem Umfeld umgesehen. Und da die Stelle im Fitnesscenter ausgeschrieben war, bin ich kurz entschlossen in die Rolle des Trainers geschlüpft … Zuerst wusste ich gar nicht, wer von euch dreien jetzt Carin ist …«

Allgemeines Gelächter. Mein Sohn Roman konnte die Geschichte wirklich so amüsant erzählen, als wäre es eine heitere Verwechslungskomödie. Ich lächelte tapfer. Rudi tat das einzig Vernünftige: Er schenkte uns allen Prosecco ein. Wir hoben das Glas.

»Prösterchen«, sagte Billi amüsiert.

»Stößchen«, stotterte Sonja völlig verwirrt.

»Gesundheit«, rief Rudi.

»Verwirrung«, knurrte Rikki über ihrem Lateinbuch.

»Auf uns!«, sagte ich zu Roman.

»Auf uns alle«, antwortete Roman, legte den einen Arm um Vivian und den anderen um Sonja.

Intuitiv legte Billi den Arm um mich und zog mich an sich.

»Mensch, Carin, du hast einen Sohn! Wie ich mich für dich freue!!«

In dem Moment wackelte der Kinderwagen, und Mohair fing an zu schreien.

Roman arbeitete weiterhin im Fitnessstudio, kümmerte sich um die Vorbereitungen für die DVD und strotzte nur so vor Ideen und Tatendrang. Von nun an betrachtete ich ihn mit ganz anderen Augen. Ich war seine Mutter. Jede seiner Bewegungen, jedes seiner Worte sog ich in mich auf. Ich horchte in mich hinein und wartete auf die Muttergefühle, die mich doch wie eine Riesenwelle mit sich reißen müssten. Aber da war nichts. Nur ein Tröpfeln wie von einem defekten Wasserhahn.

Er war mir fremd. Ein gut aussehender junger Mann mit Problemen. Einer, der mich belogen hatte, weil die Welt ihn belogen hatte. Theoretisch konnte ich ihm das verzeihen. Natürlich. Ich stand unendlich tief in seiner Schuld. Aber wo blieb die alles verzehrende Liebe? Roman war mir gegenüber genauso höflich und freundlich wie zuvor, aber diese unsichtbare Wand zwischen uns blieb weiterhin bestehen. Lag es an mir? Musste ich mich endlich mütterlicher verhalten? Aber wie?

Außerdem war Roman nicht mein einziges Problem.

Ein anderes war Mutter. Und natürlich Rainer. Regelmäßig fuhr er mit Mutter nach München, um die Verbände wechseln zu lassen. Danach gingen sie noch zusammen Kaffee trinken. Mutter blühte regelrecht auf, ja, sie konnte an Rainers Arm sogar wieder ein wenig humpeln. Es sah so aus, als würde das Bein doch noch heilen. Das Schwarz verschwand allmählich und ging in ein fleckiges Rosa über. Das Damoklesschwert der Amputation war von uns genommen worden. Fast so, als wollte das Bein mir zeigen, dass mit Liebe und Geduld alles zusammenwachsen kann. Rainer wollte mir das jedenfalls zeigen. Seine neueste Liebesbekundung steckte am Badezimmerspiegel:

*Ich*
*darf nicht denken:*
*»Für immer.«*
*Aber*
*ich*
*wünsche*
*es*
*mir*
*sehr.*

Rainer hatte inzwischen freien Zutritt zu unserer Wohnung und konnte seine kleinen Briefe überall hinterlassen. Von Rausschmeißen konnte keine Rede mehr sein.

Als ich wieder einmal Trost suchend bei Billi vorbeischaute, fand ich Roman bei ihr im Wohnzimmer vor. Weil die Haustür offen gewesen war wie immer, prallte ich zurück, als ich die beiden heftig diskutieren hörte. Mein Sohn besprach seine Probleme lieber mit ihr als mit mir!

»Ich mag sie«, hörte ich ihn aufgebracht sagen. »Echt, sie ist eine prima Frau, aber …«

Ich befürchtete schon, er meinte mich, als er fortfuhr: »Bitte erklär ihr doch, dass ich die Fitness-DVD mit Vivian drehen will und nicht mit ihr!«

»Roman, das kannst du nicht machen!« Billi redete eindringlich auf ihn ein.

»Sie ist um ihre Jugend betrogen worden, sie hat einfach so viel nachzuholen! Sie braucht jetzt die Bestätigung, die öffentliche Anerkennung, sie will es der ganzen Welt noch einmal zeigen, gerade jetzt, wo Holger sie verlassen hat!«

»Das ist doch ihr Problem!«

»Nein, Roman. Schau mal.« Billi setzte sich neben ihn und sah ihm fest in die Augen. »Wir sind hier alle eine große Familie. Wir sind füreinander da.«

Roman schlug mit der Faust auf den Tisch. »Ich habe schon genug Scheiße an der Backe! Echt jetzt!«

Ich hatte schreckliches Herzklopfen, aber ich riss mich zusammen. Das war MEIN Sohn. Ich hatte hier auch noch ein Wörtchen mitzureden. Forsch betrat ich das Zimmer.

»Wir klären das, Roman, versprochen!«

Billi sah mich fast dankbar an.

»Wir haben Sonja einfach nur aus ihrer Krise reißen wollen«, erklärte ich schuldbewusst. »Es tut mir leid. Wir reden mit ihr.«

»Aber sie wird sich umbringen, wenn Roman die DVD mit Vivian dreht«, gab Billi zu bedenken. »Das verkraftet sie nicht!«

Ich holte tief Luft. »Roman. Könntest du dir vorstellen, die DVD mit beiden zu machen?«

»Ja!«, rief Billi erleichtert aus. »Das ist doch eine brillante Idee!«

»Das wäre für Sonja und Vivian das Beste. Die eleganteste Lösung!«

»Meinetwegen«, brummte Roman. »Aber nur, wenn Sonja im Hintergrund bleibt.«

Erst wollte ich schon eifrig nicken, aber dann stellte sich plötzlich etwas in mir quer. Gehörten Frauen in der Mitte des Lebens wirklich in den Hintergrund? Während Männer mit siebzig Bundespräsident und mit achtzig Papst werden? Da war ja wohl mal eine Grundsatzdebatte fällig!

Ich schüttelte den Kopf. »Jetzt hör mir mal gut zu, mein Sohn.«

Oh. Das hörte sich … gut an. Ich war selbst ganz erstaunt, mich so reden zu hören. Mein erster mütterlicher Ratschlag. Meine erste mütterliche Standpauke. Für die Würde der Frau.

»Sonja geht auf die fünfzig zu, das ist nun mal Fakt. Aber sie ist verdammt fit für ihr Alter. Sie hat hart an sich gearbeitet. Und sie kann anderen Frauen ein Vorbild sein.«

»Ja«, stimmte Billi mir zu. »Es ist keine Kunst, mit fünfundzwanzig leicht und biegsam wie eine Feder zu sein. Aber Sonja beweist, dass man sich als Frau mit fünfzig nicht verstecken muss.«

»Es stimmt schon, sie ist für ihr Alter noch sehr attraktiv«, räumte Roman ein. »Aber Vivian …«

»… hinter den sieben Bergen, bei den sieben Zwergen, ist tausendmal schöner als sie. Das willst du doch damit sagen!«

»Ähm …« Roman wurde nun doch etwas verlegen. »Ich steh halt mehr auf jung und knackig.«

Billi und ich wechselten einen vielsagenden Blick.

»Und? Ist Sonjas Anblick deshalb eine Zumutung? Ich kann einfach nicht zulassen, dass Frauen mit fünfzig nicht mehr vor die Kamera dürfen«, verteidigte ich meine Freundin. »Das ist ein beschissenes Vorurteil, und damit räumen wir jetzt auf.«

Roman sah zwischen Billi und mir hin und her.

»Ist doch wahr!«, gab sie mir Rückendeckung. »Sonja hält sich körperlich fit, und ich halte mich geistig fit, mache mit fünfzig noch meinen Doktor! In uns steckt viel mehr, als die Welt uns zutraut!«

»Und ich werde mit fünfzig noch mal Mutter«, sagte ich lächelnd und sah Roman bittend an. »Los, Roman. Gib uns eine Chance!«

»Also gut.« Roman nickte gnädig. »Weil ich gegen euch sowieso nicht ankomme.«

# 15

Und Vivian?«, fragte Rainer.

Wir spazierten denselben Seerundweg entlang, den wir damals am Tag nach Mutters Unfall genommen hatten. Wieder wimmelte es von Familien mit Kinderwägen, Dreirädchen, Fahrrädern, Hunden und anderem Zubehör. Mehr denn je sahen wir nun selbst aus wie eine Familie. Wir schoben zwar keinen Kinderwagen, aber einen Rollstuhl. Und wir plauderten über meinen Sohn.

»Wie hat Vivian auf die Neuigkeit reagiert? Und darauf, dass die Fitness-DVD mit ihr UND Sonja gedreht wird?«

»Roman behauptet, Vivian würde alles tun, was er sagt.« Mir war etwas unbehaglich. »Ich habe Angst, dass sich das Mädel ernsthaft in ihn verliebt hat.«

»Der Bursche sieht blendend aus«, musste Rainer zugeben. »Das hat er von seiner Mutter geerbt.« Dabei legte er den Arm um mich, sodass der Rollstuhl vom Weg abkam und übers Gras holperte.

»Achtung!«, rief ich und entwand mich seinem Griff. »Mutter rollt uns ja noch in den See!«

»Der Junge spielt nicht mit offenen Karten«, ließ sich Mutter unter ihrem Sonnenhut vernehmen. »Mir gefällt das alles nicht.«

»Also wenn ihr meine Meinung hören wollt, der Bursche hat euch Damen alle um den Finger gewickelt.« Rainer brachte den

Rollstuhl schwitzend zurück auf die Spur. »Der führt irgendwas im Schilde.«

»Wie meinst du das?« Ich sah ihn unwillig von der Seite an.

»Im Fitnesscenter mache ich so meine Beobachtungen.«

»Gehst du deshalb neuerdings trainieren?« Ich griff energisch an den Rollstuhl, als sich unsere Hände im Eifer des Gefechts berührten.

»Liebe Carin, ich bin gerne in deiner Nähe.« Rainer schenkte mir ein verliebtes Lächeln. »Außerdem kann es nicht schaden, wenn ich mir ein Bild von deinem Sohn mache.«

»Das ist ganz in meinem Sinne!«, sagte Mutter.

»Aber nicht in meinem!« Erzürnt blitzte ich Rainer an und zog meine Hand weg. »Ich will Roman in Ruhe kennenlernen! Mischt euch bloß nicht ein!«

»Nun reg dich doch nicht so auf, Carin. Rainer meint es doch nur gut!«

Ja, das tat er. Emsig schob er Mutter weiter über den schmalen Seeweg.

»Ich sage nur, was ich sehe«, keuchte er. »Da taucht dieser junge Mann auf, der dein Sohn ist, Carin. Er legt aber nicht die Karten auf den Tisch, sondern gibt vor, ein Trainer zu sein. Sonja und Vivian macht er große Hoffnungen auf beruflichen Erfolg. Bei deiner anderen Freundin Billi ist er quasi eingezogen und macht sich dort unentbehrlich. Man könnte meinen, er spielt euch gegeneinander aus. Was bezweckt er damit?«

»Ich glaube, er sucht verzweifelt eine neue Heimat«, sagte ich. »Er hat seine Mutter verloren. Das Verhältnis zu seinem Vater ist gestört. Und von seiner Frau trennt er sich gerade. Obwohl das dritte Kind unterwegs ist.«

»So was macht man nicht!«, sagte Mutter.

»Aber wir dürfen ihn nicht verurteilen, solange wir nicht wissen, was eigentlich los ist«, ergriff ich lautstark für meinen Sohn Partei.

»Er ist einfach abgehauen und hat bei euch unter falschem Namen ein neues Leben angefangen. Der hat Dreck am Stecken«, sagte Mutter.

»Weiß Vivian, dass er Frau und Kinder hat?«, fragte Rainer.

»Keine Ahnung.«

»Du musst es ihr sagen, Carin!«

»Ist das mein Recht? Ich meine, darf ich mich da überhaupt einmischen?« Ich war sehr verunsichert.

»Du bist seine Mutter!«, rief meine Mutter aus ihrem Rollstuhl. »Du musst ihm die Ohren langziehen und ihn nach Hause schicken!« (Mutter war immer sehr pragmatisch.)

Ich schüttelte den Kopf. »Erstens herrschen heute andere Erziehungsmethoden, zweitens ist er dreißig, und drittens kenne ich ihn kaum!«

»Eben!«, sagte Rainer. »Und deshalb laden wir ihn zum Kaffee ein und fühlen ihm auf den Zahn.« Vertraulich beugte er sich vor. »Was meinst du, Paula? Knöpfen wir uns deinen Enkel mal vor. Ich habe eine gute Menschenkenntnis!«

Oh. Er war also schon mit meiner Mutter per Du.

»Danke, kein Interesse«, sagte Mutter stur. »Er soll zu seiner Frau und seinen Kindern gehen. Das ist meine Meinung.«

»Und ich denke, dass wir ihm Zeit lassen sollten. Rainer, bitte akzeptiere doch, dass er MEIN Sohn ist und nicht deiner!« Hach, dass Rainer schon wieder so übergriffig werden musste! Er begriff es einfach nicht. Das Ergebnis unseres harmonischen Sonntagsausflugs war ein neues Gedicht, das er mir zusteckte, nachdem ich Mutter zu Bett gebracht hatte.

*Ich fühle*
*die Berührung*
*deiner Hände –*
*ich glaube,*
*die Eiszeit geht zu Ende.*

Bei nächster Gelegenheit schob ich ihn Sonja unter die Spindtür.

Billi und ich besuchten die Dreharbeiten im Studio und waren beeindruckt. Vivian und Sonja sahen fast aus wie die Kessler-Zwillinge, als sie da so synchron turnten. Sie rahmten ihren gemeinsamen Liebling Roman ein: beide im weißen Outfit und er ganz in Schwarz. Es sah toll aus. Wir machten uns nützlich, wo wir nur konnten. Billi schaute mit Mohair im Arm auf die Stoppuhr, damit die Übungen im Drehplan blieben, und ich hatte die ehrenvolle Aufgabe, mit hinter der Kamera zu stehen und das Synchronturnen mit ausladenden Armbewegungen zu dirigieren. Es war unser gemeinsames Projekt, und die Woche samt professionellem Kamerateam, Regisseur und Redakteurin war spannend und aufregend und schweißte uns noch mehr zusammen. Wir sprachen nicht mehr über unsere Probleme, sondern konzentrierten uns voll auf die Sache. Sonja war unglaublich ehrgeizig und zäh und ließ keine halbherzige Szene durchgehen. An manchen Tagen turnten die drei das gesamte Programm viermal durch, und die Maskenbildnerin hatte alle Hände voll zu tun, den Protagonisten den Schweiß wegzupudern.

Wenn Roman und Vivian schon platt auf dem Boden lagen, hatte Sonja noch etwas zu verbessern. Kritisch sah sie sich die Szenen auf dem Monitor an.

»Mist, da habe ich gewackelt. Scheiße, da kriege ich den Arsch nicht hoch! Warum sagt mir das denn keiner! Das Bein ist überhaupt nicht gerade! Verdammt, Vivian, da sehe ich alt gegen dich aus.«

»Na und, Mama? Wäre das so schlimm?« Vivian nahm Sonja in den Arm. »Mama, du bist super, und ich bin einfach nur wahnsinnig stolz auf dich!«

Da kamen Sonja die Tränen: »Ich wünschte, meine eigene Mutter hätte das nur ein einziges Mal zu mir gesagt!«

Die Filmleute schalteten ihre Kameras aus und gingen eine rauchen.

Wir waren alle gerührt. Schweiß, Tränen, Erschöpfung, enge Freundschaft und überraschende Verwandtschaftsverhältnisse – wir lagen uns in den Armen.

Wie oft hatte ich mir vorgestellt, meinem Sohn die Tür zu öffnen und ihn in mein Leben zu lassen! Ihm mein Leben zu erzählen. Und heute machte er seinen offiziellen Antrittsbesuch bei mir!

Um punkt vier riss ich in banger Erwartung die Wohnungstür auf. Die Kaffeemaschine zischte und brodelte in der Küche, und ich hoffte, dass sich bei ihm ein Gefühl der Geborgenheit einstellen würde. Er trug ein weißes Hemd und Jeans. Er wirkte älter und reifer. Jetzt erkannte ich den erfolgreichen Journalisten, der er war.

Mutter weigerte sich partout, ihren Enkel kennenzulernen. Mit dem Kapitel wollte sie einfach nichts mehr zu tun haben. Sie lag in ihrem abgedunkelten Zimmer und stellte sich tot.

Unvermeidlich hingegen war Rainers Anwesenheit. Ich schaffte es einfach nicht, ihn aus der Wohnung zu komplimentieren – nach allem, was er für Mutter und mich getan hatte! So saßen wir bei Kaffee und Keksen zusammen am Tisch. Roman ließ prüfend seinen Blick durch die Wohnung schweifen. Er wirkte enttäuscht. Vielleicht hatte er mehr erwartet.

»Milch?«

»Nein danke.«

»Zucker?«

»Auch nicht, danke.«

»Aber ich, und zwar gleich drei Stück.« Rainer strahlte uns entwaffnend an. »Ich bin nämlich ein ganz Süßer.«

Ich seufzte. Ja, Rainer. Wir haben es begriffen. Peinlich berührt schaute ich zu Roman.

»Und eure Beziehung ist noch mal welcher Art?«, fragte mein Sohn und sah mich mit hochgezogenen Augenbrauen an.

»Wir sind Nachbarn«, sagte ich.

»Und Freunde«, sagte Rainer.

»Natürlich«, sagte ich schnell. »Gute Freunde.«

»Wir sind Lebensabschnittsgefährten«, behauptete Rainer dreist.

»Also DAS ist dein Lebensgefährte?« Roman wirkte nicht sehr begeistert.

»Wir leben getrennt«, sagte ich knapp.

»Unter einem Dach, aber in verschiedenen Wohnungen«, erklärte Rainer. »Das gibt uns beiden ein Gefühl der Freiheit.«

»Wir SIND frei«, sagte ich und verdrehte die Augen.

»Aber nicht mehr lange!« Rainer hob neckisch den Zeigefinger. »Wenn es nach ihrer Mutter ginge, stünden wir schon morgen vor dem Traualtar!« Er klopfte Roman gönnerhaft auf die Schulter: »Und Sie wären unser Trauzeuge. Dann hätte auch Ihr Adoptivvater nichts mehr zu befürchten.«

»Hast du ihm das etwa erzählt, Carin?«

O Gott, war mir das peinlich!

»Sie erzählt mir alles. Von der ersten Minute an.«

»Es hat sich so ergeben«, sagte ich matt.

»Keine Sorge, junger Mann. Carin wird nicht bei euch unterm Weihnachtsbaum sitzen. Nicht wahr, Carin? Wir zwei feiern hier ganz beschaulich mit deiner Mutter.«

»Quatsch!«, sagte ich ärgerlich und rutschte nervös auf meinem Sofa herum. »Nimm noch von den Keksen, Roman.«

»Es geht mich ja auch nichts an.« Roman nahm einen Schluck Kaffee. In seinem Gesicht stand der unausgesprochene Vorwurf: »Ich hätte etwas mehr Geschmack von dir erwartet, Carin.«

Mit meinem Blick antwortete ich: »Du kennst die Umstände nicht!«

Jetzt sah Roman mich an, und ein mitleidiges Lächeln umspielte seine Mundwinkel. Mein Herz machte diesen winzig kleinen Hüpfer, den es immer machte, wenn Roman und ich mal einen Mutter-Sohn-Moment hatten.

Rainer nahm einen Keks, tunkte ihn ein und tropfte den Unterteller voll. »Und wann werden wir Ihre liebe Frau und die Kinder sehen?«, fragte er forsch und stopfte sich seinen Keks in den Mund. »Ich bin schon ganz gespannt auf meine … Wie sagt man denn da – Schwipp-Schwiegerkinder. Obwohl, im biologischen Sinn …«

»Du hast da was am Kinn.« Ich reichte ihm eine Serviette.

»Es passt gerade nicht so gut.« Roman sah mich Hilfe suchend an. »Meine Frau bekommt jeden Moment ihr drittes Kind.«

»Aber dann – hurtig, hurtig!« Rainer machte eine energische Handbewegung. »Was machen Sie dann noch hier?«

»Ich will erst wissen, wer mein Erzeuger ist.« Roman sah mich fordernd an.

Ich zuckte zusammen. »Hat das denn nicht Zeit?«

»Nein. Hat es nicht.«

»Carin, er hat ein Recht darauf.« Rainer nickte bedächtig und hielt den nächsten Keks in den Kaffee. Um ihn zweckmäßigerweise gleich darin schwimmen zu lassen.

»Ich weiß nicht …«

»Doch. Raus mit der Sprache. Carin, sei kein Feigling.«

»Aber so was muss man doch in Ruhe …«

»Er ist ein Geistlicher«, sagte Rainer zu Roman. »Andrea Bocelli oder so ähnlich.«

»Aber das ist ein blinder Sänger, der etwa so alt ist wie ich!«

»Alessandro Bigotti.«

Roman sah mich überrascht an.

»Und wo finde ich den?«

»Roman, ich habe keine Ahnung! Es ist dreißig Jahre her, dass ich zum letzten Mal ein Lebenszeichen von ihm erhalten habe, und das war kein freundliches …«

Allerdings hatte ich den geistlichen Würdenträger längst gegoogelt. (Auf Rainers penetrantes Beharren hin.) Er war inzwischen ein hohes Tier im Vatikan: Nuntius, also päpstlicher Botschafter. (Pontius hätte besser zu ihm gepasst. Oder wer wusch seine Hände in Unschuld?) Jedenfalls würde er heute noch weniger daran interessiert sein, seinen Nachwuchs kennenzulernen, als damals vor dreißig Jahren.

Hastig sprang ich auf und suchte in der Kommode nach den Unterlagen. Ich fand die Aktenmappe mit unserem unerfreulichen Briefwechsel. »Hier. Das kannst du alles haben.«

»Schau dir das in Ruhe an, Junge«, sagte Rainer. »Wir haben keine Geheimnisse vor dir.«

Ganz unauffällig war Rainer auch bei meinem Sohn zum Du übergegangen.

Roman blätterte hastig in den Unterlagen und warf mit gerunzelter Stirn einen Blick auf die Anwaltsschreiben, Aktenvermerke, Stempel und den ganzen Behördenkram.

»Kann ich dich mal alleine sprechen, Carin?«

»Oh, bitte, bitte! Sprecht euch aus, tut euch keinen Zwang an!« Rainer sprang so abrupt auf, dass der Kaffee auf die Tischplatte schwappte. »Ich will mich nicht aufdrängen«, behauptete er. Kumpelhaft klopfte er Roman auf die Schulter, dass es krachte. »Ich schau mal nach deiner Mutter, Carin.«

Weg war er. Es rauschte die Klospülung, dann polterte es im Flur, und schließlich rumpelte es im Treppenhaus.

»Mann, ist der anstrengend.« Roman war aufgestanden und steckte die Hände in die Hosentaschen. »Liebst du den, Carin?«

»Nein.«

»Ich meine, hat der irgendein Anrecht auf dich?«

»Nein.«

»Ja, warum gibst du dich dann mit dem Typen ab?«

»Er ist mein Nachbar.«

»Eigentumswohnung?«

Ich nickte. »Hm.«

»Das heißt, du hast den lebenslänglich an der Backe?«

»Sieht ganz so aus.«

»Wohnung verkaufen?«

»Vielleicht. Wenn Mutter tot ist.«

Ich zog die Schultern hoch. Das war ein unangenehmes Thema.

Es fiel ihm sichtlich schwer, aber er fragte trotzdem: »Sag mal, wie geht es deiner Mutter denn so?«

»Das weißt du doch. Sie ist alt und … verwirrt.« Verwirrt war ich allerdings im Moment auch. Das Gespräch nahm eine ganz merkwürdige Wendung.

»Anders gefragt: Wann … ähm … Ich meine, wie lange …« Roman sah sich im Wohnzimmer um, strich über die Tapete, hob wie zufällig den Teppich an und schaute auf das Etikett. Er machte ein paar lange Schritte, als wollte er ihn abmessen.

»Was meinst du damit?«

»Wie lange macht sie es denn noch?«

»Roman! Wenn das ein Witz sein soll, ist er daneben!«

»Ich will es ja nur mal so grob wissen …« Er genierte sich zwar, konnte sich aber die Frage nicht verkneifen: »Wenn du diese Eigentumswohnung irgendwann mal verkaufst, was wäre sie dann so wert? Ich meine, in der Lage?«

Ich starrte ihn an. »Das ist … Das ist ja so was von geschmacklos! Deine Oma ist noch nicht tot, und du spekulierst schon auf dein Erbe? Abgesehen davon, dass dir rechtlich überhaupt nichts zusteht!«

»Was erst noch zu klären wäre«, sagte Roman knapp und zeigte auf die Unterlagen auf dem Tisch.

»Bist du … Bist du deshalb …« Mir verschlug es die Sprache.

»Sorry, aber besondere Umstände erfordern besondere Maßnahmen.«

Plötzlich wünschte ich mir, Rainer wäre hier. Auf einmal

fühlte ich mich ganz hilflos und unendlich enttäuscht. Dieses charakterliche Armutszeugnis meines Sohnes, den ich in Gedanken immer vergöttert hatte, brachte mich fast zum Weinen.

»Roman, sag, brauchst du – Geld?«

»Hast du welches?« In seinen Augen glomm Gier auf. Er wirkte gehetzt.

»Nein, Roman, ich meine – nicht viel! Du kannst dir doch denken, was ich verdiene!«

»Ich brauche hunderttausend«, stieß Roman aus. »In bar!«

»Wofür?«

»Das geht dich nichts an!«

Ich fühlte mich, als hätte er mir ins Gesicht geschlagen. In mir brach ein heftiges Gefühlsgewitter los. Eine Mutter hilft ihrem Kind. Eine Mutter lässt ihr Kind nicht im Stich. Ich hatte ihn damals im Stich gelassen und wollte das nie wieder tun. Aber Roman war mir plötzlich fremder denn je! Seine Augen waren kalt. Ich sah blanke Verzweiflung darin, aber auch Berechnung. Er kam mir vor wie ein gefährliches Raubtier. Plötzlich fürchtete ich mich vor ihm. Er war ein Fremder, der da in meiner Wohnung stand! Was hatte ich mir denn eingebildet? Dass er Händchen haltend mit mir auf dem Sofa sitzen und alte Fotoalben anschauen würde? Dass wir zusammen eine Reise buchen würden, wie Billi und ihr Sohn? Dass wir Arm in Arm über die Straße bummeln würden wie Sonja und Vivian? Dass er mir sagen würde, er wünsche mich als Oma für seine Kinder?

Nichts von alledem stand in seinem Blick.

Er hatte womöglich gar nicht nach mir gesucht, weil er Sehnsucht nach seiner leiblichen Mutter hatte. Warum fragte er jetzt so eindringlich nach seinem Erzeuger? Wollte er es etwa dort versuchen? Wollte er an das Geld des Vatikans? Er musste schwer in Not sein.

Bisher war er gut im Lügen und Verstellen gewesen. Mich

erst auszutesten, war nicht gerade die feine Art. Hatte er vielleicht in Erfahrung bringen wollen, ob ich finanziell flüssig war? War das reines Kalkül gewesen? War das alles Teil eines ausgeklügelten Plans? Bei dem er zufällig ein paar nette Frauen und die hübsche Vivian kennengelernt hatte, die ihm erst mal Unterschlupf gewährt hatten? Obwohl er doch verheiratet war und fast drei Kinder hatte?

Mit ihm war doch etwas oberfaul! Vielleicht war er vor irgendwas oder irgendwem auf der Flucht?

»Du hast recht«, sagte ich schließlich. »Es geht mich nichts an. Du hast dein Leben, und ich habe meines.« Plötzlich fühlte ich mich unendlich müde. »Aber dann möchte ich dich jetzt auch bitten zu gehen.«

Ich spürte einen schmerzhaften Stich. Hatte ich das gerade wirklich gesagt? Warf ich meinen eigenen Sohn aus der Wohnung? In die er zum ersten Mal in seinem Leben gekommen war? Wie konnten wir nur streiten? Um so etwas Profanes wie Geld? Ich fühlte mich hin- und hergerissen. Ich wollte ihm ja helfen, aber wie denn, wenn er mich nicht ins Vertrauen zog? Womöglich war er in krumme Geschäfte verwickelt? Ich war seine Mutter. Andererseits hatte ich nicht annähernd so viel Geld. Ich hätte mit ihm zur Bank fahren und fünf- oder sechstausend Euro abheben können, aber das war nur ein Tropfen auf den heißen Stein. Und ich war einfach zu verletzt, um ihm jetzt noch helfen zu wollen.

Roman nahm die Akten und stopfte sie in seine Sporttasche.

»Ich muss zu Silke.«

»Ja«, sagte ich und war versucht, ihm die Hand auf die Schulter zu legen. Doch ich wagte es nicht, ihn zu berühren. »Dein Platz ist jetzt bei deiner Frau. Sie braucht dich.«

»Auf deine Moralpredigt kann ich gut verzichten!«, sagte er verärgert. »Ausgerechnet du musst mir nicht sagen, wo mein Platz ist und wer mich braucht.«

Ich zog den Kopf ein und hoffte, er würde mich verbal nicht noch mehr verletzen, aber beim Verlassen der Wohnung trat er noch nach: »Frag dich mal lieber, wer DICH gebraucht hat!«

Mit diesen Worten stapfte er durchs Treppenhaus und warf die Haustür hinter sich zu.

Ich sank auf den Boden, vergrub mein Gesicht in den Armen und brach in Tränen aus.

»Carin?«, krächzte meine Mutter aus ihrem Zimmer. »Ist er weg?«

Klar, dass Rainer sofort aus seiner Wohnung schoss, mich in die Arme nahm und mit Küssen bedeckte. »Ach, meine arme Schnuckelmaus! Was hat der Kerl dir angetan?« Er bettete mich aufs Sofa.

»Rainer, bist du das?«, kam Mutters Stimme aus dem Schlafzimmer.

»Ich komme sofort, Paula, Liebes!« Rainer wusste nicht, wohin er zuerst eilen sollte. »Ach, ihr Mädchen!«, sagte er mit einem zufriedenen Lächeln. »Kann man euch denn nicht eine Minute allein lassen!«

# 16

UUUUND gebt noch mal ALLES! Noch vier, drei, zwei UUUUUUND Körperspannung!« Das war Vivian. Die Bässe dröhnten, dazu stampften Turnschuhe. Ich umarmte Billi, die bereits strickend in der Umkleide saß, und drückte auch dem schlafenden Mohairchen ein Küsschen auf die Glatze.

»Danke, dass du dir Zeit genommen hast.«

»Ist doch klar. Schau mal, ich hab dir Teile meiner Doktorarbeit ausgedruckt!«

»Danke. Lese ich gern. Ist mir eine Ehre.«

Aus dem anderen Trainingsraum hörten wir Sonja beschwörend murmeln: »Wir atmen tiiief ins Powerhouse und fühlen uns wie eine Suppenkelle, machen den Rücken rund und halten die Stellung … Nicht zur Seite purzeln, Bauchspannung, noch ein bisschen, noch ein bisschen …«

Ich musste lachen. »Das hört sich ja an wie eine Geburt!«

»Sie hat ein Einzelcoaching«, erklärte mir Billi. »Dein Rainer.«

»Oh«, sagte ich schwach.

»Er sucht seine innere Mitte.«

»Da kann er lange suchen.«

»Jetzt entspannen wir uns und machen uns laaaaang … Wir atmen unsere Sorgen weg und träumen uns an einen wunderschönen Ort …«

Einschläfernde Musik plätscherte zu uns herüber, erleuchtete Gurus schlugen auf einen Gong. Ich stellte mir vor, wie Rainer mit geschlossenen Augen selig lächelnd auf der Matte lag und seine Hammerzehe entspannte.

Schließlich kamen eine verschwitzte Vivian und eine verklärte Sonja aus ihren Übungsräumen und ließen sich erschöpft auf die Bank fallen.

»Mädels!«

»Seid umarmt!«

»Hartes Geschäft, was?!«

»Seit Roman nicht mehr da ist, fehlt er mir an allen Ecken und Enden …«

»Mir auch.«

»Mir auch.«

Ich schwieg.

»Mutter!«, keuchte Vivian, deren Halsschlagader noch pochte. »Wir dürfen uns nie wieder wegen einem Kerl streiten.«

»Wegen eines Kerls!«, sagte ich. Als Bibliothekarin konnte ich das nicht so unkommentiert im Raum stehen lassen. (Auch nicht in einem Umkleideraum.)

»Wir haben uns doch gar nicht gestritten«, sagte Sonja lächelnd, deren Wangen noch glühten. »Wir haben ihn halt alle geliebt.«

»Jede auf ihre Weise«, bemerkte Billi.

»Und eine supergeile DVD gemacht! Am ersten Oktober kommt sie in den Handel!«

»Wäre ja toll, wenn ihr ein bisschen Geld damit verdienen würdet!«, sagte Billi. »Roman hat gemeint, er könne dringend welches brauchen!«

Ich zuckte zusammen und spürte, wie ich blass wurde.

Vivian breitete die Gymnastikmatten aus, und Sonja köpfte den Prosecco. Billi verstaute ihren Laptop im Kinderwagennetz.

»Das mit meiner Doktorarbeit wird heute sowieso nichts mehr.«

»Lasst uns lieber reden!«

Wir machten es uns gemütlich, während der Regen unaufhörlich gegen die Scheiben prasselte.

»Wie war der Antrittsbesuch?« fragte Sonja. »Seid ihr euch nahegekommen?«

»Nicht so, wie ich es mir erhofft habe.« Ich holte tief Luft. »Ich habe zwar endlich meinen Sohn wiedergefunden, aber ich empfinde einfach keine Muttergefühle für ihn!«

Es klopfte. Rainer steckte seinen frisch geduschten Kopf zur Tür herein: »Also dann wieder am Dienstag zur gleichen Zeit?«

Als er uns vier Mädels auf der Matte sitzen sah, machte er die Tür ganz auf. »Oh. Damenbesprechung.«

Ich schluckte. Er würde doch jetzt nicht auch noch meine letzte Bastion einnehmen, nachdem er schon meine Wohnung erobert hatte?

»Genau«, sagte Vivian freundlich. »DAMENbesprechung.«

Sonja, die bei der Vergabe von Feingefühl nicht »Hier!« geschrien hatte, war aufgesprungen, schob Rainer freundlich, aber bestimmt hinaus und trat die Tür einfach mit dem Fuß zu. Ich liebte sie in diesem Moment sehr.

»Das ist doch verständlich«, tröstete mich Billi. »Wie willst du Muttergefühle auch so plötzlich aus dem Boden stampfen?«

Ich erzählte meinen Freundinnen, wie Roman sich bei mir zu Hause benommen hatte. »Ich fürchte, er hat es nur auf mein Geld abgesehen! Dabei habe ich doch überhaupt keins!«

Billi trank nachdenklich einen Schluck Prosecco.

»Er hat eine Menge Probleme«, gestand ich meinen Freundinnen. »Genauer will er sich aber nicht dazu äußern. Ich glaube, der steckt richtig tief in der Scheiße.«

»Hm, das gibt mir zu denken. Mich hat er nämlich auffallend oft nach dem Wert meines Fitnesscenters gefragt …«

»WAAAAS?«

»Ja, ich dachte, er will sich beteiligen. Er hat von groß anbauen, ausbauen, modernisieren und einem Kredit geredet.«

»Ich habe auch gedacht, er will investieren«, sagte Vivian. Ihr sonst so strahlendes Lächeln war völlig verschwunden. »Und warum ist er eigentlich so plötzlich abgehauen?«

Eine Weile sagte niemand etwas. Wir hörten nur Mohairs zufriedenes Schmatzen, die im Schlaf an ihrem Schnuller nuckelte.

»Also abgesehen davon, dass er dringend Geld braucht …« Ich sah bedauernd in die Runde. »Er ist verheiratet und erwartet jeden Moment sein drittes Kind.«

Vivian starrte mich an. Ihre Unterlippe zitterte. Sie sagte kein Wort. Es tat mir leid um sie, aber ich musste doch mit offenen Karten spielen!

»Und wie war das eigentlich noch mal mit den Briefen?«, fragte Sonja plötzlich und fixierte mich. »Da stimmte doch auch was nicht.«

»Ich muss mich bei dir entschuldigen«, sagte ich zerknirscht. »Du musst mir das glauben, Sonja: Als du den ersten Brief in deinem Spind gefunden hast und so glücklich gewesen bist, habe ich es einfach nicht über mich gebracht, dir zu sagen, dass sie gar nicht von Roman kamen!«

»Na, Hauptsache, sie galten mir!« Sonja kicherte und trank einen Schluck Prosecco. »Die waren Balsam für meine Seele.«

»Ja, also ehrlich gesagt …«

»Aber von wem waren sie dann?« Sonjas Augen leuchteten.

»Von Rainer.«

»Von Rainer?« Sie sah mich überrascht an. »Von dem frühpensionierten Lehrer, mit dem ich gerade Pilates gemacht habe?«

»Ich fürchte, ja.«

»Der schleicht schon seit Wochen hier herum!« Sonja zupfte mich am Ärmel. »Dann habe ich also doch einen heimlichen Verehrer! Hab ich's doch gewusst, dass der ein Auge auf mich geworfen hat!« Sie kicherte. »Deshalb wollte er Einzelunterricht bei mir! Und in seinem letzten Gedicht schreibt er, dass sich unsere Hände berührt haben!«

Ich senkte verschämt den Blick.

Sonja schüttelte über sich selbst den Kopf. »Und ich habe ihn gerade so rüde rausgeworfen!«

»Der kommt schon wieder!«, meinte Billi und zwinkerte mir zu. »Männer, die man am ausgestreckten Arm verhungern lässt, laufen einem am ehesten nach.«

»Das kann ich nur bestätigen«, sagte ich schnell. »Aber du musst doch zugeben, Sonja: Der passt gar nicht in dein Beuteschema.«

»Ich habe überhaupt kein Beuteschema«, verteidigte sich meine Freundin. »Außerdem kann man aus dem noch eine Menge herausholen.«

»Bist du dir sicher?«, fragte ich erstaunt.

»Ich hole aus jedem Mann das Beste heraus«, versicherte uns Sonja. »Also, ich finde den irgendwie süß!« Sie rieb sich die Hände. »Den würde ich gern mal total umstylen, so klamottentechnisch. Ihm eine coole Frisur verpassen. Und nach ein paar Monaten Training erkennt ihr den Mann nicht wieder.«

Billi und ich wechselten einen amüsierten Blick.

»Roman ist also verheiratet«, sagte Vivian mit schmalen Augen. »Und hat Kinder.«

Billi legte den Arm um Vivian. »Lass mal. Andere Mütter haben auch schöne Söhne.«

Vivian presste die Lippen zusammen. Ihre Hand umklammerte die Wasserflasche so fest, dass sämtliche Sehnen zu sehen waren. Oje, Roman war wohl mehr als nur ein Flirt für sie gewesen.

»Er ist dein Sohn, Carin. Wir können ihn doch jetzt nicht einfach wieder aus unserem Leben streichen!«

»Ja«, sagte ich nachdenklich. »Er ist mein Sohn. Aber ich sterbe nicht gerade vor Sehnsucht nach ihm.«

Traurig sah ich Billi an. »Wie gesagt, ich empfinde keinerlei Muttergefühle. Und komme mir dabei entsetzlich schäbig vor.«

»Das ist doch vollkommen normal«, wiederholte Billi. »Wir haben unsere Brut schon seit einem Vierteljahrhundert am Hals, und du hast ihn gerade erst kennengelernt!«

»Wenn ich mir vorstelle, was ich mir alles ausgemalt habe«, sagte ich kopfschüttelnd und blinzelte die Tränen weg. »Heiße Umarmungen, Erklärungen, die ganz große Versöhnung. Ähnlichkeiten, Gemeinsamkeiten, gemeinsame Pläne, eine Reise zu zweit …«

»So was gibt es sonntagabends im Fernsehen.« Billi sah uns verträumt an. »Ich verpasse keinen einzigen Pilcher-Film.«

»Also, ich gucke ja lieber *Tatort*«, sagte Sonja.

»Stellt euch vor, ich bin fast dreifache Großmutter«, fuhr ich mit zitternder Stimme fort. »Ich hab euch alle längst überholt!«

»Darauf trinken wir!«

»Prösterchen!«

»Stößchen!«

Wir lachten. Nur Vivian war auffallend still. Die Arme hatte sich offensichtlich ernsthaft Hoffnungen auf Roman gemacht. Als Mohair wach wurde, nahm Vivian sie und drückte sie etwas unbeholfen an sich. Sie griff nach der Flasche, hielt sie prüfend an die Wange und gab sie dem entzückenden Baby. Es fixierte sie dankbar mit seinen schwarzen Augen. Ich hatte ein Déjà-vu-Erlebnis. Genauso hatte Oliver mich damals immer angesehen und genau solche Geräusche gemacht. Er hatte sogar genauso gerochen.

»Steht dir gut«, sagte ich lächelnd. Vivian sah mich so merkwürdig an, dass mich eine seltsame Ahnung beschlich. Sie war doch nicht … Ach was. Sie doch nicht! So ein Mädchen nahm ja die Pille. Das Baby lag zufrieden in ihren Armen. Ich konnte mich von dem Anblick kaum losreißen.

»Wann kommt Roman denn wieder?«, fragte Vivian mich plötzlich. Ihre Augen schwammen in Tränen.

»Ich habe keine Ahnung, Süße!«

»Er hat angedeutet, dass ihm der Arsch auf Grundeis geht«, sagte Vivian, ohne die Augen von Mohair zu lassen. »Er meinte, er müsse erst noch was erledigen, bevor er wiederkommt.«

»Er kommt also wieder?«, fragte ich erstaunt.

Vivian zuckte die Achseln. »So bald wie möglich, hat er gesagt.«

»Das klingt doch alles ziemlich dubios«, meinte Billi. Besorgt zupfte sie an Mohairs Lätzchen.

»Und du liebst ihn trotzdem?«

Vivian nickte. »Wir müssen ihm helfen.«

»Aber wenn wir doch gar nicht wissen, worum es geht?«

»Vielleicht ist er in dunkle Machenschaften verwickelt?!«

»Vielleicht setzt ihn seine Silke finanziell unter Druck?!«

»Das wäre ihr nicht mal zu verübeln! Versucht die Situation doch mal aus ihrer Sicht zu sehen!«

»Ich denke, sie hat einen reichen Schwiegervater? Dieser Reeder? Viktor ….«

»Stiller!«, entfuhr es mir.

»Aber wenn er doch mit Roman gebrochen hat …?«

»Lässt er seine Enkelkinder im Stich?!«

»Wenn ich nur wüsste, was mit ihm los ist!«, sagte ich verzweifelt. »Vielleicht gibt es ja tatsächlich eine Erklärung für sein Verhalten, die es mir endlich ermöglichen würde, Muttergefühle zu entwickeln.« Ich seufzte sehnsüchtig. »Er ist doch mein Sohn, sollte ich ihm nicht helfen?«

Billi sprang auf. »Wisst ihr was, Mädels? Genug geredet! Höchste Zeit zu handeln. Vivian, du hältst hier die Stellung. Und wir drei fliegen gleich morgen früh nach Hamburg und knöpfen uns diesen Reeder mal vor. Der kann uns bestimmt mehr erzählen.«

# 17

»Das ist es!«

»Woher weißt du das?«

»Hier! Schaut euch dieses Foto an!« Sonja blieb stehen und zog uns hinter die Büsche. Wir starrten auf ihr Handy und dann auf das riesige Haus. Das weiße Anwesen stand direkt an der Alster, und wir verglichen: Ja, das war es. Ein prachtvoller Bau im klassizistischen Stil. Umgeben von einem parkähnlichen Garten.

»Google Maps.«

»Und jetzt?« Wir sahen uns an.

»Gehen wir rein!«

»Aber wir sind nicht eingeladen.« Ich wollte mir vor Angst in die Hose machen.

»Nein, das sind wir nicht. Aber was nicht ist, kann ja noch werden!« Sonja zog mich energisch hinter sich her.

Im Garten werkelte ein Mann und schnitt Zweige. War das der Reeder? Romans Vater? Der Mann, der meinen Jungen großgezogen hatte?

»Ich weiß nicht, ich trau mich nicht!« Zögernd blieb ich stehen. Mein Herz hämmerte.

»Aber Carin! Wir sind doch bei dir!«

»Was soll ich denn sagen? Grüß Gott, ich bin die Frau, von der Sie befürchten, dass sie demnächst unter Ihrem Weihnachtsbaum sitzt?«

»Quatsch.«

»Und mit ›Grüß Gott‹ kommst du hier in der Hansestadt sowieso nicht weit.«

Wir gingen auf das Gartentor zu. Daneben befand sich eine Gegensprechanlage.

»Da oben ist eine Kamera«, zischte Sonja und zupfte an ihrem Mantelkragen. Sie zog noch schnell ihren Lipgloss aus der Louis-Vuitton-Handtasche und warf einen prüfenden Blick in den Handspiegel.

Billi fasste sich ein Herz und klingelte.

Der Mann im Garten, vermutlich eher der Gärtner, drehte sich um und kam zum Tor. Ich wollte im Boden versinken. Hoffentlich würde jetzt keine riesige Bestie mit Schaum vor dem Maul auf uns zuschießen. Ich war auf alles gefasst.

»Ja, bitte?«

Meine Hände waren schweißnass. Gut, dass meine Freundinnen dabei waren.

»Wir würden gern mit Herrn Stiller sprechen«, sagte Billi forsch. Sie trug ihr bestes Dirndl und zeigte reichlich Dekolleté.

Der Mann starrte darauf und wischte sich die Hände an der Gartenschürze ab.

»Den Reeder«, fügte Sonja neunmalklug hinzu.

»In welcher Angelegenheit?«, fragte der Mann und schaute von einer zur anderen.

»In einer sehr privaten«, sagte ich tapfer. Alles in mir schien sich dagegen zu sträuben, in dieses Haus zu gehen.

»Alle drei?«, fragte der Gärtner.

»Nein, nur ich. Die anderen Damen sind meine Begleitung.« Ich spürte, wie mir sämtliches Blut aus dem Gesicht wich.

Der Mann fixierte mich, und plötzlich öffnete sich das Gartentor automatisch.

»Ich habe Sie schon erwartet«, sagte er und wies mit dem Kopf auf sein Anwesen.

Er war gar nicht der Gärtner, sondern Viktor Stiller persönlich.

Wir trippelten nervös hinter dem Mann her. Ich klammerte mich an Sonja, noch immer in Erwartung eines Köters, der heiser bellend an mir hochspringen würde. Sonja zwickte mich begeistert in den Arm.

»Geil, geil, geil!«, flüsterte sie und hastete auf ihren hohen Hacken weiter. Sie trug knallenge Lederhosen und eine ziemlich weit aufgeknöpfte weiße Bluse unter einer knapp sitzenden Lederjacke. Ihr erst vor Kurzem vergrößerter Busen schaute neugierig hervor, als wollte er nichts verpassen. Die blonden, auf Volumen geföhnten Haarverlängerungen wippten.

Billi betrachtete hochinteressiert die Blumenstauden und Heckenrosen und machte gleich eine lobende Bemerkung, um das kalte Reederherz etwas zu erwärmen. Der Mann brummte und zog eine Pfeife aus der Tasche. Wir umrundeten einen Swimmingpool und betraten dann die beeindruckende Villa. Vorher zogen wir noch artig die Schuhe aus.

Der Reeder nahm das irritiert zur Kenntnis.

»Das macht man bei uns in Bayern so«, sagte Billi, die am wenigsten Angst zu haben schien. Sie war eben selbst Villenbesitzerin und hatte einen ähnlichen Typ Mann zu Hause.

Wir standen in einer riesigen Empfangshalle, in der allerlei kostbare Gemälde hingen. Auch ein paar gehörnte Tierköpfe blickten mit toten Augen auf uns herunter. Es waren nicht nur die üblichen Hirsche und Rehe, sondern auch etwas Büffelähnliches, afrikanisch Anmutendes. Offensichtlich war Romans Vater Großwildjäger. Mir wollten fast die Beine wegsacken. Verunsichert sah ich mich um: Und in diesen heiligen Hallen war mein kleiner Oliver großgeworden? Kein Wunder, dass aus ihm der arrogante Roman geworden war. Plötzlich sah ich meine popelige Dreizimmerwohnung im Maiblümchenweg 17a mit anderen Augen. Wie abschätzig mein Sohn sie gemustert hatte!

Aber warum brauchte dieser Junge Geld? Sein Vater schwamm doch darin!

»Alles klar, Süße?« Sonja zwickte mich aufmunternd in den Arm.

»Tja, die Damen. Womit kann ich dienen?«, fragte der Reeder. Er hatte das gleiche hochmütige Augenbrauenheben drauf wie Roman.

»Also, ich bin Romans Mutter«, sagte ich tapfer. »Die biologische, meine ich. Und das sind meine Freundinnen.«

»Aha.« Der Reeder klopfte seine Pfeife aus. »Sie haben also Verstärkung mitgebracht.«

Blöder Kerl! Was glaubte der denn? Dass ich mich allein nicht in die Höhle des Löwen gewagt hätte? Na gut. Damit hatte er recht.

»Na ja, wir waren sowieso gerade in Hamburg«, improvisierte Sonja. »*König der Löwen* und so.«

»Ein wenig shoppen«, sagte Billi mit treuherzigem Augenaufschlag. Sie zupfte an ihrer adretten Dirndlbluse.

»Und da dachten wir, wo wir doch schon mal hier sind …«

»Kommen Sie weiter.« Der Reeder dirigierte uns mit seiner Pfeife in den Salon. Um seine Mundwinkel zuckte es. »Ich bin allerdings nicht auf Damenbesuch eingestellt …« Er legte seine Gärtnerschürze ab und warf sie über einen roten Brokatsessel.

Ich wunderte mich, dass nicht längst ein Butler oder eine Haushälterin mit Schürze herbeigeeilt kam und uns eisgekühlten Champagner oder wenigstens Tee kredenzte.

Stattdessen fragte der Reeder kühl: »Was kann ich Ihnen anbieten?«

»Ähm – dürfte ich mal ganz kurz auf die Toilette?« Sonja trat schon von einem Bein aufs andere.

»Und ich vielleicht auch?«

»Und Sie?«, fragte mich der Reeder. »Bekanntlich gehen Damen ja immer gemeinsam aufs Klo.« Seine tiefe Stimme war so einschüchternd, dass ich mir wie ein dummes Schulmädchen vorkam.

»Nein«, piepste ich. »Ich nicht.« Dabei hätte ich am dringendsten gemusst. Aber aus lauter Stolz verkniff ich es mir. Ich ließ meinen Blick über die Einrichtung schweifen: überall kostbare Bilder, schwere Teppiche, antike Vasen, Spiegel mit goldenen Rahmen und an der Wand ein Spinett. Auf einem schweren Eichentisch standen drei weiße Schiffsmodelle und das goldgerahmte Bild seiner Frau mit schwarzem Trauerflor.

Nachdem die beiden Mädels auf verschiedenen goldenen Gästetoiletten geparkt waren, kam der Reeder wieder und baute sich vor mir auf. Er hatte graue Schläfen, ein wettergegerbtes Gesicht und war groß und schlank. So stellte ich mir einen Mann von Welt vor. Auch wenn er Gärtnerklamotten anhatte. Er hatte die Hände in seinen braunen Cordhosen vergraben und schaute mir prüfend ins Gesicht.

»Und was wollen Sie von mir wissen?« Er wies mit der Pfeife auf ein dunkelrotes Samtsofa, und ich versank fast völlig darin.

»Vielleicht wollen Sie erst etwas von mir wissen?«, fragte ich. Sein kühler Blick ermutigte mich nicht gerade zu einem koketten Flirt.

»Nein«, sagte er. »Ich wollte noch nie etwas von Ihnen wissen.«

Alles Blut wich mir aus dem Gesicht. Am liebsten wäre ich sofort wieder aufgesprungen und abgerauscht, aber meine Beine versagten mir den Dienst. Ich schnappte nach Luft.

»Nehmen Sie das nicht persönlich, Frau …«

»Bergmann!«, stieß ich mit letzter Kraft hervor. »Ich heiße Carin Bergmann.«

»Ah ja. Mein Sohn hat so was erwähnt.«

Der Reeder ließ sich mir gegenüber in einem Sessel nieder und zündete sich umständlich die Pfeife an. Plötzlich roch es leicht nach Vanille. Eigentlich mochte ich diesen Geruch, aber er passte nicht zu unserer frostigen Stimmung.

»Wie gesagt, ich habe nichts gegen Sie persönlich, Frau Bergmann.« Der Reeder stieß weitere Tabakwolken aus. »Aber ich hätte mir doch für mich und meinen Sohn gewünscht, dass alles so bleibt, wie es ist.«

Ich schluckte. »Das kann ich gut verstehen«, sagte ich und schaute ihm fest in die Augen. Dabei wedelte ich energisch den Qualm weg. »Aber IHR SOHN ist nun mal bei mir aufgetaucht.«

»Na ja, er ist ja auch Ihr Sohn«, sagte der Reeder gnädig.

»Ich hätte mir auch gewünscht, dass alles beim Alten bleibt«, sagte ich mit plötzlicher Wut. »MEIN Leben war auch in Ordnung, wissen Sie! Meine Mutter und ich haben ein friedliches Leben geführt, bis …« Mist, warum kamen mir denn plötzlich die Tränen? Das musste an dem blöden Pfeifenqualm liegen!

»Na, nun beruhigen Sie sich mal, gute Frau.«

Wenn der noch EINMAL gute Frau zu mir sagte! Ich musste mich schwer beherrschen, ihm keinen goldenen Briefbeschwerer an den Kopf zu werfen. Zum Glück tauchten in dem Moment meine beiden Freundinnen wieder auf. Sie nahmen mich in die Mitte und strichen mir sanft über den Rücken. »Ist alles in Ordnung, Carin? Du bist ja ganz blass!«

»Unsere Konversation ist ein wenig mühsam«, presste ich hervor.

»Wir definieren gerade das Wort ›Sohn‹«, sagte der Reeder. »Was möchten die Damen denn trinken?«

Aha. Immerhin erinnerte er sich an seine Gastgeberpflichten. Obwohl, er war ja nicht wirklich unser Gastgeber. Wir hatten ihn einfach so überfallen.

Während er Gläser holte und irgendwelche Säfte und Wasser, wobei ihm Billi wie selbstverständlich half, zischte Sonja mir zu: »Wenn er dich nicht gut behandelt, kann er was erleben!«

»Er hat keinen Grund, mich gut zu behandeln«, gab ich zurück. »Er war unhöflich, und ich will hier weg!« Meine Stimme zitterte, und ich hatte einen dicken Kloß im Hals.

»Jetzt sind wir hier und bleiben es auch!«, zischte Sonja. »Schon vergessen, wie teuer das Flugticket war?«

Billi schien das kalte Reederherz als Erste erwärmt zu haben, denn als sie mit Viktor Stiller zurückkam, plauderten die beiden angeregt. »Mein Mann ist auch Jäger«, teilte sie ihm gerade mit. »Bei uns in den bayrischen Wäldern hat er sogar schon mal einen Wolf erlegt!«

Der Reeder griff zum Telefon und gab mit seinem arrogant klingenden hanseatischen Tonfall ein paar knappe Anweisungen. »Nein, sagen Sie den Termin ab. Nein, das geht heute nicht mehr. Sie soll sich morgen wieder melden.«

Uns gegenüber ließ er sich zu der Erklärung hinreißen: »Ich suche nämlich eine Haushälterin.«

Als wir alle etwas zu trinken in der Hand hatten, wurde die frostige Atmosphäre etwas netter.

»Wohlsein!«, sagte Billi und strahlte den Reeder an.

»Prost«, sagte dieser einsilbig.

»Stößchen«, sagte Sonja.

Ich zuckte erschrocken zusammen, und der Reeder zog eine Augenbraue hoch.

»Wir wollen Ihre Zeit nicht lange in Anspruch nehmen«, begann Billi und trat Sonja dabei unauffällig auf den Fuß.

»Wir wollen nur wissen, wo Roman ist«, sagte Sonja. »Es ist nämlich so, dass meine Tochter Vivian …«

»Ja«, beteuerte ich und trat sie ebenfalls. »Und dann gehen wir auch ganz schnell wieder.«

Der Reeder lehnte sich seufzend zurück und sah uns mit ernster Miene an.

»Roman ist in Rom. Auf der Suche nach seinem Erzeuger.«

Dann begann Viktor Stiller, dieser anfangs noch so wortkarge Mann, zu erzählen. Verzweifelt schilderte er uns, was ihm in letzter Zeit alles widerfahren war.

Seine Frau Beatrice, eine kühle hanseatische Schönheit, die massenhaft Charity-Projekte auf die Beine gestellt hatte, war vor sechs Monaten plötzlich an Krebs erkrankt. Sie hatte immer öfter über Migräne und Übelkeit geklagt, und als sie endlich mal zum Arzt gegangen war, wies der sie gleich in eine Privatklinik ein. Hier unterzog man sie drei Tage lang allen möglichen Untersuchungen, und dann stand die schreckliche Diagnose fest: Leberkrebs im Endstadium. Obwohl sie nicht übermäßig getrunken hatte. Benachbarte Organe waren auch schon befallen. Viktor Stiller pflegte seine Frau zu Hause, wechselte sich mit Roman ab. Natürlich kam auch ein mobiler Pflegedienst, und ein befreundeter Arzt spritzte Morphium. Eines Morgens war Beatrice ganz gelb im Gesicht. Die Leber hatte aufgehört zu arbeiten.

Roman hatte seine Mutter abgöttisch geliebt. Sie war seine primäre Bezugsperson gewesen, da Viktor sich um die Reederei gekümmert hatte und auch häufig unterwegs gewesen war. Eines Tages – Beatrice war fast vollständig bettlägerig und wurde nur noch für wenige Minuten auf die Terrasse geschoben, kam Roman nach Hause und fand seine Mutter mitsamt dem Rollstuhl im Pool treibend vor.

Es war ein wahnsinniger Schock für ihn, aber sie hatte ihrem qualvollen Sterben ein Ende gemacht. Auf der verzweifelten Suche nach einem Abschiedsbrief schloss Roman sich tagelang in ihrem Schlafzimmer ein und durchwühlte sämtliche Schubladen. Dabei stieß er auf die Tagebücher der Mutter, auf den Schriftverkehr mit der Adoptionsstelle und auf seine gefälschte Geburtsurkunde. Er hatte bis zu diesem Zeitpunkt nicht die geringste Ahnung gehabt, dass er adoptiert war.

Das stimmte alles mit dem überein, was Roman mir in seinem Brief geschildert hatte.

Dann erzählte uns der Reeder auch noch die Geschichte mit der alten Tante, die Beatrice angeblich in Bayern gepflegt hatte.

Und dass seine Frau schließlich mit einem Baby wiedergekommen sei, das sie angeblich in der Zeit geboren hatte. Die ganze Verwandtschaft hatte sich gefreut, denn Beatrice und Viktor hatten sich schon jahrelang vergeblich ein Kind gewünscht. Das heißt, vor allem Beatrice. Viktor hätte auch gut ohne Kind leben können.

Viktor Stiller erzählte das alles fast emotionslos, während meine Freundinnen ihn mit offenen Mündern anstarrten.

Roman war kein einfaches Kind gewesen, sehr aufbrausend, mit einem hitzigen Temperament – an dieser Stelle warf Viktor Stiller mir einen vielsagenden Blick zu, so als wollte er sagen, jetzt wissen wir ja auch, woher er das hat, von einem Italiener also! Roman habe viel Mist gebaut, erzählte er. Der Junge sei zweimal sitzen geblieben, habe die Schule wechseln müssen, habe das Auto seiner Mutter zu Schrott gefahren und vieles mehr. Er, Viktor, habe aber immer zu seinem Sohn gestanden und ihn aus allen Schwierigkeiten »rausgepaukt«. Mit Geld und guten Anwälten.

Hier sahen Billi, Sonja und ich uns fragend an, wagten aber nicht, ihn zu unterbrechen. Was hatte er denn noch angestellt, außer den üblichen Jungenstreichen?

Viktor Stiller seufzte laut. Anscheinend wollte er nicht weiter ins Detail gehen. »Wie dem auch sei«, beschloss er seine Schilderungen. »Wir waren ein eingespieltes Team, Beatrice, der Junge und ich. Er hatte viele Freiheiten, denn Beatrice hat ihn nach Strich und Faden verwöhnt. Vielleicht hätte ich ihn mal so richtig auf die Schnauze fallen lassen sollen.« Er wischte sich über die Augen. »Habe ich aber nicht gemacht.«

Anschließend erfuhren wir Folgendes:

Als Roman auf diese Weise herausfand, dass er gar nicht das leibliche Kind seiner Eltern war, rastete er völlig aus. Sein Temperament ging mit ihm durch, er zertrümmerte Möbel und warf Sachen aus dem Fenster. Es kam zu einem schrecklichen

Krach mit seinem Vater, der neben Beatrice als Einziger die Wahrheit gewusst hatte. Selbst die Großeltern hatten ihn für »echt« gehalten! Roman warf Viktor vor, ihn sein Leben lang belogen zu haben, und Viktor warf Roman andere Dinge vor, die er jetzt nicht wiederholen wollte.

»Dass er geschnüffelt hat«, flüsterte mir Sonja zu.

»Ich weiß nicht, inwieweit ich Ihnen das ganze Ausmaß der Katastrophe erzählen soll.« Viktor Stiller raufte sich die Haare und zündete sich mit zitternden Fingern erneut eine Pfeife an. »Wir kennen uns schließlich kaum, und ich weiß auch nicht, ob das in Romans Sinne ist.«

Auf einmal verstand ich, warum er sich anfangs so arrogant benommen hatte. Die Sache nahm ihn gehörig mit. Und wir drei südbayrischen, neugierigen Landfrauen hatten dem armen Mann gerade noch gefehlt! Wenn wir doch wenigstens wegen der Stelle als Haushälterin gekommen wären!

»Jedenfalls ist Roman kurz nach Beatrices Beerdigung einfach verschwunden«, fuhr Viktor Stiller mit seiner Erzählung fort. »Mir war klar, dass er auf der Suche nach seiner leiblichen Mutter war.«

Er sah mich an, und sein Blick traf mich mitten ins Herz. Natürlich musste er mich hassen! Ich hatte ihm das Einzige genommen, was ihm nach dem Tod seiner Frau noch geblieben war!

»Erst hat er mir eine SMS geschickt, dass er auf eine Arktis-Expedition geht«, sagte Viktor Stiller. »Das habe ich sehr begrüßt, weil ihn das wegführte von … seinen hiesigen Problemen. Er brauchte Abstand und wollte über alles nachdenken. Deshalb habe ich lange nicht nach ihm gesucht.«

»Das hat er mir auch gesagt«, flüsterte ich. »Beziehungsweise seine Sekretärin. Sabine Stöcker.«

Viktor Stiller nickte. »Sie hat ihm lange die Treue gehalten. Aber damit ist es jetzt vorbei.« Viktor Stiller nahm einen Schluck

Tee, den Billi inzwischen für uns alle gekocht hatte. »Er arbeitet nämlich nicht mehr für den Verlag.«

»Nein?«

»Er wurde entlassen.«

Ach du liebe Güte! Roman steckte wirklich entsetzlich in Schwierigkeiten.

»Aber als er dann den ganzen Sommer nicht wiederkam und auch seine Frau Silke mit den kleinen Kindern allein ließ, wusste ich, dass er zu seiner biologischen Mutter zurück ist.« Er sah mich mit seinen grauen Augen traurig an: »Und die hat ihm offenbar gesagt, wo sein biologischer Vater ist.« Hilflos warf er die Arme hoch. »Und jetzt habe ich ihn endgültig verloren!«

»Aber so war das gar nicht«, rief ich. »Das stimmt nicht! Ich wollte Ihnen Ihren Sohn nicht wegnehmen!«

»Sie haben immer wieder über das Jugendamt nachgefragt«, fiel mir Viktor Stiller ins Wort. »Ständig haben Sie versucht, unser Familienglück zu torpedieren!«

»Aber nein«, verteidigte ich mich. »Ich habe nie aufgegeben, nach Oliver zu suchen, aber ich wollte doch nur wissen, wie es ihm geht! Man hat mir ja nie Auskunft gegeben!«

Mir schossen die Tränen in die Augen.

»Diesen ganzen Briefverkehr hat Roman im Schlafzimmer meiner Frau gefunden. Das letzte Mal haben Sie vor dreizehn Jahren nachgefragt, als ich gerade mit dem Jungen und meiner Frau auf Weltreise war. Ich habe den Brief vom Jugendamt in tausend Fetzen gerissen und ihn ins Meer geworfen!«

Mir blieb die Spucke weg. Warum war der Mann denn dermaßen gegen mich eingestellt? Das war doch ungeheuerlich! »Ich hatte doch ein Recht zu wissen, wie es meinem Kind geht!«, schnaubte ich. »Wie unmenschlich kann man denn sein!«

»Nein, gute Frau, das hatten Sie NICHT. Lesen Sie mal, was Sie da unterschrieben haben! Hätten Sie den Jungen doch in Ruhe gelassen!«

»Sie meinen, ICH bin schuld an dem ganzen Dilemma?«, schrie ich plötzlich schrill und sprang auf, dass die teuren Teetassen auf dem Glastisch wackelten.

»Carin, Liebes, bitte beruhige dich!« Billi tätschelte mir den Arm.

»Also wirklich, wie können Sie unsere Freundin nur so beschuldigen!« Sonja funkelte den Reeder böse an. »Mädels, lasst uns gehen.«

»Ja. Bitte. Ich will hier weg!« Hastig wischte ich mir die Tränen weg. Plötzlich ertrug ich es keine Minute länger mehr in diesem Haus. Ich wollte mich nicht schuldig fühlen an der Einsamkeit und Verbitterung dieses Mannes. Ich hatte selbst genug gelitten, dreißig Jahre lang! »Lasst uns gehen«, flüsterte ich meinen Freundinnen zu.

Viktor Stiller vergrub sein Gesicht in den Händen. Billi sprach leise auf ihn ein und bat ihn, uns ein Taxi zu rufen. Ich sah, dass er ihr eine Nummer aufschrieb. Sie drückte kurz liebevoll seinen Arm. Sonja musste vor Aufregung noch mal Pipi. Ich konnte nur noch an Flucht denken, sodass ich mir den Besuch seines goldenen Gäste-WCs buchstäblich verkniff. Ich hatte keine Lust, diesem Mann die Hand zu geben, und stolperte einfach in den dunklen Garten hinaus. Es hatte angefangen zu regnen, und Billi bat um einen Schirm. Meine Freundinnen verabschiedeten sich hastig. Ich hörte Sonja sagen: »Dumm gelaufen«, und Viktor Stiller murmeln: »Nichts für ungut.«

Ich konnte nicht anders. Ohne mich umzudrehen eilte ich tränenblind davon. Fast wäre ich selbst in den blöden Pool gefallen.

# 18

Silke wohnte in einem netten rot geklinkerten Reihenhaus in einem Hamburger Vorort, den wir etwas mühsam mit der S-Bahn erreichten. Er hieß Kleinklinkersdorf (behaupte ich jetzt mal). Billi war so geistesgegenwärtig gewesen, Viktor Stiller um die Adresse zu bitten. Unser Flug ging erst nachmittags zurück, und ich ersehnte den Anblick meiner Enkelkinder – und fürchtete mich auch ein bisschen vor meiner »Schwiegertochter«. Wenn sie genauso abweisend und arrogant war wie der Reeder, würde ich in Tränen ausbrechen. Ohne meine Freundinnen hätte ich nach dem gestrigen Drama nicht mehr den Mut gehabt, auch noch diese »Baustelle« aufzusuchen.

Vor dem Haus standen Dreiräder, ein Bollerwagen, ein Fahrrad mit Kindersitz und Babyanhänger. Im Vorgarten sah ich einen Sandkasten und ein kleines Trampolin. Das übliche von Kindersegen geprägte Vorstadt-Stillleben.

Ein brauner Haarschopf tauchte hinter dem vergitterten Küchenfenster auf. Silke war anscheinend gerade beim Kochen.

Wir drei atmeten einmal tief durch und sahen uns aufmunternd an.

»Bereit?«

»Bereit.«

Billi klingelte beherzt. Sie hatte sogar an einen Blumenstrauß gedacht. Ich war viel zu nervös und trat von einem Bein aufs andere. Natürlich hatten wir uns auch hier nicht angemeldet.

Viel zu groß war die Angst, dass sie uns gar nicht empfangen würde.

Auf der Schwelle erschien eine schlanke junge Frau mit einem Baby auf dem Arm. Sie hatte die Haare zu einem Zopf geflochten, trug Jeans und Pulli und war auf natürliche Weise hübsch. Sie erinnerte mich an die Schauspielerin Alexandra Maria Lara. Ich war erleichtert, denn sie war mir auf Anhieb sympathisch.

Fragend lächelte sie uns an: »Ja bitte?« Weil im Hintergrund ein Kind nach ihr rief, drehte sie sich um und rief: *»Un moment! N'aie pas peur! Je suis ici, chérie!«*

Oh! Sie sprach mit ihren Kindern Französisch?!

»Wir sind keine Zeugen Jehovas«, sagte ich schnell und gab ihr die Hand. »Ich bin Romans Mutter.«

»Oh!« Ihr Lächeln blieb genauso freundlich wie zuvor. »Romans Vater hat mir schon erzählt, dass Sie in Hamburg sind! Kommen Sie rein!«

Gespannt betraten wir die gute Stube. Es roch nach Kakao. Hier sah es ganz anders aus als in der Villa gestern: ein kleines nettes Wohnzimmer mit Laufstall. Ein etwa sechsjähriges Mädchen und ein vierjähriger Junge saßen friedlich auf dem Boden und spielten mit pädagogisch wertvollem Holzspielzeug. Auf dem Couchtisch stand ein Teller mit Reiswaffeln und Obststückchen. Mein Herz machte einen Purzelbaum: Meine Enkelkinder! Sie sahen … zufrieden aus. Zufrieden, behütet, beschützt. Mein erster Eindruck war sofort: Silke ist eine gute Mutter.

Und das waren also meine Enkelkinder! Laura, Max und …?

»Das hier ist Ben«, sagte Silke freundlich. Sie reichte ihn mir mit einer Selbstverständlichkeit, die mich die gestrige Ablehnung komplett vergessen ließ: »Ihr jüngstes Enkelkind, Frau Bergmann! Der Kleine ist gerade eine Woche alt.«

Überwältigt nahm ich das winzige Baby in die Arme. Es roch so unbeschreiblich wunderbar! Wie damals Oliver! Es schaute ins Leere, so als hätte es noch keinen Plan.

Auf Französisch forderte Silke ihre beiden anderen Kinder auf, uns zu begrüßen. Und tatsächlich sprangen die beiden auf und reichten uns dreien artig die Hand. »*Voilà, c'est votre grand-maman!*«, erklärte meine Schwiegertochter und zeigte auf mich.

Ich war völlig überwältigt. Erstens, weil diese entzückenden Kinder alles verstanden. Zweitens, weil sie es befolgten. Und drittens, weil es ihnen anscheinend nicht das Geringste ausmachte, dass ich, eine völlig Fremde, ihre Oma war! (Die andere hatte sich ja nun mal im Pool ertränkt.)

Sie schauten mich mit großen Augen an und murmelten eine artige Begrüßung auf Französisch. Oje. Darauf war ich jetzt gar nicht gefasst!

Ich kramte die paar Brocken hervor, die ich noch konnte, *bonjour* und so weiter, und sagte schließlich verlegen: »*Asseyez-vous!*«, woraufhin die beiden sich artig wieder setzten.

»Das ist immer der erste Ausruf unserer Französisch-Lehrerin gewesen: ›Setzt euch!‹«

Silke lachte. »Sie müssen nicht französisch sprechen. Die Kinder können auch Deutsch.«

»Und warum sprechen Sie es?«, fragte Billi, die immer noch die Blumen hielt. »Sind Sie Französin?«

»Nein, aber ich war auf dem französischen Lycée. Ich bin zweisprachig aufgewachsen und möchte, dass meine Kinder das auch tun.«

Billi, Sonja und ich wechselten begeisterte Blicke. Welch erfrischender Kontrast zu diesem störrischen Zausel gestern! Diese junge Frau war hinreißend! Es war Liebe auf den ersten Blick. Ich konnte Roman gut verstehen, dass er sie geheiratet hatte. Aber nicht, dass er im Begriff war, sich von ihr zu trennen! Selbst wenn er den Reizen Vivians verfallen war: Diese Frau hier war doch nicht mit Gold aufzuwiegen!

Schon nach kurzer Zeit saßen wir bei Kaffee und Kuchen auf dem Sofa, und jede von uns drei bayrischen Tanten hatte einen

Blondschopf auf dem Schoß. Na ja, meiner hatte nur blonden Flaum auf der Glatze. Wir plauderten und lachten und scherzten mit den Kindern. Ich betrachtete hingerissen Ben, das Baby, das wie ein Schluck Wasser in meinen Armen hing und noch kein Wort Französisch konnte. Als er »Bäh« machte, sagte Silke: »Der Kleine hat Durst!«, nahm ihn und stillte ihn ohne jede Scheu.

Wir waren alle ganz verzückt.

»Jetzt beneide ich euch zum ersten Mal darum, dass ihr Großmütter seid«, sagte Sonja und holte ihren Fotoapparat aus der Louis-Vuitton-Handtasche.

»Also, ich bin es erst seit zehn Minuten«, wehrte ich ab. »Ich habe noch keinerlei Übung!«

»Wart's ab!«, sagte Billi. »Was nicht ist, kann ja noch werden!« Wen sie damit meinte, war auf die Schnelle nicht zu erkennen.

Obwohl es nicht ganz einfach war, mit den drei Kindern im Raum ein zusammenhängendes Gespräch zu führen, weil wir immer wieder Bilderbücher unter die Nase gehalten bekamen, Klein-Ben sich in die Windeln machte, Max mit Kuchen krümelte und Laura im Eifer des Gefechts den Kakao umgeschüttet hatte, bekamen wir doch Folgendes von Silke zu hören:

Roman und sie hatten sich an der Uni kennengelernt. Sie hatte Sozialpädagogik studiert, er Journalismus. Beide waren Frankreich-Fans und verbrachten ihre gemeinsamen Ferien dort, erst mit VW-Bus und Zelt, später im Ferienhaus von Romans Eltern bei Cannes.

Silke liebte Romans Temperament, das Spontane, Verrückte, seinen Hang zum Komischen. Er unterhielt ganze Kneipen mit seinen Geschichten und dichtete oft etwas dazu, was sie ihm aber nicht übel nahm. Er konnte Leute imitieren, Dialekte nachmachen und lernte rasend schnell Sprachen. Er war so etwas wie das Salz in ihrer eher bürgerlichen Suppe. Sie war eher die vernünftige, bodenständige Beamtentochter, die sich beruflich um gestrandete Menschen am Rande des Großstadtdschungels kümmerte: um Obdachlose, Drogensüchtige und Straffällige. Sie besuchte ihre Schützlinge im Knast und arbeitete als Bewährungshelferin. Sie versuchte, jedem Menschen wieder den Weg zu ebnen, wenn er davon abgekommen war.

Sonja, Billi und ich tauschten bedeutungsschwere Blicke: Dann war sie ja genau die Richtige für unseren Roman!

Als sich die Kinder anmeldeten, blieb Silke zu Hause. Als Mutter war sie genauso warmherzig, frisch und natürlich wie als Sozialpädagogin. Roman konnte sich glücklich schätzen, so eine kluge Traumfrau zu haben!

»Aber warum ist er jetzt ausgezogen?«, wagte ich einen Vorstoß.

»Ja«, mischte sich auch Billi ein, mit vollen Backen kauend. »Wie kann der Kerl nur so ein Prachtexemplar im Stich lassen?« Dabei sah sie Sonja an, die es ihr aber nicht übel nahm, sondern ebenfalls ratlos die Achseln zuckte. Zwischen Silke und Vivian lagen – zumindest äußerlich – Welten. Beide waren Schönheiten, keine Frage. Doch während Vivian viel Wert auf modische Kleidung und Make-up legte, war Silke eher eine natürliche Schönheit.

»Roman ist wie ein Schmetterling«, sagte Silke leise. Ich spürte sofort, dass sie niemals schlecht über ihn reden würde, was ich ihr hoch anrechnete. »Er braucht seine Freiheit. Ich lasse sie ihm, denn wenn ich versuchen würde, ihn zu ändern, wäre er nicht mehr Roman. Das ist mir von Anfang an klar gewesen.«

»Meine Güte, sind Sie tolerant!«, sagte Billi seufzend. »Ich hätte dem ganz schön was gehustet, bei drei kleinen Kindern!«

»Ich hätte dem schon bei einem was gehustet«, setzte Sonja noch eins drauf.

»Er war beruflich immer wieder sehr erfolgreich«, fuhr Silke fort. »Manchmal bekam er einen Auftrag für ein Drehbuch oder ein Fernsehkonzept. Das schrieb er dann in zwei Wochen runter, und wir konnten ein halbes Jahr davon leben!«

»Aber …?«, fragte Billi. Geistesgegenwärtig putzte sie Max mit ihrer Papierserviette die Nase.

Silke presste die Lippen zusammen. Man merkte deutlich, dass sie den wahren Trennungsgrund nicht nennen wollte. »Aber er hat das Geld auch immer sehr schnell wieder ausgegeben.«

»Aber das kann er doch nicht machen …«

»Bei drei kleinen Kindern …«

»Und lässt Sie hier im Klinkerbau versauern!«

»Schließlich war er wochenlang bei uns Fitnesstrainer!«

Silke lächelte. »Die Fitnessbranche hat ihn schon immer fasziniert. Als er nach seiner leiblichen Mutter gesucht und ihren Freundeskreis recherchiert hat, hat er spontan beschlossen, sich diesen Traum zu erfüllen.«

Wir erfuhren, dass Roman pünktlich zu Bens Geburt bei Silke im Krankenhaus aufgetaucht war, obwohl sie schon gar nicht mehr mit ihm gerechnet hatte. Es waren heftige Kräche vorausgegangen, und er war schon ein paarmal vorübergehend ausgezogen.

»Das mit dem Tod seiner Mutter …« Sie verstummte und sah mich lächelnd an. »Das mit dem Tod seiner A-Mutter hat ihn schrecklich mitgenommen. Dann findet er seine B-Mutter und ist völlig durch den Wind.«

»A- und B-Mutter?« Sonja verstand nicht.

»Adoptivmutter und biologische Mutter«, erklärte Silke, die Sozialpädagogin.

»Aber das würde ich ihm nicht durchgehen lassen«, sagte Sonja. »A-, B-, C-Mutter hin oder her: Der muss doch zu Ihnen stehen! Also wenn Sie MEINE Tochter wären, dann würde ich Ihnen raten …« Sie biss sich plötzlich auf die Lippen.

»Ja?«, fragte Billi interessiert und setzte Max auf den Teppich. »WAS würdest du ihr dann raten?«

»Sie HAT nämlich eine Tochter«, erklärte ich Silke. »Vivian. Fünfundzwanzig und nicht gerade hässlich.«

»Er hat mir schon von Vivian erzählt«, sagte Silke. »Das war für mich der Tropfen, der das Fass zum Überlaufen gebracht hat. Ich lasse ihn in Frieden ziehen.«

Wir waren alle völlig überrascht. Sie wusste von Vivian?

Sonja erstarrte. »Und da empfangen Sie mich so freundlich in Ihrem Wohnzimmer?«

Silke sagte schlicht: »Ich habe schon ganz andere Leute in meinem Wohnzimmer empfangen.«

»Und Sie sind mir nicht böse?« Sonja konnte das gar nicht begreifen.

»Nein. Erstens halte ich nichts von Sippenhaft, und zweitens können Sie ja nichts dafür.« Sie lächelte, und es war keine Spur von Bitterkeit oder Zynismus in ihrem Gesicht zu erkennen.

»Und was wird jetzt aus Ihnen und den Kindern?«, fragte ich besorgt. »Ich meine, sorgt Roman für Sie? Sonst hätte ich auch ein paar Ersparnisse, wenn auch keine weltbewegenden …« Spontan hatte ich das Bedürfnis, dieser entzückenden Familie finanziell unter die Arme zu greifen. Ich spürte ein merkwürdiges Ziehen in der Brust, und mein Herz öffnete sich spürbar. Dies hier war der Samen, der aufgehen würde! Diese kleine Familie würde ich hegen und pflegen wie einen wunderschönen Garten. Und mich gerne ausgiebig darin aufhalten.

Silke klappte ihren Still-BH zu und zog ihren Pullover wieder herunter. »Mein Schwiegervater sorgt für uns, es fehlt uns an nichts, vielen Dank.« Und an mich gewandt sagte sie: »Aber wollen wir uns nicht endlich duzen?«

Auf der S-Bahn-Fahrt zum Flughafen waren wir drei immer noch völlig überwältigt von diesem wundervollen Mädel, das ja nun fast schon wieder meine Exschwiegertochter war.

»Die Chemie hat auf Anhieb gestimmt!«

»Auch die Kinder sind ein Traum!«

»Drei entzückende Enkelkinder! Mensch, Carin, so ein Volltreffer!«

»Jetzt hast du uns aber von rechts überholt, Oma Carin!«

Die beiden freuten sich aufrichtig, und ich konnte die ganzen Eindrücke kaum verkraften. Wir schnatterten aufgeregt wie auf einem Klassenausflug. Natürlich machten wir uns auch Gedanken um Roman, der nun offenbar in Rom war, um seinen B-Vater aufzustöbern. Das war ganz und gar nicht in meinem Sinne! Ich wollte von Alessandro Bigotti nie wieder etwas hören, geschweige denn den Eindruck erwecken, mich über unseren gemeinsamen Sohn wieder in sein Leben zu drängen! Das hatte ich weiß Gott nicht nötig. Und Roman hätte ich auch etwas mehr Stolz zugetraut. Wozu brauchte er bloß so dringend Geld? Weder der wortkarge Reeder noch die offenherzige Silke hatten mit einer Silbe davon gesprochen. Bei beiden hatten wir den Eindruck, dass sie noch etwas ganz Entscheidendes für sich behalten hatten. Wollten sie Roman schützen? Ihn nicht bloßstellen? Oder schämten sie sich für ihn?

Die besten Anwälte hatte der Reeder engagiert, um seinen Sohn immer wieder »rauszupauken«. Das waren Viktor Stillers Worte gewesen. War mein Roman – kriminell?

Was hatte ihn nur in so eine Situation gebracht? Der Schock über den Tod der Mutter und über die Adoption konnte es allein nicht gewesen sein. Wie hatte der Reeder gesagt? Er hatte seinen Job verloren! Einen Traumjob, der viel Geld eingebracht hatte! Er hatte auch seine Frau verloren! Eine Traumfrau, die ihm drei Kinder geschenkt hatte! So was wirft man doch nicht einfach weg? Vor so etwas läuft man doch nicht einfach davon!

Vivian? Ja, bestimmt war er bis über beide Ohren in sie verknallt, und sie in ihn. Sie hatten Pläne mit der DVD und dem Fitnessstudio, aber das waren doch nur Flausen. Er war doch erwachsen, ein kluger Kopf, der sich doch der Konsequenzen bewusst sein musste!

Sonja war hin- und hergerissen. Einerseits hatte sie bis vor Kurzem noch selbst wie ein Backfisch für Roman geschwärmt, andererseits war sie Vivians Mutter. Einerseits wollte sie Vivians Glück nicht im Wege stehen, andererseits hatte sie nun gesehen, welche Scherben Roman hinterlassen hatte.

Wobei … Scherben waren das eigentlich nicht. Eine stabile Mutter und drei gesunde, stabile Kinder. Sie hatten sich von Roman nicht kaputt machen lassen.

Nur der Vater hatte sichtlich Schaden genommen. Viktor Stiller.

»Ich werde Vivian vor ihm warnen«, sagte Sonja, während sie in ihrer Handtasche wühlte und nach ihrem Handy suchte. »Sei mir nicht böse, liebe Carin, aber er ist ein Blender.«

»Das sagt meine Mutter, und das sagt auch Rainer«, antwortete ich traurig. »Bitte keine Sippenhaft.«

Sonja fand zwar nicht das Handy, aber dafür einen grün beschrifteten Zettel.

»Wo du gerade Rainer erwähnst …« Sie strahlte über das ganze Gesicht und zog das Opus hervor. »Rainer Maria Rilke hat mir wieder was gedichtet.«

Billi, die nachdenklich aus dem Fenster geschaut hatte, sah mich überrascht an.

Mit einem heimlichen Nicken musste ich zugeben, dass ich Rainers Zettel immer noch in Sonjas Spind stopfte.

»Lies vor!«

Das mussten wir ihr nicht zweimal sagen. Sie schloss die Augen und zitierte auswendig:

*»Wie kann ich schlafen*
*mit deiner Stimme in meinem Kopf.«*

Na klar. Sie machte ja auch seit Wochen mit ihm Pilates. So was prägt.

Sonja lächelte versonnen: »Ich glaube, ich mag den. Der hat so was Besonderes.«

Billi und ich wechselten einen vielsagenden Blick. Billi senkte langsam die Lider.

Ich wurde rot und schaute auf den Fußboden. Die feine Art war das nicht. Aber ich hatte im Moment wirklich andere Sorgen.

# 19

Zu Hause erwartete mich eine böse Überraschung. Mein kleiner gelber Wagen, der in der Einfahrt stand, war völlig demoliert! Nicht nur die Scheiben waren eingeschlagen worden. Auch der Rückspiegel war abgebrochen, und alle vier Reifen waren platt. Hinzu kam, dass jemand die Sträucher und Blumen in unserem Vorgarten mit roher Gewalt herausgerissen und auf dem ganzen Bürgersteig verteilt hatte.

Mein Herz raste. Schockiert schloss ich die Haustür auf. Vor der Wohnung lag die umgekippte Mülltonne, die normalerweise unten im Hof stand, und der ganze stinkende Abfall hatte sich auf unsere Etage ergossen.

»Mutter?«

Mit zitternden Händen tastete ich nach dem Lichtschalter, aus Angst, die Wohnung könnte auch demoliert sein. Ich sah Mutter schon tot auf dem Boden liegen!

Aber die Wohnung war unversehrt. Mutter lag friedlich in ihrem Bett und schlief.

Es war halb sieben Uhr abends und gerade noch hell, und ich griff als Erstes zum Handy, das Rainer meiner Mutter auf den Nachttisch gelegt hatte, und wählte seine Nummer.

»Rainer?«

»Hallo, meine Schnuckelmaus! Bist du schon zurück?«

Normalerweise hätte ich ihn angeherrscht: »Ich bin nicht deine Schnuckelmaus!« Aber jetzt war ich viel zu sehr in Panik.

»Wo bist du denn?« Meine Stimme war nur noch ein schrilles Quieken.

»Ich war noch schnell im Supermarkt, bin aber schon auf dem Heimweg!«

»Rainer, komm schnell, es ist was passiert!«

Ich zitterte so heftig, dass ich anfing zu weinen. Mutter erwachte, nahm schlaftrunken meine Hand, und ich saß auf ihrer Bettkannte und heulte wie ein kleines Mädchen.

Rainer versprach, in fünf Minuten da zu sein. »Dass du solche Sehnsucht nach mir hast!« Er klang richtig begeistert.

»Was ist denn passiert, mein Kind?«, fragte Mutter mit brüchiger Stimme.

»Ach nichts, Mutter!« Hastig wischte ich mir über die Augen. »Ich bin nur gefühlsmäßig völlig durcheinander ...«

Es hatte doch keinen Zweck, meine arme alte Mutter zu beunruhigen, die offensichtlich nichts von dem Vandalismus mitbekommen hatte. Schnell brachte ich ihr Tee und half ihr auf die Toilette, wobei ich mich noch mal verstohlen umsah, ob in der Wohnung wirklich alles in Ordnung war.

»Warum weinst du dann, Kind?«, fragte Mutter. »Das sind bestimmt die Wechseljahre.«

Als es heftig an die Wohnungstür klopfte, spähte ich ängstlich durch den Spion. Mein Herz raste vor Angst.

Draußen stand Rainer. Wer sonst. Ich atmete auf, öffnete die Tür und fiel ihm um den Hals. »Rainer! O Gott, Rainer«, flüsterte ich. »Ich bin ja so froh, dass du da bist!«

»Ja, aber Schnuckelmaus ...« Er kicherte erfreut.

»Ich bin nur so erschrocken«, stammelte ich. »Warum benutzt du denn nicht den Schlüssel?«

»Das ist das erste Mal, dass du mich dazu aufforderst«, jubelte Rainer und schob sich mitsamt seiner Supermarkttüte in die Wohnung. »Was ist denn das für eine Schweinerei da draußen?«

»Ich habe keine Ahnung ...«

»Sicherlich nur ein Dummejungenstreich«, sinnierte Rainer, während er die Einkäufe genauso selbstverständlich auspackte wie ich damals, als alles begonnen hatte. »Hier. Vanillejoghurt. Den mag Paula doch so gern.«

»Das glaube ich nicht!«, flüsterte ich, damit Mutter nichts mitbekam, die inzwischen mit ihrem Hörgerät vor dem Fernseher saß.

»Du meinst, sie mag ihn nicht?«

»Nein, ich glaube nicht, dass das ein Dummejungenstreich war! Mein Auto ist auch völlig demoliert!«

»Oh. Das habe ich gar nicht gesehen. Ich bin durch die Garage reingekommen.«

Er riss mich an sich und schmatzte mir ein Dutzend feuchte Küsse ins Gesicht. Sein Bart kratzte. Ach, Rainer! Ich ließ ihn gewähren. Mir war plötzlich nicht mehr danach, die Kratzbürste rauszukehren. Ich hatte einfach keine Kraft mehr dazu. Außerdem: Immer wenn es mir dreckig ging, war er zur Stelle.

Nachdem er mich abgeküsst und halb totgedrückt hatte, brachte er meiner Mutter den Joghurt, kniete sich neben sie und fütterte sie, als wäre er ihr Sohn und nicht ich ihre Tochter.

Und warum, Carin?, fragte ich mich streng. Weil du selbst nie Zeit hast! Du kannst ihm keine Vorwürfe machen! Wie würde Mutter sagen? »Jeder kehre vor seiner eigenen Tür!«

Kurz darauf kehrte der eifrige Rainer – im wahrsten Sinne des Wortes – vor meiner eigenen Tür. Nämlich die Bescherung weg.

Nachdem er Schaufel und Besen zurückgestellt hatte, zauberte er ein duftendes Brathähnchen aus einer fettigen Tüte und riss ihm genüsslich die Schenkel aus.

»Hier. Beiß mal runter! Dann geht's dir gleich besser.«

Ich wollte nicht am Hühnerbein nagen, ich wollte wissen, wer mir den Müll vor die Tür gekippt hatte. Und warum.

Verstohlen musterte ich Rainer. Er war das doch nicht etwa gewesen? Um mir dann anschließend hilfreich zur Seite springen zu können? Half er meiner nicht vorhandenen Bereitschaft, mit ihm die Ehe einzugehen, etwa auf diese Weise nach?

In diesem Moment rief Sonja an. Zuerst dachte ich, sie wollte mir einen neuen Rainer-Brief vorlesen, und hatte schon ganz heiße Ohren, weil der Dichter ja hähnchennagend neben mir saß, aber sie berichtete, dass Vivian nicht zu Hause sei. Sie habe nämlich gerade aus Rom angerufen.

»Aus Rom!«, rief ich fassungslos.

»Ja, und stell dir vor, was passiert ist!«

»Was, um Gottes willen, ist denn NOCH passiert?«

»Sie haben Romans Erzeuger gefunden!«

»Alessandro Bigotti?« Mir fiel das Herz in die Hose. »Tatsächlich?!«, stotterte ich und spürte eine Hitzewelle aufsteigen, die von roten Flecken im Gesicht begleitet wurde. Rainer schien das Ganze für eine Reaktion auf sein Popotätscheln zu halten und freute sich.

»Er wollte Roman nicht sehen und hat sich verleugnen lassen. Aber Vivian hat ihn einfach besucht!«

»Vivian … hat Alessandro Bigotti … besucht?«

»Ja! Und er war ganz begeistert von ihr!«

»Klar. Welcher Mann ist das nicht.«

»Er hat Vivian eine Audienz gegeben und ihr die Schätze des Vatikans gezeigt.«

Ich sank auf einen Küchenstuhl, was Rainer endlich dazu zwang, seine Hand wegzuziehen.

Vivian. Die war ja mit allen Wassern gewaschen!

Ein paar Tage später, ich war gerade aus meiner Bibliothek nach Hause gekommen, klingelte es an der Wohnungstür. Es war zehn nach sechs. Mutter war mit Rainer in München zum Verbandwechseln, wofür ich Rainer schon wieder schrecklich dankbar sein musste. Waren sie zurück und hatten den Schlüssel vergessen? Ich spähte durch den Spion und sah zwei gut gekleidete Männer in schwarzen Anzügen.

Aha. Das waren die Herren von der Autoversicherung. Ich hatte natürlich gleich dort angerufen und den Schaden gemeldet, und man hatte mir versichert, so schnell wie möglich jemanden vorbeizuschicken, um den Schaden zu begutachten. Ich hatte gesagt, das gehe erst nach Feierabend, leider. Wir hatten so gegen achtzehn Uhr vereinbart. Nun schickten sie gleich zwei Sachbearbeiter. Umso besser.

Schwungvoll öffnete ich die Tür und bat die Herren herein.

»Bitte, nehmen Sie doch im Wohnzimmer Platz. Kann ich Ihnen einen Tee anbieten, oder darf es schon ein Bier sein?«

Die beiden Herren staunten nicht schlecht über meinen freundlichen Empfang, kamen meiner Einladung nach und setzten sich auf die Wohnzimmercouch. Einer war ein Bulliger mit Glatze, der andere trug eine Sonnenbrille, obwohl gar keine Sonne mehr schien.

»Ich denke, so ein Bierchen kann den Feierabend ruhig schon mal einläuten«, sagte ich freundlich. »Heute ist schließlich Freitag, oder haben Sie noch andere Termine?«

»Nein«, sagte der eine, immer noch erstaunt.

»Nicht, nachdem sich das hier so entspannt entwickelt.«

Ich lachte. »Machen Sie es sich bequem!«

Sie schienen gebürtige Italiener zu sein, den Akzent kannte ich gut.

Ich ging in die Küche und schaute nach dem Bier.

»Haben Sie den Wagen schon gesehen?«, rief ich, den Kopf aus der Vorratskammer steckend.

»Ja, den haben wir schon gesehen.«

»Und?« Ich schenkte zwei Gläser ein. »Sieht übel aus, oder?«

»Ich würde sagen Totalschaden.« Der Bullige mit der Spiegelglatze verschränkte zufrieden die Arme vor der Brust. Ein kleiner Brillant zierte sein Ohrläppchen. Was für ein merkwürdiges Outfit für einen Versicherungssachbearbeiter!, dachte ich, während ich wartete, dass sich der Schaum im Glas senkte.

Der andere mit der Sonnenbrille nickte. »Totalschaden. Absolut.«

»Na bitte!«, sagte ich. »Da sind wir uns ja schon mal einig.«

»Absolut«, nickten die beiden. Bei näherer Betrachtung sahen sie fast ein bisschen bedrohlich aus. Nicht so, als wollten sie mir demnächst einen Scheck überreichen.

»Und?« Ich setzte mich auf den Sessel und zog verunsichert den Rock über die Knie. »Meinen Sie, ich könnte so schnell wie möglich einen Leihwagen bekommen?« Fragend sah ich von einem zum anderen. Ich hatte erwartet, dass sie in der Zwischenzeit Versicherungsformulare ausgebreitet oder sich sonst irgendwie beruflich engagiert hatten. Das mit dem Feierabend hätte ich lieber nicht sagen sollen!

Der eine schüttelte stumm den Kopf, der andere trank in einem Zug das Bier leer.

»Ja, was jetzt? Kann ich davon ausgehen, dass Sie mir den Schaden ersetzen?«

»Sie können davon ausgehen, dass wir Ihnen noch viel mehr Schaden zufügen«, sagte der mit der Sonnenbrille plötzlich. »Das war erst der Anfang.«

Mein Rücken versteifte sich. »Wie bitte?« Ein eisiger Schrecken packte mich. Mein Herz fing an zu rasen. Das waren keine Versicherungsagenten! Ich schielte verzweifelt zu meiner Handtasche hinüber, in der das Handy war. Rainer! O Gott! Schon wieder war ich in Not und brauchte ihn! Die Kurzwahltaste! Mutters Notfallhandy lag im Schlafzimmer auf dem Nachttisch! Ob ich mal schnell …

»Bleiben Sie sitzen!« Patsch! lag die Pranke des Bulligen schon auf meinem Arm.

»Wer sind Sie?« Ich versuchte selbstbewusst zu klingen, aber was herauskam, war nur ein verängstigtes Quieken. Ich riskierte einen Blick in sein Gesicht.

»Gute Freunde von Alessandro«, sagte der mit der Sonnenbrille. Er hatte eine protzige Rolex am behaarten Handgelenk, und darunter blitzte ein furchterregendes Tattoo hervor.

»Von Alessandro Bigotti«, ergänzte der andere. »Wir sind seine Anwälte, wenn Sie so wollen.«

Die Wahrheit traf mich wie ein Keulenschlag. »Aber Sie haben doch nicht mein kleines Auto …« Ich stotterte und schluckte.

»Bis jetzt war es nur Ihr Auto«, sagte der eine.

»Und ein paar Sträucher«, sagte der andere.

»Und ein bisschen Müll«, schaltete sich der Erste wieder ein. »Draußen vor Ihrer Wohnung.«

»Wir können aber auch IN Ihrer Wohnung weitermachen …«

Panik keimte in mir auf. Wie konnte ich nur so dumm gewesen sein, die beiden Fremden einfach reinzulassen! Sie sogar noch mit Bier zu bewirten! Warum hatte ich ihnen nicht gleich Schnittchen gemacht oder das Gästebett überzogen?

»Und zum Beispiel Ihrer Mutter Schaden zufügen.« Der Bullige trat so fest gegen Mutters Rollstuhl, dass dieser quer durchs Wohnzimmer schoss und mit Karacho gegen die Balkontür knallte. Dort fiel er um und blieb auf der Seite liegen. Die Räder drehten sich rasselnd weiter.

»Nein, um Gottes willen!« Es war wie im Horrorfilm.

»Oder Ihnen!« Der mit der Sonnenbrille ließ plötzlich ein Klappmesser aufschnappen und hielt mir die Klinge unters Kinn. Mir stellten sich sämtliche Härchen auf.

»Bitte nicht«, wimmerte ich und schielte zur Wohnungstür. Oder sollte ich vielleicht über den Balkon … Aber das war ausgeschlossen. Nie und nimmer würde ich gegen diese beiden Gauner ankommen. Noch nie hatte ich mich so hilflos gefühlt.

»Dann pfeifen Sie dieses Pärchen zurück! Der Nuntius wünscht NICHT, jemals wieder von diesem Roman Stiller oder von seiner Verlobten belästigt zu werden!«

»Ja, aber er hat ihr doch sogar eine Audienz …«, kam es zögernd über meine Lippen.

»Das Mädchen ist eine Augenweide, und er ist ihrem Charme erlegen. Aber das war das erste und letzte Mal, dass die kleine Schlampe sich in den Vatikan gewagt hat!«

»Ich kann nichts dafür. Ich wusste gar nicht, dass …«

»Ist das KLAR?« Der Druck auf meine Kehle nahm zu. Ich spürte, wie der kalte Stahl schmerzhaft in meine Haut schnitt. Zutiefst beschämt stellte ich fest, dass mir Tränen der Demütigung über die Wangen liefen.

So fühlte sie sich also an, die oft beschriebene Todesangst. Ich schloss schon mit meinem Leben ab, sah die schönen und weniger schönen Momente an mir vorüberziehen. Mutter würde mich nach ihrer Rückkehr aus München verblutet im Wohnzimmer vorfinden. Außer, die beiden würden sie auch … Ich konnte an nichts anderes mehr denken!

In diesem Moment hörte ich das vertraute Kratzen des Schlüssels in der Wohnungstür. Das Messer verschwand ebenso blitzschnell von meiner Kehle, wie es dorthin gekommen war. Die Männer räusperten sich und strichen ihre Jacketts glatt.

Entschlossen wischte ich mir die Tränen ab. Rainer! Geliebter Rainer! Wenn er das jetzt war, würde ich ihn heiraten, das schwor ich mir.

Er war es. Umständlich half er meiner alten Mutter in den Flur. »So, liebe Paula, dann stellen wir jetzt mal die Krücken weg und ziehen dir den Mantel aus …«

»Kind, bist du da?«

»Kein Wort, oder Mutter tot!«

»Oh!« Rainer stand rotwangig und keuchend in der Tür. »Haben wir Besuch?«

»Ähm, ja, die Herren sind von der Autoversicherung!« Meine Stimme war ein bisschen zu schrill. Klick!, hörte ich das Klappmesser wieder zuschnappen, und die beiden Herren sprangen höflich auf, knöpften sich die Jacken zu und dienerten:

»Guten Abend.«

»Guten Abend, die Herren«, jubilierte meine Mutter. »So behalten Sie doch Platz, wir wollen gar nicht weiter stören!«

»Doch!«, schrie ich. Meine Beine wurden zu Pudding. »Stört, soviel ihr wollt!«

»Bitte?« Rainer sah irritiert von einem zum anderen.

Ein verkrampftes Lächeln verzerrte meine Lippen. Die roten Flecken bedeckten erneut mein vormals leichenblasses Gesicht, und ich fächelte mir mit einem Bieruntersetzer Luft zu.

»Eine Wechseljahresattacke!«, flüsterte Mutter Rainer verschwörerisch zu. »Ich hab's dir ja gesagt!«

»Carin?« Rainer blickte mich besorgt an. »Ist alles in Ordnung?!«

»Oh Rainer, mein Liebster!« Ich warf mich ihm regelrecht an den Hals. »Wie schön, dass du wieder da bist!« Zur Bestätigung meiner Wiedersehensfreude drückte ich ihm einen schmatzenden Kuss auf die Wange.

Rainer kicherte erfreut und tätschelte begeistert meinen Rücken. Mit einer Mischung aus Rührung und Stolz sagte er zu den Männern: »So was wünscht sich jeder Mann, wenn er nach Hause kommt.«

»Sind sie nicht ein schönes Paar?!«, krächzte Mutter mit Rührungstränen in den Augen.

»So eine Leidenschaft! Und das in ihrem Alter!«

»Tja, wir hätten dann so weit alles besprochen …«

Der Eine kratzte sich am Kopf. Ich hatte den hässlichen Verdacht, dass sie noch eine Botschaft loswerden wollten.

»Ja, dann verfahren wir so wie angekündigt …« Der andere räusperte sich vielsagend. »Sie haben alles verstanden?«

»Ja«, stammelte ich unter Tränen. »Alles verstanden.« Mir wurde ganz mulmig vor Angst.

»Auf Wiedersehen.«

»Hoffentlich nicht.«

»Das liegt ganz an Ihnen!«

Peng! Die Tür fiel hinter ihnen ins Schloss. Ich fuhr mir nervös durchs Haar. Auf einmal wurde mir schrecklich kalt, und meine Zähne klapperten.

»Carin«, sagte Rainer begeistert und riss mich erneut in seine Arme. »So verliebt habe ich dich ja noch nie gesehen!«

»Ja, ich mich auch nicht«, heulte ich.

»Was ist denn mit meinem Rollstuhl passiert?«, rief Mutter und versuchte vergeblich, ihn aufzurichten.

»Ich habe ihn beim Staubsaugen umgeworfen«, stammelte ich. Meine Hände waren immer noch schweißnass, und ich versuchte, sie nicht allzu sichtbar zittern zu lassen, indem ich sie krampfhaft verschränkte. Ich spürte Rainers prüfenden Blick im Nacken. Jetzt bloß keine Panikattacke bekommen! Nicht vor Mutter!

Rainer hob das sperrige Gefährt auf und setzte Mutter fürsorglich hinein.

Da standen wir, wie ein verliebtes Paar, und Mutter zwinkerte uns aus ihren müden Augen zu: »Ach, was freue ich mich für euch, Kinderlein!«

»Ja, wir freuen uns auch!«

»Dann macht mir mal den Fernseher an. Am besten, ich lass die Turteltäubchen jetzt alleine …« Mutter wandte sich ihrer Lieblingsserie zu.

Rainer legte seine Hand in meinen Nacken und schob mich in die Küche.

Willig trottete ich mit. Es hatte doch alles keinen Zweck mehr. Ohne Rainer war ich nicht lebensfähig.

Kaum waren wir allein, überhäufte er mich mit feuchten Küssen.

»Dass du mich so magst! Hm?! Du magst mich!«

»Äh, ja, klar! Heute liebe ich dich sogar! Also ähm … ein Stück weit.«

»Schau, was ich heute im Wartezimmer für dich geschrieben habe!« Rainer drückte mir verstohlen einen Zettel in die Hand.

*Ich*
*hielt den Himmel*
*in*
*meinen Händen,*
*und*
*nur der Himmel weiß,*
*wie sehr*
*ich*
*dich*
*vermisse.*

Mir klopfte das Herz. »Das ist schön«, sagte ich und sah ihn dankbar an. Ich konnte nicht anders – ich war tief berührt. Auf einmal hatte ich das Bedürfnis, mich in seine Arme zu werfen und mich an ihn zu klammern wie ein ertrinkendes Äffchen. Wir knutschten eine Weile herum, dann musste ich mir die Nase putzen.

Rainer lehnte glücklich lächelnd im Türrahmen. »Ich hatte so gehofft, dass es dir genauso geht, meine geliebte kleine Schnuckelmaus!«

»Ja«, flüsterte ich kraftlos. »Deiner Schnuckelmaus geht es genauso!« Wenn ich mir das oft genug einredete, würde ich es irgendwann selbst glauben. »Ohne dich ist sie ganz hilflos und fürchtet sich vor bösen Männern.«

Mit jäher Leidenschaft packte er mich am Arm und hielt mich fest. »Ich beschütze dich!«

Ich ließ meinen Kopf an seine Schulter sinken. Ich schämte

mich ganz entsetzlich, gleichzeitig lähmte mir der Schreck noch alle meine Glieder.

»Magst du es, wenn ich dir Gedichte schreibe?«

Ich schluckte. Ein Stück weit wurde mir schlecht.

»Deine Gedichte sind wirklich berührend.« Ich zwang mich, ihm in die Augen zu sehen. »Sie erfreuen jedes Mal ein einsames Herz.« Noch nie hatte ich mich so verlogen gefühlt.

»Oh Carin!«, stieß Rainer glückselig hervor und strich mir die Haare aus dem Gesicht, hinter denen ich mich gerne weiter versteckt hätte.

»Würdest du vielleicht doch mit mir leben wollen?« Hoffnung schwang in seiner Stimme mit.

Ach, wofür kämpfte ich eigentlich noch? Spontan fasste ich einen schwerwiegenden Entschluss.

»Ja, das würde ich«, antwortete ich ein wenig erstickt. »Eben habe ich mir sogar geschworen, dich zu heiraten.«

Rainer riss mich in seine Arme und überschüttete mich mit einer neuen Ladung Küsse. »Hab ich's doch gewusst, dass du eines Tages zu mir findest! Oh Carin, meine kleine Schnuckelmaus, ich verspreche dir, alles wird gut! Ich mache dich glücklich, wenn du mich nur lässt!«

Er bohrte seine Zunge in meinen Mund, und ich zwang mich, mich nicht abzuwenden.

»Ist das schön, Carin? Magst du das?«

»Hm-hm«, machte ich, weil ich nicht sprechen konnte.

»Rainer!«, krächzte Mutter aus dem Wohnzimmer. »Rainer, kannst du mir das Fernsehen lauter stellen?!«

Rainer kicherte. »Wie taktvoll deine Mutter ist!«

Er eilte mit wonnigen Schritten ins Wohnzimmer. Dabei warf er mir eine verliebte Kusshand zu. Verschwörerisch flüsterte er: »Wir reißen die Wand ein, die zwischen uns war!«

Tapfer schluckte ich die Panik herunter. Von allen Übeln dieser Welt war Rainer doch das kleinste. Oder etwa nicht?

Nach einer weiteren Viertelstunde, in der wir beim Lärm einer Vorabendserie im Flur herumknutschten, ließ Rainer von mir ab. »Puh, du bringst mich ins Schwitzen!« Er wischte sich über die Stirn. »So eine Leidenschaft, da geht einem ja das Messer in der Hose auf!«, flüsterte er verschämt.

Von Messern hatte ich für heute eigentlich genug.

Rainer wurde seiner Erregung kaum noch Herr. »Ich erwarte dich bei mir, sobald deine Mutter schläft!«

»Klar«, sagte ich. »Ich kann es auch kaum erwarten.«

Mit einem verschwörerischen Blick und einem letzten feuchten Kuss begab er sich in seine Wohnung.

Als ich Mutter ins Bett brachte, griff sie mit ihren mageren Händen nach mir: »Kind, hast du was auf dem Herzen?«

Ja, Mutter!, wollte ich rufen. Stattdessen sagte ich leise: »Ja, Mutter.«

»Fühlst du denn, was er fühlt?« Ich konnte ihren bohrenden Blick bis in meine Seele spüren.

»Na ja, nicht ganz so doll, aber … Doch.« Ich schenkte ihr ein besänftigendes Lächeln. »Ein Stück weit.«

»Du brauchst dich nicht mehr zu verstellen, Kind. Deine Begrüßung heute hat mehr ausgedrückt als tausend Worte. Wie du ihm um den Hals gefallen bist … Darauf habe ich lange gewartet.«

»Ja, ich habe mich tatsächlich riesig gefreut, ihn zu sehen …«

»Er ist ein feiner Kerl, Carin. Etwas Besseres als ihn findest du nicht mehr.« Ihre Augen glänzten ein wenig, und das kam in letzter Zeit selten vor.

»Ich weiß. Schlaf gut, Mutter. Ich hab dich lieb.«

Ich schlich hinaus in den Flur, und als ich das Licht ausmachen wollte, bemerkte ich einen grünen Zettel, den er mir in der Zwischenzeit unter der Tür durchgeschoben hatte.

*Ich*
*war*
*auf der Jagd,*
*aber*
*nach einem Blick*
*in deine Augen*
*merkte ich:*
*– ich bin die Beute.*

Ja. Des Wahnsinns. Fette. Ich schämte mich abgrundtief. Einerseits, weil er mich so rührend vergeblich liebte. Weil ich ihm schon wieder Hoffnungen gemacht hatte. Ach was, Hoffnungen! Versprechungen! Ich hatte von mir aus den Vorschlag gemacht, ihn zu heiraten!

Andererseits, weil ich Sonja diesen Zettel zuspielen würde. Das war Verrat an unserer Freundschaft. Und dennoch: Sie würde begeistert sein. Belogen mich meine Freundinnen etwa auch so?

Roman war sein Leben lang belogen worden. Und jetzt belog er andere. Was war zuerst da gewesen, das Lügen oder das Belogenwerden? Die Henne oder das Ei?

Meine Intrigen durchschaute ich bald selbst nicht mehr. Waren wir aus demselben Holz geschnitzt?

Auf einmal fühlte ich mich entsetzlich müde. Ich ließ mich verzweifelt zu Boden sinken und brach in Tränen aus.

# 20

Vivian ist schwanger.«

Sonja ließ die Bombe platzen. Ihre Haarverlängerungen waren schon wieder reichlich mitgenommen. Sie sah aus wie ein Kanarienvogel in der Mauser, der einen Stromschlag bekommen hat.

»Was?« Ich zuckte zusammen. »Das ist ja …« Ich atmete langsam aus. »Aber doch nicht von …« Irgendwie hatte ich es fast geahnt.

»Von Roman.« Sonja klatschte in die Hände. »Wir werden gemeinsam Großmutter.«

Trotz allem durchzuckte mich eine jähe Freude, was ich durch ein Hüsteln zu verbergen suchte. »O Gott, stimmt das, Süße?«

Vivian, frisch aus Rom zurückgekehrt, spielte mit ihren semmelblonden Gretchenzöpfen, als könnte sie kein Wässerchen trüben. »Hm. Ich weiß, es ist nicht gerade der ideale Zeitpunkt, aber es ist nun mal passiert!«

Vivian hatte einen ganz verklärten Blick. Jetzt durfte ich auf keinen Fall die Hände über dem Kopf zusammenschlagen so wie Mutter damals. Ich zuckte mit leichtem Stirnrunzeln die Achseln. »Aber Liebes, das ist ja – eine tolle Überraschung!«

Wir saßen im Fitnesscenter auf unseren Gymnastikmatten und besprachen die neuesten Vorkommnisse. Billi hatte Mohair auf dem Schoß, die inzwischen vier Monate alt war und so bezaubernd lächelte, dass wir vor lauter Entzückensschreien kaum noch einen zusammenhängenden Satz herausbrachten. Vor allem Vivian hatte so ein Leuchten in den Augen, wenn sie mit Mohair schmuste.

Ich wollte meinen Freundinnen unbedingt vom Besuch der Mafia erzählen, ja, ich platzte fast vor Mitteilungsdrang! Aber Sonja war mir mal wieder zuvorgekommen. Vivian schwanger. Mein Sohn ließ aber auch nichts aus!

»Ich bin wirklich sprachlos. Was soll denn jetzt aus dem Fitnesscenter werden?«

»Ich werde ein paar Wochen aussetzen und dann weitermachen.« Vivian strahlte wie immer Zuversicht aus. »Rudi sagt, bis zum achten Monat kann ich problemlos weiterturnen. Zumindest die Kurse leiten. Schwanger sein heißt ja nicht, krank sein!« Sie strahlte uns aus ihren hellblauen Augen an, das übliche Grübchen erschien auf ihrer Wange, und sie ließ ihren Kaugummi knallen. »Außerdem steigt Roman ja bald voll mit ins Geschäft ein, und zu dritt schaffen wir das spielend!«

Dieses unkomplizierte Geschöpf würde bald Mutter meines vierten Enkels werden!

»Moment mal. Ihr beteiligt Roman an der Firma? Obwohl ihr wisst, dass er in finanziellen Schwierigkeiten steckt?«

Sonja nickte. »Roman wird Geschäftspartner. Er hat seine Probleme wieder im Griff.«

Vivian nickte. »Das hat er zumindest gesagt.«

Oh. Das wunderte mich aber. Wie sollte er das so schnell geschafft haben? Meine Skepsis war noch lange nicht beseitigt. Aber Vivian war so glücklich!

»Er hat irgendwie im Lotto gewonnen, sagt er.« Vivian strahlte. »Er ist eben in jeder Hinsicht ein Glückspilz!«

»Glück in der Liebe, Glück im Spiel!«

»Na dann: Prösterchen!«

»Stößchen!«

»Wohlsein!«

»Vivian, du nicht!«

Wir waren auf einmal miteinander verwandt! Ich konnte es kaum fassen.

Vivian löste Mohairs klebriges Händchen von ihrem Zopf und schmuste mit der Kleinen. Für sie war das offensichtlich alles kein Problem.

»Ich krieg das schon hin, mit Mamis Hilfe.«

Sonja tätschelte ihre Schulter. »Wir werden das Kind schon schaukeln!«

»Und was ist mit Roman? Schaukelt der mit?«

»Wo ist der Kerl überhaupt?!«

»Roman ist am Münchner Flughafen umgestiegen und nach Hamburg weitergeflogen.« Vivian sah uns verlegen an. »Sein alter Herr ist anscheinend im Moment nicht gut auf ihn zu sprechen. Er will da was regeln, seinem Vater etwas vom Lottogewinn zurückzahlen. Na ja, und jetzt auch noch das mit uns beichten.«

Sonja schüttelte den Kopf. »Sein Vater wird begeistert sein«, meinte sie ironisch. »Ein reizender Zeitgenosse.«

»Ja, die ganz große Sympathie hat nicht zwischen uns geherrscht«, sagte ich bissig.

Billi seufzte. »Die beiden haben sich gefressen.«

»Was soll denn das heißen!«, entrüstete ich mich. »Mochtest du ihn etwa? Er ist ein aufgeblasener, arroganter, herablassender, eitler ähm …« Hilfe suchend schaute ich von einer zur anderen. »Sagt doch selbst!«

»Fatzke!«, half Sonja mir auf die Sprünge.

»Um nicht zu sagen Arsch?«, fragte Vivian belustigt.

»Also wenn ihr mich fragt, ist das ein ganz toller Mann!« Billi klapperte energisch mit dem Strickzeug. »Er hat nur einen Riesenstress mit seinem verwöhnten Sohnemann.«

Vivian sah uns ernst an. »Roman hat richtig Angst vor seinem Vater.«

Da hatte er was mit mir gemeinsam!

»Na, das ist doch verständlich! Jetzt drückt er seinem Vater schon das vierte Enkelkind aufs Auge!« Billi schüttelte über ihren Stricknadeln den Kopf. »Nichts gegen dich, Süße, aber Roman drückt sich vor seiner Verantwortung Silke und den Kindern gegenüber!«

»Ja, ich weiß. Deswegen ist er ja auch in Hamburg. Um diese Dinge zu regeln. Aber ich habe mich inzwischen auch über seinen Vater schlaugemacht«, sagte Vivian und nahm einen Schluck Wasser. »Der Reeder ist zwar konservativ, aber dafür ein echter ›Ehrenmann‹. Zum Beispiel hat er immer gleich seine Schulden bezahlt.«

»Schulden?« Ich zog eine Augenbraue hoch. »Viktor Stiller hat Schulden?«

»Ich denke, der schwimmt im Geld?«, meinte auch Sonja verblüfft.

»Na ja, Romans Schulden.« Vivian senkte den Blick. »Er hat schon ein paarmal Scheiße gebaut.«

»Mist gebaut«, hatte Viktor vornehmer gesagt, und Silke hatte es so ähnlich umschrieben. WAS für Scheiße hatte mein Sohn denn genau gebaut? Außer Frau und Kinder zu verlassen, seinen Job zu verlieren, seinen A-Vater und mich, seine B-Mutter, zu belügen, uns allen was vorzuspielen, Vivian zu schwängern und mir die Mafia auf den Hals zu hetzen. Sollte es da tatsächlich noch eine Steigerung geben?

Ich musterte Vivian. Dass sie da noch so locker blieb! Die Jugend von heute! So ein strotzendes Selbstbewusstsein hätte ich damals auch haben müssen. Nur ein Prozent davon hätte genügt, und ich hätte Oliver niemals weggegeben! Wir werden das Kind schon schaukeln, auch wenn der Vater nicht zur Verfügung steht. Toll!

Vivian redete weiter: »Und es gibt noch etwas, das er seinem Vater sagen muss.«

»Ähm … Was jetzt genau?«

»Wir wollen heiraten!«

Peng! Das war noch eine Bombe!

Mich durchzuckte es heiß und kalt. Vivian würde meine Schwiegertochter werden! Aber ich mochte doch auch Silke und ihre drei Kinder! Sie war doch schon meine Schwiegertochter! Das musste ich erst mal verdauen.

Unsere Blicke trafen sich. Vivian schien genau zu spüren, was in mir vorging.

Sanft drückte sie mir die Hand. Was für ein plötzlicher Kinder- und Enkelsegen! Überwältigt robbte ich rückwärts zur Wand, zog die Beine an und schlang die Arme um die Knie. Ich musste erst mal mit meinen Gefühlen allein sein. Bis vor ein paar Wochen war ich noch eine alleinstehende Frau mittleren Alters gewesen, und nun würde ich bald vierfache Großmutter sein? Und zwei Schwiegertöchter haben? Dass ich selbst bald heiraten würde, kam noch erschwerend hinzu. Sollte ich es meinen Freundinnen sagen?

Die anderen redeten nach einer perplexen Schweigesekunde wild durcheinander.

»Aber das geht doch gar nicht! Er ist doch noch mit Silke verheiratet!«

»Na und? Er wäre nicht der erste Mann, der sich scheiden lässt und neu heiratet …«

Wir sahen Vivian halb besorgt, halb fragend an. Wollte sie sich wirklich mit Roman einlassen? Kannte sie überhaupt die ganze Wahrheit? Ich wagte es zu bezweifeln.

»Aber jetzt erzähl doch endlich vom Vatikan!«, drängte Billi.

»Also …« Vivian kämpfte erneut mit Mohairs Fingerchen, die ihr unbedingt büschelweise Haare ausreißen wollten. »Roman war ganz besessen davon, seinen B-Vater zu finden. B-Vater heißt biologischer Vater.«

»Wissen wir schon, wir sind schon im Bilde.«

»Er hat mir auf der Zugfahrt nach Rom immer wieder versichert, dass es ihm nicht ums Geld geht.«

»Aha. Sondern?«

»Was allerdings merkwürdig ist, denn ich habe beide Tickets und auch das Hotel in Rom bezahlt. Er ist völlig abgebrannt.«

Billi presste die Lippen aufeinander. »Na toll. Und ich habe ihm zwanzigtausend Euro geliehen.«

»Du hast WAS?«

»Als er bei mir wohnte, hat er sich immer so nett um Rikki und Tobi gekümmert und mit ihnen Hausaufgaben gemacht. Dann hat er noch das Boot repariert und den Rasen gemäht. Und mir immer den Müll runtergebracht. Irgendwann habe ich so was Ähnliches gesagt wie: ›Wie kann ich das bloß wiedergutmachen?‹, und da kam er abends in mein Arbeitszimmer und bat mich, ihm kurzfristig zwanzigtausend Euro zu leihen.«

»Ich dachte eigentlich, indem du ihn umsonst bei dir wohnen lässt?«, schaltete ich mich ein.

Wir starrten Billi an. »Und hat er gesagt, wofür er das Geld braucht?«

»Ja. Weil er für die Fitness-DVD-Produktion in Vorleistung gehen muss und Sonja nicht damit belasten will.«

»Aber das kann gar nicht sein!«, rief Sonja völlig aufgeregt. Sie war knallrot geworden. »Um dieselbe Summe hat er MICH schon gebeten!«

»Und du hast sie ihm gegeben?«, fragten Billi, Sonja und ich im Chor.

Sonja nickte.

»Plus meine zehntausend macht fünfzigtausend«, murmelte Vivian. Alle meine Freundinnen hatten die Farbe von Glühwürmchen angenommen.

»Und mich hat er um hunderttausend gebeten«, sagte ich. »Also nicht gebeten, er hat sie quasi eingefordert.«

»Und?«

Ich schüttelte den Kopf. »Keinen Cent.«

»Du hast ihm als Einzige nichts gegeben?«

Ich presste die Lippen zusammen.

»Und da sag noch einer, Blut ist dicker als Wasser!«

»Also erstens HABE ich so viel Geld nicht. Und zweitens hat er mich angeblafft, warum er es brauche, gehe mich nichts an!«

Wir starrten uns eine Weile fassungslos an, und außer Mohairs Gebrabbel hörte man nichts als das Knacken der Heizung.

»Ja, aber was MACHT er denn mit dem vielen Geld?!«

»Vivian! Du kennst ihn doch am besten von uns!«

»Jetzt noch mal der Reihe nach!«

»Nun lasst das Mädel doch mal zu Wort kommen!«

»Was hat er in Rom gemacht? Hat er das Geld in den Tiber geworfen?«

»Er war nachts immer lange unterwegs«, überlegte Vivian laut. »Ich war wahnsinnig müde, ihr wisst ja, wie das ist, wenn man schwanger ist …«

»Ja, ja, wissen wir.«

Zum ersten Mal kam nicht mehr der übliche Seitenhieb: »Außer dir, Carin! Du kannst da ja leider nicht mitreden!«

»Er ist immer gegen Mitternacht noch mal losgegangen. Er meinte, er müsse spazieren gehen und nachdenken …«

»Und das hast du ihm geglaubt?«

»Ja! Ich meine, hallo? Er hat versucht, seinen leiblichen Vater zu kontaktieren. Und der lehnt ihn ab! Da würde ich aber auch Zeit zum Nachdenken brauchen!«

»Und dann hat er ihn gefunden?«

»Er ist Journalist. Er ist nicht auf der Brennsuppe dahergeschwommen.«

»Ja. Wissen wir.«

»Gefunden war er schnell, denn er ist ja ein ganz hohes Tier im Vatikan. Aber empfangen hat er ihn nicht.« Vivian verlagerte ihre Sitzposition und legte Mohair wieder auf die Matte. Diese versuchte jetzt zu krabbeln.

»Da stand er also vor der Schweizergarde und hat sie umkreist wie eine Wespe die Torte. Er hat mir so leidgetan, schließlich konnte ich gut verstehen, dass er seine Wurzeln finden wollte! Er hat wirklich ausgehen wie ein Stück Treibholz.«

Huch! Unsere pragmatische Vivian wurde ja plötzlich ganz poetisch! Ich fasste sie am Arm: »Du liebst ihn, nicht wahr?«

»Klar!« blaffte sie zurück. »Ich meine, mache ich mich sonst für jemanden so zum Affen?«

»Und dass er Frau und drei Kinder hat, stört dich nicht?«

»Glaubt ihr, das macht mich nicht völlig fertig?«, schrie Vivian zurück. Plötzlich hatte sie Tränen in den Augen. »Aber es gibt viele geschiedene Ehemänner, die für ihre Kinder Unterhalt zahlen und noch mal eine neue Familie gründen! Also brecht nicht gleich alle den Stab über ihn.«

»Tun wir doch nicht, Liebes!«

»Beruhige dich doch, Schatz.«

»Er zahlt aber nicht.« Ich schien die Einzige zu sein, die Roman sah, wie er war, und nichts beschönigen wollte. »Er macht sogar Schulden.« Ich zog die Augenbrauen hoch und sah mit zusammengepressten Lippen in die Runde. »Das ist eine Tatsache!«

»Lass sie weitererzählen!«, bat Billi und warf mir einen beschwichtigenden Blick zu. »Wir können das Problem erst lösen, wenn wir es kennen.«

»Roman war so verzweifelt und aufgewühlt!«, fuhr Vivian mit bebender Stimme fort. »Er hat gesagt, ich könne mir gar nicht vorstellen, wie es ist, von seinem eigenen Fleisch und Blut abgelehnt zu werden!«

Vivian wischte sich über die Augen. Ihr Blick traf mich bis ins Mark.

»Also, wenn du mich meinst, Vivian, die Umstände damals …«

»Ach, das spielt doch jetzt gar keine Rolle mehr!«, blaffte sie mich an.

Tja, sie war nun mal leidenschaftlich in ihn verliebt. Ich konnte das gut nachvollziehen. Ich wäre als junge Frau auch in ihn verliebt gewesen. Schließlich war ich ja auch in seinen Vater verliebt gewesen. Bis über beide Ohren! Hinzu kam, dass Roman ein hervorragender Schauspieler war. Er wusste um seine Wirkung. Er machte einen auf »verlorener Sohn« und löste damit Hormonschübe bei sämtlichen Frauen aus. Wenn er mit offenen Karten gespielt hätte, hätte ich alles für ihn getan. Ich hätte sogar mein letztes Hemd für Roman gegeben. Aber seine Lügen hatten mein Herz verhärtet. Selbstschutz?

Was also erwartete Roman von Alessandro Bigotti? Dass er ihn mit ausgebreiteten Armen im wehenden Talar vor dem Petersdom begrüßen würde? Oder eher Geld, dachte ich kühl. Viel Geld. Und während Vivian aufgeregt weitererzählte und ich ihrem hübschen Mund beim Sprechen zusah, kam ich nicht umhin, festzustellen, dass ich mich jedem der Beteiligten näher fühlte als meinem eigenen Sohn. Meinen Freundinnen, Vivian, Silke, den drei Kindern. Ja, sogar Viktor Stiller! Allen, die mein Sohn geschädigt, benutzt und belogen hatte, fühlte ich mich verbundener. Das schockierte mich einerseits, andererseits ließ es mich erschreckend kalt. Wo blieben nur meine Muttergefühle? Man hörte doch immer von Mördern und Verbrechern, deren Mütter sie noch genauso liebten und verteidigten wie früher im Sandkasten. Aber ich hatte diese Gefühle nicht! War das normal? War ich überhaupt eine Mutter? Vielleicht lag es daran, dass ich mir nicht wirklich gestattete, ihn bedingungslos zu lieben?

»Carin? Bist du noch da?«

»Hörst du überhaupt noch zu?«

»Oh, entschuldigt. Ich war nur gerade in Gedanken.«

»Das sieht man. Du starrst Löcher in die Luft!«

»Vivian erzählt uns gerade, wie sie es mit weiblichem Charme geschafft hat, an der Schweizergarde vorbei ins Innere des Vatikans zu gelangen!«

»Und dann stand ich tatsächlich vor ihm! Er ist ein sehr gut aussehender Herr mit grau melierten Haaren, im bodenlangen lila Umhang mit Käppi, und stellt euch vor, er hat wirklich Ähnlichkeit mit Roman!«

»Wie alt?«, fragte Sonja.

»Keine Ahnung. So eine Robe ist ja zeitlos schick ...«

»Sechzig«, sagte ich. Auch hier blieb jedes Gefühl der Rührung, Neugierde oder Überwältigung aus. Ich hörte mir das ganz sachlich an, so als ginge es um einen Wildfremden.

»Und dann hat er Small Talk mit mir gemacht und mich ungefähr eine halbe Stunde rumgeführt. Er ist ein formvollendeter Gentleman, spricht ein süßes Deutsch mit italienischem Akzent. Er hat mir alle möglichen Fresken gezeigt und eine Menge diamantenbesetzter Kreuze, die da rumhängen, aber irgendwann musste er zu seinem Freund Benedikt zum Tee. Er wollte ihn dahingehend beraten, dass er sein Amt niederlegt.«

Vivian grinste und genoss die Wirkung ihrer Worte.

»Cool!«, sagte Sonja beeindruckt.

»Und hat er nach Roman gefragt?«, wollte Billi wissen.

»Nö. Ich hab das Thema ein paarmal angesprochen, aber er hat immer abgeblockt. ›Isch habe gar keine Sohne.‹«

*»Er leugnete aber und sprach: Ich kenne des Menschen nicht!«*, zitierte ich aus der Bibel.

»Aber am Ende hat er gesagt, dass ich Carin Bergmann grüßen soll. Die hätte er vor dreißig Jahren mal flüchtig gekannt.«

*»Maria Magdalena«*, entfuhr es mir. *»Geh hin und sündige fortan nicht mehr.«*

»Und weil er meinte, er wolle dir eine Ansichtskarte schreiben, habe ich ihm deine Adresse gegeben. Maiblümchenweg 17a. Das stimmt doch so, Carin?«

»Ja«, sagte ich matt. »Die Ansichtskarte ist auch schon angekommen.«

»Echt? Was stand denn drauf?«

»Zwei Kerle haben mir ein Messer an die Kehle gehalten.«

»Wie bitte?«

»Was?« Alle Augenpaare ruhten gespannt auf mir. Sogar das von Mohair. Ihr Spuckefaden wurde lang und länger, ihr Gesang bang und bänger.

Ich schilderte den Besuch der Mafia in allen Einzelheiten. Dass ich Rainer heiraten würde, verschwieg ich. Aber zum allerersten Mal in der Geschichte unserer Freundschaft war meine Bombe die größte.

# 21

Ein paar Tage später, ich stand gerade in meiner Bibliothek und scannte unsere neuesten Sachbücher ein, nahm ich plötzlich einen Geruch wahr, der bei mir sofort ein ungutes Kribbeln in der Magengegend auslöste. Es war ein süßlicher Geruch, der hier nicht hergehörte. Erst dachte ich, ein Kind hätte ein Eis oder ein klebriges Sahneteilchen eingeschmuggelt. Mit Adleraugen spähte ich umher, um den Übeltäter zu verwarnen. Aber noch in derselben Sekunde begriff ich: Es war Pfeifentabak. Genau die Sorte, die … Da hatte jemand offensichtlich den gleichen … Das war doch nicht …? Der Mann dort vor dem Aufzug sah aus wie … Mein Magen machte einen nervösen Hopser. Was tat der denn hier? Ich meine … Der konnte sich seine Bücher doch problemlos kaufen?

Herr Viktor Stiller hatte sich höchstpersönlich in die Bibliothek bemüht. Er sah sich suchend um, doch dann hatte er mich entdeckt und lief mit forschen Schritten auf meinen Schreibtisch zu. Ich schluckte. Als sich unsere Blicke trafen, zuckte es unmerklich um seine Mundwinkel. Mein Hirn war plötzlich so leer, dass mir nicht mal eine höfliche Begrüßungsfloskel einfiel. Mit offenem Mund starrte ich ihn an.

»Frau Bergmann.«

»Herr Stiller.«

Wir gaben einander verlegen die Hand, wozu er erst seine feinen Lederhandschuhe ausziehen musste.

»Guter Mann«, sagte ich schließlich um Contenance bemüht. »Was kann ich für Sie tun?«

Er hob erstaunt die Brauen.

Ich schluckte erschrocken über meine eigene Arroganz. Ich war entsetzt, wusste gar nicht, was plötzlich in mich gefahren war. Andererseits … Das war meine Retourkutsche für die »Gute Frau«. Ha! Auge um Auge, Zahn um Zahn.

Er räusperte sich ein wenig verlegen. »Es wäre nett, wenn Sie mich Viktor nennen würden.«

»Ich denke gar nicht daran!«, entgegnete ich so hochnäsig wie möglich. »Neukunden duze ich grundsätzlich nicht.«

»Ich bin nicht als Neukunde hier.« Viktor Stiller sah mich entwaffnend an.

»Sondern?« Ich stemmte die Hände in die Hüften. Das hier war mein Hoheitsgebiet, und das ließ ich ihn spüren. In Wahrheit zitterte ich vor Angst. Vielleicht war es ihm in Hamburg genauso gegangen? Damals in seiner Villa hatte ICH ihn überrumpelt, jetzt spielte er seinen Überraschungsvorteil aus. Das war nur fair. »Was wollen Sie?«, fragte ich eine Spur zu schrill.

Fräulein Dünnbügel tauchte hilfsbereit hinter einem Regal auf und warf mir einen fragenden Blick zu. Ihr grauer Dutt zitterte vor Aufregung. Ich gab ihr unauffällig Entwarnung.

»Ich bin als Vater unseres – äh – Sohnes gekommen.«

»… und des Heiligen Geistes!«, entfuhr es mir.

Er seufzte. »Amen.«

Fräulein Dünnbügel ging mit einem Stapel Bücher, die sie bis unters Kinn aufgetürmt hatte, dicht an uns vorbei. Beim Versuch, unauffällig zu uns hinüberzuschielen, stolperte sie fast über die Sitzgruppe.

Der Mann hatte ja Humor! Ich musste wider Willen lächeln.

»Ich muss mit Ihnen über Roman reden«, sagte Viktor Stiller eindringlich. »Ich habe gehört, was Ihnen widerfahren ist!«

Sein Blick hatte etwas Flehendes, und auf einmal war mir

klar, dass er bei unserem Überraschungsbesuch damals einfach überfordert gewesen war. Deshalb hatte er so auf dem hohen Ross gesessen. Offensichtlich hatte er sich inzwischen davon runterbequemt.

»Wieso? Was ist mir denn widerfahren?«

»Sie sollten die Sache nicht auf die leichte Schulter nehmen.« Viktor Stiller sah mich besorgt an.

So. War die Kunde vom Mafia-Besuch im Maiblümchenweg 17a also schon bis nach Hamburg gelangt?

Mit fester Stimme sagte ich: »Um achtzehn Uhr habe ich hier Schluss. Wenn Sie so lange warten können …«

Währenddessen wurde mir abwechselnd heiß und kalt. Ich KONNTE ja gar nicht! Ich war ja verabredet! Um achtzehn Uhr wartete doch Rainer auf mich! Wir wollten doch heute über unsere Heirat sprechen! Nachdem ich ihn an dem Abend, an dem es zu dieser heftigen Knutscherei gekommen war, versetzt hatte, war er sehr verletzt gewesen. Weitere grüne Briefe hatten das bezeugt. Ich hatte versucht, ihm zu erklären, dass Mutter in dieser Nacht gar nicht zur Ruhe gekommen sei, und er hatte mich an mein Eheversprechen erinnert. Schließlich hatte ich ihn auf heute Abend vertröstet. Billi, meine heißgeliebte Freundin, wollte solange auf Mutter aufpassen. Letztere fühlte sich in letzter Zeit gar nicht wohl, aber es war ihr unendlich wichtig, dass Rainer und ich heute Abend zusammen Verlobung feierten. All das wollte ich gerade dem Reeder erklären, doch der hatte sich bereits zum Gehen gewandt. Herr Stiller hob grüßend die Hand und eilte mit wehendem Mantel zum Ausgang. Ich holte tief Luft und starrte ihm nach.

Hallo, Sie! Ich kann doch nicht! Ich muss jemanden heiraten! Ich meine, wenigstens verloben! Um achtzehn Uhr werde ich abgeholt!, arbeitete es in mir. Doch laut sagte ich: »Könnten Sie bitte ein andermal …« Die Luft entwich meiner Lunge wie einem Luftballon. »… wiederkommen.«

Weg war er. Ich konnte es nicht fassen. Viktor Stiller, der milliardenschwere Reeder, hatte sich in meine bescheidene Kleinstadtbibliothek nach Butterblum bemüht! War er gerade zufällig auf der Durchreise? Wollte er in seine südfranzösische Villa? Oder war er möglicherweise … Ich meine, war ich das ZIEL seiner Reise? Hatte er ein ernsthaftes Interesse an einem Meinungsaustausch über unseren gemeinsamen – Sohn? O Gott! Wenn man es recht bedachte, waren wir jetzt seine Eltern. Und wir hatten ein echtes Sorgenkind. Das war die schlechte Nachricht. Die gute war: Ich würde heute Abend NICHT mit Rainer übers Heiraten sprechen.

Mein Herz machte wieder ein paar nervöse Hopser. Der Reeder sah ja leider wahnsinnig gut aus! Hastig suchte ich die Damentoilette auf und sah entsetzt in den Spiegel. Warum hatte ich ausgerechnet heute dieses graue, nichtssagende, wadenlange – Ding an? Und die absatzlosen Allwetterstiefel? Dieses peinliche Rollkragen-rühr-mich-nicht-an-Ensemble aus Jersey, das ich immer trug, wenn ich mit Rainer übers Heiraten reden musste?

Nein, Quatsch! Heute Morgen war es herbstlich windig gewesen. Deshalb. Und diese Unfrisur, Marke »Ich bin sowieso niemand zum Heiraten«? Meine Güte, konnte ich nicht EINMAL auf alles gefasst sein wie andere Frauen auch? Und geschminkt war ich so was von gar nicht! Hätte er sich nicht telefonisch anmelden können? Dann hätte ich noch einen Friseurtermin gemacht und meine Modeberaterin gefragt! Ratlos drehte ich mich um meine eigene Achse. So konnte ich doch unmöglich mit diesem distinguierten Herrn über unseren Sohn sprechen!

Ich meine, für Rainer hätte es gereicht, aber für Viktor Stiller … Ich warf meinem Spiegelbild einen letzten, bedauernden Blick zu und eilte wieder in den vollen Bibliothekssaal. Heute war Freitag, da wollten noch viele vor dem Wochenende Bücher ausleihen.

»Moment, Sie sind sofort dran.«

Modeberaterin. Genau. Wozu hat man Freundinnen? Sofort

rief ich Sonja an, während ich den Kunden, die bei mir anstanden, Bücher abstempelte und ihre Ausweise nur zum Schein kontrollierte. Stempel drauf, patsch! Der Nächste bitte!

»Er ist da!«, flüsterte ich in den Hörer.

»Wer?«

»Der König der Löwen!« Ich versuchte, cool zu klingen, aber was herauskam, war nur ein aufgeregtes Gestammel.

»Der Großwildjäger aus Hamburg?«

»Hast du ein paar Klamotten für mich?«

Die Kunden staunten nicht schlecht, weil ich ihnen die Bücher eher achtlos hinwarf und mich gar nicht um das Rückgabedatum kümmerte. Außerdem waren sie es nicht von mir gewohnt, dass ich dabei Privatgespräche führte, und dann auch noch welche von so profaner Natur!

Sonja war innerhalb von einer Viertelstunde da. Ich erkannte sie kaum! Ihre Haarverlängerungen waren – ähm – ab. Sie trug einen sehr gewagten Kurzhaarschnitt, Farbe Silberweiß mit ein paar lila Strähnchen darin. Es sah – apart aus.

»Da staunst du, was? Aber jetzt, wo ich bald Großmutter werde …«

Ein Louis-Vuitton-Köfferchen schwenkend, stolzierte sie auf hochhackigen Schuhen und in einer engen Lederhose mit Nietengürtel durch meine heiligen Hallen, zerrte mich in die Damentoilette und zauberte einige Outfits hervor.

»Er sitzt unten im Auto«, berichtete sie, Haarklammern und Toupierkamm bereits im Mund.

»Wer?« Ich fürchtete schon, sie meinte Rainer.

»In einem riesigen Oldtimer!«

Fräulein Dünnbügel in der mittleren Kabine entfuhr ein Geräusch. Oh. Wir waren nicht allein.

»Und was WILL er von dir?« Sonja tupfte mir Rouge auf die blassen Wangen und zerrte ein Kleid mit Tigermuster hervor. »Hier! Das passt dir. Hauteng.«

»Hallo? Ich will ihn nicht anmachen, ich will mit ihm über UNSEREN SOHN sprechen.«

»UND über den Vater MEINES Enkelkinds!« Sonja begann hektisch, mir die platt gedrückten Haare aufzutoupieren. »Da muss ja noch einiges geklärt werden, alimentetechnisch. Hier, halt mal!«

Artig hielt ich Föhn, Heißwickler, Haarspray, Haarschaum und andere Utensilien, bis sie mir wegen Überforderung ins Waschbecken fielen.

»Den kannst du ruhig zur Kasse bitten!« Sonja toupierte mit einer Wut, die nicht angenehm war. »Am besten, ich komme gleich mit!«

»Nein, nein, Sonja, ich glaube, das erledige ich besser alleine …«

Frau Dünnbügel entriegelte sich. »Oh! Gehen Sie auf eine Party?«

»Nein, nein, ich treffe nur …«

»Einen milliardenschweren Reeder!«, verkündete Sonja triumphierend. »Da heißt es: nicht kleckern, sondern klotzen!«

»Tatsächlich?«, entfuhr es Frau Dünnbügel, die am Fenster stand. Sie reckte den Hals. »Vielleicht sollte ich kurz erwähnen, dass der Herr, der Ihre Mutter immer im Rollstuhl schiebt, soeben mit seinem Elektrofahrrad auf den Parkplatz gefahren kommt.«

Von der Kirchturmuhr her läutete es sechs. Frau Dünnbügels Hals wurde lang und länger. »Er hat einen Strauß roter Rosen auf dem Gepäckträger!«

Ich hätte vor Scham im Boden versinken können. Das war zu viel für mich, das überforderte meine weibliche Fähigkeit zum Multitasking. Was, wenn die beiden Herren auf dem Parkplatz miteinander ins Gespräch kamen?

»Sonja … Ich flehe dich an …«

»Woher weiß er, dass ich hier bin?« Sonja klatschte verzückt in die Hände, sah kritisch in den Spiegel, zupfte ihre silberweißen Federchen in Form und zog sich schnell die Lippen nach. »Er muss mir nachgefahren sein. Ich sage dir, der Rainer! Der weiß genau, was er will!«

Ich musste mich zwingen, ernst zu bleiben.

»Ja, den Eindruck habe ich auch. Was will er denn?«

»Bei unserer letzten Pilatesstunde …« Sie pikte mir Haarklammern in den Hinterkopf. »Da haben wir uns so angesehen, und da hat es zwischen uns …«

Ich wirbelte herum. »Sag nicht, du hast …«

»Nicht bewegen!«

Autsch, die Haarklammern!

»Also, der Mann ist ja so sensibel und liebeshungrig …«

»Sonja, ich glaube …« Ich bemühte mich um einen möglichst ruhigen Ton.

Doch sie ließ mich gar nicht zu Wort kommen. »Sein letztes Gedicht ist ja so süß …« Sie reichte mir mit der einen Hand einen grün beschriebenen Zettel, während sie mit der anderen versuchte, meine mühsam errichtete Haarpracht zu retten: »Lies mal, ich kann jetzt nicht!«

*»Liebe,*
*süßer als süß,*
*bitterer als bitter,*
*aber*
*immer mit*
*Nachgeschmack«,*

deklamierte ich mit bebender Stimme.

Frau Dünnbügel nickte beeindruckt.

»Nachgeschmack«, ließ Sonja sich das Wort auf der Zunge zergehen.

»Du könntest mit ihm essen gehen!«, entfuhr es mir.

»Genau das habe ich vor.« Sonja fuchtelte mit der Hand. »Reich mir mal die Puderquaste!«

»Das würdest du für mich tun?«

»Wieso denn für dich? Ich tue das für mich! Jawohl, heute ist er reif!« Sonja tupfte erst mir und dann sich Glitter in den Ausschnitt. »Der Mann muss einfach wachgeküsst werden!«

Ich nahm ihre Hand. »Übertreib es nicht, er steht gar nicht so auf …«

»Oh, hast du eine Ahnung! Wie der mich immer anstarrt!«

»Äh, Sonja? Bitte sprich ihn nicht auf die Gedichte an. Sei ganz … natürlich!«

»Nein? Aber die sind doch so süüüß! Wer kann denn heute noch … Ich meine, mit der Hand …«

Sie zeigte Frau Dünnbügel stolz den Brief, und diese las ihn noch mal mit Lesebrille vor.

»Ja«, sagte Frau Dünnbügel mit feuchten Augen, während sie ihre Hände unter den Händetrockner hielt. »Wer kann das heute noch.«

»Eben!«, sagte ich schnell. Meine Hände waren so klamm und feucht, dass ich sie auch unter den Händetrockner halten wollte. »Männer, die Gedichte schreiben, wollen nicht, dass ihre Ergüsse breitgetreten werden!«

Frau Dünnbügel nickte. »Sonst würden sie ja reden und nicht schreiben.« Sie schaute wieder aus dem Fenster und seufzte. »Stille Wasser sind tief …«

Während ich noch überlegte, wie ich das je wieder in Ordnung bringen konnte, riss Sonja den Zettel wieder an sich und stopfte ihn in ihre Handtasche.

»Okay.« Meine Freundin nickte wissend. »Dann lassen wir die ganze Wortakrobatik eben einfach so im Raum stehen und schauen uns nur in die Augen.«

»Ja. Bloß kein überflüssiges Wort.«

»Oh, wie romantisch!« Frau Dünnbügel schlug die Hände zusammen.

»Genau. Nicht alles gleich mit dem Brecheisen kaputtmachen. Lass die Sache ganz behutsam … wachsen.« O Gott, das war mir jetzt einfach so herausgerutscht. Ich war eine miese Kupplerin.

»Du meinst, ich rede zu viel?«

»Aber nein, Sonja! Wie kommst du denn darauf?« Ich sah das erregte Leuchten in ihren Augen und schämte mich. Aber was mich am meisten wunderte: Stand Sonja tatsächlich auf Rainer? War sie blind oder nur bedürftig? Was bezweckte sie?

Das Gleiche schien sie mich fragen zu wollen.

»Du verarschst mich doch jetzt nicht?« Sie verstummte.

»Niemals!« Ich versuchte, entspannt zu lächeln und mich auf mein eigenes Date zu konzentrieren. Viktor war schon ein anderes Kaliber als Rainer! O Gott, mein Mund wurde plötzlich ganz trocken. Das würde nicht gut gehen, niemals ginge das gut!

Ich zupfte nervös am Saum des Tigerkleids. »Ist das nicht ein bisschen kurz?«

»Nein! Bei deinen Beinen! Ich sag doch: nicht kleckern, sondern klotzen!«

»Und du, Sonja: ausnahmsweise mal nicht klotzen, sondern kleckern!« Ich legte meinen Arm auf ihren.

»Beim Essen?«

»Nein. Das macht schon Rainer.« Wir kicherten.

»Ich finde ihn ja irgendwie süß …«, sagte Sonja lachend. »So tollpatschig und hilflos! Aber wie gesagt: Stell dir den mal mit einer anderen Frisur und coolen Klamotten vor!«

Nein, das wollte mir einfach nicht gelingen. Rainer war Rainer. Ich starrte sie an. Wäre es heilsam für ihre Seele, wenn sie ihn umformen könnte? Als eine Art seelische Domina? Wenn sie ihm sagte, dass er ein Trampel sei – würde es ihr dann besser gehen?

Sonja klemmte mir ein paar riesige Bammelohrringe ans Ohrläppchen:

»Wie der sich Mühe gibt! Der strampelt sich ab, nur um in meiner Nähe zu sein, und keucht und schwitzt und strengt sich wahnsinnig an, mich zum Lachen zu bringen ...«

»Du findest ihn komisch?«

»Ja, er ist zum Totlachen!«

»Wer kann das heute noch«, sagte Frau Dünnbügel gerührt. Sie riss ein Papiertuch aus dem Spender und schnäuzte sich hinein.

Zuletzt sprühte Sonja mir noch ordentlich Parfüm um die Ohren und sich bei der Gelegenheit in den Busenritz. »Wollen Sie auch?«, fragte sie Frau Dünnbügel, aber die schüttelte nur den Kopf.

»Nein, ich habe ja heute nichts mehr vor ...« (Die hatte wahrscheinlich nie mehr was vor.)

Ich drückte Sonja einen Kuss auf die Wange. »Danke, Sonja.«

»Wofür?«

Dass du mir Rainer abnimmst, konnte ich ja schlecht sagen. »Für alles.«

»Quatsch, ich habe dir zu danken!« Sonja warf ihre Schminkutensilien zurück in den Koffer. »Oder wer hat mir Rainer als Kunden gebracht?«

Frau Dünnbügel sah zwischen uns hin und her.

Schon wollte ich davonstürmen. »Frau Dünnbügel, schließen Sie dann ab?«

»Halt!«, rief Sonja und hielt mehrere Paar Schuhe hoch. »Rote Stiefeletten, Krokoleder mit Plateau oder schwarzer Lack? Und hier wäre jeweils die passende Handtasche dazu!«

# 22

Rainer! Aber das wäre doch nicht nötig gewesen!« Sonja stöckelte strahlend auf Rainer zu und breitete die Arme aus. Ich sah die Duftwolke förmlich vor mir, die sie auf dem regnerischen Parkplatz verströmte. Rainer hatte soeben seine Rosen vom Gepäckträger gepflückt und starrte sie verdutzt an. Verlegen schielte er zum Fenster empor, wo ich mich unauffällig hinter dem Vorhang versteckt hatte. Schnell verdrückte ich mich. Meine Halsschlagader pulsierte heftig. Verzweifelt versuchte ich, meine Nervosität wegzuatmen. Phhhh, ich bin ganz ruhig, ich habe die Situation voll im Griff … Komisch. Von so einer Situation hatte ich eigentlich mein Leben lang geträumt. Ich meine, dass gleich zwei Männer auf mich warteten! (Von denen ich ja einem bereits das Eheversprechen gegeben hatte.)

»Jetzt macht schon!«, sagte ich nervös, nachdem ich noch einmal nach draußen gespäht hatte. Am Ende des Parkplatzes stand der Oldtimer meines Kindsvaters, welcher im Kamelhaarmantel bei offener Türe darin saß und Pfeife rauchte. Vanillige Wölkchen zogen über den Herbsthimmel.

Am anderen Ende des Parkplatzes riss Sonja Rainer die Rosen aus der Hand und drückte sie an sich. Ich sah, wie Rainer den Mund auf- und wieder zumachte. Er hatte Ähnlichkeit mit einem Teichkarpfen. Sonja hakte sich bei ihm unter und zog den armen Kerl, der gar nicht wusste, wie ihm geschah, und sich noch mehrmals zu meinem Fenster umsah, zu ihrem schicken

Porsche, schubste ihn hinein und raste dann mit heulendem Motor und quietschenden Reifen davon.

»Puh.« Ich wischte mir den Angstschweiß von der Stirn. »Das ist ja noch mal gut gegangen.«

»Wie sehe ich aus?«, fragte ich Frau Dünnbügel, die mit mir hinterm Vorhang stand.

Sie küsste ihre Fingerspitzen und sagte: »Hammer!«

Das war eine ungewohnte Wortwahl von ihr. Sonja musste auf sie abgefärbt haben.

Auf den knallroten Stiefeletten mit den ungewohnt hohen Absätzen stolperte ich die Treppe hinunter, schlüpfte noch schnell in meinen Mantel und erreichte um zehn nach sechs halbwegs würdevoll Viktor Stillers Auto. (Also, Auto ist jetzt der falsche Begriff. Luxuskarosse. Wenn ich die Marke wüsste, würde ich sie erwähnen.)

»Da wäre ich! Hat ein bisschen länger gedauert …«

Er sprang sofort heraus und knallte die Hacken zusammen.

»Oh«, entfuhr es ihm. Um seine Mundwinkel zuckte es. »Sie sehen – anders aus.« Er sah mich auf eine Art an, dass mir der Schweiß ausbrach. O Gott. Er hatte meine lächerliche Verkleidung bemerkt!

»Das ist mein normales Outfit«, log ich und winkte bescheiden ab. »Aber im Dienst, wissen Sie … Da habe ich es lieber bequem.« Ich ließ mich auf den Lederschalensitz fallen und versuchte, mich anzugurten. Wie ging das noch mal bei so einem Oldtimer?! Gespielt beiläufig zerrte ich an dem Ding herum.

»Darf ich?«

Er beugte sich über mich und half mir, den störrischen Gurt über mich zu legen. Ich zupfte das Getigerte in Richtung Knie. Die darauffolgende Stille wollte gar kein Ende mehr nehmen. Ich versuchte, mich aufs Atmen zu konzentrieren.

Endlich. Klick!

»Ähm. Ist was?« Wahrscheinlich roch ich wie eine ganze Douglas-Filiale. »Warum fahren Sie nicht los?«

»Ich würde ja gern, weiß aber nicht, wohin ich fahren soll!«

»Ach so. Ja. Natürlich.« Ich sah ihn von der Seite an. »Sie möchten reden.«

Er nickte. »Ja.«

»Möchten Sie dabei sitzen, stehen oder gehen?«

»Am See entlang?«, fragte er erwartungsvoll.

»Wir können auch die Schnellstraße entlanggehen«, erwiderte ich eine Spur zu spöttisch.

»Sie ahnen ja nicht, wie es mich nach Bewegung dürstet«, sagte Viktor Stiller. »Nach der langen Autofahrt!«

Ich jubelte innerlich. Er war also tatsächlich meinetwegen gekommen. Und er ging gern spazieren. Und so kam es, dass wir zehn Minuten später genau jenen Weg nahmen, auf dem ich sonst immer mit Rainer Mutter im Rollstuhl schob. Leider hatte ich vergessen, dass ich inzwischen nicht mehr die praktischen Allwettertreter trug, sondern Sonjas hochhackiges knallrotes Schuhwerk. Verdammt! Das war die Strafe für meinen Hochmut! Mit zusammengebissenen Zähnen trippelte ich tapfer neben ihm her. Es dämmerte bereits, und dunkle Wolken ballten sich über den Bergketten am Horizont. Eigentlich liebte ich es, bei dieser Herbststimmung draußen zu sein: Flauschiger Mantel, Kapuze, dicke Stiefel, Handschuhe. Würzig-frische Luft, weit ausholende Schritte, die Körper und Seele erwärmen, klare Gedanken. Doch jetzt dachte ich nur an meine künstlich aufgebauschte Frisur, die quälenden Stiefeletten und Bammelohrringe, die bei jedem Schritt leise klirrten. Warum hatte ich mich nur so dämlich verkleidet? Warum war ich nicht einfach ich?

Sprühregen, nasskalter Wind. Automatisch vergrub ich die Hände in den Manteltaschen, so wie ich es immer in Rainers Beisein tat. Bis mir plötzlich bewusst wurde, dass dieser Mann nie im Leben auf die Idee kommen würde, meine Hand zu nehmen. Der hatte gar kein Interesse daran!

»Also«, sagte ich und machte ein paar schmerzhafte Trippelschritte, um nicht zurückzufallen. »Sie wollten über Roman reden.«

»Ich muss mich erst mal für mein Verhalten von neulich entschuldigen. Silke hat mir inzwischen erzählt, was für eine patente, nette Frau Sie sind.«

Patent. Nett. Waren das nicht Adjektive, mit denen ich sonst immer Rainer bedachte? Nett ist die kleine Schwester von Scheiße, hätte ich am liebsten laut gesagt. Ich zuckte die Achseln. »Silke ist eine bezaubernde junge Frau.«

»Ja, sie mag Sie sehr.«

»Ich sie auch.«

»Ich sie auch.«

Etwas an seinem durchdringenden Blick bescherte mir weiche Knie. War das »sie« jetzt groß oder klein gemeint?

»Silke war ein Riesenglückstreffer für Roman«, ließ sich Viktor schließlich vernehmen. »Ein Anker, der ihm Halt gegeben hat.«

Ich riskierte einen Blick auf den großen, grauhaarigen Mann, der da im Kamelhaarmantel neben mir herlief. »Das haben Sie ja auch getan«, sagte ich schließlich. »Sie und Ihre Frau.« Das kostete mich einige Überwindung.

»Er hat verdammt viel Glück im Leben gehabt«, räumte Viktor Stiller ein. »Und trotzdem ist kein glücklicher Mensch aus ihm geworden.«

Fragend sah ich ihn an. »Und wie kommt das? Wo er doch alles hatte?«

Viktor schritt eine Weile schweigend neben mir her, sein Atem bildete weiße Wölkchen vor seinem Mund.

»Er hat es Ihnen offenbar nicht gesagt?«

»Was gesagt?« Ich versuchte, die quälenden Stiche in meinen

Füßen zu ignorieren. Bei jedem Schritt stieß ich mir schmerzhaft die Zehen.

»Womit fange ich bloß an?« Viktor Stiller schaute ratlos zum bedeckten Himmel empor, als könnte von dort oben ein Stichwort kommen. »Ich will den Jungen nicht verpetzen, schon gar nicht bei seiner Mutter. Aber nachdem Sie schon so tief mit drinhängen und sogar Besuch von der Mafia bekommen haben …«

»Ja?« Wie betäubt starrte ich ihn an. Was wusste er von diesen Kerlen, die mich bedroht hatten?

»Roman versucht verzweifelt, neue Geldquellen aufzutun«, sagte er schließlich. »Nachdem er bei Ihnen nicht fündig geworden ist, hat er es bei seinem biologischen Vater versucht. Aber der Schuss ging wohl gründlich daneben. Tut mir wahnsinnig leid für Sie. Ich hätte Sie vorwarnen sollen.«

»Aber wieso … Ich meine, Sie haben ihn doch wirklich nicht kurzgehalten«, stammelte ich ratlos. »Er hat regelrecht davon geschwärmt, wie behütet er aufgewachsen ist und wie großzügig seine Eltern waren.«

»Ja, das waren wir.« Viktor Stiller stiefelte immer energischer geradeaus. »Wahrscheinlich war das ein Fehler.«

»Aber wie kommt er nur auf die Idee, bei einer Frau wie mir mit einer kleinen Dreizimmerwohnung Geld zu vermuten, wo er doch in einer solchen Luxusvilla …« Ich biss mir auf die Lippen. Nicht, dass er noch auf die Idee kam, ich litte unter Sozialneid.

»Roman ist ein Spieler«, sagte Viktor schließlich. »Ein süchtiger, abhängiger Spieler.«

Ich versuchte, den Sinn dieser Worte zu begreifen.

»Spielt er – Karten?«

Ein leises, trauriges Lachen entfuhr dem Reeder. »Das wäre die harmlosere Variante! Nein, er kann locker an einem einzigen Nachmittag fünfzigtausend Euro verspielen.«

Wie angewurzelt blieb ich stehen. »Das … Das kann ich nicht glauben!«

Viktor legte kurz seine behandschuhte Hand auf meinen Arm. »Der Junge hat in seinem Leben bestimmt schon eine Million Euro verspielt.«

Ich schnappte nach Luft wie ein Fisch auf dem Trockenen. »Aber – warum denn?« Eine Million Euro! Das war eine unvorstellbare Summe, die die meisten Menschen nie im Leben zu sehen bekommen! Wie konnte man nur so viel Geld – wegwerfen?

»Um Ihnen das zu erklären, liebe Carin …« Er räusperte sich. »… bin ich jetzt hier.«

Und dann erzählte er mir die bittere Wahrheit.

Als Roman vierzehn war, machte er zum ersten Mal eine Weltreise auf einem der Schiffe seines Vaters. Natürlich langweilte er sich, besonders an Seetagen. Zwischen Europa und Amerika lagen beispielsweise fünf Seetage, und zwischen Los Angeles und Hawaii ebenfalls. (Sollte ich ihm mal sagen, wie viele Seetage wir hier in Butterblum hatten? Dreihundertfünfundsechzig im Jahr!) Seine Mutter versuchte zwar, ihn mit Lernstoff zu beschäftigen, aber irgendwann streunte der aufgeweckte Bursche allein durchs Schiff. Bis er im bordeigenen Spielcasino landete. Und da er über reichlich Taschengeld verfügte, vergnügte er sich stundenlang allein an den Einarmigen Banditen. Darüber vergaß er die Langeweile.

Natürlich hatte die Casinoaufsicht ein Auge auf ihn geworfen. Ein Filipino, der genau wusste, dass Roman der Sohn des Eigners war, fragte mehrmals vorsichtig nach, ob das denn im Sinne der Eltern sei. Aber Roman wickelte den Mann charmant um den Finger, denn dafür hatte er seit jeher ein Talent. Seine Mutter habe Migräne und benötige die Kabine für sich allein. Sie sei absolut einverstanden mit diesem Zeitvertreib, solange er sie nicht störe. Und so trieb sich Roman immer öfter im Casino herum, manchmal nur, um mit den Croupiers zu plaudern, aber immer öfter auch, um sein Taschengeld zu verspielen. Natürlich hatte der Junge Anfängerglück. Die Einarmigen Banditen spuckten unter lautem Klingeln und Scheppern über fünfzig Dollar aus, die der strahlende Junge unter dem Applaus und Gejubel der Anwesenden in Empfang nahm. Wenn er mal kein Glück hatte, steckten ihm die gelangweilten Amerikanerinnen Geld zu oder ließen ihn gleich für sich spielen.

»*What a gorgeous boy!*«

»*Such a handsome young man!*«

Er war das Maskottchen der einsamen Herzen, und schon bald war das Spielcasino sein zweites Zuhause. Er stand im Mittelpunkt. Und er genoss es.

»Haben Sie schon mal so ein Spielcasino gesehen?«, fragte Viktor Stiller.

»Na ja, nicht bewusst! Im Film vielleicht!«

»An den Einarmigen Banditen sitzen schon tagsüber gelangweilte Ladys und Gentlemen. Alle haben einen Riesenpappbecher mit Münzen auf dem Schoß, mit denen sie die Automaten füttern wie Rentner die Enten.«

Wie betäubt starrte ich mein Gegenüber an. Mein Sohn war spielsüchtig! Und suchte jetzt verzweifelt einen Ausweg aus dem Labyrinth seiner Sucht.

Viktor Stiller sprach weiter. Er erzählte, dass sich Romans schulische Leistungen nach dieser Weltreise extrem verschlechterten. Er blieb zweimal sitzen und musste die Schule wechseln. Statt zum Unterricht ging der inzwischen Fünfzehnjährige in Hamburgs Spielhöllen an der Reeperbahn und am Hauptbahnhof. Jeden Vormittag trieb er sich dort herum. Zwischendurch gewann er riesige Beträge, doch anstatt seine Schulden abzuzahlen, trug er das Geld erneut in die Automatenhallen. Er kam nicht mehr aus diesem Teufelskreis heraus! Wenn seine Mutter ihn bat, im Supermarkt einzukaufen, konnte sie gut und gern den ganzen Tag auf ihn warten, bis er schließlich ohne Einkäufe und ohne Geld wieder nach Hause kam. Er tischte seinen Eltern dann alle möglichen Geschichten auf: von Taschendieben, verpassten U-Bahnen, weshalb er ein teures Taxi habe nehmen müssen, von armen Bettlern, denen er spontan geholfen habe. Von üblen Machenschaften, in die er völlig unverschuldet hineingeraten sei. Von armen Kumpels, denen er doch nur aus der Patsche geholfen habe. Die kannten ihn und seine rege Fantasie, und irgendwann merkten sie, dass er log.

Ihr schlechtes Gewissen ihm gegenüber war riesengroß. Schließlich hatten sie ihn ein Leben lang über seine Herkunft belogen. Sie gingen mit ihm zu Psychologen und Suchttherapeuten, aber nichts half. Kaum hatte er zehn Euro in der Hand, trug er sie wieder in die Daddelhalle. So ging das jahrelang, und Viktor und seine Frau waren mehrmals genötigt, ihm fünfstellige Beträge zur Verfügung zu stellen, um ihn aus heiklen Situationen »rauszupauken«. (Aha. Jetzt verstand ich!)

Schließlich schaffte er mit Ach und Krach auf einem teuren Privatgymnasium das Abitur. Indem er eine chronische Asthmaerkrankung vortäuschte, gelang es ihm, sich vor Wehr- und Ersatzdienst zu drücken. Während des Studiums traf er Silke, die er mit seinem Charme bezirzte. Es zog ihn, den Rastlosen, zu ihr, der Bodenständigen, die in sich ruhte, gut zuhören und auf Menschen eingehen konnte.

Silke war von Berufs wegen auf Problemfälle spezialisiert. Als Sozialpädagogin hatte sie ein Herz für Schwache, Bedürftige und Gestrandete. Ihrem Helfersyndrom hatte sie es letztlich zu verdanken, dass sie zu seiner Frau wurde. Sie war sich ganz sicher, dem instabilen Roman Halt geben zu können. Und tatsächlich, Roman schien sich zu fangen. Die beiden gründeten eine Familie, und Roman machte Karriere. Bis zu dem Tag, an dem er das Tagebuch seiner Mutter fand. Da begann alles wieder von vorn. Wenn er nachts nicht nach Hause kam, erzählte er Silke was von Konferenzen, Sitzungen und endlosen Meetings im Verlag. Er konnte den Inhalt dieser Sitzungen minutiös wiedergeben, imitierte Kollegen und Vorgesetzte. Silke wollte ihm glauben. Sie sah das Gute in ihm. Bis sie sich der Realität stellen musste. Sie schleppte ihren Mann zu Sucht-Selbsthilfegruppen und drückte ihm die abgezählten Münzen für die S-Bahn und das Mittagessen in die Hand. Und er fühlte sich wie ein Schuljunge. Gedemütigt, entmündigt. Er konnte nicht anders, er musste spielen! Erst wenn er das Klingeln seiner Automaten hörte, konnte er sich entspannen. Erst in der finsteren Atmosphäre der Daddelhallen, in Gesellschaft seiner Schicksalsgenossen, fühlte er sich geborgen. Verstanden. Akzeptiert. Bewundert sogar.

Es dauerte nicht lange, und er bestahl seinen Vater. Dann verspielte er Silkes gesamte Ersparnisse. Sosehr er es auch anschließend bereute – jetzt konnte ihm auch die geduldige Silke nicht mehr helfen. Sie wollte auch nicht mehr. Inzwischen war sie mit dem dritten Kind schwanger. Sie wandte sich an Viktor, und der frisch verwitwete Schwiegervater sicherte ihr und den Kindern finanzielle Unterstützung zu. Auf diese Weise konnte sie das kleine rot geklinkerte Reihenhaus behalten und musste erst mal nicht arbeiten gehen. Wie hätte sie das auch bewerkstelligen sollen, als alleinerziehende Mutter dreier Kleinkinder?

Roman hingegen wurde von Viktor rechtskräftig enterbt, was zu nichts führte außer zu weiteren Diebstählen seinerseits.

Silke hatte die Schlösser ausgetauscht und Romans Koffer vor die Tür gestellt.

In Abwesenheit seines Vaters Viktor brach er daraufhin ins elterliche Haus ein und verscherbelte alles, was nicht niet- und nagelfest war, einschließlich des Schmucks seiner Mutter und der Uhrensammlung seines Vaters.

Zur Rede gestellt, beteuerte er, dass es sich um einen Einbruch gehandelt haben müsse. Er erfand Geschichten von einem herumstreunenden Einbrecher, den er selbst beobachtet haben wollte.

Für Vater Viktor brach eine Welt zusammen. Äußerlich blieb er um Fassung bemüht. So hatte ich ihn kennengelernt und ihn für arrogant und unnahbar gehalten.

Die Polizei wurde eingeschaltet, Detektive, die Roman rund um die Uhr bewachten. So konnte man Roman schließlich nachweisen, dass er nicht davor zurückgeschreckt war, seinen frisch verwitweten Vater zu bestehlen. Das war der absolute Tiefpunkt. Die Stunde null. Und auch der Zeitpunkt, zu dem Roman in mein Leben trat.

In dieser Situation hatte er mich angerufen. In höchster Not, verstoßen von seiner Frau und seinem Vater, ohne Arbeit und Wohnung hatte er mich vom Büro seiner früheren Sekretärin Sabine Stöcker aus angerufen. Jetzt wusste ich auch, warum er sogar bei Rainer um Rückruf gebeten hatte! Das Wasser stand ihm bis zum Hals! Mir blieb das Herz stehen. Ist es nicht so, dass man in höchster Not nach seiner Mutter ruft? Hört man solche Sachen nicht sogar von Soldaten im Krieg?

Ich erinnerte mich noch gut an den Moment, an dem Oliver wieder in mein Leben getreten war! An den Samstag im Juli, als die Amseln sangen und Mutter vom Badezimmerhocker gefallen war! Daran, wie er erst endlos von sich erzählt hatte, ohne nach mir zu fragen. Logisch. Er wollte damals ein positives Bild von sich zeichnen, Vertrauen aufbauen. Wie seriös er sich schilderte! Wie erfolgreich und souverän! Mit welchem Herzklopfen ich mich auf unser Kennenlernen gefreut und wie ich ihn dann plötzlich weggedrückt hatte! War es nicht fast schon verständlich, dass er sich in seiner Verzweiflung von seiner alten Identität verabschiedet hatte, um sich mir als Fitnesstrainer Manni unerkannt zu nähern? Er wollte erst mal abklären, ob ich eine verlässliche Geldquelle war. Um dann in Sonja eine zu finden. Das Fitnesscenter! Wie er an ihre Eitelkeit appelliert hatte, um angeblich Geld für diese Fitness-DVD aufzutreiben! Er sah sich möglicherweise bereits als Firmenpartner! Sogar Vivian hatte er mit hineingezogen.

Mein Magen zog sich schmerzhaft zusammen. In was für ein Drama hatte ICH meine Freundinnen mit hineingezogen!

Aber nun war Viktor da. Und plötzlich fühlte ich mich mit der Verantwortung nicht mehr so allein. Wir standen auf diesem dunklen, schmalen Seeweg und schauten uns an.

Viktor nahm seinen Hut ab und raufte sich die Haare. »Alles habe ich falsch gemacht«, sagte er mit bebender Stimme. Der Regen war jetzt stärker, aus dem Nieseln war ein Prasseln geworden. »Ich hätte meinen eigenen Sohn anzeigen und hinter Gitter bringen müssen«, stieß er hervor. »Aber das habe ich nicht übers Herz gebracht.«

Zutiefst beschämt stellte ich fest, dass mir die Tränen übers Gesicht liefen. Frisur und Make-up waren längst dahin.

»Das habe ich ja alles nicht gewusst!«, stammelte ich. Auf einmal fühlte ich mich unglaublich zu diesem Mann hingezogen. Er hatte mein Kind aufgezogen! Was hatte er alles für Oliver auf sich genommen! Und wie sehr hatte mein Kind ihn enttäuscht!

Ich schämte mich. Für mein Kind und für mich selbst.

Der zurückhaltende Reeder, den ich für arrogant und unnahbar gehalten hatte, war in Wahrheit ein verletzlicher, verletzter Mann, den ich am liebsten sofort umarmt hätte! Aber ich traute mich nicht. Ich zog die Nase hoch und suchte nach einem Taschentuch.

»Nein«, sagte Viktor blinzelnd. »Wir alle haben vieles nicht gewusst.« Aus seinem verzweifelten Gesichtsausdruck wurde der Versuch eines Lächelns. »Aber Sie sind ja total durchnässt!«

»Und sehe wahrscheinlich aus wie eine Vogelscheuche.« Verlegen wischte ich mir mit dem Taschentuch übers Gesicht. Die schwarz verschmierte Wimperntusche bewirkte, dass ich noch nie so undamenhaft ausgesehen hatte wie jetzt. Na toll!

»Kommen Sie, da vorne ist ein Gasthaus!« Viktor zog mich hinter sich her. Über den Parkplatz näherten wir uns dem Hintereingang. Meine Füße waren inzwischen fast abgestorben. Nie wieder würde ich so enge, hochhackige Dinger anziehen, um einem Mann zu gefallen! Dabei gefiel ich ihm offensichtlich auch in meinem jetzigen desolaten Zustand. Ich spürte es: Er mochte mich.

Er lächelte mich an: »Geht's?«

Ein seltsames Gefühl keimte in mir auf, als ich so mit ihm Hand in Hand über den Parkplatz lief. Es war so ganz anders als das, was ich immer bei Rainer fühlte: Nicht Fluchtgedanken und Fremdschämen waren angesagt, sondern die Gewissheit »Das passt«. Am liebsten hätte ich seine Hand nie mehr losgelassen.

Heimelige Wärme schlug uns entgegen, als Viktor Stiller die Tür öffnete und mich vorgehen ließ. Ich hätte mir am liebsten die Stiefel von den Füßen gerissen und wäre auf Strümpfen weitergelaufen, stattdessen humpelte ich verbissen in den Gastraum. Am Stammtisch saßen einige Gestalten vor riesigen Bierkrügen und spielten Skat. Eine dicke Kellnerin in ländlicher Tracht schleppte üppig beladene Teller mit Schweinsbraten, Semmelknödeln und Sauerkraut in eine Sitzecke. Weiter hinten saßen zwei Familien beim Abendessen. Offensichtlich Urlauber, die hier ihre Herbstferien verbrachten. Die Kinder stocherten lustlos in ihren Pommes herum, und den Eltern war die Enttäuschung über das schlechte Wetter anzusehen.

Wir suchten uns einen runden Tisch in einer Nische, wo Viktor mir formvollendet aus dem Mantel half und mich auf der Bank vor dem grünen Kachelofen Platz nehmen ließ. Erst als ich erleichtert darauf niedergesunken war, drang zu mir durch, was meine Augen längst entdeckt hatten:

In der Nebennische saßen Rainer und Sonja.

# 23

Sonja freute sich wie Bolle, als sie uns sah. Ihr war dieses Treffen kein bisschen peinlich. »Huhu«, rief sie und winkte, während Rainer buchstäblich der Semmelknödel im Hals stecken blieb. Sie sprang auf, kam zu unserem Tisch, riss ein Taschentuch aus ihrer Handtasche und tupfte mir energisch im Gesicht herum.

»Man kann sie aber auch wirklich nicht alleine lassen!«, erklärte sie entschuldigend, während Viktor sie einigermaßen erstaunt anstarrte. »Ich hätte ihr vielleicht erklären müssen, dass dieses Make-up nicht wasserfest ist.« Sie streckte Viktor die Hand hin. »Ich bin's, die Sonja! Erinnern Sie sich nicht? Carins Freundin, die bei Ihnen in Hamburg war!«

»Oh.« Viktors Lippen zuckten leicht, vielleicht eine winzige Spur spöttisch, oder war er einfach nur belustigt?

»Na, so ein Zufall!«, plapperte Sonja weiter. »Da gehe ich nichts ahnend mit Rainer essen, und wen treffen wir? Die Carin! Wenn man vom Teufel spricht …«, fügte sie noch zweideutig hinzu. »Nicht wahr, Rainer? Haben wir nicht gerade über Carin gesprochen? Und schwupps! sitzt sie da!«

»Wir … Wir sind in den Regen gekommen«, stammelte ich entschuldigend und vermied es, Rainer anzusehen. Der kritzelte wütend etwas auf einen Zettel. »Außerdem konnte ich mit diesen Mörderstiefeln keinen Schritt mehr gehen«, flüsterte ich Sonja zu. »Wie hältst du das bloß mit denen aus?«

Ich erwartete schon, dass sie zurückzischte: »Wie hältst du es bloß mit Rainer aus?«, als Viktor auf ihn zuging und ihm die Hand schüttelte. »Viktor Stiller, guten Abend.«

»Guten Abend«, sagte Rainer und schob mir mit funkelnden Augen den Zettel zu.

*Weißt du,*
*dass*
*übermäßige*
*Zuneigung*
*blind machen kann –*
*blind*
*für die Realität?*

Ich stopfte den Schrieb schnell in meine Handtasche. Was war eigentlich Realität? Seine war sicher eine andere als meine. Das war ja unser Problem!

»Wollt ihr euch nicht zu uns setzen?«

»O nein«, stammelte ich höflich, »das ist doch nicht nötig!«

»Wir wollen nicht stören«, beteuerte Viktor.

Sonja sah das leider anders. »Aber ihr stört doch nicht! Was, Rainer? Wir freuen uns!«

Sonja begann schon, Stühle zu rücken. »Na, so eine Überraschung!«, rief sie ein übers andere Mal aus.

Die dralle Serviermaid kam herbeigeeilt und half ihr. Rainer sprang pflichtschuldigst auf, verschüttete aber sein Bier und konnte den Krug gerade noch auffangen, bevor er sich über den Schweinebraten ergoss.

»Ähm«, sagte ich ratlos und sah Viktor fragend an, aber der war ganz Herr der Lage.

»Natürlich«, sagte er. »Gern.«

Und so saßen wir zu viert um den Tisch und wussten nicht, was wir sagen sollten. Das lief ja nun alles überhaupt nicht so, wie ich mir das vorgestellt hatte! Verdammt, jetzt war ich Rainer endlich mal los und lief ihm erneut in die Arme! Vielleicht dachte er sogar, das wäre Absicht? Bestimmt litt er wieder an einem schlimmen Anfall von SEIS. Selbsteinschätzungsirrtumsyndrom. Seine roten Rosen standen auf dem Tisch und dufteten aufdringlich.

»Was darf ich Ihnen zu trinken bringen?«, fragte die Serviermaid.

»Bier«, sagten Viktor und ich im Chor. Unsere Blicke trafen sich, dann widmeten wir uns der Speisekarte.

»Wie kann man bei dem Sauwetter nur den matschigen dunklen Seeweg nehmen!«, sagte Sonja amüsiert. »WIR sind mit dem Porsche hier und sitzen schon seit einem Stündchen im Warmen, nicht wahr, Rainer?«

Ach, ich Trottel! Ich hätte dieses silbergraue Ding doch sehen müssen, als ich mit Viktor über den Parkplatz gelaufen war! Aber Autos sahen für mich irgendwie alle gleich aus. Und dass das hier dieselbe Kneipe war, in der Rainer und ich an besagtem Katastrophenabend im Sommer gelandet waren, hatte ich im Eifer des Gefechts gar nicht bemerkt. Damals hatten wir draußen am See gesessen.

»Also, bei schönem Wetter gehen wir diesen Weg immer zu Fuß, nicht wahr, Carin?« Plötzlich legte Rainer seine Hand auf die meine.

Beiläufig griff ich nach einem Bierdeckel und verscheuchte eine Fliege. »Ja doch, also dieser Weg ist tagsüber … ähm … recht nett zu gehen«, stammelte ich verlegen.

»Wir schieben Carins Mutter immer im Rollstuhl hierher«, erklärte Rainer Viktor, und in seinen Augen flackerte Besitzerstolz. »Wir wohnen nämlich zusammen und kümmern uns gemeinsam um meine Fast-Schwiegermutter.«

»Ach so.« Täuschte ich mich, oder rückte Viktor einen Zentimeter von mir ab?

Ich hatte mich unwillkürlich ein bisschen in seine Richtung gelehnt.

»Ja, Sie müssen nämlich wissen, dass Carin in letzter Zeit eine wirklich schwere Zeit durchmacht«, ergriff Rainer erneut das Wort. »Erst die Aufregung um ihre Mutter. Dann taucht auch noch ihr Sohn auf. Und seit der ihr die Mafia auf den Hals gehetzt hat, ist sie nervlich völlig im Eimer.«

»Viktor ist sein Vater«, krächzte ich heiser. Nicht, dass Rainer noch weiteren ungefilterten Blödsinn von sich gab.

Rainers Gabel mitsamt einem Stück Semmelknödel verharrte vor seinem Mund, als ob jemand die Pausetaste gedrückt hätte. Aber weil Soße heruntertropfte, wusste ich, dass dies leider kein Film war.

»Ach SIE sind dieser eingebildete, arrogante Lackaffe, von dem Carin mir berichtet hat!«

Der Knödel landete schwungvoll in Rainers Mund, wo er genüsslich zerkaut wurde.

Ich starrte ihn fassungslos an. Er ging zum Angriff über! Wie ein Hirsch, der sein Geweih mit dem eines Nebenbuhlers verkeilt! Plötzlich nahm ich die ganzen Jagdtrophäen wahr, die hier an den Wänden prangten. Direkt über Rainers Kopf hing so ein verendeter Sechsender, und Rainer sah irgendwie … gehörnt aus.

Viktor zog an seiner Pfeife und musterte Rainer abwartend.

»Oder …« Rainer spülte mit einem Schluck Bier nach. »Oder sind Sie etwa der andere, der – verlogene Priester, der meine Carin schwanger hat sitzen lassen?«

Er sah fragend zwischen uns hin und her. »Bigotti«, schmatzte er mit vollem Mund. »Welch passender Name für so einen Feigling!«

Mein Entsetzen war kaum noch zu steigern. Was für ein albtraumhafter Moment.

»Nein, Priester bin ich keiner«, bemerkte Viktor gefasst.

»Sonst hätte ich gesagt: Schweinepriester!«, sagte Rainer zufrieden.

Sonja gab ein entzücktes Glucksen von sich. Die ganze Sache amüsierte sie offenbar sehr. Ich starrte sie an. Mein Kopf schwirrte wie ein Karussell.

»Rainer, ich glaube nicht, dass du …«

»Ja, ich meine, man wird ja noch mal fragen dürfen! Bei ›Romans Vater‹ kommen ja mehrere Kandidaten infrage.« Rainer knallte seinen Bierkrug auf den Tisch und wischte sich über den Mund. »Ist doch so. Nicht?«

Das verschlug mir endgültig die Sprache. Zum Glück kam in diesem Moment die Serviermaid mit unserem Bier. Ich riss es ihr förmlich aus der Hand. »Prost!«, sagte ich zu Viktor und setzte eine verschwörerische Miene auf. Am liebsten hätte ich ihm gemorst: Es ist nicht so, wie es aussieht!

»Prost, Liebes«, sagte Rainer und knallte seinen Bierhumpen gegen den meinen. »Ich passe auf dich auf, mach dir da mal keine Sorgen!« Und an Viktor gewandt: »Das habe ich ihrer Mutter versprochen.«

»Zum Wohl!«, sagte Viktor und zog die Augenbrauen hoch.

»Stößchen«, kicherte Sonja aufgekratzt. »Wir werden nämlich gemeinsam Großeltern, und deshalb finde ich, wir sollten Du zueinander sagen.«

»Wie, wer wird denn jetzt noch alles gemeinsam Großeltern? Carin, Schnuckelmaus?«

Viktor zuckte unmerklich zusammen.

»Vielleicht sollte ich Ihnen kurz erklären …«, hob ich an.

Er hielt Rainer und mich für ein Paar. Ich musste das unbedingt richtigstellen. Ich musste dieses Missverständnis aufklären! Mich erfasste heftiger Schwindel, und am liebten hätte ich mich an Viktors breite Schulter sinken lassen. Normalerweise sank ich ja an Rainers. Ich konnte ja im Sekundentakt mal an die eine, mal an die andere Schulter sinken wie ein Metronom.

»Es ist nicht so, wie Sie vielleicht denken ...« Ich sandte Sonja Hilfe suchende Blicke. Sie war doch sonst nicht um einen Spruch verlegen! Aber sie starrte Rainer nur fassungslos an.

»Na, immerhin seid ihr beide noch per Sie.« Rainer mampfte weiter seinen Schweinebraten. »Dann sind Sie also der Adoptivvater.« Er kaute und schluckte seinen Bissen hinunter. »Und nicht der Schweinepriester.«

Mir blieb das Herz stehen. Rainer benahm sich wieder mal unmöglich!

»Ich kann Ihnen nur versichern, dass meine Carin, seit Sie und Ihr – Sohn ...«, an dieser Stelle malte er mit Messer und Gabel Anführungszeichen in die Luft, »... hier in unserer schönen bayrischen Idylle aufgetaucht sind, total durch den Wind ist.«

»Ich bin nicht deine Carin!«, murmelte ich in meinen Bierkrug hinein.

»Am besten, Sie nehmen Ihren Sohn wieder mit nach Hamburg.«

»Er ist erwachsen«, sagte Viktor förmlich. »Leider kann ich ihm nicht mehr vorschreiben, was er zu tun hat.«

»Wie auch immer. Wir leben seit Jahren einträchtig zusammen in einem Haus«, meldete Rainer seine älteren Rechte an, »und pflegen gemeinsam Carins Mutter. Auf weitere Familienmitglieder sind wir eigentlich nicht eingestellt.«

»Aber Rainer ...« Sonja schaute irritiert von einem zum anderen. »Ich dachte, du ...«

»Carin arbeitet hart für ihren Lebensunterhalt. Wir haben Zukunftspläne.«

»Also, Rainer, wirklich ...« Ich warf Viktor verzweifelte Blicke zu.

»Das verstehe ich jetzt nicht!«, sagte Sonja mit bebender Stimme. »Und die ganzen Gedichte?«

»Ja eben!«, sagte Rainer mit Nachdruck. »Die beweisen ja wohl meine Einstellung zu der ganzen Sache.« Er sah mich eindringlich an. Seine Augen wurden schmal: »Aber vielleicht macht Liebe ja blind …?«

»Ja, das macht sie wohl«, flüsterte ich. Nervös rutschte ich auf meiner Bank hin und her. Mir schnürte sich die Kehle zu. Es war alles meine Schuld. Alles.

Ich hatte Rainer benutzt, Sonja getäuscht, und was sich Viktor meinetwegen alles anhören musste, ging sowieso auf keine Kuhhaut. Jetzt!, dachte ich. Jetzt muss ich endlich Farbe bekennen. Ich räusperte mich und straffte die Schultern. Meine Stimmbänder waren wie gelähmt. Jetzt musste ich endlich sagen, dass ich Rainers Gedichte Sonja zugespielt hatte. Um sie ruhigzustellen und Rainer von der Backe zu haben, um … selbst keine Entscheidung treffen zu müssen.

Aber das würde ein ungutes Licht auf mich werfen, und Viktor würde zu hören bekommen, dass ich genauso raffiniert log wie mein Sohn. Ich benutzte die Menschen und spielte sie gegeneinander aus. Der Apfel fällt nicht weit vom Stamm. Viktor würde wahnsinnig enttäuscht von mir sein. Unser soeben geknüpftes Band des Vertrauens würde gleich wieder zerstört sein. Ich würde Sonja verlieren. Und Vivian. Und damit auch unser gemeinsames Enkelkind. Rainer würde mich hassen. Ich hätte niemanden mehr für meine Mutter. Das wäre die Oberkatastrophe. Nein, ich musste den Mund halten.

Aber wenn ich weiterhin schwieg, würde Rainer nie kapieren, dass ich ihn nicht liebte! Und vor allem würde er hier weiter den Platzhirsch spielen! Bis jetzt hatte ich das duldend in Kauf genommen, aber seit Viktor da war, standen mir sämtliche Haare zu Berge: Ich wollte mir das einfach nicht mehr gefallen lassen!

Ich holte tief Luft, um endlich reinen Tisch zu machen, als die Kellnerin dazwischenplatzte und ihrerseits reinen Tisch machte. Sie wischte mit einem Lappen Rainers Kleckereien weg und nahm die leeren Teller und Gläser mit. Währenddessen fragte sie forsch, ob wir schon einen Blick in die Speisekarte geworfen hätten.

Mein Hals war wie zugeschnürt. Ich konnte unmöglich etwas essen. Ich schielte vorsichtig zu Viktor hinüber, der vorgab, in die Speisekarte zu schauen.

»Ich muss euch allen etwas beichten …«, hob ich an. Mein Herz raste.

In diesem Moment klingelte mein Handy. Fast schon erleichtert zog ich es aus der Handtasche. Mein Blick aufs Display ließ mich Böses ahnen. Es war Billi.

# 24

Billi sagte, dass es Mutter auf einmal sehr schlecht gehe. Sie bekomme kaum noch Luft und rufe schon halb im Delirium ständig nach mir. »In meiner Not habe ich Rudi benachrichtigt, er ist hier und meint, ihr Zustand sei kritisch!«

Deshalb war unser Aufbruch mehr als hektisch.

»O Gott, was soll ich denn jetzt …« Ich drehte mich verzweifelt im Kreis. Mein Blick fiel auf Viktor, dessen Gesichtsausdruck vollkommene Ratlosigkeit ausdrückte.

Rainer ergriff wie immer sofort die Initiative und sprang tatendurstig auf. »Sonja, den Autoschlüssel!«

Sie warf ihm den Porscheschlüssel zu.

Rainer nahm meinen Arm und zog mich zu Sonjas Zweisitzer. Dort passten wir beim besten Willen nicht zu viert hinein.

Und so blieb Sonja mit Viktor im Lokal zurück, während Rainer und ich nach Hause rasten.

Mein Magen zog sich schmerzhaft zusammen. Rainer kam mit dem Porsche gar nicht zurecht, mit knirschenden Reifen fuhr er erst in die Büsche und dann rückwärts gegen die Mülltonne, bis der Porsche endlich schlingernd die richtige Richtung einschlug. Mit Herzrasen krallte ich mich an den Beifahrersitz. Wie anders doch die Fahrt mit Viktor gewesen war! Wie souverän er seinen Oldtimer gelenkt hatte! Aber ich durfte solche Gedanken gar nicht erst aufkommen lassen. Es ging schließlich um Mutter.

»Schnuckelmaus, ich bin bei dir!« Seine Hand suchte schon wieder nach meiner. »Wir schaffen das!«

Da ich mich geistesgegenwärtig auf beide Hände gesetzt hatte, landete seine suchende Hand in meinem Nacken. Ich versteifte mich.

»Magst du das nicht? Ist dir das unangenehm?«

Oh, wie ich diese Magstu-Fragen hasste! Magstudas oder Magstudasnich. Ein wahrer Mann weiß so was! Die Magstudas- und Wie-war-ich-Frager gehörten verboten!

»Ja!«, entfuhr es mir. »Meine Mutter liegt im Sterben, und da habe ich andere Sorgen!«

»Kratzbürste.«

»Nimm BEIDE Hände ans Steuer! Vorsicht! Ein Zebrastreifen!«

Rainer schwieg beleidigt. Zum Glück war er so damit beschäftigt, den Porsche zu bändigen, dass er keine Reserven mehr übrig hatte, Selbiges mit mir zu versuchen. Mit quietschenden Bremsen brachte Rainer den Porsche in unserer kleinen Einfahrt zum Stehen.

Billi öffnete uns blass die Tür. »Ich glaube, es geht zu Ende …«

»O Gott, nein! Doch nicht ausgerechnet jetzt! Mutter!« Mir wurde ganz schwindelig.

Rudi kam aus ihrem Zimmer und schüttelte nur bedauernd den Kopf. »Ich hab ihr ein Schmerzmittel gegeben. Sie hat noch was auf dem Herzen. Gut, dass du kommst.« Er wies mit dem Kopf zur Tür und schaffte es irgendwie, Rainer daran zu hindern, hinterherzustürmen. »Lass die beiden mal einen Moment allein!«

Mutter lag röchelnd im Bett, ihre mageren weißen Hände tasteten nach mir. Ich ergriff sie und sank auf die Bettkante.

»Mutter! Wir sind ja da!« Jetzt ertappte ich mich schon selbst dabei, dass ich »wir« sagte!

»Kind, sag mir nur eines …« Ihr Atem ging rasselnd, sie rang nach Luft.

»Ja, Mutter. Ich höre.« Ich legte mein Ohr an ihre Lippen.

»Rainer hat mir gesagt, dass er dich heute …«

»Ja, Mutter? Wir haben uns getroffen.«

»Rote Rosen …«

»Ja. Die hatte er dabei. Sie sind wunderschön.« Ich drückte ihre Hand und wollte um keinen Preis anfangen zu weinen.

»Kind, was ich noch wissen muss …«

»Ja, Mutter …?«

»Bist du verliebt?«

»In Rainer?«, fragte ich entsetzt. Ich konnte doch nicht lügen! Man darf doch am Sterbebett der eigenen Mutter nicht lügen!

»Sag, Kind, hast du Gefühle?« Sie legte ihre Finger auf mein Herz. »Hier drin? Wenigstens ein paar kleine Gefühle?«

Ich sah sie an, spürte, dass sie nicht loslassen konnte, bevor ich es ihr nicht bestätigt hatte. Waren da Gefühle? Ich sah in ihr liebes, gütiges Gesicht, in ihre kleinen müden Augen, die sie kaum noch offen halten konnte. Plötzlich wusste ich, wie ich sie erlösen konnte, ohne zu lügen.

Ich drückte ihre Hände an meine Brust.

»Ja. Da sind Gefühle, Mutter.«

»Dann kann ich dich jetzt also allein lassen?«

»Ja, Mutter. Mach dir keine Sorgen um mich.«

»Mach's gut, mein lieber Schatz …«

Mutter schloss die Augen, und ihre Züge entspannen sich. Ich beugte mich über sie und versuchte, ihren Atem zu spüren. Er wurde langsam schwächer, und bald darauf schlief sie in meinen Armen ein. Als ich wieder aufsah, stand Rainer im Raum. Er griff nach meiner Hand, und ich setzte mich drauf.

Bei der Trauerfeier saßen meine drei Freundinnen neben mir in der ersten Bank. Rainer hatte sich rührend um alles gekümmert. Um die Beerdigung, die Trauerkarten, die Musik, die Einladungen und die ganze Organisation. Alle waren sie da: Billi, im schwarzen Dirndl, mit schwarzem Mohairchen auf dem Schoß. Sonja, im schwarzen knappen Kostüm. Und Vivian im schwarzen Hängerchen. Letztere war sehr blass und hatte ihre dicken semmelblonden Haare zu einem Knoten hochgesteckt. Der Platz links neben mir war noch frei. Natürlich würde Rainer sich später dazusetzen. Mutters schmaler, schlichter Sarg stand vorn, mit weißen Rosen geschmückt. Unzählige Kränze und Blumen säumten ihn. Sie war in unserem Ort beliebt und anerkannt gewesen. Der Pastor predigte recht lange, sprach von geduldig ertragenem Leid und einem Leben in Demut und Bescheidenheit. Ich hielt den Blick starr nach vorn gerichtet. Nun war ich allein. So viele Erinnerungen gingen mir durch den Kopf. Was hatten wir beide nicht alles gemeinsam durchgestanden! Ich spürte Liebe und Dankbarkeit. Aber auch Erleichterung, dass Mutter so schnell hatte gehen dürfen. Und dass wir uns noch so liebevoll hatten verabschieden können.

Und jetzt? Was wurde jetzt aus mir – und Rainer? Wir waren nicht länger aneinandergekettet. Der Platz an meiner Seite war frei … Als ich hörte, wie schwere Schritte den Gang hinunterkamen, fröstelte mich in meinem dünnen schwarzen Kostüm. Jeden Moment würde Rainer sich schnaufend neben mich fallen lassen. Ich wollte instinktiv meine Handtasche mit der Großpackung Taschentücher an mich nehmen, als jemand leise neben mich glitt. Nicht so plump und schwerfällig wie erwartet. Er keuchte nicht. Er roch auch anders als Rainer. Es war nicht Rainer. Mein Blick huschte nach links. Ich zuckte überrascht zusammen.

Es war Roman.

Er war aus dem Nichts aufgetaucht und saß plötzlich neben mir! Mein bildhübscher Sohn hatte einen tadellosen schwarzen Anzug an, geputzte Lackschuhe, ein weißes Hemd und einen schmalen schwarzen Schlips. Sein dichtes schwarzes Haar glänzte frisch gewaschen und fiel ihm in weichen Wellen auf den Hemdkragen.

»Hallo, Carin.« Sein Lächeln war angespannt, aber freundlich.

Plötzlich überkam mich tiefe Dankbarkeit und Freude. Er war gekommen, um Mutter die letzte Ehre zu erweisen! Er, ihr Enkel! Obwohl sie ihn nicht mehr hatte sehen wollen, war er gekommen, woher auch immer. Ich sah mit einem Anflug von Zärtlichkeit zu ihm hinüber. Auf einmal hatte ich das Bedürfnis, die Handtasche, die uns trennte, beiseitezuschieben und seine Hand zu nehmen. Zum Glück zuckte er nicht zurück! Seine Hand war kühl, glatt und fremd. Völlig ungewohnt. Wie oft hatte ich davon geträumt, seine Hand zu halten! So saßen wir, Mutter und Sohn, unter den Klängen des Kirchenchors, der passenderweise *»So nimm denn meine Hände«* sang, in der Kirchenbank. Es war ein tröstliches Gefühl. Wir waren doch so etwas wie eine kleine Familie.

Er beugte sich vor und schielte unauffällig zu Vivian hinüber, doch diese wandte errötend den Blick ab.

Das war verständlich. Er war schließlich seit Rom völlig vom Erdboden verschwunden gewesen und hatte sich bei der werdenden Mutter mit keiner Silbe gemeldet!

Ich spähte ebenfalls vorsichtig zu Vivian hinüber. Was mochte in ihr vorgehen? Natürlich hatten wir ihr inzwischen erzählt, dass Roman ein Spieler war und in großen finanziellen Schwierigkeiten steckte. Sie war entsetzlich enttäuscht gewesen. Sie würde nicht auf ihn bauen können. Im Gegenteil, sie musste sich vor ihm hüten! Von der DVD hatten sie noch nichts gesehen, wahrscheinlich hatte er das ganze Geld einfach eingesackt.

Sonja und Billi nahmen seine Ankunft mit Stirnrunzeln zur Kenntnis.

Wir standen zum Vaterunser auf und gaben uns ziemlich verlegen »ein Zeichen des Friedens«. Schließlich schritten wir schweigend hinter Mutters Sarg her und liefen über den herbstlich-trüben Friedhof zu ihrem ausgehobenen Grab. Roman ging neben mir. Ich hatte mich bei ihm eingehakt. Noch einmal spähte ich unauffällig über die Trauergemeinde hinweg, ob da vielleicht noch jemand war, über dessen Anwesenheit ich mich gefreut hätte.

Aber wieso denn, Carin?, schalt ich mich. Was hat er schon mit Mutter zu tun? Das galt nur für Rainer. Er war es auch, der half, den Sarg langsam in die Grube hinunterzulassen. Damit gab er seine Stellung der Öffentlichkeit klar zu erkennen. So nach dem Motto: »Ich gehöre zur Familie.« Und das wusste inzwischen auch jeder. Es war längst selbstverständlich. Rainer und Carin. Carin und Rainer.

Nach der Trauerfeier saßen wir noch kurz in jenem Gasthof am See, aus dem wir vor wenigen Tagen so überstürzt aufgebrochen waren. Während ich Hände drückte und Trostworte über mich ergehen ließ, spähte ich zu Roman hinüber. Ich sah ihn bei Vivian stehen und lebhaft auf sie einreden. Sie wandte sich empört ab. Was sollte ich nur tun? Die Beileidsbekundungen der Leute nahm ich kaum wahr.

Billi kam zu mir, wies mit dem Kinn auf die beiden und drückte meine Hand. »Sie ist einfach zu enttäuscht.«

Ich nickte. »Das kann ich gut verstehen.«

»Sie war wirklich verknallt in ihn.«

Ich nickte immer noch. »Das kann ich auch verstehen.«

»Alle waren verknallt in ihn. Bis wir die Wahrheit wussten.«

»Wissen wir die Wahrheit?«

»Wir kennen ihn alle viel zu wenig«, sagte sie leise.

»Ich kenne ihn auch nicht.« Ich senkte den Kopf, und meine Augen füllten sich mit Tränen. Hastig suchte ich nach der Sonnenbrille und setzte sie auf. »Billi! Was soll ich nur machen?«

»Ich kann dir nur sagen, was ICH machen würde.« Billi strich mir liebevoll über die Schulter und zog mich in eine ruhigere Ecke.

»Und zwar?«

»Na, was ich mit jedem Kind einmal im Jahr mache, um der Entfremdung vorzubeugen.« Sie lächelte mich ermutigend an. »Fahr eine Woche mit ihm weg. Lern ihn kennen. Hör ihm zu.« Sie drehte sich um und flüsterte mir fast schon verschwörerisch zu: »Ohne Rainer.«

Mein Herz begann zu hämmern. »Ich soll mit Roman … Aber ich habe doch gar keinen Urlaub …«

»Komm! Du hattest dreißig Jahre keinen Urlaub. Nimm dir endlich welchen!« Aus dem Streicheln wurde ein leichtes Schütteln. »Hm? Frau Dünnbügel kann dich doch vertreten!«

»Ja, aber es ist November! Wohin sollen wir denn da …«

»Das ist doch völlig unerheblich! Buch irgendeine Reise! *Last minute* in den Süden! Es geht doch nur darum, dass ihr euch endlich in Ruhe kennenlernt!«

»Aber …«

»Du wirst sehen, das wirkt Wunder! Gib euch eine Chance! Es ist mit Sicherheit eure letzte!«

Vivian verließ mit Sonja den Gasthof. Sonja warf mir noch einen langen Blick zu, doch ich konnte nicht erkennen, ob Wut, Ratlosigkeit oder Verachtung darin standen. Mir wurde ganz anders. Kurz darauf heulte der Porsche über den Parkplatz.

Billi verabschiedete sich, sie hatte mütterliche Pflichten. Eine Austauschschülerin aus Buenos Aires sollte in einer Stunde am Münchner Flughafen landen, und Rikki hatte noch keinen Führerschein. Mit Kind und Kegel gedachte man, die Argentinierin abzuholen.

»Was tust du dir nur alles an!«

»Für seine Kinder tut man alles. Rikki hat Spanisch-Leistungskurs, also musste die Argentinierin her.«

»Ihr Baby, die Austauschschülerin, deine Doktorarbeit … Mutest du dir nicht ein bisschen zu viel zu, meine Liebe?«

»Jetzt denk zur Abwechslung mal an dich, Carin! An dich und DEIN Kind.« Sie warf einen spöttischen Blick auf Rudi, der sich gerade von einer rassigen Schwarzhaarigen losriss: »Man wächst mit seinen Aufgaben.«

Rudi, der angeblich zurück in die Praxis musste, gab mir die Hand und sprach mir noch mal sein Beileid aus. »Du hast alles richtig gemacht, Carin.«

»So? Habe ich das?«

Am liebsten hätte ich Rudi schnippisch gefragt, ob ER alles richtig machte, aber dazu fehlte mir schlicht die Kraft. Immerhin hatte er Mutter in ihrer letzten Stunde beigestanden.

Anschließend ging ich instinktiv zu Roman hinüber, der blass an der Wand lehnte.

»Ich habe mich sehr gefreut, dass du gekommen bist.«

»Können wir jetzt gehen?«, fragte Roman leise.

»Ich wollte dir gerade vorschlagen …«

»Ich will nach Hause!« Roman fühlte sich sichtlich unwohl.

»Was heißt denn ›nach Hause‹?«, fragte ich.

»Na zu dir! Da ist doch jetzt ein Zimmer frei!«

Oje. Wollte ich das? Konnte ich das? Mutters Zimmer war noch warm.

Plötzlich kam mir der unschöne Gedanke, dass Roman vielleicht genau deswegen aufgetaucht war: wegen der Eigentumswohnung. Wollte er etwa heute über sein Erbe diskutieren?

Aber als ich in sein aufgewühltes Gesicht sah, schämte ich mich für meine Gedanken. Er brauchte mich. Ich war seine Mutter. Er steckte in der Klemme. Durfte ich meinem eigenen Sohn meine Wohnung verwehren? Sollte ich ihn etwa ins Hotel schicken wie einen entfernten Verwandten? Das hier war vielleicht unsere letzte Chance, einander doch noch nahezukommen. Ich war komplett verunsichert. Natürlich hörte sich das alles so leicht an aus Billis Mund. Sie hatte ja auch eine innige Beziehung zu ihren drei Wonneproppen! Sosehr die Kinder Billi auch nervten, sosehr gaben sie ihr auch Halt und Liebe. Sie ergriffen für sie Partei, wenn es um Rudis Eskapaden ging, und standen hinter ihr wie eine Eins. Sie vergötterten ihre Mutter.

Aber Roman – war ein Spieler, ein Lügner, ein Betrüger. Ein Fremder.

Ich sah, dass Rainer wenige Meter von uns entfernt stehen geblieben war. Anscheinend wartete er, ob ich Hilfe brauchte.

Ich musste eine Entscheidung treffen. Sollte ich ihn wieder ins Boot holen? Aber dann hörte das ja nie auf! Ich sah Rainer schon mit uns im Flieger sitzen. Auf dem Mittelsitz. Und Tomatensaft verspritzen.

Mit plötzlicher Entschlossenheit straffte ich die Schultern. »Komm, Roman. Wir gehen nach Hause.«

Ich lauschte diesem Satz nach. Eine Mutter sagt zu ihrem Sohn: Wir gehen NACH HAUSE. Dreißig Jahre lang hatte ich von so einem Satz geträumt. Er hörte sich wunderbar an. Meine Freundin hatte so recht: Das war genau der richtige Zeitpunkt. Die Chance für einen Neubeginn. Ich hatte von meiner Mutter Abschied genommen und konnte mich jetzt meinem Sohn zuwenden.

Rainer und ich tauschten einen langen Blick. Plötzlich hatte ich unbändige Lust, mit Roman wegzufahren. Irgendwohin, wo Rainer uns nicht finden würde. Ich würde abhauen. Aus meiner eigenen Wohnung. Mit meinem eigenen Sohn.

# 25

Wohin fährt man mit einem Spieler, der sich noch nicht selbst geoutet hat? Am besten nicht nach Las Vegas oder Baden-Baden. Ich tat völlig ahnungslos und stellte auch keine unangenehmen Fragen, von wegen: Schämst du dich nicht, die Tochter meiner Freundin geschwängert zu haben? Wieso hast du deinen Vater bestohlen und deine arme Frau mit drei Kindern sitzen lassen? Wieso hast du dir von meinen Freundinnen Geld geliehen, und wo hast du dich nur rumgetrieben? Das alles hätte nur die Atmosphäre vergiftet und jede weitere Annäherung verhindert. Dann wäre Roman wieder abgehauen, diesmal sicher für immer. Deshalb musste ich mich auf neutrales Terrain begeben. Keinerlei Vorwürfe im Vorfeld. Bei null anfangen. Schließlich hatten wir ja auch bei null aufgehört, damals vor dreißig Jahren.

Ehrlich gesagt hatte ich auch nicht den Mut und die Kraft für eine solche Auseinandersetzung. Nicht direkt nach dem Tod meiner Mutter.

Vielleicht würde diese Reise zu zweit ein ehrliches Gespräch zwischen Mutter und Sohn ermöglichen. Zuneigung entstehen lassen. Vertrauen.

Also tat ich so, als wäre ich eine coole, entspannte Mutter. Als ich Roman bei einer Tasse Tee und einem Butterbrot das Angebot unterbreitete, eine Woche mit ihm wegzufahren, um mal Abstand zu gewinnen und etwas Sonne zu tanken, war er sofort Feuer und Flamme.

»Allerdings bin ich gerade finanziell etwas mau«, sagte er, als ob das eine zufällige Bagatelle wäre.

»Ich lade dich natürlich ein.«

»Oh! Das ist – wahnsinnig nett von dir, MUTTER.«

Dieses Wort klang fremd aus seinem Mund, ja fast ein bisschen zynisch. Oder war es nur Verlegenheit?

»Carin. Bleiben wir bei Carin.«

»Wie du willst – Carin.« Er prostete mir mit seiner Teetasse zu. »Ist das quasi auch eine Einladung von …« Er wies mit dem Kopf zu Mutters ehemaligem Zimmer. »Von Paula?!«

Ein bisschen makaber war das schon.

»Sie hätte sich bestimmt gewünscht, dass wir uns näherkommen.« Ich rührte in meiner Teetasse. »Wohin möchtest du denn gern?«

»In südliche Gefilde.«

»Ja. Daran hatte ich auch gedacht.«

»Kennst du das Gedicht von Rainer Maria …?«

»Was?«, unterbrach ich Roman entsetzt. »Du meinst …«

»Hast du seine Gedichte da?«

»Nein … Ich habe sie Sonja …« Ich schluckte trocken. »Was meinst du damit?«

*»Herr, der Sommer war sehr groß.«*

Mir fiel ein Stein vom Herzen! »Ach so! DER Rainer Maria. Rilke!«

»Ja, kennst du noch einen anderen Dichter, der so heißt?«

»Ähm, nein, natürlich nicht!« Schluck.

*»Leg deinen Schatten auf die Sonnenuhren«*, zitierte Roman. *»Und jag die letzte Süße in den schweren Wein!«*

Oh! Er kannte eines meiner Lieblingsgedichte! Es bezog sich irgendwie auch auf den Herbst des Lebens. Und mein Sommer war irgendwie zu kühl und regnerisch ausgefallen, als dass ich nicht noch ein paar Tage in südlichen Gefilden hätte vertragen können …

»*Befiehl den letzten Früchten voll zu sein …*«, zitierte Roman, als könnte er Gedanken lesen. »*Gib ihnen noch zwei südlichere Tage.*«

»Es darf auch eine ganze Woche sein.« Ich lehnte mich entspannt zurück. Jetzt hatte er mir aber einen Schrecken eingejagt!

Mit halb geschlossenen Augen zitierte er weiter: »*Wer jetzt kein Haus hat, baut sich keines mehr.*«

»*Wer jetzt allein ist, wird es lange bleiben.*«

Ich schluckte. Eine Gänsehaut überzog mich. Rainer oder nicht Rainer? Das war hier die Frage.

Roman fuhr fort:

»*Wird wachen, lesen, lange Briefe schreiben …*«

»*… und wird in den Alleen hin und her unruhig wandern, wenn die Blätter treiben*«, nahm ich den Faden auf. Ich rieb mir fröstelnd die Arme. »Das ist schaurig schön.«

»Ja. Interessant, dass du es kennst.«

»Hallo? Ich bin Bibliothekarin!«

»Und ich dein Sohn!«

Wir lächelten uns an. Er war gebildet, eloquent, belesen. Wir würden uns so viel zu sagen haben! Wir hatten gleiche Interessen, gleiche Begabungen! Ich sah uns schon die Köpfe zusammenstecken, lachen, uns gegenseitig mit Wasser nass spritzen, barfuß um die Wette rennen, endlose Strandspaziergänge machen und uns unser ganzes Leben erzählen …Ein ganzer Pilcher-Film lief vor meinem inneren Auge ab. Ich war Thekla Carola Wied und er Erol Sander. Ganz großes Kino. Roman würde seine Fehler einsehen. Und am Ende würden wir uns in den Armen liegen.

Wir surften zusammen im Internet. Seite an Seite suchten wir nach Last-Minute-Angeboten. Roman entdeckte einen Robinson-Club an der Algarve. »Dort gibt es fantastische Golfplätze!«

Er klickte auf Fotos von dieser Anlage, und ich fand sie ausgesprochen ansprechend. Auch wenn ich nichts von Golf verstand, sah ich doch, dass diese Plätze in eine wunderschöne Landschaft eingebettet waren.

»Ist natürlich nicht ganz billig …« Roman kratzte sich am Kopf und starrte auf den Bildschirm.

»Egal!«, hörte ich mich sagen. »Hauptsache, wir haben Zeit füreinander.«

Er hatte nichts von Spielcasinos gesagt! Noch nicht mal von Automaten! Die schien es dort auch gar nicht zu geben. Dafür schöne Natur, weite Landschaften und den Atlantik. Endlich, endlich würden wir unser Leben aufarbeiten. Alles voreinander ausbreiten, unsere Ängste, Wünsche und Sehn-, ähm – Süchte. Wir würden offen über alles sprechen. Ich würde ihm endlich die Mutter sein, die ich immer für ihn hatte sein wollen: Wir schaffen das gemeinsam, wir halten zusammen. Ich bin für dich da. Wir kriegen das in den Griff. Du kannst mir alles sagen, ich stehe hinter dir. Alles Worte, die ich mein Leben lang hatte sagen wollen! Zu meinem Kind! Kein Preis der Welt war mir dafür zu hoch! Meine Gefühle spielten verrückt. Einerseits war ich glücklich, andererseits bange. Einerseits fühlte ich mich mutig, andererseits hatte ich ein schlechtes Gewissen Rainer gegenüber. Einerseits trauerte ich um Mutter, andererseits sehnte ich mich nach …

Bestimmt bildete ich mir nur ein, dass Viktor … Dass er genau wie ich … Aber wo war er nur abgeblieben? Warum hatte er sich nicht mehr gemeldet? Wusste er das mit Mutter? Doch ich hatte ihn im Regen stehen lassen. So wie ich Roman beim ersten Telefonat abgewürgt hatte. Nichts brachte ich so richtig zu Ende.

»Alles klar, Carin?«

»Ja, natürlich. Alles klar.«

Ich erhob mich, um Mutters Bett frisch zu beziehen und ein

wenig Ordnung in ihrem Zimmer zu machen. Ihr Gebiss im Glas, ihre Rheumasalbe, ihre Ohropax – all das musste hier nicht länger rumstehen.

Inzwischen buchte Roman online den Urlaub. »Morgen müssen wir ganz früh aufbrechen, Carin!«, rief er.

»Oh, das ist gut.«

Nichts wie weg!, dachte ich. Erst mal alles hinter mir lassen. Auch Rainer.

Roman war hundemüde und ging bald ins Bett. Ich hatte zum Glück noch eine neue Zahnbürste. Es war ein merkwürdiges Gefühl. Zum ersten Mal schlief mein Sohn bei mir! Dort, wo sonst immer Mutters Nachttischlämpchen durch den Türspalt geschienen hatte, herrschten jetzt Schwärze und Stille.

Als Rainer später mit seinem Schlüssel Einlass begehrte, schlich ich zur Tür, öffnete sie einen Spaltweit und flüsterte: »Danke, dass du mir den Schlüssel zurückgeben willst! Den braucht jetzt Roman.« Ich streckte die Hand durch den Spalt.

»Den Schlüssel zurückgeben? Ähm, nein, also … Ich wollte nur … Wieso flüsterst du?«

»Roman schläft schon!«, raunte ich.

»Er WOHNT bei dir?« Rainer versuchte schon einen Schritt über die Schwelle zu machen, aber die Kette hinderte ihn daran. »Wieso legst du die Kette vor?«

»Was dagegen?«

»Also eigentlich nicht, aber er – ähm – macht dir auch keinen Ärger?«

»Nein«, beruhigte ich Rainer. »Er ist extra zur Beerdigung angereist, und jetzt ist er müde!«

»Soll ich nicht doch …«

»Nein! Danke! Schlaf schön!«

»Aber es ist sicher besser, wenn ich …«

»Rainer! DANKE!«

Ich schloss die Tür so hastig, dass ich vergaß, den Schlüssel einzufordern. Mit einem Ohr lauschte ich daran: Nach einem fassungslosen Schnauben schob Rainer mir einen Zettel durch den Türspalt und entfernte sich zwei Schritte. Ich tat ihm nicht den Gefallen, sein Gedicht sofort zu lesen, die Tür aufzureißen und ihm um den Hals zu fallen. Irgendwann fiel seine Wohnungstür ins Schloss.

Sein neuestes Werk lautete:

*Seitensprung*

*Fortsetzung*
*der Kommunikation*
*mit*
*anderen*
*Mitteln*

Er hatte es also geschnallt. Ich fragte mich nur, welchen Seitensprung er meinte. Seinen mit Sonja? Oder meinen mit Viktor?

# 26

Am nächsten Tag waren wir schon um fünf Uhr früh auf den Beinen. Wie Diebe schlichen wir uns aus dem Haus, fuhren mit dem Wagen zum Münchner Flughafen und nahmen die Morgenmaschine nach Faro. Dort wurden wir abgeholt und mit anderen fröhlichen Robinson-Club-Gästen in einem Kleinbus zum Golfrevier gefahren. Drei gut gelaunte, miteinander befreundete Ehepaare redeten nur von ihrem Handicap, also schwieg ich lieber.

Gegen Mittag kamen wir in der weitläufigen Anlage an. Sie bestand aus mehreren Bungalows und zweistöckigen Reihenhäusern mit Vorgarten, genau wie in Butterblum. Nur dass diese hier von Golfplätzen umgeben waren und keine Kleinkinder herumsprangen. Hier wurde Freizeit absolviert.

Roman hatte einen Bungalow mit zwei Schlafzimmern gebucht, das sollte uns den nötigen Freiraum geben. Ein Doppelzimmer wäre indiskutabel gewesen. Unser Bungalow lag nahe am Meer. Ich trat auf unsere Dachterrasse hinaus und sog die klare, kühle Luft ein. Meterhohe Wellen brandeten gegen die Klippen, und Gischt spritzte zu uns herauf. Es duftete würzig nach Meer und Tang, und der Himmel war fast unwirklich dunkelblau. Eine blasse Mondsichel stand schon jetzt am Horizont.

Mutter hatte mir als Kind erklärt, wie man den zunehmenden vom abnehmenden Mond unterscheiden kann: »Kann man rechts ansetzen und ein ›A‹ daraus schreiben, ist er abnehmend.

Kann man links ansetzen und ein ›Z‹ daraus schreiben, ist er zunehmend.« Allerdings galt das nur für das altdeutsche »Z«, mit dem modernen funktionierte das nicht mehr. Seufzend rieb ich mir die Arme. Das und so vieles mehr hatte ich Roman nie erklären können! Ob die Reedersgattin das getan hatte?

Ach, Mutter! Bist du jetzt da oben?, dachte ich. Schickst du uns deine guten Energien?

Ich ging zum Auspacken in den Bungalow zurück.

Roman war schon an der Rezeption, um seine Golftermine festzulegen. Die Platzgebühr kostete extra. Wie er mir auf der Hinfahrt erklärt hatte, musste er unbedingt in die passenden *Flights* kommen, also in Gruppen mit Spielern, die ungefähr sein Niveau hatten. Und das war sehr gut.

»Es wäre scheiße, mit Leuten spielen zu müssen, die Handicap zwanzig oder mehr haben«, hatte er mir erläutert. »Mit diesen drei Ehepaaren zum Beispiel. Dann stehe ich bloß rum und muss denen beim Hacken zusehen.«

Roman hatte Handicap zwei. Das war anscheinend sehr gut. Alle machten »aah« und »ooh«, als sie das hörten, und Roman sonnte sich in der allgemeinen Bewunderung. Da ich keine Ahnung von Golf hatte, konnte ich nur nicken und ihm versichern, dass ich alles dafür tun werde, dass er in dieser Woche sportlich auf seine Kosten kam. »Hauptsache, wir haben auch noch ein bisschen Zeit füreinander«, sagte ich zuversichtlich.

»Ach klar, Carin, das wird sich schon ergeben. Außerdem ist so ein Robinson-Club ja bekannt für seine lockere Atmosphäre. Du wirst hier sicherlich schnell Anschluss finden.«

Das hatte fast ein bisschen gönnerhaft geklungen, aber er meinte es bestimmt nicht so. Für ihn war es ja auch eine merkwürdige Situation, mit einer fast Fremden Urlaub zu machen. Da durfte man nicht jedes Wort auf die Goldwaage legen.

Irgendwie beschlich mich der Gedanke, dass Roman hier mit Sonja oder Billi mehr Spaß gehabt hätte: Sonja hätte sofort begeistert den Golfschläger geschwungen, natürlich im perfekten Sportdress. Und Billi hätte mit ihrer mütterlichen Art auch bessere Karten gehabt. Ich war nur dritte Wahl, aber fest entschlossen, mich zur ersten Wahl hochzuarbeiten. ICH war schließlich seine Mutter! Während ich meine Garderobe sorgfältig in meiner Schrankhälfte verstaute, nahm ich mir ganz fest vor, diesen Urlaub zu einem Erfolg werden zu lassen. Ich würde ihn weder mit Fragen noch mit Vorwürfen bombardieren, mich einfach nur dezent als Gesprächspartnerin und Freundin anbieten, unaufdringlich Interesse an seinen Vorlieben und Hobbys zeigen und mir so einen Platz in seinem Herzen sichern. Dies war unsere Woche.

Nach dem Auspacken machte ich mich voller guter Vorsätze auf die Suche nach Roman. Aber nicht ohne meine Ausweise und Kreditkarten vorher ganz weit hinten in meiner Nachttischschublade zu verstecken. Wer einmal Taschendieben zum Opfer gefallen ist, weiß, wie mühsam es ist, diese Dinge neu zu beantragen. Dementsprechend beruhigt schlenderte ich betont lässig zwischen den Bungalows umher. Bei meinem ersten Rundgang überzeugte ich mich davon, dass es hier nirgendwo Spielautomaten gab. Auch kein clubeigenes Casino oder so. Die Luft war rein. Alle Gäste, die mir entgegenkamen, trugen karierte Hosen und Poloshirts. Es schien sich um einen Menschenschlag zu handeln, der nie, aber auch wirklich nie bei mir in der Bibliothek erscheinen würde. Immer ging es ausschließlich ums Abschlagen und Einlochen, als gäbe es nichts anderes auf der Welt. Es fielen Begriffe wie »Birdie« und »Hole-in-one«, und ich fühlte mich ziemlich fehl am Platz. Wenn mich einer fragte: »Was haben Sie für ein Handicap?«, würde ich einfach antworten: »Oh, ich habe mehrere: meinen Sohn, meinen Nachbarn und meine alte Mutter, aber die ist gerade gestorben.« Daraufhin würde man mich nur verständnislos anstarren. Es war, als kämen wir von verschiedenen Planeten.

Aber ich war ja schließlich wegen Roman hier. Er hatte sich das hier gewünscht, und ein so anspruchsvoller junger Mann möchte nun mal nicht zum Wassertreten nach Bad Driburg oder zum Wandern ins Naturfreundehaus Lämmershagen. Bei seinen Adoptiveltern hatte er stets den höchsten Standard genossen, und ich wollte nicht knauserig sein.

Ich hatte mich inzwischen etwas nett gemacht, geschminkt und ein graues Strickkostüm angezogen, dazu schwarze Stiefel, falls Roman auf der Terrasse essen wollte. Auch an einen schicken altrosa Seidenschal hatte ich gedacht. Er sollte sich seiner Mutter nicht schämen müssen! Während ich so durch die Anlage schlenderte, ertappte ich mich sogar bei dem Gedanken, man könnte uns für ein Paar halten. Schließlich war ich nur siebzehn Jahre älter als er! Oh, wir würden einen richtig schicken Auftritt haben, wenn wir vom Kellner an unseren Zweiertisch geleitet würden. Der würde eine Kerze anzünden und uns ein erstes Glas Champagner anbieten. Anscheinend umspielte ein Lächeln meine Lippen, während ich mich in diesen Fantasien erging. Denn als ich das Restaurant beziehungsweise die davorliegende Lounge betrat, lächelten einige wettergegerbte Herren in Golfkleidung zurück. Aber ich war ja nicht zum Flirten hier. Suchend sah ich mich nach Roman um, und da stand er ja! An der Bar, umringt von fünf oder sechs Golfkameraden. Sie fachsimpelten und tranken Bier. Roman sah mit Abstand am besten aus. Groß, schlank, dunkelhaarig und durchtrainiert. Mein Sohn! Ein warmes Gefühl von Stolz und Mutterglück breitete sich in mir aus. So musste sich Billi immer fühlen, wenn sie mit ihrem Sohn verreiste!

Strahlend näherte ich mich. So. Trommelwirbel. Auftritt: Mutter und Sohn.

»Hallo Carin«, sagte Roman beiläufig. »Hast du schon einen Tisch?«

»Nein, ähm … Ich dachte, wir beide …«

»Also, hier ist alles ganz unkompliziert«, sagte ein rundlicher Kerl mit Strickpullover und Halstuch. »Setz dich doch einfach dazu.«

»Wir sind sieben«, sagte ein anderer. »Mit dir passen wir genau an einen Achtertisch.«

»Guten Abend.« Ich nickte erst mal in die Ruhe und gab jedem Spieler die Hand. »Ich bin Romans Mutter.«

»Ich hab euch doch erzählt, dass ich mit meiner leiblichen Mutter hier bin!« Roman hatte unsere tolle Story also längst zum Besten gegeben, und ich fühlte mich wie eine bloße Statistin.

»Oh.«

»Was für eine junge Mutter.« Unter anderen Umständen hätte ich mich über die anerkennenden Mienen gefreut. Zum Beispiel, wenn sie nach dieser Begrüßung taktvoll von dannen gezogen wären. Aber das hatten sie offensichtlich nicht vor.

»So eine knackige Mutter hätte ich auch gern …«

»Wenn sie dann noch den ganzen Urlaub spendiert, halleluja!«

»Mensch, Roman, du Hund! So ein Glück möchte ich auch mal haben!«

»Na ja«, unterbrach ich das Geplänkel, »wir haben uns ja erst nach dreißig Jahren gefunden und haben viel nachzuholen …«

So, Freunde. Das war das Stichwort. Abgang!

»Ihr seht euch auch ähnlich …« Einer der jungen Männer zückte bereits die Handykamera. »Wenn ich das zu Hause erzähle …«

Roman legte den Arm um mich und ließ sich von seinen Sportsfreunden feiern. Irgendwie hatte ich das beklemmende Gefühl, dass es ihm wieder nicht um uns ging, sondern nur um seine Außenwirkung.

»Also, Roman, ich warte dann einfach da drüben …« Ich zeigte hilflos ans Ende des Raumes.

Er schüttelte lächelnd den Kopf. »Du, Carin, wie der Carsten schon sagte: Hier im Robinson-Club sitzen immer alle zusammen. Ganz unkompliziert.« Seine Stimme klang auf einmal gereizt.

»Wirklich, Carin, wir beißen nicht!«

»Oh. Ähm. Ja, okay.« Ich stellte fest, dass hier tatsächlich ausschließlich größere Tische standen. Die ersten Gäste gesellten sich zueinander und holten sich ihre Teller selbst vom Buffet. Mein Traum vom Zweiertisch mit Kerzenlicht und Champagner platzte genauso wie der von vertrauten Gesprächen, Ruhe und Abgeschiedenheit.

»So etwas Spießiges wie Service gibt es hier wohl nicht?«, stammelte ich.

»Nee. Du kannst dir alles selber nehmen.«

»Musst dich aber beeilen, die besten Sachen sind immer schnell weg.«

»Die Hummerschwänze sind geil.«

»Und die Babyshrimps musst du unbedingt mit dieser Knoblauchsoße probieren!«

»Oh. Ah. Ja, okay.« Mein Hals war wie zugeschnürt.

»Hol dir ruhig schon was, wenn du Hunger hast«, sagte Roman gönnerhaft und wandte sich wieder seinen Sportsfreunden zu.

»Wir essen also nicht zusammen?« Ich konnte mich nicht von diesem Gedanken lösen.

»Doch, gerne. Dann musst du halt noch warten, bis wir hier fertig sind.«

»Dann hau ich mich jetzt mal an die Bar und warte, bis du fertig bist«, griff ich seinen lockeren Umgangston auf. »Schließlich sind wir nicht zum Vergnügen hier.« Das war ironisch gemeint, aber gleichzeitig eine Botschaft an ihn: »Bitte nimm dir Zeit für mich!«

Aber Roman tat so, als hätte er nicht verstanden. Er kehrte mir den Rücken zu.

Sie zeigten sich gegenseitig ihre mit dem Handy gefilmten Abschläge.

Meine Enttäuschung wich Fassungslosigkeit. Ich bezahlte das hier doch nicht, damit er und seine Kumpels ihren Spaß hatten? Ich hatte so viel für Romans Urlaubswunsch getan, ja, drei Monatsgehälter geopfert. Nur damit er in einer Umgebung war, in der er sich wohlfühlte. MEINETWEGEN hätten wir hier nicht hinfahren müssen. ICH hätte den stinknormalen Waldspaziergang vorgezogen. Ein kleines Hotel irgendwo in den Bergen. Von mir aus hätten wir auch zu Hause bleiben können, wenn dort nicht Rainer gelauert hätte.

Was war nur mit meinem Leben los? Da musste ich aus meiner eigenen Wohnung fliehen, eine sündhaft teure Reise antreten – nur in der kindischen Hoffnung, meinen Sohn mal ein paar Tage für mich allein zu haben?

Ich ließ den Blick schweifen und kämpfte mit plötzlichen Fluchtgedanken. Sei nicht kindisch, Carin! Entspann dich! Du wolltest dich doch für deinen Sohn interessieren. Das hier ist schon mal ein Anfang! Ich griff nach meinem Drink und begann, die Atmosphäre unvoreingenommen auf mich wirken zu lassen. Ich war bereit, mich auf Romans Welt einzulassen. Interessiert reckte ich den Hals.

Andere Golffreunde hatten Cocktails in der Hand. Sie schauten in den riesigen Flachbildfernseher, in dem – ja, was wohl – Golf lief. Die Kamera folgte Männern, die kopfschüttelnd oder lächelnd über den Rasen gingen und ab und zu ihren Ball weiterschlugen. Wenn er im Loch war, bückten sie sich, holten ihn wieder raus und gingen weiter. Entweder kopfschüttelnd oder lächelnd. Das war's! Wie konnte man so was im Fernsehen senden? Ich versuchte, nicht den Kopf zu schütteln.

»Was darf ich dir bestellen, Carin?«

Ich zuckte zusammen. Ein hübscher blonder Kerl strahlte mich mit weißen Zähnen an.

»Ich bin Gregor.«

»Hallo, Gregor.« Ich schluckte. Wäre das doch Roman gewesen, der sich so aufmerksam um mich kümmerte! Gregor besorgte mir ein Glas Weißwein und versuchte höflich, Small Talk zu machen. Er war ein selbstbewusster junger Mann aus Mannheim, der BWL studierte. Den Bachelor habe er schon, jetzt mache er noch den Master.

»Welches Handicap hast du denn?«, fragte Gregor.

Lachend gab ich zu, dass ich nichts von Golf verstand. »Mir erschließt sich der Reiz dieses Sportes nicht«, sagte ich und nahm einen Schluck Wein. Ich zeigte auf den Fernseher. »Was ist daran so weltbewegend?«

»Golf ist eine Philosophie«, sagte Gregor.

»Aha.«

»Man lernt Demut.«

Demut. Soso. Das hatte bei meinem Sohn offensichtlich noch nicht funktioniert.

»Aber die lernt man auch, wenn man seine alte Mutter pflegt«, versuchte ich das Gespräch in Gang zu halten. »Gebiss putzen, Windeln wechseln, Bein verbinden, Rollstuhl schieben, das ganze Programm.«

»Sehr witzig«, bemerkte Gregor und schaute fasziniert auf den Großbildschirm. Gerade bückte sich wieder jemand, klaubte den Ball aus dem Loch und grinste freudig, weil die Leute um ihn herum klatschten. So richtig demütig wirkte der nicht.

»Oder wenn man das dunkelhäutige Kind seiner minderjährigen Tochter in einer bayrischen Kleinstadt aufzieht!« So schnell gab ich nicht auf.

Gregor lachte. »Ist dir das passiert?«

»Nein, aber einer Freundin.« Ich rückte ein Stück näher.

Gregor starrte wieder auf den Bildschirm. Der Demütige ging hocherhobenen Hauptes zum nächsten Abschlag, während ihm jemand den Golfsack trug.

»Oder wenn man versucht, es einer anderen Freundin nicht gleichzutun, die sich Botox spritzen lässt, um den Anblick der eigenen Tochter noch ertragen zu können!«

Gregor schlug Roman auf die Schulter.

»Deine Mutter ist ja voll witzig!«

»Echt?«, sagte Roman. Und dann: »Das hat sie von mir.«

Neben Gregor kam ich dann auch beim Abendessen zu sitzen. Leider nicht neben Roman. Gregor war zwar sehr nett und höflich, aber was sollte ich mit ihm? Ich wollte Roman kennenlernen, nicht Gregor! Außerdem war es ziemlich eng, es herrschte ein ständiges Kommen und Gehen. Irgendjemand stand immer auf, warf seine Serviette von sich, quetschte sich durch die Stuhlreihen und mit Tellern und Gläsern beladenen Gäste, um zum Buffet und wieder zurückzugelangen. Währenddessen kamen übereifrige Abräumer und rissen an sich, was nicht gerade vor irgendjemandes Brust stand. Ich klammerte mich an meinen Teller. Alle unterhielten sich laut über meinen Kopf hinweg. Ich stocherte in meinem Essen herum und hatte keinen Appetit. Ich fand das Ganze – gewöhnungsbedürftig. Bestimmt war diese lockere Atmosphäre furchtbar nett für Familien und größere Gruppen. Für Golffanatiker sowieso. Aber für Mutter und Sohn, die sich endlich in Ruhe kennenlernen wollten, war das nicht das Richtige. Aber genau das wollte Roman um jeden Preis vermeiden!, schoss es mir durch den Kopf. Mein Blick fiel auf meinen Sohn, der sich lachend mit einem Glas in der Hand mit seinen Nebenmännern unterhielt. Er wollte hier Spaß haben. Aber nicht mit mir über sein Leben reden. Und erst recht nicht zuhören. Das war mit Sicherheit nicht seine Stärke. Und das war in meinen Augen sein wahres Handicap.

# 27

Die Woche zog sich endlos lang hin. Jeden Morgen um sechs hörte ich, wie die Tür unseres Bungalows zufiel. Denn dann schlich Roman bereits hinaus, um Abschläge zu üben oder »ein bisschen zu putten und zu chippen«. Schließlich sei das hier ein teurer Golfurlaub, und da wolle er nichts verpassen. Er schien mir um keinen Preis privat begegnen zu wollen. Um sieben war er dann mit seiner Truppe zum Frühstück verabredet. Ich durfte mich gern dazugesellen, aber um acht war Abschlag. Dann zog Roman vier Stunden lang über den Golfplatz. Zwischen zwölf und eins tauchte mein Herr Sohn am Mittagsbuffet auf, natürlich wieder in einem Pulk von Golfern. Wenn er mich wahrnahm, lächelte er mir zu und klopfte auf einen Stuhl neben sich.

»Lasst mal meine Mutter her«, sagte er dann gönnerhaft. »Rutsch mal eins weiter«, oder »Heb mal deinen Arsch für die Carin!«

Ich saß dann da, schaute ihm beim Essen zu, organisierte Getränke für den ganzen Tisch und sah zu, wie unsere kostbare Zeit verstrich. Sieben leer gegessene Tellerchen gähnten mich an, und ich kam mir vor wie Schneewittchen, wenn sich die Zwerge wieder an die Arbeit machten:

»Auf geht's zur zweiten Runde!«

»Tschüs, Carin, mach dir einen netten Nachmittag!«

Ich schluckte schwer, zwang mich, freundlich zu lächeln und

ihnen ein gutes Spiel zu wünschen. Na toll. Was für ein Mutter-Sohn-Urlaub!

»Ich hoffe nicht, dass du dich langweilst«, sagte Roman eines Abends beiläufig, als er aus der Dusche kam. Er hatte ein Handtuch um die Lenden gewickelt, und ich durfte kurz seinen perfekten Körper bestaunen. Sein Haar glänzte nass, und er duftete nach einem herben Männershampoo. Klar, dass Vivian total auf ihn abgefahren war. Er war ein Mann. Aber für mich ein wildfremder Mann.

»Das nicht, aber ich hatte schon gehofft, dass wir etwas mehr Zeit füreinander haben werden.«

»Du kannst gerne mitkommen, Carin. Meine Jungs finden dich echt prima.« Er klopfte mir auf die Schulter: »Ich bin stolz auf dich!«

Das war nett gemeint, und ein kleines bisschen Hoffnung keimte in meinem verletzten Mutterherzen auf. Wenn ich erst mal die endlosen Weiten des Golfplatzes mit ihm durchwanderte, würden schon Gespräche in Gang kommen.

Inzwischen hatte ich nämlich auch erfahren, dass man Golf spielt, um den wahren Charakter eines Menschen kennenzulernen. (Und um Geschäftskontakte zu knüpfen.)

»Beim Golf erkennst du sofort, wie dein Spielpartner tickt«, hatte Gregor mir mit gewichtiger Miene erklärt.

Also hängte ich mich in den nächsten zwei Tagen an den »Männerflight« und lief hinter den Kerlen her wie Falschgeld. Roman hatte mir schnell die wichtigsten Verhaltensregeln erklärt: Niemals vor den Spielern hergehen, immer hinter dem letzten bleiben, und zwar mit gebührendem Abstand, sonst kriegt man den Ball oder den Schläger an den Kopf. Niemals Beifall klatschen oder Bravo rufen, das stört die Konzentration. Keine Spuren hinterlassen, besonders nicht im Bunker. Beim Abschlag in sicherer Entfernung bleiben, fürs Einlochen galt dasselbe. Am besten, man machte sich unsichtbar. Bloß keine peinlichen

Fragen stellen, von wegen: Warum ärgern sich alle so, dass sie mit den Schlägern aufs Gras eindreschen? Ich dachte, das Spiel soll Spaß machen? Und dafür zahlt ihr so viel Geld? Beziehungsweise ICH?

Nicht ärgern, Carin!, beschwor ich mich. Genieß die schöne Landschaft, die frische Luft und die Nähe deines Sohnes. Es reicht ja, wenn du ihn von hinten siehst. So ist er. Das ist sein Leben.

Nach dem ersten vierstündigen Durchgang hatte ich gelernt, mich nützlich zu machen: Ich betätigte die Harke im Bunker, um die Spuren der Spieler zu beseitigen, und die Fahne am Loch, indem ich sie schweigend herauszog und hielt, bis auch der Letzte fluchend eingelocht hatte.

»Deine Mutter ist echt nett.«

»Ein prima Caddy.«

Am vierten Tag blieb ich wieder im Bett. Ich hatte die ganze Nacht nicht geschlafen, sondern nur gegrübelt. Sollte ich mir das weiterhin gefallen lassen? Aber was würde es bringen, ihm eine Szene zu machen, auf Zweisamkeit zu beharren, wenn er sie nicht wünschte? Beziehungsweise sie mied wie die Pest?

Ich arrangierte mich. Tagsüber unternahm ich lange Strandspaziergänge, besuchte sogar das clubeigene Fitnesscenter, wo mich eine unglaubliche Sehnsucht nach meinen Mädels überkam. Ich versuchte zu lesen, konnte mich aber nicht konzentrieren. Jetzt hatte ich viel Zeit zum Nachdenken und merkte: Ich wollte nach Hause! Auch wenn es dort einsam und leer sein würde, kalt und dunkel. Wenn ich es recht bedachte, hatte ich mich noch nie so einsam und leer gefühlt wie hier mit meinem Sohn. Trotzdem zwang ich mich, jedes Selbstmitleid im Keim zu ersticken. Wie hätte Mutter gesagt? Kind, lass dich bloß nicht hängen. Fall nicht in ein Loch wie so ein Golfball, denn da kommst du aus eigener Kraft nicht mehr raus. Reiß dich zusammen. Jetzt bist du halt in so einem Club gelandet, also nutz die Angebote! Los! Hintern hoch! Sie war mir präsenter als Roman, und mit ihr war ich ständig im vertrauten Zwiegespräch. Auf der Suche nach Zerstreuung schlenderte ich am schwarzen Brett vorbei, um zu schauen, ob es nicht irgendein Angebot für Nichtgolfer gab.

Außer der Aufforderung, beim Musical *Ich war noch niemals in New York* mit den größten Hits von Udo Jürgens mitzumachen, was mir aus unerklärlichen Gründen nicht reizvoll erschien, stach mir Folgendes ins Auge:

»Rennradfahren mit Werner durch die wilde Landschaft der Algarve!«

Na, wenn das kein verlockendes Angebot war!

Zögernd näherte ich mich der Fahrradbude, die außerhalb des Club-Geländes lag. Allzu viele Urlauber schienen nicht Rennrad fahren zu wollen. Ehrlich gesagt war ich die Einzige, die sich um vierzehn Uhr zum Rennradfahren einfand. Vor der Bude hockte ein rastabezopfter Mensch im Clubdress vor einem kopfstehenden Fahrrad und reparierte es. Ich stand unschlüssig hinter ihm und überlegte, ob es sich lohnte, ihn anzusprechen. Er war kraft seines Amtes dafür zuständig, mit mir durch die wilde Landschaft der Algarve zu fahren, ob er nun wollte oder nicht. Ich musste ihn nur auf seine Pflichten hinweisen. Aber wollte ICH das? Ich wollte mit meinem Sohn zusammen sein, nicht mit irgendwelchen Gregors oder Werners, die mich nicht für fünf Pfennige interessierten. Und dafür hatte ich so viel Geld gezahlt, meine Bibliothek im Stich gelassen – und Mutters Grab! Heute war Allerseelen. Bestimmt kniete Rainer jetzt davor und stellte duftende Reseden darauf.

Bei der Erinnerung an Mutters Lieblingsgedicht schossen mir die Tränen in die Augen:

*Allerseelen*

*Stell auf den Tisch die duftenden Reseden,*
*die letzten roten Astern trag herbei,*
*und lass uns wieder von der Liebe reden*
*wie einst im Mai.*

*Gib mir die Hand,*
*dass ich sie heimlich drücke,*
*und wenn man's sieht, mir ist es einerlei.*
*Gib mir noch einen deiner süßen Blicke*
*wie einst im Mai.*

*Es blüht und duftet hier auf jedem Grabe,*
*ein Tag im Jahre ist den Toten frei.*
*Komm an mein Herz, dass ich dich wiederhabe,*
*wie einst im Mai*
*wie einst im Mai.*

Doch statt an Mutters Grab zu stehen, trieb ich mich auf der Suche nach Zerstreuung in der Algarve herum! Ich schluckte trocken. Nicht hängen lassen! Bloß nicht losheulen! Kein Selbstmitleid!

Noch sah ich Werner nicht von vorne, aber seine Frisur ließ auf einen Freak schließen. Sollte ich Zeit mit ihm verbringen? Und mit einem Rennrad? Auf den staubigen Landstraßen Portugals? Mir war so gar nicht danach. Aber noch weniger war mir danach, allein auf meinen Sohn zu warten und trübsinnig zu werden. Ich vermisste Rainer, und das war besorgniserregend. Ich hustete verlegen.

»Ähm … Werner?«

Der Freak drehte sich um. Ich starrte ihn überrascht an. Er war jung. Höchstens Ende zwanzig. Braun gebrannt, sportlich, und die Rastalocken passten zu ihm. Wie hatten seine Eltern diesen hübschen Knaben nur Werner nennen können?

Ein eigenartiger Ausdruck huschte über sein jungenhaftes Gesicht. »Nee, ich bin Markus.«

»Und wo ist Werner?«

»Ich glaube in Spanien oder so.«

Seine Mundwinkel zuckten ein bisschen. Er musste sich ein Lachen verkneifen. Hm. Irgendwie hatte ich gehofft, Werner wäre in meinem Alter. Nun musste ich schon wieder einen jungen Burschen mit meiner Anwesenheit belästigen. In Markus' Beuteschema passte ich gleich dreimal nicht! Der hustete verlegen und verfiel dann in erwartungsvolles Schweigen. Unschlüssig trat ich von einem Bein aufs andere. »Und, würdest du vielleicht mit mir – ähm – Rennrad fahren?«

Markus musterte mich. Vielleicht war ich nicht so passend gekleidet mit Jeans, geblümter Sommerbluse, Sneakers und Handtasche. Aber irgendwohin muss man doch als Frau mit seinen Siebensachen! Wo tun Rennradfahrer denn ihr Portemonnaie, ihren Schlüssel, Lippenstift, Sonnenbrille, Jacke, Handy, Fotoapparat, Lutschpastillen und Taschentücher hin? Da ist ja nun wirklich nur eine bescheidene Grundausstattung! Auf Luxus wie Roman, Sitzkissen, Sonnenmilch, Hut und Knabberriegel hatte ich ja schon verzichtet!

Markus schaute unschlüssig auf die Uhr.

»Zehn nach zwei«, sagte ich. »Zeit zum Rennradfahren.«

»Ja, kannst du das denn?«, fragte Markus, sprang auf und wischte sich die Hände an seinem Club-T-Shirt ab.

»Nein, aber ich dachte, du bringst es mir bei!«

»Na ja, wenn du noch nie Rennrad gefahren bist …«

Bei einem Blick auf sein bleistiftdünnes Rad mit dem küchenmesserschmalen Sattel konnte ich seine Zweifel nachempfinden. Die Griffe waren dermaßen grausam gebogen, dass man nur liegend und auf den Boden starrend vorwärtskam. Und das vermutlich in affenartiger Geschwindigkeit im Windschatten eines Lasters. Von wegen, die schöne wilde Landschaft der Algarve genießen! Was gab es bloß alles für bescheuerte Sportarten! Andererseits … dann lieber schön mit Rainer auf dem Elektrofahrrad um den See, oder was? Gab es denn kein Mittelding? Plötzlich wurde mir bewusst, dass Markus schon die ganze Zeit redete. Er erklärte mir die Handhabung eines Rennrades! Ich hatte kein einziges Wort mitbekommen. »Gepäckträger gibt es wohl keinen?« Ich wies auf meine Handtasche.

»Nee, also so, wie du ausgestattet bist, lassen wir das mal lieber.«

»Ich WILL aber Rennrad fahren!«, beharrte ich. Bitte schick mich nicht wieder zurück an den tosenden Atlantik, hoch auf die felsigen Klippen, und überlass mich nicht meinen düsteren Gedanken! Heute wäre ein guter Tag, um zu springen!

»Wir könnten ein bisschen mit dem Mountainbike rumrutschen«, sagte Markus.

»Rumrutschen?« Ich sah ihm fest in die Augen.

»Ja, rauf zum Vulkan oder runter zu den Wasserfällen.«

Oh. Das hörte sich alles entsetzlich an. »Und einfach nur nett in der Gegend rumradeln?«, schlug ich vor.

Markus schaute wieder auf die Uhr. Leider war es erst zwölf nach zwei. Bis zum Abend war es noch lang.

Ich weiß nicht, wer sich elender fühlte bei dem Gedanken, jetzt miteinander in der Gegend rumradeln zu müssen: Markus oder ich. Doch er war Profi genug, sofort ein Mountainbike aus seinem Schuppen zu holen, meine Handtasche in einen Rucksack zu stopfen und diesen zu schultern.

»Also los!«, sagte er aufmunternd, vermutlich mehr zu sich selbst. Er gab mir noch einen Helm, zurrte ihn mir unter dem Kinn fest und erklärte mir, dass es keine Rücktrittbremse gab.

»Kommst du mit den Gängen klar?«

»Bestimmt!«, sagte ich zuversichtlich.

»Lieber die rechte Handbremse benutzen, nur im Notfall die linke, sonst fliegst du über den Lenker und legst dich hin.«

»Nee, ist klar.«

Was tat ich hier eigentlich? Nicht darüber nachdenken, Carin!, hörte ich meine Mutter sagen. Es ist so, wie es ist. Mach das Beste draus. Du hast Roman vor dreißig Jahren abgegeben und kannst nicht erwarten, dass er jetzt wie eine Klette an dir klebt und ständig Händchen halten will.

Nein, dachte ich resigniert. Das tut nur Rainer. Könnte man die beiden nicht vertauschen? (Warum habe ich nicht Rainer zur Adoption freigegeben? Hm? Kann mir das mal einer sagen?)

Mutter ließ nicht locker: Guck dir die wilde Landschaft der Algarve an und genieß den Augenblick. Wenn eine Tür zufällt, öffnet sich ein Fenster. Ein junger Mann ist so gut wie der andere.

Aber Mutter, du weißt doch, dass das nicht stimmt!

Vielleicht zahlt er dir auf diese Weise heim, was du ihm angetan hast! Er liefert dich fremden Söhnen aus! Also, nimm diesen Markus!

Und so radelte ich mit äußerst gemischten Gefühlen hinter diesem Rastaman her. Ob er genauso viel Heimweh nach seiner Mutter hatte wie ich?

Nach einer kurzen Eingewöhnungszeit fand ich das Radeln einfach wunderbar. Ein laues Lüftchen umwehte meine nackten Arme, das In-die-Pedale-Treten wärmte mich von innen, die Farben und Düfte schmeichelten meiner Seele. Die Gegend war wirklich zauberhaft. Nachdem wir etwa zwei Stunden an Orangenhainen, Olivenbäumen und weiß getünchten Häusern vorbeigeradelt waren, hielt Markus in einem mittelalterlichen Städtchen, nahm den Helm ab, schüttelte die Rastalocken und sagte: »Kaffeepause.«

Auch ich nahm meinen Helm ab, aber haartechnisch gab es nichts zu schütteln. Also strich ich nur verschwitzte Strähnen hinters Ohr. Wir setzten uns in ein Straßencafé in die schräg stehende Nachmittagssonne und ließen uns knuspriges Gebäck und einen Milchkaffee bringen.

»Bist du allein hier?«, fragte Markus und leckte sich den Milchschaum vom Oberlippenbärtchen.

»Offiziell nicht, in Wirklichkeit schon.«

»Ehekrach?«, fragte Markus und stellte die Tasse ab.

»Ich bin mit meinem Sohn hier.«

Ein mitleidiger Ausdruck huschte über Markus' Gesicht.

»Und der mag nicht mit dir Rad fahren?«

»Nein, tut mir leid.« Ich presste die Lippen aufeinander. »Dafür musst du herhalten.«

Markus grinste. »Ist ja mein Job.«

Bei dieser Bemerkung spürte ich einen schmerzhaften Stich. »Danke«, sagte ich. »Das baut mich auf.«

»Nicht, dass mir das nicht Spaß macht mit dir!«, beteuerte Markus schnell und schaute dabei unauffällig auf die Uhr.

»Du musst nicht lügen«, sagte ich. Ich merkte, wie sich mir der Hals zuschnürte. Meine Finger zitterten leicht, und ich richtete ein Fußbad auf der Untertasse an.

Markus reichte mir schweigend eine kleine Papierserviette aus dem Spender.

»Ich höre gerne zu.«

»Aber nicht auf die Uhr schielen«, drohte ich zynisch. Und dann erzählte ich Markus die ganze Geschichte. Es war unglaublich, was für ein Redebedürfnis ich hatte! Natürlich erzählte ich nichts von der Spielsucht. Nur dass wir uns nach dreißig Jahren wiedergefunden und uns nichts zu sagen hatten. Und dass ich meinem Sohn jetzt einen Urlaub bezahlte, den er mit anderen Leuten verbrachte. Mir stiegen Tränen in die Augen.

»Also, wenn ich das richtig verstehe …«, sagte Markus und löffelte den letzten Rest Milchschaum vom Tassengrund, »… habt ihr einen gemeinsamen Urlaub gebucht, um zueinanderzufinden.«

Ich zuckte mit den Schultern und wandte mein Gesicht der Sonne zu. »Ich jedenfalls schon.«

»Also meiner Erfahrung nach«, sagte Markus, »klappt so was nicht. Ich erlebe hier ja viele Ehepaare, die zusammen Urlaub machen, um wieder zueinanderzufinden.« Er stellte die Tasse ab und schob entspannt die Füße von sich. Er hatte lange, muskulöse, braun gebrannte Beine mit blonden Härchen drauf. Ein erfreulicher Anblick. »Im Urlaub werden die Probleme höchstens größer, nicht kleiner.«

Ich nahm meine Sonnenbrille ab und sah ihn an. Er hatte total recht! Da musste doch tatsächlich erst ein rastagelockter Bursche mit Mountainbike daherkommen, um mir die Wahrheit zu sagen. Wir hätten auch in Butterblum bleiben können. Wir hätten gemeinsam die Wohnung renovieren sollen, mit Vivian reden, nach Hamburg zu Silke fahren oder sonst was Sinnvolles tun können.

Dann hätte Roman wenigstens meine Sicht der Dinge und MEIN Leben kennengelernt. Aber das war bestimmt das Letzte, was ihn interessierte. Er schob seine Probleme vor sich her und stürzte sich wie immer in Ablenkungen. Der Urlaub war reine Zeit- und Geldverschwendung! Er war Augenwischerei, mehr nicht.

»Entweder es passt, oder es passt nicht«, sagte Markus weise.

Entsetzt starrte ich ihn an. Konnte es denn mit dem eigenen Fleisch und Blut nicht passen?

»Was würdest du an meiner Stelle tun?«, hörte ich mich verunsichert fragen.

Er zuckte mit den Schultern. »Vielleicht zusammen zum Psychologen gehen oder so. Familienaufstellung. Was weiß denn ich.«

Carin, hörte ich meine Mutter sagen, lass den armen Jungen zufrieden!

Ich zahlte, und dann schlenderten wir noch ein bisschen durch die Abendsonne. Markus zeigte mir ein paar Wehrtürme, Wappen und Dächer, die er wahrscheinlich jedem Urlauber präsentierte. Einige verwaiste Storchennester waren auch eine Erwähnung wert. Auf meine Bitte hin knipste er mich, und ich knipste ihn. Zwei leere Storchennester und zwei einsame Menschen. Wie symbolisch! Obwohl ich das Städtchen und den Burschen reizend fand, konnte ich mich nicht wirklich freuen. Viel zu sehr schmerzte mich die Erkenntnis, dass ich diesem jungen Mann näher war als meinem eigenen Sohn. Und dass dieser Nachmittag der erste war, an dem ich die Algarve genossen hatte.

Als ich an diesem Abend in den leeren Bungalow zurückkam, sah ich auf dem Handy, dass Billi angerufen hatte. Trost suchend rief ich sofort zurück.

»Wie geht's mit Roman?«, fragte sie. »Seid ihr euch nähergekommen?«

»Er weicht jedem Gespräch aus«, sagte ich traurig. »Dafür habe ich gerade einen zauberhaften Nachmittag mit einem wildfremden jungen Mann verbracht, dem ich zum Dank einen Fünfziger zugesteckt habe!«

Billi lachte. »Das ist ja wohl nicht im Sinne des Erfinders.«

»Ich kann Roman doch nicht dazu zwingen, mit mir zu reden!«

»Ich finde schon!«, sagte Billi. »Versuch es. Gib nicht auf. Noch habt ihr ja drei Tage!«

»Wie geht es mit der Austauschschülerin?«, fragte ich, um nicht in Tränen auszubrechen.

»Rikki kann sie nicht ausstehen«, erwiderte Billi. »Sie hat Pickel, an denen sie ständig rumfummelt. Mit der hatte ICH einen zauberhaften Nachmittag!«

»Nein!«, rief ich aus. Ich hörte Mohair im Hintergrund brabbeln.

»Du sagst es, Carin. Jetzt hab ich das nicht Deutsch sprechende Mädel auch noch an der Backe.«

»Wie? Du fliegst extra eine Argentinierin ein, damit deine Tochter ihr Spanisch perfektioniert, und jetzt kümmert sie sich nicht um sie?«

»Nein. Sie hat solche Hormonschwankungen, da sind unsere Wechseljahre ein Scheißdreck dagegen! Weißt du, sie stillt gerade ab. Da ist sie ziemlich aggressiv.«

»Ja, aber …«

»Sie hat einen neuen Freund. Einen amerikanischen Au-pair-Jungen aus der Nachbarschaft. Der hat es angeblich mit seinen Gasteltern blöd getroffen, und weil ich ja viel cooler bin als die, hat sie ihn auch noch angeschleppt.«

»Nein, Billi, das glaub ich einfach nicht!« Ich hörte mich fast befreit lachen. »Unglaublich, was wir Mütter uns alles gefallen lassen«, stammelte ich schließlich.

»Einmal Mutter, immer Mutter«, sagte Billi.

»Außer bei mir …«

»Na ja, in deinem Fall liegen die Dinge anders … Wobei ich dir noch nicht mal vorwerfen kann, deinen Sohn schlecht erzogen zu haben«, gab Billi zurück.

»Aber du hast deine Kinder doch nicht schlecht erzogen?!«

»Nein. Sie mich aber auch nicht«, gab Billi trocken zurück. »Ich spure doch ganz prima.«

»Und was macht – ähm – Ich traute mich kaum, ihre andere Baustelle anzusprechen.

»Rudi? Der ist mit einer Stewardess auf den Kanaren.«

»Mit diesem schwarzhaarigen Gift?«

»Ja. Seine neueste Errungenschaft. Er hat sie auf dem Flug zu einem Ärztekongress in Palma de Mallorca kennengelernt.«

»Und das lässt du dir gefallen?«

»Solange ich noch nicht selbst Frau Doktor bin … Ich glaube, wir Frauen lassen uns eine ganze Menge gefallen, nur um des lieben Friedens willen.«

Sie hatte völlig recht. Auch ich hatte mir eine Menge gefallen lassen.

»Und – wie geht es Sonja und …« Eigentlich wollte ich nach Vivian fragen, aber Billi fiel mir ins Wort.

»Rainer? Sonja hat einen Narren an ihm gefressen. Du glaubst ja nicht, was die für einen Spaß miteinander haben!«

»Ach wirklich?«

»Sie hat sich in den Kopf gesetzt, einen neuen Mann aus ihm zu machen.«

»Und?«

»Er hat schon ein paar Pfund abgenommen, eine ganz neue Frisur, und gestern hat sie ihn zu einem Herrenausstatter nach München geschleppt.« Billi gluckste amüsiert in den Hörer. »Du würdest ihn nicht wiedererkennen. Sonja hat all seine Rentnerwesten und kurzärmligen Hemden in den Müll geschmissen und sein E-Bike gegen ein cooles Moutainbike eingetauscht. Am Wochenende waren sie auf dem Hohen Zinken.«

»Oh!«, entfuhr es mir.

»Was ist eigentlich mit Viktor?«, fragte sie kauend, als wäre ihr das gerade so eingefallen.

»Viktor? Was soll schon mit ihm sein?« Mir wurde ganz heiß. Hastig öffnete ich die Dachterrassentür und trat in die milde Abendluft hinaus. Der Himmel zeigte alle Schattierungen von Rot bis Rosa. Mit Viktor wäre es hier einfach – atemberaubend.

»Hat Viktor sich noch mal bei dir gemeldet?«, hakte Billi nach.

»Nein. Er weiß ja nicht mal, dass ich mit Roman in Portugal bin.«

»Auch nicht von Roman?«

»Keine Ahnung.«

»Ihr redet wirklich über gar nichts, was?«

»Nur über das Wetter«, sagte ich. »Wie geht es Vivian?«

»Vivian ist fest entschlossen, das Fitnesscenter weiterzubetreiben«, sagte Billi. »Sonja hält felsenfest zu ihr. Und Rainer spielt den Hausmeister.«

»Das ist toll.«

Na bitte, da war doch ein neues Feld zu beackern! Trotzdem versetzte es mir einen Stich.

»Alle halten zusammen. Ihr fehlt mir«, sagte ich traurig.

»Ja, aber Liebes! Wir halten doch auch zu dir!«

»Nur bei Roman und mir will das nicht klappen.«

»Rede mit ihm!«, beschwor mich Billi noch einmal. »Appelliere an sein Ehrgefühl. Es geht nicht nur um euch beide. Es geht auch um Vivian. Er muss wenigstens Alimente zahlen.«

»Ach Billi, ich schäme mich so für ihn!«

»Das verstehe ich. Trotzdem: Eine Mutter hält immer zu ihrem Kind.«

»Auch wenn es NUR Scheiße gebaut hat in seinem Leben? Roman hat Schulden in fünfstelliger Höhe!«, jammerte ich. »Für Vivians Kind werde ich wohl die Alimente zahlen, wenn Viktor es schon für Silke tut …«

»Das wirst du mal schön bleiben lassen! ER muss selbst Verantwortung übernehmen!«

»Billi, ich weiß wirklich nicht, wie ich an ihn rankommen soll. Er macht vollkommen zu, und offiziell weiß ich ja gar nichts von seiner Spielsucht. Ich kann Viktor unmöglich verraten. Roman weiß nicht mal, dass Viktor mich besucht hat! Was Viktor mir da erzählt hat, war doch alles höchst vertraulich! Oh Mist, ich glaube, da kommt er …«

»Wer, Viktor?«

Schön wär's! »Roman!«

Polternd betrat mein Sohn den Bungalow. Erschöpft knallte er seinen Golfsack in die Ecke und machte sich an der Minibar zu schaffen. Ob er merkte, dass ich auf der Dachterrasse stand? Hoffentlich hatte er nichts von unserem Gespräch mitbekommen! Ich war ja nicht gerade leise gewesen. Im Gegenteil, ich hatte mich ziemlich in Rage geredet. O Gott, das wäre der Mega-Vertrauensbruch!

»Ich muss jetzt Schluss machen, Billi!«

»Rede mit ihm! Sei nicht feige!«

»Grüß alle schön!«, sagte ich und legte auf.

Tagelang hatte ich gehofft, dass sich ein Gespräch ergab, doch jetzt würde ich selbst aktiv werden. Zögernd betrat ich den Raum. Roman stand an der Minibar und trank gierig Wasser aus der Flasche.

»Hallo, Carin. Alles klar?«

»Nein.«

»Wie, nein?«

Roman starrte mich gereizt an. Kleine Schweißperlen standen ihm auf der Stirn. Er war erledigt.

»Nein, Roman. Ich würde gern mit dir reden.«

»Muss das ausgerechnet jetzt sein?« Er knallte die Flasche auf den Tisch und zog sich das Shirt über den Kopf. »Ich habe zweimal achtzehn Löcher gespielt! Du solltest inzwischen wissen, was das bedeutet!«

»Das mag schon sein. Aber wir haben diesen Urlaub gebucht, um zu reden!«

»DU hast diesen Urlaub gebucht, um zu reden.« Er streifte Golfschuhe und Hose ab und verschwand türenknallend im Bad. »Immer wollen Frauen reden!«, hörte ich ihn murren. Dann klappte der Klodeckel, und es rauschte die Spülung. Schließlich das Wasser in der Dusche.

Das war also das typisch männliche Verhalten, von dem ich schon oft gehört, das ich aber noch nie selbst erlebt hatte. Rainer war kein Macho. Rainer redete gern, ja wollte sogar noch mehr Probleme besprechen, als überhaupt vorhanden waren. Ich wusste nicht, was schlimmer war.

Mein Herz klopfte, aber ich zwang mich, nicht davonzulaufen. Okay, Carin, sagte ich mir. Diesmal gibst du nicht klein bei! Wenn er da rauskommt, muss er Farbe bekennen. Das Gespräch mit Billi hatte mir Kraft gegeben. Meine Mutter war auch bei mir. Ich nahm mir ein Bier aus der Minibar und trank direkt aus der Flasche. So. Machogehabe? Kannst du haben, mein Sohn!

# 28

Nach einer gefühlten Ewigkeit ging endlich die Badezimmertür auf. Roman erschien mit Lendenschurz, griff nach der Fernbedienung und warf sich auf sein Bett. Auf dem Bildschirm erschien portugiesische Werbung. Gerade wurde ein dicker Babypopo begeistert bejubelt. Beziehungsweise die dicke Plastikwindel, die ihn umhüllte. Romans Gesicht drückte Ekel aus. Na gut, an seine Kinder wollte er jetzt bestimmt nicht erinnert werden. Bestimmt erwartete er, dass ich mich jetzt diskret verzog. Aber ich nahm all meinen Mut zusammen und sagte: »Es tut mir leid, aber jetzt reden wir.« Ich nahm die Fernbedienung und schaltete den Fernseher aus. Wieso tat es mir leid? Es tat mir überhaupt nicht leid!

»Eh, Carin, spinnst du?« Roman setzte sich wütend auf.

»Roman.« Ich setzte mich auf die Bettkante. »Wir sind doch nicht hier, damit du den ganzen Tag Golf spielst und mich allein lässt!«

»Dieses Gerede habe ich mir schon jahrelang von Silke anhören müssen: ›Du spielst den ganzen Tag und lässt mich allein‹«, äffte er sie nach.

Aha. Das Thema war eröffnet.

»Du spielst also …?«

»Ja! Stell dir vor! Ich spiele gern! Was geht dich das an?«

»Es geht mich insofern was an, als du offensichtlich in größter Geldnot bist!«

»Was dir ja offenbar scheißegal ist!« Er musterte mich kalt.

»WIE BITTE? Ich habe diesen teuren Urlaub finanziert, damit du deinen Spaß hast!«

»Den du mir gerade gründlich verdirbst!«

Romans Gesicht glich dem eines trotzigen Jungen. Ich beschloss, es anders zu versuchen. »Denk doch mal an die Menschen, die dir nahestehen! Das ist doch total egoistisch von dir!« Ich bemühte mich immer noch um einen ruhigen Ton, und das Bier gab mir die nötige Gelassenheit. Auf keinen Fall wollte ich jetzt hysterisch oder zänkisch klingen.

»Ausgerechnet du musst mir sagen, was egoistisch ist«, ging er sofort zum Gegenangriff über. »Und von wegen Menschen, die mir nahestehen!« Er richtete sich auf, seine Augen wurden schmal und seine Stimme gefährlich leise. »Soweit ich weiß, hat mich der einzige Mensch, der mir nahestand, im Stich gelassen, als ich gerade drei Wochen alt war.«

Ich schluckte. Okay. Diese Platte also. Ich starrte ihn wortlos an.

»Ja, das ist leicht«, erwiderte ich schließlich so gefasst wie möglich. »Dieses Spiel kann ich nicht gewinnen. Du hast die besseren Karten, von Anfang an!«

»Du hast sie verteilt«, gab er knapp zurück. »Du hast dein Kind verschenkt.«

Er griff wieder zur Fernbedienung. Inzwischen wurde ein portugiesisches Ketchup auf einer Portion Bratkartoffeln bejubelt.

»Nein!«, sagte ich entschlossen. »So kommen wir nicht weiter.« Ich stand auf und zog den Stecker heraus.

Für einen Moment war Roman sprachlos. Alle Farbe war aus seinem Gesicht gewichen.

»Das hat Silke auch gemacht«, stöhnte er schließlich genervt. »Was wollt ihr bloß alle von mir?«

»Dass du Verantwortung übernimmst?!«

Er stieß ein Schnauben aus. »Verantwortung! Das sagt ja genau die Richtige!«

»Hör zu.« Ich straffte die Schultern und atmete tief aus. »Es hat keinen Sinn, dass wir hier weiter Zeit vergeuden und uns gegenseitig etwas vormachen.«

»Was mache ich dir denn vor?«

»Du spielst uns allen ständig etwas vor.«

»Ach. Komm DU mir jetzt nicht auch noch mit diesen Vorwürfen!«

Sein Mund war nur noch ein schmaler Strich. Genau so musste Silke ihn erlebt haben. Genau so.

»Wer spielt denn hier wem was vor?!«

»Du spielst mir und deinen Freunden hier den lässigen Golfurlauber vor«, sagte ich nach wie vor beherrscht. »Es ist durchaus okay, dass ich hier Tausende von Euros lasse …«

Solange es unserer Mutter-Sohn-Beziehung dient, hatte ich eigentlich noch sagen wollen. Solange wir uns endlich kennenlernen. Solange wir uns in die Augen schauen und reden. Das ist mir alles Geld der Welt wert.

Doch er ließ mich gar nicht erst ausreden. »Ach! Der allererste Urlaub von Mutter und Sohn seit dreißig Jahren, und schon werden mir die Kosten zum Vorwurf gemacht!«

»Die müsste ich dir gar nicht vorwerfen, wenn du den Urlaub MIT MIR verbringen würdest«, wurde ich lauter. »Das wäre nur fair!«

»Komm du mir nicht mit Fairness!«

»Anscheinend bin ich für dich nur ein lästiges Anhängsel!«

»So wie ich für dich ein lästiges Anhängsel war!« Er lachte höhnisch. »Das du auf elegante Weise losgeworden bist!«

Mir kamen die Tränen. »Ich habe versucht, dir zu erklären, dass ich dich nie vergessen habe!«, schluchzte ich auf. »Dass ich mich ständig gefragt habe, was du wohl tust, was dich interessiert, was dich ausmacht, was du fühlst, was du denkst, wie es dir geht, ob du geliebt wirst … Ich bin fast gestorben vor schlechtem Gewissen!«

»Heul doch!«, sagte er kaltschnäuzig.

Ich konnte es nicht fassen. Woher hatte er nur diese unglaubliche Kälte? Ich schlug mit der Hand auf die Bettdecke. »Wie gemein du bist, wie selbstgerecht, wie unfair!«

»Ach, das höre ich seit Jahren von meiner Ehefrau! – Toll, dass ihr euch alle gegen mich verschworen habt!«

Obwohl ich es mir so fest vorgenommen hatte, einen kühlen Kopf zu bewahren, hatte sich unser Gespräch schon zum handfesten Streit ausgeweitet.

»Deine Frau Silke ist ein bezaubernder Mensch«, sagte ich aufbrausend. »Du hast sie gar nicht verdient! Sie nicht, und diese entzückenden Kinder auch nicht!«

»Woher willst DU das denn wissen?«

»Weil ich sie besucht habe! Darum!«

»So! Du bist also hinter meinem Rücken bei ihr gewesen!«

»So wie DU hinter MEINEM Rücken bei Alessandro Bigotti gewesen bist!«

Peng! Jetzt flogen aber richtig die Fetzen. Am liebsten hätte ich ein Kissen genommen und es ihm an den Kopf geworfen.

»Weil DU zu feige bist, mit ihm Kontakt aufzunehmen!«

»Weil ER ein bigottes Arschloch ist!«, schrie ich nun wutentbrannt. »Er hat mir die Mafia auf den Hals gehetzt!«

»Na prima! Dann bin ich also der Sohn eines kriminellen, bigotten Arschlochs!«

Ja, das bist du!, hätte ich am liebsten gebrüllt. Stattdessen flüsterte ich kopfschüttelnd: »Ich bin nicht feige. Ich habe mich mein Leben lang den Dingen gestellt. Es hat mich Kraft gekostet, mich von dir zu trennen. Du solltest es besser haben als ich.«

»Oh. Gleich zwei Heilige als Eltern! Da KONNTE ja nichts aus mir werden!«

»Nein, so leicht darfst du es dir nicht machen.« Meine Augen wurden schmal. »Dein Adoptivvater Viktor ist ein wundervoller Mann, und deine Adoptivmutter hat alles für dich getan …«

»Lass meine Eltern aus dem Spiel! Du hast überhaupt kein Recht, über sie urteilen.«

Ich schnaufte. »Aber ich rede doch nur positiv über sie!«

»Das wäre ja auch noch schöner!«

»Sie haben ihr Bestes gegeben und dich mit Liebe überschüttet. Wie bist du nur so ein Mensch geworden?!«

»Wieso? Meine leiblichen Eltern sind a) ein bigottes Arschloch und b) eine feige Drückebergerin.«

Das saß. Er war ein Spieler. Ein guter Spieler. Er WOLLTE um jeden Preis gewinnen. Ich spürte, wie mein Kampfgeist schwand.

»Ich bin keine Drückebergerin!«, stieß ich zwischen den Zähnen hervor.

»Nicht?« Seine Stimme triefte vor Ironie. »Eine Mutter, die ihr Kind im Stich lässt, ist also KEINE Drückebergerin?«

Es reichte, ich würde mich nicht weiter so von ihm verletzen lassen.

»Roman, hör zu! Ich wollte diesen Urlaub, um in Ruhe mit dir reden zu können.«

»Okay. Jetzt reden wir in Ruhe.« Er griff nach seiner Mineralwasserflasche. »Nur dass ich im Gegensatz zu dir keinen Alkohol dafür brauche. Falls du in irgendeiner Weise auf mein Suchtproblem anspielen willst.«

Schon wieder so ein Schlag unter die Gürtellinie. Er gehörte zu den Menschen, die grundsätzlich mit einem Gegenangriff reagieren, weil sie nicht in der Lage sind, auch nur leiseste Kritik an sich heranzulassen. Er steckte metertief in der Scheiße, suchte aber beim Gegner krampfhaft nach Schwächen, um von sich abzulenken. Er pokerte! Die Erfahrung hatte ihn gelehrt, dass Frechheit siegte. Ich durfte mich davon nicht beirren lassen. Ich sah ihm ins Gesicht und versuchte, meinen Sohn hinter der Maske zu sehen. Meinen kleinen Oliver, der mich damals beim Stillen zu unverwandt angesehen hatte, aus diesen schwarzen Augen, die mich nun hasserfüllt anstarrten. Es waren dieselben Augen. Es war derselbe Mensch. Diese Erkenntnis traf mich wie ein Keulenschlag.

Im Grunde war er seelisch völlig verwahrlost. Ein Junge, der alles im Leben hatte, der mit Liebe und Zuwendung überschüttet worden war, dessen Eltern ihn gedeckt und geschützt hatten, bis es nicht mehr ging, und der jetzt um sich biss wie ein tollwütiger Hund! Er war seelisch krank, warum auch immer. Waren alle adoptierten Kinder seelisch krank? War es vielleicht besser für sie, wenn sie niemals von ihrer wahren Herkunft erfuhren? Denn das verletzte sie, brachte sie aus dem Gleichgewicht. Machte Schiffbrüchige aus ihnen. Selbst mein intelligenter, gebildeter Sohn, der im intaktesten aller Elternhäuser aufgewachsen war, war völlig aus der Bahn geworfen worden!

»Du hättest das mit der Adoption niemals erfahren dürfen.« Ich schüttelte traurig den Kopf. »Es wäre besser, wir hätten uns nie getroffen.«

Oh, das tat weh! Das tat so weh! Aber es war die Wahrheit. Lieber hätte ich weiter schmerzliche Sehnsucht nach meinem Fantasie-Oliver gehabt, als diesem aggressiven, gefühlskalten Roman gegenüberzusitzen.

»Du meinst also, weiterlügen wäre besser gewesen?!«

»Ja«, sagte ich mutlos und stand auf. »In deinem Fall schon.«

»Ich bin es also nicht wert, die Wahrheit zu erfahren?«, schrie er wutentbrannt hinter mir her.

»Nein«, sagte ich, schon an der Tür. Mir zitterten die Knie, und meine Stimme zitterte auch. »Wenn aus Wahrheit so viel Hass entsteht, ist es besser, aus Liebe zu lügen.«

Ich schloss die Tür und wankte in mein Zimmer. Dort warf ich mich aufs Bett und brach in Tränen aus. Die Hoffnung, dass Roman leise die Tür öffnen, hereinkommen, mich sanft an der

Schulter berühren und »Carin, es tut mir leid« murmeln würde, wurde mit jeder Träne, mit jedem Schluchzer geringer. Ich fühlte mich leer. Alle Hoffnung war verflogen. Es würde keine echte Wiedervereinigung geben. Genau wie nach dem Mauerfall, dachte ich. Erst großes Gejubel auf beiden Seiten, dann viel öffentlichkeitswirksam inszenierte Gefühle, aber letztlich war der Bruch nicht zu kitten. Damit musste man sich abfinden.

Als ich später nach Roman schauen wollte, war er weg. Getrieben von der Stimme meiner Mutter, zwang ich mich, mich zusammenzureißen: Hier wird nicht im Bett rumgelegen und geheult. Dieser Urlaub ist bezahlt, und jetzt ist Essenszeit. Los, aufstehen! Ich nahm eine kalte Dusche, zog mich fein an und schminkte mich sorgfältig. Dann ging ich tapfer zum Abendessen. Erhobenen Hauptes betrat ich das lärmerfüllte Restaurant. Am Buffet traf ich Gregor, der sich gerade Hummer auf den Teller lud.

»Hallo, Carin! Wir haben dich schon vermisst!«

»Ist Roman ...« Suchend schaute ich mich um. Mein Herz klopfte.

»Ja klar, da hinten sitzt er, da sitzen wir alle!«

Tatsächlich. An einem lebhaften Achtertisch ganz hinten am Fenster saß Roman im schwarzen Hemd, redete und gestikulierte, als wäre nichts gewesen. Die anderen brüllten vor Lachen, als er irgendeine Pointe von sich gab. Er SPIELTE schon wieder!

»Er meinte, du seist heute Abend ...«

»Ja?«

»Na, wie sagt man da ... Unpässlich oder so.« Gregor gestikulierte verlegen mit dem Teller, auf dem die Hummerschwänze lagen.

»Ich? Unpässlich?« Ich stemmte die Hände in die Hüften. Das durfte doch nicht wahr sein! »Hat Roman erzählt, ich hätte meine Tage oder was?!«

»Na ja, so ähnlich. Entweder das oder dass du in den Wechseljahren bist.«

Mir entfuhr ein Schnauben. »Roman hat wirklich Humor!«

»Ja, den hat er!« Gregor wurde so rot wie seine Hummerschwänze. »Den hat er von dir, Carin!« Verlegen stupste er mich in die Seite. »Du siehst gut aus! Richtig super!«

Für eine hysterische Alte in den Wechseljahren, wolltest du wohl sagen? Aber ich hatte gar keine Zeit, beleidigt zu schmollen: Erstens wurden wir schon wieder umgerannt, und zweitens wollte ich meinem Sohn in Sachen Selbstbeherrschung in nichts nachstehen. Also holte ich mir einen Salat und gesellte mich wie selbstverständlich zu Roman und seinen Freunden.

Mein Sohn sah mich so freundlich distanziert an wie immer: »Da bist du ja! Ich dachte, du willst heute nichts essen.«

»Natürlich will ich heute was essen«, behauptete ich. Dabei war ich so appetitlos wie noch nie im Leben. Ich stocherte in meinem Salat herum.

»Alles klar, Carin?« Seine schwarzen Augen durchbohrten mich.

»Ja!«, sagte ich. »Alles klar.« Dann biss ich beherzt in eine Tomate und hielt seinem Blick stand.

»Prost«, machte Roman mit seinem Mineralwasser. »Ach so, du trinkst ja lieber Bier. Warte, ich hol dir eins.«

Er erhob sich und verschwand in der Menge. Ich wusste nicht, ob er mich verhöhnte oder ob das ein Versöhnungsangebot sein sollte.

»Freut mich, dass ihr euch so gut versteht«, sagte Gregor und machte sich über seine Hummerschwänze her. »Das ist nicht selbstverständlich bei eurer Vorgeschichte.«

Ich sah auf seine Finger, die die Schale vom Fleisch trennten.

»Nein«, sagte ich leise.

»Und? Genießt du den Urlaub?«, fragte Gregor.

»O ja. Wie Bolle. – Mit so viel netten jungen Männern!«

Was für eine Farce war das denn! Und ich spielte schamlos mit!

In dem Moment kam Roman zurück und stellte mir gleich zwei volle Biergläser vor die Nase. »Damit ich nicht so oft laufen muss.«

»Sehr aufmerksam von dir«, gab ich lässig zurück.

Wir prosteten uns zu, der ganze Tisch. Alle hoben das Glas in meine Richtung.

»Auf die coolste Mutter und den coolsten Sohn!«

»Auf die SCHÖNSTE Mutter und den schönsten Sohn!«

»Ja, genau!«

»Der Apfel fällt nicht weit vom Stamm!«

»Auf die Nabelschnur«, brabbelte jemand, der schon nicht mehr ganz nüchtern war. »Die niemals zerreißt.«

Schön wär's, du Hohlkopf!, dachte ich. Du hast ja keine Ahnung.

»Auf einen saugeilen Urlaub!«

»Auf ein saugeiles Golfspiel!«

»Auf Roman, der uns alle abzockt!«

»Seit wir um Geld spielen, ist die Sache erst richtig geil«, sagte Roman, und seine Augen strahlten.

»Ja, aber nur, weil du dauernd gewinnst!«

»Zwölftausend Euro hat er uns heute aus der Tasche gezogen, Carin! Damit habt ihr den Urlaub locker wieder drin!«

Ich erstarrte. Doch alle hatten mächtig Spaß und klopften Roman anerkennend auf die Schulter. Da beschloss ich, mich heute mal so richtig zu betrinken und alles saugeil zu finden.

»Das Leben ist ein Spiel«, rief ich betont fröhlich. (Ob er mir das Geld für den Urlaub wiedergeben würde? Nie im Leben!)

»Dann verdirb es nicht«, sagte Roman schmallippig. »Es sind ja nur noch zwei Tage.«

Der Rückflug nach München verlief schweigend. Roman hatte sich Kopfhörer aufgesetzt und signalisierte mir damit, dass er weiterhin kein Interesse an einem Gespräch hatte. Ich blätterte in einem Flugjournal. Die letzten beiden Tage hatte ich damit verbracht, mit dem netten rastabezopften Markus Fahrrad zu fahren.

»Na?«, hatte er gefragt. »Wie läuft's mit deinem Sohn?«

Ich hatte nur die Lippen zusammengepresst und den Kopf geschüttelt.

»Mach dir nichts draus!«, hatte Markus mich getröstet. »Hast du noch mehr Kinder?«

»Nein.«

»Das ist natürlich scheiße«, hatte Markus gemurmelt und erst mal heftig in die Pedale getreten. Ich war froh gewesen, nur seinen Rücken zu sehen. Die letzten Tränen hatte der Fahrtwind weggeweht.

Weißt du, wie WEH das TUT?!, wollte ich hinter ihm herschreien. Aber was verstand Markus schon davon? Er war kein Psychologe, aber der Einzige, der sich um mich gekümmert hatte. Gestern Abend hatte ich ihm zum Dank noch hundert Euro zugesteckt.

In München verabschiedete sich Roman plötzlich am Kofferband von mir.

»War ein netter Urlaub. Vielen Dank.«

»Willst du nicht wieder mit – nach Hause?«, fragte ich überrascht.

»So wie sich die Dinge entwickelt haben, wird das wohl nicht mein Zuhause«, sagte er knapp.

»Ja, was hast du denn gedacht? Dass du die Wohnung ERBST?«, brüllte ich hinter ihm her. Ich war so perplex, dass ich meinen Koffer unbeachtet vorbeiziehen ließ. Roman hatte seine Sporttasche schon. Er schulterte sie und wandte sich zum Gehen.

»Dass ich AUSZIEHE?«, brüllte ich hinter ihm her.

Zwei hübsche Mädels musterten mich alte Keife, drehten sich nach ihm um, knufften sich in die Seite und kicherten.

Na klar. Das sah nach klassischer Trennung nach dem Urlaub aus: Alte reiche Krähe macht jüngerem Geliebten zum Abschied eine Szene.

»Damit du sie VERSPIELEN kannst?«, schrie ich frustriert.

Roman verschwand durch die Drehtür. Ich war mir nicht sicher, aber gut möglich, dass er mir den Stinkefinger zeigte.

# 29

Zu Hause schleppte ich meinen Koffer die Treppen rauf. In dem Moment, in dem ich die Wohnung aufschließen wollte, schoss Rainer aus der Nachbartür. Er sah wirklich verändert aus. Schmaler, kurzhaariger irgendwie. Als hätte Sonja ihn halbiert. Das war nicht mehr mein alter knuffiger Rainer!

»Na? Wie war's?« Abwartend lehnte er fremd im Türrahmen. Die Arme hatte er vor der Brust verschränkt.

»Scheiße«, keuchte ich. Sofort kamen mir die Tränen.

Verdammt, Carin!, hörte ich meine Mutter rufen. Doch nicht vor Rainer! Kannst du nicht mit dem Heulen warten, bis du in der Wohnung bist?!

Rainer tat, was Rainer immer tat. Er sah mich mitfühlend an, trat einen Schritt vor, riss mich in seine Arme und drückte mein Gesicht an seine Brust. Er roch nach einem neuen Aftershave.

Nein!, wimmerte es in mir. »Bitte lass mich los, Rainer!«, sagte ich laut. Mir lief die Nase, und ich wollte nach einem Taschentuch suchen.

»Wein dich aus!« Seine Hand klopfte auf meinen Rücken. »Komm, wein dich ruhig aus!«

»Ich WILL mich aber nicht ausweinen!« Ich versuchte, mich mit aller Kraft zu befreien. »Und ich BIN nicht deine Schnuckelmaus!«

Mein Blick fiel auf die halb angelehnte Tür zum Zimmer meiner Mutter, und ich hörte sie innerlich »Carin?!« rufen. Da musste ich noch mehr weinen. Es schüttelte mich regelrecht, ich schluchzte und schniefte und bot Rainer genau das Bild der Trost suchenden kleinen Frau, die ohne ihn einfach nicht lebensfähig war.

»Ist ja gut. Ich bin ja bei dir«, wiederholte er immer wieder.

Aber das Schlimme war: Ich hatte im Moment wirklich niemand anderen zum Ausheulen! Mutter war tot, und Roman war gemein zu mir gewesen. Aber Rainer war immer zur Stelle.

»Ich muss Pipi«, sagte ich schwach.

Mit großzügiger Geste ließ er von mir ab und erlaubte, dass ich wenigstens meine intimsten Bedürfnisse erledigte. Fast hätte ich mich dafür bedankt.

Schließlich saßen wir auf meinem Sofa. Rainer hatte Tee gemacht und schob mir eine Tasse vor die Brust.

»Mit Honig. So wie du ihn gern magst.«

Ach, das waren so ganz andere Worte als die von Roman! Ich sollte, wollte Rainer doch lieb haben! Wobei ich mir überhaupt nicht sicher war, welche Rolle Sonja denn nun spielte. War sie seine Fitnesstrainerin? Seine Modeberaterin? Seine neue Freundin? Seine neue feste Freundin?

Auf dem Tisch lag ein Stapel Trauerpost, die er anscheinend schon gesichtet hatte. Die Umschläge mit dem schwarzen Rand waren aufgerissen. Bevor ich mich darüber ärgern konnte, strich er mir aufmunternd über die Wange:

»Jetzt erzähl doch mal. Hm? Magst du mir nicht ein Stück weit sagen, was dich bedrückt?«

Oh, wie ich diesen onkelhaften Ton hasste! Ich zuckte zurück.

»Wir sind uns nicht nähergekommen.« Ich umklammerte meine Tasse und pustete in den Tee.

»Das hätte ich dir auch sagen können.« Rainer hatte wieder dieses wissende Lächeln aufgesetzt und kicherte selbstgefällig. »Muttergefühle lassen sich eben nicht aus dem Boden stampfen und Sohngefühle ebenso wenig. Wahrscheinlich noch viel weniger. Er war nur an deinem Geld interessiert.«

»Ja, danke, Herr Professor. Das weiß ich jetzt auch.« Ich zog die Nase hoch.

»Dafür musstet du keinen Urlaub für 5875 Euro buchen.« Sein überlegenes Lächeln war nicht zu ertragen.

»Wie bitte? Woher weißt du DAS denn?« Ich verschüttete fast meinen Tee.

»Ich hab mir erlaubt, deine Post zu sichten.« Er wies mit dem Kinn auf den Stapel Briefe. »Dabei habe ich aus Versehen den Brief von deiner Bank geöffnet. Beim Anblick des Kontoauszugs habe ich ganz schön gestaunt.«

»Spinnst du?«, herrschte ich ihn an.

»Wie kannst du dem Mann nur deine Kreditkarte überlassen, Carin!« Er stieß ein Schnauben aus. »Wie naiv bist du eigentlich!«

»Meine Kreditkarte? Aber ich habe sie ihm doch gar nicht …«

Meine Gedanken überschlugen sich. Aus Angst vor Taschendieben hatte ich Ausweise und Kreditkarte im Hotel gelassen. Aber Roman würde doch nicht so weit gehen, seine eigene MUTTER … Die Frau, die ihm den ganzen Urlaub bezahlt hatte … Mir wurde schwindelig.

»Ich habe ihm meine Kreditkarte nie gegeben!«, rief ich aufgebracht. »Ich habe sie nur in der Schublade meines Nachtkästchens aufbewahrt, zusammen mit dem Pass, dem Krankenversicherungsausweis, dem Führerschein, den Treueherzen vom Supermarkt …«

»Ja, und zusammen mit deinem PIN-Code!«, höhnte Rainer.

Schuldbewusst starrte ich in meine Tasse. Ja, ich wusste, dass man das tunlichst vermeiden soll. Aber ich konnte mir diesen Kram doch unmöglich merken! Da waren die Passwörter für meinen Computer in der Bibliothek und für den zu Hause, die Geheimnummern von Geld-, EC- UND Kreditkarte … Tja, so geheim waren sie anscheinend doch nicht gewesen. Aber woher hätte ich auch ahnen sollen, dass mein eigener Sohn … In einem Robinson-Club, in dem für alles gesorgt war … Wo es nachweislich kein Casino und keine Einarmigen Banditen gab …

»Aber wozu?«, stammelte ich. »Ich konnte doch nicht wissen, dass …«

»Pah!« Rainer schlug mit der flachen Hand auf den Kontoauszug. »Der feine Herr hat ein paar stolze Beträge abgebucht. Hier!« Er setzte seine Lesebrille auf, und sein fleischiger Daumen fuhr über die Spalte mit den Buchungen.

»Wie viel?«, flüsterte ich kraftlos.

»Mehrere Tausend Euro!« Rainer stieß ein kurzes Lachen aus und nannte mir triumphierend die Zahlen.

Tag für Tag hatte Roman meine Kreditkarte missbraucht. Tag für Tag war er damit zum Geldautomaten gegangen und hatte den Höchstbetrag abgehoben. Und ich Idiot hatte nicht das Geringste bemerkt! Ich hatte ihm vertraut. Insgesamt war es ein fünfstelliger Betrag. Eigentlich alles, was ich bei meinem kleinen Bibliothekarinnengehalt hatte ansparen können. Mein Konto war leer geräumt.

Rainer lehnte sich zurück und ließ die Knöchel knacken. »Höchste Zeit, dass sich jemand um deine Finanzen kümmert.«

Entsetzt stöhnte ich auf. Ich konnte Rainers »Ich habe es dir ja gleich gesagt, aber du hörst ja nicht auf mich«-Gesicht nicht mehr ertragen, genauso wenig sein süßliches, mitleidiges Lächeln.

Zornig ging ich zum Gegenangriff über. »Wie kannst du es wagen, meine Post zu öffnen!«

»Wieso? Als deine Mutter noch lebte, war das doch auch in Ordnung! Deine Mutter konnte das eben nicht mehr lesen und hat mich extra damit beauftragt. Die ganzen Arztrechnungen und so.«

»Das war meine MUTTER!« Eine wilde Entschlossenheit überkam mich. »MEINE Post geht dich nichts an!«

Rainer war regelrecht fassungslos. »DU warst doch dankbar, dass ich dir den Bürokram abgenommen habe!«

»Ja, aber jetzt ist meine Mutter TOT!«

»Ich habe ihr auf dem Sterbebett versprochen, mich um dich zu kümmern!« Seine Augen wurden feucht.

»Aber nicht meine Post zu öffnen!«, schrie ich ihn an. »Nur die meiner Mutter!«

»Ich finde, du solltest froh darüber sein. Dann kann ich solch unliebsame Überraschungen nämlich vielleicht in Zukunft unterbinden. ICH habe nämlich Menschenkenntnis.« Rainer trommelte sich auf die Brust.

Hilflos starrte ich ihn an. Meine Stimme versagte. Es war wie in einem dieser Träume, in denen man nicht schreien kann.

»Rainer, wir MÜSSEN über unsere Beziehung reden.«

O Gott! Hatte ich das gesagt? Genau das wollte er doch immer! Wir HATTEN keine Beziehung!

»Ja?«, sagte Rainer gedehnt. Er beugte sich vor und lächelte mich an. »Andere Mütter haben auch schöne Töchter.«

Ich starrte ihn an. »Wovon redest du?«

»Oder sollte ich besser sagen: Andere Töchter haben auch schöne Mütter?!«

»Du meinst Sonja.«

»Ja, die ist sehr interessiert an mir.« Selbstgefällig lehnte er sich zurück und verschränkte die Arme hinter dem Kopf. »Sie hält mich für einen einfühlsamen, sensiblen, hilfsbereiten und sehr romantischen Mann.«

O Gott. Wie blind war Sonja denn?! Wollte sie es nicht merken oder MERKTE sie es einfach nicht? Was fand sie nur an Rainer?

Die Gedichte. Klar. Ich MUSSTE Farbe bekennen, aber nicht jetzt! Mir fehlte einfach die Kraft dazu! Ich war müde von der Reise, ausgelaugt, erschöpft … und pleite. Noch eine Baustelle konnte ich im Moment nicht in Angriff nehmen. Wie er wohl reagieren würde, wenn ich sagte:

»Du, Rainer, ich habe deine Gedichte seit Monaten Sonja zugespielt. Die freute sich wie Bolle, dass jemand sie verehrt. Das hat ihrer verletzten Eitelkeit gutgetan, sie kam sich gerade so alt und hässlich vor. Du verstehst das hoffentlich. Mir selbst geben deine Verse gar nichts, nicht einmal Kartoffeln würde ich darauf schälen.«

Nicht auszudenken, wie sehr ihn das verletzen würde. Seine Liebe würde in Hass umschlagen, und das konnte ich einfach nicht ertragen.

Ich klappte den Mund auf und wieder zu. Schadensbegrenzung. Ich konnte es mir nicht leisten, mir Rainer zum Feind zu machen. Und das wollte ich ja auch gar nicht. Ich wünschte ihn mir zum Freund. Zum PLATONISCHEN Freund.

»Das bist du ja auch, Rainer, keine Frage …«

»Aber … Was haben wir deiner Mutter versprochen?«

»Ich habe ihr nichts versprochen …« Ich machte eine wegwerfende Geste.

»Du hast gesagt, dass da Gefühle sind! Das habe ich genau gehört!« Er trommelte sich auf die Brust.

»Die galten aber nicht dir!«, hörte ich mich sagen. So. Jetzt war es heraus!

»Das habe ich aber ganz anders in Erinnerung.« Rainer beugte sich vor. Seine Augen wurden schmal: »Als die liebe Carin mit mir ins Bett gegangen ist …«

»Rainer, das war nur ein paarmal! Vor ein paar Jahren!«

»Und was war das dann vor ein paar Wochen? Als wir hier im Flur innige Küsse getauscht haben? Als du mir gesagt hast, dass du mich heiraten willst?«

Wir haben sie gar nicht getauscht!, wollte ich erwidern. Du hast mir die Zunge in den Hals gesteckt und meine Hilflosigkeit ausgenutzt.

»Da waren kurz vorher die Typen von der Mafia da, und da habe ich Trost gebraucht …«

»Du hast dich mir immer wieder an den Hals geworfen, auch ohne Mafia …«

»Rainer, ich war durch den Wind!«

»Aber auch, wenn du nicht durch den Wind warst, hast du immer wieder mein Hilfe angenommen.«

»Rainer, ich …«

»Wer ist denn wochenlang mit deiner Mutter nach München ins Krankenhaus gefahren?«

»Du, Rainer! Danke! Wie kann ich das je wiedergutmachen?«

»Na ja, egal.« Rainer winkte ab und griff gezielt nach einem schwarz umrandeten Umschlag. »Bevor wir weiter über unsere Beziehung reden, solltest du deine Beziehung zu DIESEM Herrn überdenken!«

Mein Herz setzte einen Schlag aus. Ich spürte, wie mir alles Blut aus dem Gesicht wich.

»Aber das ist doch …« Ich griff danach, aber er zog ihn weg. Wie ein Lehrer, der seinem Schüler die Klassenarbeit nicht aushändigt, bevor er nicht ein paar mahnende Worte losgeworden ist.

Ich hätte vor Wut platzen können.

»Diese kaputte Familie versucht, dein Leben zu zerstören, Carin! Wie die Blutsauger fallen die über dich her!«

Ich sprang auf und riss ihm den Brief aus der Hand. Mit jäh aufkeimender Freude erkannte ich, dass er aus Hamburg kam. Zitternd öffnete ich ihn. Ich ahnte schon, von wem er war. Mein Herz raste.

Unter dem edlen Briefkopf Viktors und dem Wappen seiner Reederei stand in feiner Handschrift:

*Liebe Carin,*
*zum Tod Deiner Mutter möchte ich Dir mein Beileid aussprechen.*

*Leider konnte ich nicht zur Beerdigung kommen, habe aber gehört, dass Roman da war. Ich hoffe, er konnte Dir etwas Beistand leisten.*

*Von Silke habe ich erfahren, dass Ihr zusammen in Urlaub gefahren seid. Meine guten Wünsche und Gedanken sind bei Euch. Möge die Zeit der Trauer von einer Zeit der Hoffnung abgelöst werden – das wünsche ich Euch beiden aus tiefstem Herzen. Ihr habt nun beide die Mutter verloren. Vielleicht entsteht eine neue Mutter-Kind-Bindung. Es wäre Euch beiden zu wünschen.*

*Obwohl ich nicht weiß, wie alles weitergeht, und zurzeit ziemlich ratlos bin, hoffe ich doch, Dich irgendwann – vielleicht mit unserem Sohn? – wiederzusehen.*

*Alles erdenklich Gute*
*Viktor*

»Wie konntest du es wagen, das zu lesen!« Ich zitterte vor Wut.

»Siehst du, allein schon, wie du dich darüber aufregst, zeigt mir, was diese Leute bei dir angerichtet haben!«

»DIESE LEUTE«, schrie ich mit glühenden Wangen, »gehen dich überhaupt nichts an!«

»Was? Auf einmal? Bis jetzt ging mich jedes deiner Probleme etwas an!!«

»Das ist MEINE FAMILIE!« Huch! Was war mir denn da jetzt rausgerutscht? So wollte ich das gar nicht sagen! Das musste ja reichlich albern wirken. Rainer bemerkte, dass ich rot geworden war. Auf seinem Gesicht zeichnete sich Mitleid ab.

»Ach WAS? Da muss ich aber lachen. Das sind fremde Leute, die dich gefühlsmäßig und finanziell ausnehmen, und du merkst es einfach nicht. Schnuckelmäuschen!«

Ich starrte ihn fassungslos an. Er war wahnsinnig geworden.

Rainers Lippen zuckten. »ICH bin deine Familie!«

Wenn es nicht so traurig gewesen wäre, hätte ich schallend gelacht.

»DEINE Mutter und ich, WIR waren und sind deine Familie! Seit Jahren sind wir unzertrennlich! Tag und Nacht füreinander da! Hast du das schon vergessen?«

»Nein, Rainer.« Ich schüttelte den Kopf. »Nein. Das bildest du dir nur ein …« O Gott. Ich hatte seine Hilfe wirklich immer angenommen. Natürlich war es irgendwann selbstverständlich geworden, dass er zur Stelle war, dass er einen Schlüssel hatte, dass er die Post öffnete und über alles Bescheid wusste! Wie sollte ich dem jetzt nur einen Riegel vorschieben, wo gar keine Tür mehr da war!

»Rainer, bitte, das ist meine Sache! Lass mich in Ruhe über alles nachdenken!« Ich rang mir ein eingefrorenes Lächeln ab.

»Was gibt es denn da noch nachzudenken?« Rainer stieß ein schnaubendes Lachen aus. »Dein kaputter Spielersohn will nur dein Geld, und der einsame Witwer steht vor den Scherben seines Lebens! Er hat alles falsch gemacht, und jetzt braucht er Trost! So wird ein Schuh draus!« Rainer nahm mir Viktors Brief aus der Hand und warf ihn verächtlich auf den Tisch, als wollte er eine missratene Schülerarbeit kritisieren.

»Wie kannst du nur so reden!« Ich rieb mir die Schläfen. Schon auf dem Heimflug hatte ich Kopfschmerzen gehabt, aber jetzt wurde das Hämmern unerträglich. Ich spürte eine schmerzhafte Anspannung in den Schultern und ließ sie mutlos sinken. Meine Augen füllten sich mit Tränen. Es hatte doch alles keinen Zweck.

Rainer bemerkte das und legte den Arm um mich.

»Ich will dich nur beschützen, Carin. So wie ich dich immer beschütze. Und jetzt muss ich dich vor dir selbst beschützen.« Er nahm den Kontoauszug und schlug mit dem Handrücken darauf: »Über 5875 Euro!« Er schüttelte schnaubend den Kopf.

»Für eine Woche Urlaub! Dabei habt ihr euch noch nicht mal ansatzweise angenähert! Ihr hättet zu einem Mediator gehen sollen! Zu einem geschulten Psychologen! Ich hätte euch da gerne geholfen!«

Hatte der Mountainbikefahrer Markus nicht etwas ganz Ähnliches gesagt? Familienaufstellung. Aber das war doch alles nur laienhaftes Halbwissen! Warum ließ ich nur zu, dass sich Leute in mein Leben einmischten, die nichts, aber auch gar nichts davon verstanden?

»Ich bin erwachsen, Rainer«, entgegnete ich würdevoll, wenn auch mit schamroten Wangen. An dieser Stelle geriet ich ins Stocken. Ich kam mir wirklich vor wie eine trotzige Göre in der Pubertät.

»Du benimmst dich aber nicht so. Du wirfst dein hart verdientes Geld zum Fenster raus, stiehlst dich mit diesem Roman bei Nacht und Nebel heimlich davon, kümmerst dich an Allerseelen nicht um das Grab deiner Mutter, lässt deine Post aus dem Briefkasten quellen und beantwortest die Beileidbriefe nicht ... Das ist doch – postpubertär! Chaotisch!« Er hörte gar nicht auf, tadelnd den Kopf zu schütteln und fassungslos zu lachen. »Aber das Schlimmste ist, dass du diesem halbseidenen Betrüger deine Kreditkarte gibst!«

»Rainer, ich habe dir doch gerade erklärt ...« Das war doch unglaublich! Ich durfte nicht zulassen, dass er mich abkanzelte wie eine Schülerin! Ich verspürte tatsächlich den Drang, ihn zu schlagen, und konnte mich mit letzter Kraft beherrschen.

»Raus hier!«, sagte ich mit zitternder Stimme und zeigte mit einer dramatischen Geste auf die Wohnungstür.

Aber Rainer war noch gar nicht fertig. »Ja, toll. Raus hier! Und wann kommst du dann das nächste Mal in Tränen aufgelöst angekrochen?? Wenn hier wieder Müll vor der Tür liegt? Oder dein Auto kaputt ist? Oder der Krankenwagen mit Blaulicht vor dem Haus steht?«

»Du stehst halt immer gerade da, wenn ich heule!«, giftete ich ihn an. »Ich kann nichts dafür, dass wir Nachbarn sind!«

»Nachbarn!«, höhnte er. »Grüß Gott, Frau Nachbarin! Wie war noch mal Ihr Name?«

»Ach, hätte ich doch Roman diese Wohnung geschenkt!«, hörte ich mich rufen.

Er lachte. »Schnuckelmaus. Sei nicht albern.«

»Wenn du mich noch einmal Schnuckelmaus nennst, vergesse ich mich!«

»Aber ich darf die Scherben zusammenkehren, wenn jemand meiner kleinen Carin wehgetan hat, ja?«

»Rainer.« Ich ballte die Fäuste. »Ich BIN NICHT DEINE KLEINE CARIN.«

Rainer schüttelte den Kopf, als hätte ich ihm mein Schulheft gezeigt, in dem es von Fehlern nur so wimmelte. »So kommen wir doch nicht weiter! Reagier dich erst mal ab, schlaf dich erst mal aus ... Vielleicht solltest du ins Fitnessstudio gehen.«

»Ja. Später.«

»Also, ICH gehe jetzt ins Fitnessstudio.« Er rieb sich die Hände. »Dort freut man sich wenigstens, mich zu sehen.«

»Fein«, sagte ich matt. »Grüß schön.«

An der Tür drehte sich Rainer noch mal um. »Sonja hat auch ihre Sorgen. Aber sie nimmt meine Hilfe wenigstens an.«

So. Sonja wusste Rainer also zu schätzen. Inwiefern? Das wollte ich so genau gar nicht wissen. Nach dem jetzigen Stand der Dinge traute ich mich nicht, ihr je wieder unter die Augen zu treten: Mein Sohn hatte sie und ihre Tochter um Geld angepumpt, ja sie mit dieser Fitness-DVD fast in den Ruin getrieben. Er hatte Sonja falsche Versprechungen gemacht und Vivian geschwängert. Ich hatte mich dafür einsetzen wollen, dass er seinen Pflichten nachkam, seine Alimente zahlte. Aber die Einzige, die bezahlt hatte, war ich. Aber am schlimmsten war mein Betrug mit den Briefen: Ich hatte ihr anfangs nur eine Freude machen wollen. Eine FREUDE! Und jetzt musste ich mich der Kuppelei bezichtigen. Wie hätte Mutter gesagt? »Was du nicht willst, das man dir tut, das füg auch keinem andern zu.« Ich fuhr mir verwirrt durch die Haare. Ich wollte Rainer niemandem zufügen! Ich wollte ihn nur von der Backe haben!

Oder war er womöglich ein toller Mann für Sonja? Sah sie ihn mit ganz anderen Augen? Er hatte was Gediegenes. Zuverlässiges. Hilfsbereites. Er war ein Fels in der Brandung. Ließ sich aber gleichzeitig wie Wachs in ihren Händen zu einem neuen Manns-Bild formen. Trotzdem, ich kam mir schäbig vor. Das war nicht fair von mir gewesen. Ich sah überhaupt keine Baustelle mehr, die nicht brannte. Doch, eine!

# 30

Wie immer stand Billis Haustür offen.

»Kopf, klopf!«, rief ich schüchtern und schlüpfte in den Flur.

Wie immer lagen stapelweise Mäntel, Jacken und Schals herum, und ich stolperte über einen Haufen Schuhe. An der Wand stand Mohairs Kinderwagen mit Lammfell. Aus der guten Stube roch es verführerisch nach frisch gebackenen Keksen.

Ich streifte die Schuhe ab und ging auf Socken weiter.

»Klopf, klopf!«

»Oh, hallo Carin! Da bist du ja wieder!«

Billi kam mir in Schürze und mit Baby auf dem Arm entgegen. Auf der Nase hatte sie einen Klecks Mehl oder Puderzucker. Vielleicht war es auch Babybrei? Auf dem Sofa saß die Austauschschülerin und schaute fern. Rikki saß am Küchentisch und paukte verbissen Latein. Sie murmelte Deklinationen in ihr Handy und spielte sie dann wieder ab: »-os, -as, -es, -orum, -arum, -orum – Scheiße, man kann sich hier nicht konzentrieren! – Oh, hallo Carin!«

Wir umarmten uns herzlich, und Mohair streckte die Ärmchen nach mir aus. »Lirum«, sagte sie. »Larum, lorum.«

»Oh, das Kind kann Latein!«

Wir lachten herzlich, und der Kloß in meinem Hals verschwand. Augenblicklich fühlte ich mich in dieser chaotischen Großfamilie geborgen. Wie Billi das alles hinbekam! Kinder,

Kuckuckskinder, Austauschschüler, untreuer Ehemann, Nebenbuhlerinnen, Praxis, Haushalt! Ich hatte nur EINEN Sohn und EINEN Nachbarn und war schon mit beiden völlig überfordert!

Vor dem Backofen tauchte ein bebrillter dunkelhaariger Junge auf, der mir seine bemehlte Hand entgegenstreckte: *»Hi, I'm Barnie.«*

Ach. Das war der Au-pair-Junge. Er stach gerade die ersten Zimtsterne aus. Billi hatte schon ein ganzes Backblech mit Vanillekipferln ausgelegt, die alle aussahen wie perfekte kleine Halbmonde.

»Ach, Billi, ich habe dich so vermisst!«

»Schön, dass du da bist, Carin! Du musst mir alles haarklein erzählen! – Hier, Reni, nimm mal Mohairchen!« Die Austauschschülerin namens Reni übernahm das Kind, während Billi eine Flasche Prosecco öffnete und mich auf die gemütliche Eckbank am Kamin zog: »Nun erzähl schon! Wie war's?«

Da gab es nicht viel zu erzählen. »Es war nicht der Renner. Wir haben kein Gespräch zustande gebracht. Einmal sind die Fetzen geflogen, und danach haben wir uns angeschwiegen. Keine Ahnung, wo Roman jetzt abgeblieben ist. Am Flughafen ist er fluchtartig verschwunden, und ich habe ihm unflätige Beschimpfungen hinterhergeschrien!«

»Er muss tief in der Scheiße stecken«, sagte Billi bedauernd. »Ich wünschte, ich könnte ihm helfen.« Ihr gegenüber war Roman mitteilsamer gewesen, was mich erst recht wütend machte.

»ICH stecke in der Scheiße. Du kannst MIR helfen! Roman hat das wirklich nicht verdient.«

Ich erzählte ihr, dass mein Sohn hinter meinem Rücken das Konto abgeräumt hatte. Billi war sprachlos. Dann erzählte ich wutschnaubend von Rainer, der sich in meiner Wohnung wie ein Ehemann der schlimmsten Sorte aufgespielt hatte. Aufgebracht massierte ich mir das Gesicht.

»Er möchte sein Revier nicht aufgeben.« Billi nahm einen Schluck Prosecco. »So sind die Männer.«

Ich starrte sie ungläubig an. »Du meinst, er verteidigt nur noch sein Territorium und liebt mich gar nicht mehr?« Ich wusste nicht, ob ich mich darüber freuen oder beleidigt sein sollte.

»Ich glaube, er liebt das Gefühl, gebraucht zu werden. Und da ist er bei Sonja an der richtigen Adresse.«

»Und Sonja?«, flüsterte ich bange.

»Genießt es, umworben zu werden.«

»Hat sie das mit den Briefen immer noch nicht gemerkt?«

»Sie nicht, aber Rainer. Er ist ja kein Dummkopf.«

Mir stockte der Atem. »Er hat es be…« Vor lauter Aufregung fing ich an zu stottern.

»Er ist da ganz flexibel«, sagte Billi entspannt. »Nachdem Sonja sich so über die Briefe gefreut hat, schreibt er ihr jetzt direkt. Sie hat mir schon ein paar davon vorgelesen.«

»Du meinst, er hat …« Ich schluckte trocken. O Gott, Rainer hatte mich ja komplett in der Hand! Wenn er mich bei Sonja verpetzte, wäre es endgültig aus mit unserer Freundschaft! »Und sie freut sich über seine Briefe?« Irgendwie war mein Gehirn wie leer gefegt.

»Ja, sie lebt total auf! Das hat die Oberkrise von ihr abgewendet!« Billi hielt inne und konnte ein leises Kichern kaum unterdrücken. »Überleg doch mal: Erst wird sie von Holger verlassen. Ihr Selbstwertgefühl ist im Keller. Gleichzeitig wird sie tagtäglich damit konfrontiert, dass Vivian hübscher, jünger und erfolgreicher ist als sie. Dann muss sie ihren vermeintlichen Schwarm Roman an ihre Tochter abtreten, mit der Folge, dass sie sogar Großmutter wird! Doch der Kindsvater übernimmt keine Verantwortung und setzt sich mit dem Geld ab, das sie ihm für die Produktion der Fitness-DVD gegeben hat. Ein Albtraum. Nicht auszudenken, was passiert wäre, wäre da nicht Rainer aufgetaucht, der ihr so tolle Gedichte schreibt!«

Ich schluckte. Ja, so wie sie das erklärte, ergab das alles einen Sinn.

Trotzdem schämte ich mich. »Ich habe ein sauschlechtes Gewissen ihr gegenüber!«

»Brauchst du nicht. Sonja ist glücklich.«

»Aber dass ich ihr Rainers Zettel zugespielt habe, war vorsätzlicher Betrug!«

Billi winkte ab. »Mach dir keinen Kopf. Du hast doch jetzt andere Sorgen! Außerdem scheint es Sonja und Rainer gut damit zu gehen. Der sieht doch jetzt richtig manierlich aus!«

»Also, ich finde, er hat was von einem gerupften Vogel …«

»Zugegeben. Mein Fall ist er auch nicht«, sagte Billi amüsiert. »Und wenn er mich so drangsalieren würde, wie er das bei dir getan hat, würde ich ihn erschlagen!«

»Ein bisschen habe ich mir das selbst eingebrockt«, gestand ich kleinlaut. Ich erzählte von meiner schauspielerischen Leistung plus Gesangseinlage, Stichwort »hollari hollaro«, und sie wälzte sich vor Lachen auf dem Sofa.

»Kannst du ihr bitte sagen, dass sie ruhig sein soll!«, schrie die am Küchentisch sitzende Rikki aggressiv.

Ich dachte schon, ich wäre gemeint, aber sie meinte die Austauschschülerin, die mit gutturalen Lauten das Kind bespaßte.

»Ich möchte Rainer einfach nur loswerden«, gestand ich.

»Ich möchte die da einfach nur loswerden!«, murmelte Rikki zwischen ihren lateinischen Silben.

»Schau, ihr geht es wie dir«, sagte Billi grinsend. »Die Geister, die sie rief, wird sie nun nicht los!«

»Man kann sich echt nicht konzentrieren!«, brüllte Rikki.

»Warum gehst du nicht in dein Zimmer?«, wagte ich zu fragen.

»Weil da die Sandra schläft.«

Oh. Die Sandra. Die kannte ich noch gar nicht. »Sag mal, Rikki, jetzt machst du also nicht mehr Spanisch als Hauptfach, sondern Englisch?« Ich betrachtete den amerikanischen Au-pair-Jungen, der andächtig Kekse ausstach und Billis Küche vollkrümelte.

»Nein, Latein!«, gab Rikki zurück. »Ich dachte, das hört man.«

»Mo-ment!« Ich sah ratlos in die Runde. »Heißt das, dass jetzt sowohl Reni als auch Barnie gar keine Funktion mehr haben?«

»Tja.« Billi zuckte grinsend die Achseln. »Als Mutter lernt man, flexibel zu sein.«

»Ach, Mama! Ich hab dir doch genau erklärt, warum ich jetzt Latein mache!« Rikki wirkte wahnsinnig gestresst. Sie hatte wegen Mohair schon ein Jahr verloren und wollte jetzt um jeden Preis ein halbwegs gutes Abitur hinlegen.

Billi erklärte mir: »Die Englischlehrerin ist voll ätzend, und der Lateinlehrer voll süß! Der lässt sie abschreiben, geht aus dem Raum und so.«

»Ja, du hast es kapiert!«, rief das reizende Töchterchen genervt. »Aber Latein ist auch scheiße schwer, und ich muss mich jetzt konzentrieren!«

Ich sah mich verwirrt um. »Heißt das, demnächst zieht Obelix hier ein?«

»Zu essen haben wir jedenfalls genug«, sagte Billi lachend.

Unglaublich, mit welcher Gelassenheit sie die Wankelmütigkeit ihrer Tochter ertrug.

»Und sind Barnie und sie jetzt ein Paar? Ich meine, nimmt sie die Pille?«, flüsterte ich verschwörerisch.

»Barnie ist schwul«, teilte mir Billi mit einer Selbstverständlichkeit mit, als hätte sie gesagt: »Die Kekse sind fertig.«

Ich klappte den Mund auf und wieder zu. Billi zuckte die Achseln. »Seine Gasteltern können das nicht akzeptieren, also wohnt er bei uns.«

»Wie schaffst du es nur, so großzügig sein?« Ich runzelte die Stirn. Ganz zu schweigen davon, wie großzügig sie Rudi gegenüber war! Aber das erwähnte ich lieber nicht.

»Ach, das bin ich so gewöhnt. Früher haben sie mir Mäuse, Katzen, Schildkröten und streunende Hunde angeschleppt. Jetzt sind es Jugendliche jeder Couleur. Ist doch nett!«

Ich holte ein paarmal tief Luft. Wie konnte ich sie in dieser Situation noch mit meinen Sorgen belästigen?

In dem Moment stürmte der fünfzehnjährige Tobi in die Küche, küsste Billi auf die Wange und begrüßte mich mit kieksender Stimme: »He, Carin! Du siehst Hammer aus! Warst du in Urlaub? Und wo ist Roman?«

»Ähm …«, sagte ich, doch die Antwort ging zum Glück im allgemeinen Trubel unter.

Er hatte noch zwei Burschen im Fußballdress dabei, die sich die Schuhe vor der Tür abstreiften und strumpfsockig ins Wohnzimmer kamen. Augenblicklich roch es nach krankem Panther.

»Nehmt euch Kekse«, sagte Billi. »Wollt ihr Wasser oder Saft?«

»Lieber ein Bier«, sagte Tobi grinsend. Und zu seinen Freunden: »Wollt ihr auch eins?«

Billi schlug mit dem Küchenhandtuch nach ihm. »Sonst noch was?«

Die Burschen rissen Kekse und Saftflaschen an sich und stürmten laut wiehernd hinaus.

»Hätte ich meiner Mutter so etwas gesagt, stünde ich jetzt nicht mehr lebend hier«, sagte ich kopfschüttelnd.

»Ach, das sind im Grunde ganz liebe Kinder«, meinte Billi lässig. »Die ziehen halt gern eine Show ab, wenn Besuch da ist.«

»Du willst jetzt aber nicht behaupten, dass sie lieb sind, wenn KEIN BESUCH da ist?«

»Dann sind sie noch frecher.« Billi strahlte. »Rückgrat stärken, nicht Rückgrat brechen. Mütter sind so.«

Ich starrte sie wortlos an.

»Oh, ich wollte dich nicht verletzen!« Billi legte mir die Hand auf den Arm. »Tut mir leid.«

»Das braucht es nicht! Ich will nur wissen, was ich falsch mache«, sagte ich leise und dachte an Roman. »Ich meine, du gibst und gibst – und was kriegst du dafür zurück?«

Billi hatte dieses Leuchten in den Augen. »Das darfst du nie erwarten«, sagte sie im Brustton der Überzeugung. »Dass du das eins zu eins zurückbekommst. Du liebst sie und machst es gern für sie.«

»Bei deinen eigenen Kindern sehe ich das ja noch ein, aber bei fremden …?!«

»Weißt du, ich glaube, sie werden alle durch ihre Zeit hier bei uns geprägt. Ich bin davon überzeugt, dass sie mir in Zukunft aus allen Ecken und Enden der Welt positive Energie schicken werden.«

Eine Welle der Zuneigung überflutete mich. Ja, sie hatte recht. Auch mich prägte sie mit ihrer Gastfreundschaft, Toleranz und Güte. Ich würde ihr immer positive Energie schicken!

»Nur bei Rudi habe ich Grenzen gesetzt«, fuhr sie fort. »Der wohnt jetzt im Souterrain.« Sie strahlte mich an. »Überleg doch mal: Ich lebe in der schönsten Villa der Stadt, mit Seegrundstück, eigenem Boot und allem, wovon eine Frau träumt. Nur weil Rudi spinnt, ziehe ich doch nicht aus!«

»Nein«, sagte ich matt.

»Die Kinder und ich, wir genießen das große Haus. Wenn also einer geht, dann Rudi. Den Leuten hier im Ort und besonders den Patientinnen spielen wir natürlich weiterhin heile Welt vor. Aber solange er mit seiner Stewardess rummacht, kommt er mir nicht mehr die Treppe rauf.«

Sie zeigte auf ein Laufgitter, das vor der Kellertreppe angebracht war.

»Ich dachte, das ist für Mohair«, sagte ich.

»Von oben ist es für Mohair, von unten für Rudi.«

Da die Praxis ebenfalls im Souterrain lag, war die Lösung einleuchtend.

»Und – deine Doktorarbeit?«

»Wächst und gedeiht«, sagte Billi stolz. »Ich hab mich noch nie so gut gefühlt!«

»Und der Doktorvater?«

»Pssst!«, machte Billi und wurde rot. »Er ist zwölf Jahre jünger als ich, und wir – ähm – arbeiten sehr gut zusammen.«

»Aha!«, sagte ich. Das war wirklich beeindruckend. »Wo nimmst du nur all die Energie her? Du siehst blendend aus!«

»Das macht die Liebe«, flüsterte sie und prostete mir zu. »Lieben und geliebt werden. Das ist der Sinn des Lebens. Und sonst gar nichts.«

# 31

Als ich von Billi nach Hause kam, stand Sonjas silbergrauer Porsche vor dem Haus. Mit gemischten Gefühlen schloss ich auf und ging die Treppen zu meiner Wohnung hinauf.

Drüben schien jemand zu kichern. Oder täuschte ich mich? Waren sie etwa … Zeigte er ihr gerade seinen Kaktus? Ich wollte mir das lieber gar nicht so genau vorstellen. Trotzdem lauschte ich in die darauffolgende Stille. Ich hörte nur, wie die alte Wanduhr in Mutters Zimmer tickte. Und wie mein Herz klopfte. Doch dann klopfte es an der Wohnungstür, und mir wäre fast das Herz stehen geblieben.

Zitternd öffnete ich.

»Sonja!« Sie trug eine fast durchsichtige Seidenbluse und dazu einen engen Lederrock, aufregend gemusterte Strumpfhosen und Stiefel. (Also, ein eindeutiges Beuteschema hatte Rainer nicht!)

»Hi, du!« Stürmisch umarmte sie mich. »Da bist du ja wieder! Wie war dein Urlaub!?«

»Also, das Golfressort an der Algarve wäre echt was für dich gewesen. Traumhafte Golfplätze, gepflegte Rasenqualität …« Ich versuchte mich an das zu erinnern, was die jungen Männer immer gesagt hatten. »Besonders die Greens, also wie mit der Nagelschere geschnitten!«

Als ich ihr etwas zu trinken anbieten wollte und plaudernd vor ihr in die Küche schritt, um Prosecco aus dem Kühlschrank zu holen, schrillten bei mir plötzlich sämtliche Alarmglocken. Aber da war es bereits zu spät: Sonja hatte den Zettel mit Rainers Gedicht bereits gesehen. Er lag mitten auf dem Küchentisch.

*Manchmal*
*muss man*
*einen Teil von sich*
*sterben lassen,*
*um*
*zu*
*überleben.*

Sonjas Augen weiteten sich. Ich stand mit dem Rücken zum Kühlschrank und klammerte mich an seinen Griff. Sie sah mich fassungslos an.

»Er schreibt dir – auch?« Ihre Frage traf mich völlig unvorbereitet.

Ich schluckte trocken und grinste reuig. Ich fühlte mich wie kurz vor einer Exekution. Verdammt, erwischt! Mein Hirn war wie leer gefegt. Ich überlegte fieberhaft, womit ich sie ablenken konnte. In einer Art Übersprungshandlung öffnete ich den Kühlschrank und griff nach der Flasche. Ich versuchte, sie zu öffnen, glitt mit den Fingern an der kühlen Oberfläche ab und bekam vor lauter Anstrengung, den verdammten Korken aus dem Flaschenhals zu drehen, einen knallroten Kopf.

»Ähm, also ab und zu … Er übt vielleicht an mir.« Ich hob beschwichtigend die Hand, tat das Ganze bescheiden als Bagatelle ab.

»Du kriegst AUCH Liebesbriefe?« Sonjas Augen blitzten mich an.

»Also, das ist nicht wirklich ein Liebesbrief … Eher eine Art – Abschiedsbrief«, murmelte ich und ließ den Kopf hängen. Dabei konnte ich Sonjas bohrenden Blick förmlich spüren. Oh. Das war genau das Falsche. Ein Geständnis quasi. Die Stille zwischen uns dehnte sich ins Unermessliche aus. Ausgerechnet jetzt hörte man Rainer hinter der Wand schnarchen. Es war grotesk! Wir hätten uns lachend in den Armen liegen sollen! Stattdessen starrten wir uns schweigend an.

»Seit wann …«, stieß Sonja schließlich hervor.

»Ähm – seit Jahren«, hörte ich mich sagen. Dabei hatte ich meiner Zunge ganz fest befohlen, zu sagen: »Das hier ist der erste!« Sie gehorchte mir einfach nicht.

»Er schreibt dir seit Jahren?!« Sonja hatte weiße Flecken im Gesicht. Offensichtlich schien sie die Zusammenhänge jetzt zu begreifen.

»Also früher … Ich meine, ganz früher, war er mal ein bisschen in mich verknallt.«

Noch immer zerrte ich verkrampft an diesem Flachenkorken. Ich hätte mich erwürgen können! Warum hatte ich das nur gesagt!

Sie starrte mich an. Ihr Gesicht hatte die Farbe der Wand angenommen.

»Das ist schon ewig her«, stammelte ich. »Ich kann mich kaum noch daran erinnern.« Ich machte eine wegwerfende Handbewegung. In dem Moment flog der Korken aus der Flasche, und klebriger Schaum ergoss sich über meine Finger.

»Aber hier steht …« Sonja hatte die Botschaft auf den ersten Blick erfasst. »›Manchmal muss man einen Teil von sich sterben lassen, um zu überleben‹?«

»Ja, das bezieht sich wahrscheinlich auf meine Mutter«, versuchte ich das Ruder herumzureißen. »Nein, ähm, ich habe ihn noch gar nicht richtig gelesen. Ich glaube, er meint Roman! Also, meine Beziehung zu ihm, sprich die Muttergefühle. Die muss man einfach loslassen können, das meint er wohl. Du kennst ihn doch, er ist immer ganz vorn dabei mit seinen Ratschlägen …«

Sonja hatte den Blick abgewandt und die Schultern hochgezogen, so als wollte sie meine Worte ausblenden. Schwer zu sagen, was in ihr vorging.

»Weißt du, das würde ich dir wirklich gerne glauben«, sagte sie schließlich heiser. »Er war derjenige, der mich aus einer tiefen Krise rausgeholt hat, nach allem, was mit Holger und Nicola war …«

»Und mit Vivian, Roman und der DVD«, ergänzte ich verständnisvoll. »Ich weiß, dass du verdammt harte Zeiten hinter dir hast. Deswegen schwöre ich dir, dass er mir noch nie solche Briefe geschrieben hat. Und dieser hier ist ja auch nicht im herkömmlichen Sinne …« Ich wedelte ratlos mit dem Zettel. Am liebsten hätte ich ihn in den Mund gesteckt und runtergeschluckt!

»Aber eben hast du gesagt, dass er dir seit Jahren Liebesbriefe schreibt.« Sonja verschränkte die Arme vor der Brust.

»Nein, also, das hast du falsch verstanden.« Ich ballte innerlich die Fäuste. Jetzt galt es zu lügen, bis sich die Balken bogen. Gute Freundin hin oder her: In diesem Fall war die Lüge der größere Freundschaftsdienst.

»Es ist der einzige, den er je geschrieben hat. Und wie du siehst, ist es eher ein guter Rat und auf keinen Fall ein Liebesbrief oder so was.«

Beiläufig lehnte ich mich an die Küchenschublade. An die, die mindestens zwei Dutzend seiner Werke enthielt. Sie war so voll, dass die grün beschrifteten Zettel hervorquollen. Geistesgegenwärtig stopfte ich sie tiefer hinein und drückte die Schublade fest mit dem Po zu. »Glaub mir, Sonja, ich freue mich sehr, dass es so gut funktioniert mit euch, dass du ihn typmäßig positiv verändert hast und dass ihr so gut zusammenpasst. Und natürlich waren die Rosen damals für dich – und die Briefe auch …«

»Was versteckst du da?«

»Ich? Ähm nichts!« Ich zog die Hände vor wie ein ertapptes Schulkind.

Die Stille wurde immer unerträglicher.

»Seit wann?«, fragte Sonja. Ihre Augen waren nur noch zwei schmale Schlitze.

»Seit wann was?« Mein Herz raste.

»Spielst du mir seine Briefe zu?«

»Bitte – was?« Meine Beine versagten ihren Dienst.

»Du hast grüne Tinte an den Fingern.«

Ich starrte entsetzt darauf. Tatsächlich. Meine Finger waren noch nass vom Prosecco, und nun lösten sich nicht nur Rainers Liebesschwüre, sondern auch mein ganzes Lügengebäude in Luft auf. Ich holte tief Luft und schloss die Augen. »Okay.« Seufzend setzte ich mich rittlings auf einen Stuhl und sah ihr fest in die Augen. »Es tut mir wahnsinnig leid, Sonja. Ich schäme mich in Grund und Boden.« Meine Hand glitt in die Schublade und zog wie in Zeitlupe unzählige grüne Zettel heraus. Anschließend legte ich endlich die fällige Beichte ab. Ich hörte mich reden, konnte mich später allerdings an kein einziges Wort mehr erinnern. Ich wusste nur, dass ich ihr endlich die erlösende Wahrheit gesagt hatte. Sonja wurde erst kalkweiß im Gesicht, dann krebsrot und schließlich wieder leichenblass. Die Flasche Prosecco blieb unangerührt auf dem Küchentisch stehen. Bis Sonja sie mir vor die Füße pfefferte, wo sie in tausend Scherben zersprang.

»Der Apfel fällt nicht weit vom Stamm!« Hasserfüllt sah sie mich an. »Du bist eine elende Lügnerin, genau wie dein Sohn! Weißt du, eine kleine Notlüge ist okay. Aber eine FREUNDIN über Monate hinweg ganz bewusst anzulügen, zu betrügen und zu VERARSCHEN, das ist unverzeihlich.« Sie sah mich dermaßen eiskalt an, dass meine Seele gefror. »Ich will mit dir und deiner verlogenen Mischpoke NICHTS mehr zu tun haben!«

»Aber Sonja, ich flehe dich an …«

»Steck dir dein Geld für Vivians Kind sonst wohin!«

Dann knallte die Wohnungstür. Wenige Sekunden später schoss der Porsche rückwärts aus unserer Einfahrt. Mein Herz raste. Mein Gaumen pulsierte. Minutenlang stand ich wie zur Salzsäule erstarrt in der Küche und glotzte auf die Scherben. Auf die Scherben unserer Freundschaft. Die Scherben meines Lebens.

Als Rainer kurz darauf verschlafen und zerzaust an meine Wohnungstür klopfte und fragte: »Ja, kann man euch Weiber denn keine Sekunde alleine lassen?«, fiel ich ihm – wie konnte es auch anders sein – weinend in die Arme.

# 32

Sieben Stunden lang ratterte der Zug durch die trübe Landschaft. Ich hatte den Kopf an die kühle Scheibe gelehnt und starrte hinaus in die dämmrige Eintönigkeit. Auf den höher gelegenen Feldern lag wässriger Schnee. Braunes Gras ertrank unter braunen toten Blättern. Die Häuser an den Bahngleisen wirkten schmutzig und grau. Kahle Bäume zitterten vor einem stürmischen Wolkenhimmel, die Wege starrten vor Schlamm. Ansonsten nichts als trostlose Einkaufszentren und graue Betonparkhäuser. Die Fahrgäste, die ausstiegen, schlugen den Kragen hoch, bevor Sprühregen sie einhüllte und meinen Blicken entzog. Zum Glück war ich allein in meiner Großraumsitzecke und hatte Zeit zum Nachdenken. Gut, dass ich mit niemandem reden musste. Nicht einmal die rücksichtslosesten Wichtigtuer unter den Mitreisenden, die lautstark und lange telefonierten, konnten mich verärgern, so lethargisch und kraftlos war ich. Normalerweise fand ich das dermaßen unverschämt, dass ich sie mit bösen Blicken erdolchte. Wenn sie dann immer noch nicht damit aufhörten, den ganzen Waggon an ihren endlosen Geschäfts- oder Privatgesprächen teilhaben zu lassen, ging ich meist hin und sagte: »Entschuldigung, dass ich im Abteil sitze, während Sie telefonieren!« Manchmal war ich so geladen, dass ich drauf und dran war, den eitlen Schwätzern mit ihrem eigenen Handy das Maul zu stopfen.

Aber jetzt war ich nur noch ein Häuflein Elend. Das beklemmende Gefühl, alles falsch gemacht zu haben, führte dazu, dass ich mich förmlich in meinen Sitz verkroch, um mich unsichtbar zu machen. Von mir aus hätte eine ganze Fußballmannschaft im Abteil trainieren können – ich hätte nicht gewagt, etwas zu sagen. Mein Selbstbewusstsein war auf die Größe einer Erbse zusammengeschrumpft. Außer Billi, die ich derzeit unmöglich mit meinen Problemen belasten konnte, hatte ich jetzt wirklich niemanden mehr.

Niemanden? Doch! Ich hatte noch Silke und die Kinder. Daran klammerte ich mich wie an einen Strohhalm. Ich hatte sie von zu Hause aus angerufen und auf den Anrufbeantworter gesprochen. Dabei hatte ich so getan, als wäre ich zufällig für Weihnachtseinkäufe in Hamburg und könnte es vielleicht einrichten, bei ihr vorbeizuschauen. Und genauso zufällig hatte ich meine Ankunftszeit auf Band hinterlassen. Aber wer war ich schon für sie? Eine fremde Frau.

Doch dann atmete ich erleichtert auf: Am Hamburger Hauptbahnhof stand tatsächlich Silke, an jeder Hand ein Kind plus Kinderwagen, Rollbrettchen und allem, was dazugehört. Sie winkten und sprangen mir freudig entgegen, so als wäre ich ihre heiß geliebte, lang vermisste Oma! Eine nie gekannte Wärme breitete sich in mir aus, als ich dieser heiteren, hübschen jungen Frau in die Arme fiel. Sie war so schlank und zerbrechlich! Wie gern würde ich sie entlasten! Der kleine Max überreichte mir ein entzückendes Blümchen, Laura ein selbst gemaltes Schild, auf dem »Herzlich willkommen, liebe Oma« stand. Mir kamen die Tränen vor Rührung. Das hatte ich nun wirklich nicht verdient! Ich bückte mich, umarmte die Kinder, die ihre kalten runden Wangen an die meine pressten, und warf einen Blick in den Kinderwagen. Hinter Federbett und hellblauer Wolldecke lag der wenige Monate alte Ben auf seinem Lammfell und guckte mich freundlich aus seinen graublauen Knopfaugen an. Als ich mich zu ihm hinunterbeugte, verzog er sein Gesichtchen zu einem bezaubernden zahnlosen Grinsen. Ich hätte ihn vor Wonne fressen können!

Plaudernd zogen wir mit Sack und Pack davon. Für Außenstehende musste es so aussehen, als wären wir seit Jahren eine eingespielte, glückliche Familie! Auf dem Bahnhofsvorplatz reihten sich die Taxen aneinander.

»Wir nehmen öffentliche Verkehrsmittel, *n'est-ce pas, chéris?*«

»Aber nein!«, protestierte ich. »Ich spendiere ein Taxi!«(Auch wenn es meine letzten Kröten waren.) Es war gar nicht einfach, einen Kombi zu finden, der uns alle aufnahm.

»Ist das nicht ein Luxus, Kinder?«, fragte Silke lachend ihre süßen Kleinen. »Das bleibt aber die Ausnahme, nicht dass ihr euch daran gewöhnt!«

Die Kinder saßen ehrfürchtig im Auto und schauten andächtig aus dem Fenster. Sie waren so süß, so bescheiden, so normal! Während Roman die Luxusreise angenommen hatte, ohne dafür auch nur ein bisschen dankbar zu sein! Im Gegenteil.

Beim Losfahren sah ich Daddelhallen. Spielhöllen, vor denen sich dunkle Gestalten herumdrückten. Das war also Romans zweites Zuhause! Unauffällig hielt ich nach ihm Ausschau.

»Du schaust auch nach ihm, nicht wahr?« Silke tippte mir von hinten auf die Schulter.

Ich nahm ihre Hand und hielt sie fest. »Du weißt also, dass ich weiß ...?«

»Viktor hat es mir erzählt.«

»Er hat mich in Butterblum besucht«, gestand ich. »Leider ist an diesem Tag meine Mutter gestorben, und wir haben uns gar nicht richtig verabschiedet.« Feine Gänsehaut überzog mich.

»Das tut mir leid, Carin. Du hast es im Moment auch nicht leicht ...« Silke strich mir vorsichtig über den Arm. »Mein herzliches Beileid!«

»Ach, es geht doch jetzt überhaupt nicht um mich!« Ich schämte mich richtig. »DU hast Unterstützung verdient, Silke!

Ich habe zwar keine Ahnung vom Oma-Sein, aber bitte gebt mir eine Chance, dann kann ich es vielleicht noch lernen!«

Silke und die Kinder beratschlagten spaßeshalber auf Französisch, ob ich wohl eine gute Oma wäre, und die Kinder krähten zustimmend.

»Aber sie muss uns vorlesen!«

»Und singen!«

»Und malen!«, plapperten sie fröhlich durcheinander.

Ich drehte mich auf meinem Beifahrersitz um: »Wie kann mein Sohn nur eine so wunderbare Familie verlassen?« Es fröstelte mich.

»Tja. Dabei ist Roman wirklich ein toller Mann«, gab Silke zurück. »Aber seine Spielsucht hat ihn zerstört. Jetzt weißt du es ja. Ich wollte ihn damals vor dir und deinen Freundinnen nicht verpetzen.«

Wie fair sie doch war! Wie fein, wie großherzig!

»Es ist unglaublich, wie liebevoll du noch von ihm sprichst …«

»Ich habe ihn wirklich geliebt, Carin.« Silke machte ihre Kinder wieder auf Französisch auf etwas aufmerksam, sodass sie abgelenkt waren. »Aber Mitleid hilft irgendwann nicht mehr weiter.« Sie straffte sich. »Ich habe die Verantwortung für die Kinder, und ich musste mich von ihm distanzieren, um nicht selbst vor die Hunde zu gehen.«

»Viktor hat mir davon erzählt. Ich kann mir das Ausmaß einer solchen Spielsucht gar nicht vorstellen.«

»Er muss selbst zur Einsicht kommen und aufhören, sich und andere zu belügen.« Silke putzte Klein-Ben die Spucke vom Kinn. »Erst wenn er so weit ist, können wir wieder Kontakt zu ihm aufnehmen und ihm helfen.«

»Ja«, seufzte ich. »Ich weiß.«

»Dann weißt du auch, dass Roman seinen Vater fast in den Ruin getrieben hat. Viktor hat ihm den Geldhahn zugedreht, so schwer ihm das auch gefallen ist.«

Ich bekam Herzklopfen. »Wie geht es ihm?«

»Roman? Keine Ahnung.«

»Nein, ich meine … Viktor.«

Silke lachte ein glockenhelles Lachen. Dasselbe, das sie sonst immer für ihre Kinder parat hatte.

»Du magst ihn, was?« Sie strich mir sanft über den Arm.

»Ach was, wir kennen uns ja kaum. Ich meine, wir sind uns zweimal begegnet und konnten nie richtig in Ruhe reden.«

»Viktor ist einsam. Und wahnsinnig enttäuscht. Es geht ihm nicht so toll.«

Ich schluckte. »Das ist schrecklich. Erst stirbt die Frau unter so grauenvollen Umständen. Dann entpuppt sich der einzige Sohn erneut als …« Ich brachte es nicht über die Lippen, aber die Worte Betrüger, Lügner und Versager kamen mir in den Sinn. »Ist sonst noch was passiert?«

»Na ja, ich wollte es dir eigentlich nicht sofort sagen, aber ich hatte schon den Eindruck, dass er ein bisschen enttäuscht ist, dass du … in festen Händen bist.«

Ich fuhr herum.

»Ich BIN nicht in festen Händen!«, rief ich verzweifelt.

»Für ihn sah es aber ganz danach aus.«

»Aber das war doch nur mein Nachbar, der Rainer Frohwein«, beteuerte ich. »Der fantasiert sich da was zusammen.« Ich schnaubte wütend. »Außerdem ist er längst mit meiner Freundin Sonja liiert.«

»Dann stell es doch richtig«, forderte Silke mich auf.

»Ich? Wie komme ich denn dazu! Ich meine, ich gehe doch nicht hin, klingle und sage: ›Im Übrigen, Herr Stiller, bin ich gar nicht mit Rainer Frohwein liiert.

Insgeheim dachte ich: Aber uns verbindet ein wunderbar geratener gemeinsamer Sohn. Ich habe das Ei gelegt, und Sie haben es ausgebrütet. Wenn das keine Basis für eine wunderbare Beziehung ist!

»Aber BITTE sag ihm das bloß nicht weiter!«, beschwor mich Silke. »Das hat er SO NIE gesagt!«

»Was hat er denn dann gesagt?« Ich zwang mich, wieder nach vorn auf die graue vierspurige Straße zu schauen.

»Nichts weiter!« Sie wechselte einige freundliche Worte mit den Kindern, die nach wie vor andächtig aus dem Fenster schauten. »Sie fahren ja sonst nie Auto, das ist für sie schon *très special!*«

»Ihr fahrt nicht Auto?«

»Nein. Roman hat unsere beiden Autos … Ähm …«

Sie warf mir einen vielsagenden Blick zu. Sie wollte nicht vor den Kindern … Natürlich. Wieder war ich entsetzt. Da hatte mein lieber Sohn die beiden Familienautos verspielt, verdaddelt, verhökert? Um Spaß zu haben? In mir zog sich alles zusammen. Mein Mund wurde trocken. Und diese entzückende Silke musste mit drei kleinen Kindern zu Fuß gehen? Alle Einkäufe, die Wege zu Kindergarten, Kinderschwimmen, Arzt, zur musikalischen Früherziehung und was weiß ich noch zu Fuß bewältigen? Was für ein schäbiger Charakter! Mein eigen Fleisch und Blut. Das war doch völlig unverzeihlich. Ich wollte nie, nie wieder etwas mit ihm zu tun haben!

»In Kleinklinkersdorf fährt ein Bus«, sagte Silke ungerührt. »Und wenn wir nach Hamburg wollen, nehmen wir die S-Bahn. Außerdem tut Bewegung an der frischen Luft gut, die Kinder sind gegen Erkältungen abgehärtet.«

Sie schien immer alles von der positiven Seite zu sehen. Wenn mir hier eines im Taxi klar wurde, dann das: Roman hatte seinen allergrößten Hauptgewinn verspielt. Silke und die Kinder.

Ich nahm mir ein kleines Pensionszimmer an einer Straßenkreuzung. Luxuriös war es nicht, aber mir war es wichtig, in der Nähe »meiner« neuen Familie zu sein.

Gleich am Ankunftstag war ich zum Abendbrot eingeladen. Nachdem ich mich in meinem winzigen Zimmer mit Blick auf die Ausfallstraße ein bisschen frisch gemacht hatte, nahm ich die Geschenke für die Kinder und stiefelte los. In diesem Moment machte mein Herz einen richtigen Freudenhopser: So fühlt man sich also als Oma.

Die Schaukel, der Bollerwagen und die Kinderräder lagen unter einer dünnen Schneedecke. Ich hatte das Klinkerhäuschen gar nicht so klein in Erinnerung! Jetzt, im fahlen Schein der Straßenlaterne, wirkte es noch winziger. Wie schon bei unserem ersten Besuch im September, sah ich Silke in der Küche am Herd werkeln. Ich drückte in freudiger Erwartung den Klingelknopf. Fußgetrappel, hohe aufgeregte Stimmchen. Mein Herz zog sich sehnsüchtig zusammen. Silke rief etwas auf Französisch.

Zu meiner Überraschung öffnete mir diesmal keines der Kinder, sondern eine attraktive Frau in meinem Alter. Sie hatte dunkle kinnlange Haare, die im Flurlicht glänzten, ein ebenso waches, offenes Gesicht wie Silke und lächelte mich mit strahlend weißen Zähnen an: »Sie müssen Carin sein! Ich bin Silkes Mutter, Beate!« Sie umarmte mich, bevor ich überhaupt über die Schwelle getreten war. »Ich hab schon so viel von Ihnen gehört! Wie schön, Sie endlich kennenzulernen!«

»Ja, ähm, hallo!«

Also, wenn ich gewusst hätte, dass hier auch noch eine andere Oma war, hätte ich mich nicht so gebraucht und ersehnt gefühlt. Und trotzdem hatten sie mir das Gefühl gegeben, ich hätte ihnen gefehlt. Halb beschlich mich eine leise Enttäuschung, halb fühlte ich mich sofort zu dieser herzlichen Frau hingezogen. War ich nur ein geduldeter Gast? Oder hatte ich plötzlich eine Familie? Obwohl der Draht zu Roman gar nicht vorhanden war? Hatte ich das überhaupt verdient? Ich meine, so etwas Wunderbares muss man sich doch erarbeiten! Ich schluckte trocken. Würde ich morgen einsam in meiner Wohnung aufwachen und alles nur geträumt haben?

Silke kam mit Ben auf dem Arm aus der Küche, und die beiden Frauen schmiegten sich aneinander. Die Ähnlichkeit war verblüffend.

»Das ist meine Mama«, sagte Silke stolz und strahlte ihre Mutter von der Seite an.

Mich beschlich ein feiner Neid. Warum waren alle mit ihren Kindern so glücklich? Warum hielten alle so felsenfest zusammen? Warum war ausgerechnet mein Sohn so ein missratener Egoist, der mir nur Eiseskälte entgegenbrachte?

»Und das ist meine neue Schwiegermama!«, sagte Silke zu ihrer Mutter, und der Stolz blieb in ihrer Stimme.

Die Kinder packten freudestrahlend ihre Geschenke aus. Ich hielt Ben, der an meinem Rollkragen zerrte und mir auf die Schulter sabberte, während Mutter und Tochter den Tisch deckten und das Essen aus der Küche brachten.

»Carin, setz dich!« Silke lächelte mich liebevoll an und zeigte auf die Eckbank. »Komm, gib mir den kleinen Stinker, der soll dir nicht ins Essen patschen.«

Ich träumte nicht. Das war mir spätestens klar, als ich einen Klecks Spinat auf der Bluse hatte. Alle lachten.

Es gab etwas ganz Einfaches: Frikadellen, Spinat und Kartoffeln. Und es schmeckte wunderbar. Kein Hummerschwanz und kein Babyshrimpscocktail vom überladenen Buffet an der Algarve hatten mir annähernd so gut geschmeckt wie dieses einfache, liebevoll zubereitete Gericht. Wie fern war doch die Algarve! Dort herrschten Hektik, Lärm und Geltungssucht und hier im kleinen Esszimmer unter dem warmen Lampenschirm Geborgenheit, Liebe und Harmonie. Dort war ich nur geduldet gewesen, hier gehörte ich selbstverständlich mit dazu. Gerührt blinzelte ich eine Träne weg. Wir plauderten mit den Kindern, die sich eifrig um mich bemühten: Sie schenkten Wasser nach, brachten mir eine Serviette und stellten eigens eine Kerze vor mir auf. Später durften sie noch eine Sandmännchen-Sendung sehen. Ich schaute Silke dabei zu, wie sie Ben stillte, und half dann Mutter Beate beim Aufräumen der Küche.

»Es tut mir leid, dass ich Sie hier so überfallen habe …«, begann ich zaghaft, und fast wäre mir entschlüpft: »Ich wusste nämlich gar nicht mehr, wohin! Zu Hause habe ich buchstäblich nur Scherben hinterlassen!«

Sie warf mir einen mitfühlenden Blick zu und schien meine Verzweiflung auch so zu bemerken. Sie drückte mir ein Glas Wein in die Hand und sagte: »Setzen Sie sich, Carin! Erzählen Sie mir von sich!«

Ich druckste ein bisschen herum. »Da gibt es nicht viel zu erzählen …« Ich schluckte.

Sie drehte sich zu mir um, den Spüllappen noch in der Hand: »Warum haben Sie Roman damals abgegeben?« Ihre Augen drückten Wärme aus, Verständnis. »Es muss schwer für Sie gewesen sein, sich zu diesem Schritt durchzuringen.«

Ich merkte, dass sich etwas in mir zusammenzog. Diese Frage, auf die ich bei Roman monatelang gewartet hatte, kam von Beate, kaum dass wir uns unter vier Augen unterhielten! Ich war so erleichtert, dass sie mir Gelegenheit gab, mir alles von der Seele zu reden! In groben Zügen erzählte ich ihr, was sich damals zugetragen hatte. Zu meiner Überraschung rannen mir plötzlich Tränen übers Gesicht. »Verdammt, Carin!«, hörte ich meine Mutter sagen. »Reiß dich zusammen!« Aber meine Gefühle schlugen wie eine Riesenwelle über mir zusammen und rissen mich mit. Ich war hier regelrecht angespült worden, wie eine Schiffbrüchige. Ich wusste nicht, wohin das alles führen sollte. Silkes nicht mehr intakte, aber nichtsdestotrotz fröhliche Familie war völliges Neuland für mich. Ich musste mich hier erst Schritt für Schritt vorantasten. Trotzdem hatte ich seit Langem wieder das Gefühl, festen Boden unter den Füßen zu haben.

»Sie haben alles richtig gemacht, Carin!« Beate nahm meine Hand. »Sie hatten keine andere Wahl. Aber ich kann mir vorstellen, dass Sie Ihr Leben lang mit dieser Entscheidung gehadert haben.« Sie setzte sich zu mir auf die Küchenbank und legte den Arm um mich. »Roman hat eine wundervolle Mutter verloren. Obwohl Viktors Frau sich alle Mühe gegeben hat, sie zu ersetzen.«

Ich schluckte einen riesigen Kloß hinunter. Wie konnte es sein, dass diese warmherzige Frau, die ich nie zuvor gesehen hatte, mir so viel mehr Verständnis entgegenbrachte als mein eigener Sohn? Ich zog die Nase hoch, blinzelte die Tränen weg und suchte verzweifelt nach einem Taschentuch.

Beate reichte mir ein Blatt von der Haushaltsrolle. »Carin, lass uns Du sagen! Du gehörst doch jetzt zur Familie.«

Ich brachte kein Wort heraus. Mit einem Kloß im Hals hielt ich mich an meinem Glas Wein fest. Ich nickte nur, während sich eine Träne von meinem Kinn abseilte. Ich hatte eine neue kleine Familie. Eine neue Freundin.

Beates ruhige graublaue Augen fanden die meinen. »Wein dich nur aus, das muss dir nicht peinlich sein. Ich glaube auch nicht, dass du rein zufällig hier bist, um Weihnachtseinkäufe zu machen. Als Silke und ich deine Nachricht auf dem Anrufbeantworter gehört haben, haben wir gleich an deiner Stimme gemerkt, dass du in Not bist.«

Ich sah zu ihr hinüber, und auf einmal kamen die ganze Trauer, die Enttäuschungen und verpassten Gelegenheiten der letzten Wochen wieder hoch. Mit meiner Selbstbeherrschung war es fürs Erste vorbei. Ich lehnte mich einfach an diese warmherzige Beate und weinte mich an ihrer Schulter aus. Ich schluchzte mir regelrecht die Seele aus dem Leib. »Es tut mir so leid, was aus Roman geworden ist! Er hat euch allen das Leben versaut! Und ich bin schuld daran!«

Ihre Hand strich sanft über meinen Rücken. »Du hast das

Beste aus deinem Leben gemacht, Carin. Und das Beste für Roman gewollt. Keine Mutter gibt ihr Kind leichtfertig ab. Du hast aus Liebe gehandelt. Und du solltest stolz auf dich sein!« Sie hielt meinem verdutzten Blick stand und lachte dann. »Außerdem ist dein Leben noch lange nicht vorbei!« Sie stieß mich freundschaftlich in die Rippen. »Los, Oma Carin! Du hast noch zu tun!«

Als ich Trappelschrittchen hörte, wischte ich mir schnell die Tränen ab. Die Kinder kamen fröhlich brabbelnd in die Küche. »Bringst du uns ins Bett, *grand-maman* Carin?«

»Ich?« Fragend sah ich Beate an »Keine Ahnung, wie so was geht!«

Beate lachte. »Treppe rauf, Zähne putzen, Pipi machen, Kinderzimmertür auf, Kinder ins Bett, Gutenachtgeschichte, Gutenachtkuss, Licht aus, Tür zu.«

Es war das erste Mal in meinem Leben, dass ich eine Gutenachtgeschichte erzählen musste! Mir fiel keine ein! Das hier durfte ich auf keinen Fall verpatzen. Sie gaben mir eine Chance, und ich musste sie nutzen! Ich bekam fast schon Lampenfieber.

Silke, die gerade Klein-Ben mit der Spielorgel zur Ruhe gebracht hatte, lehnte im Flur und nickte mir aufmunternd zu.

Die Kinder legten sich artig nebeneinander und schauten mich erwartungsvoll an. Instinktiv erzählte ich, was mir meine Mutter schon als Kind erzählt hatte: Ich erzählte vom Struwwelpeter. Vom Zappelphilipp. Und von Paulinchen, das allein zu Haus war. Von Hans-Guck-in-die-Luft. Ich war überrascht, wie parat ich sämtliche Verse noch hatte!

Die Kinder staunten mit großen Augen und hielten meine Hand. Was für ein kostbarer Moment! Es war das erste Mal, dass ich Kinder ins Bett brachte. Welches Vertrauen mir entgegenschlug, welch kindliche Neugier! Wie unverhohlen sie mir zeigten, dass sie mich mochten! Mir fiel noch *»Bona nox«* von Mozart ein, und das sang ich ihnen ebenfalls vor. Allerdings in der entschärften Fassung (ohne »Scheiß ins Bett, dass' kracht«). Und es funktionierte: Sie gähnten, drehten sich auf die Seite und schliefen ein.

»*Bonne nuit, grand-maman* Carin!«

Jedes warme, weiche Wänglein bekam noch ein großmütterliches Küsschen, und ich saugte den Duft nach Nivea, Kinderzahnpasta und Geborgenheit gierig ein. Überwältigt schlich ich aus dem Kinderzimmer. Die feinen blauen Vorhänge bauschten sich im Luftzug, das Mobile drehte sich, und schon hörte ich die regelmäßige Atmung der Kinder, als sie sich ins Reich der Träume begaben. Auf Socken schlich ich die knarrende Treppe hinunter.

»Na?«, fragte Beate, die gerade drei Weingläser polierte. »Sind sie schachmatt?«

»Sie schlafen«, gab ich fassungslos zurück. Mir kamen schon wieder die Tränen, und schnell wandte ich mich ab.

»Wie schön, dass du jetzt so viel nachholen kannst«, sagte Beate liebevoll. Sie legte mir die Hand auf die Schulter. »Genieß es einfach. Wir freuen uns, dass du da bist.«

Dann saßen wir drei Frauen am abgeräumten Esstisch und redeten über Roman. Ich ließ meinen Blick über die gemütliche Einrichtung schweifen, über die beiden Kinderstühle, den Laufstall, die Spielecke mit den Bauklötzen, Bilderbüchern und der Holzeisenbahn. Alles strahlte Liebe, Wärme, Schlichtheit aus. Mich beschlich der Gedanke, dass Roman vielleicht ein anderer geworden wäre, wenn er in so einer Umgebung aufgewachsen wäre. Ohne Luxus, Reisen, Casinos und zu viel Geld. Wie konnte mein Sohn Roman all das nur aufgeben? Diese Liebe und Geborgenheit wegwerfen? VerSPIELEN?

Silke und Beate erzählten mir schonungslos von seiner Spielsucht, seinen Lügen, seinem immer häufigeren Verschwinden und von den finanziellen Engpässen, in die er seine Familie gebracht hatte. Als ich sagte: »Ich schäme mich für ihn«, nahmen sie mich in den Arm und versicherten, dass es keinen Grund dafür gäbe.

»Spielsucht ist eine Krankheit«, erklärte mir Silke. »Eine genauso ernste Krankheit wie Tabletten- oder Alkoholsucht.«

Sie verteidigte ihn auch noch! Widerwillig lächelte ich sie an.

»Vor allem, wenn man bereits als Kind damit in Berührung gekommen ist wie Roman. Das hat ihn geprägt. Er ist süchtig. Er kann nichts dafür.«

»Was?«, ereiferte ich mich. »Er kann nichts dafür? Er ist ein intelligenter Kerl, und er hat sich bewusst dafür entschieden, eure Existenz zu verspielen!«

»Nein, Carin. Ich hatte beruflich viel mit Suchtkranken zu tun.«

»Ich weiß.« Ich schluckte. »Aber Roman hat nicht gerade einer Randgruppe angehört. So wie Arbeitslose, Hartz-IV-Empfänger. Ich weiß nicht.« Ich fuhr mir mit der Hand übers Gesicht. »Ich meine, er ist doch ein hochintelligenter, gebildeter Mann mit bestem Hintergrund!«

»Spielen ist wie Alkohol und Heroin eine Droge, die süchtig macht und einen Menschen und sein familiäres Umfeld am Ende komplett zerstört.« Silke spulte das herunter, als wäre sie gar nicht persönlich davon betroffen.

»Statt die Gesundheit zu ruinieren, zerstört es den Charakter«, sagte ich düster und nickte. Ich erzählte Silke und Beate von der Kälte und Gleichgültigkeit, mit der mir Roman im Algarve-Urlaub begegnet war. »Er hat so getan, als gäbe es nichts anderes zu besprechen als Golf, Kleidung und Markenartikel.« Ich räusperte mich. »Und er hat sich meiner Kreditkarte bedient. Ohne ein Wort zu sagen.«

»Das sind typische Symptome«, erklärte mir Silke. »Er verschanzt sich hinter Oberflächlichkeiten, um ja nicht über seine Probleme reden zu müssen.« Silke klang ganz ruhig, trotzdem spürte ich, wie es in ihr brodelte. Mir war es nur eine Woche so ergangen, dennoch war ich fix und fertig. Ich fühlte mich ausgenutzt, gedemütigt. Aber Silke hatte das viel länger ertragen. Und das mit kleinen Kindern. Wie sehr ich diese tapfere junge Frau bewunderte! Doch mittlerweile hatte sie sich gefühlsmäßig komplett von ihm distanziert. Anders war das für sie wohl auch nicht zu bewerkstelligen.

»Ja. Er hat die ganze Zeit den lässigen Gentleman gespielt«, sinnierte ich laut.

»Na ja, außer dir gegenüber!« Beate strich mir liebevoll über den Arm. »Es war falsch, ihm einen Luxusurlaub zu schenken.«

»Im Nachhinein ist mir das auch klar«, seufzte ich. »Das war das Bescheuertste, das ich machen konnte.«

Plötzlich fiel mir ein, dass seine Adoptivmutter ihn auch immer nach Strich und Faden verwöhnt hatte. Und dass sie seine Probleme damit nur unter den Teppich gekehrt hatte. Statt ihm als Fünfzehnjährigem eine hinter die Löffel zu geben (wie Mutter sich ausgedrückt hätte), hatte sie ihn vor Viktor in Schutz genommen. Ihn gedeckt. Seine Schlappen ausgebügelt. Seine Schulden bezahlt. Ihn mehrfach die Schule wechseln lassen. Ihm ein Moped gekauft. Ihm ein Appartement eingerichtet. Ihm Geld zugesteckt. Wie sollte er da lernen, dass Fehlverhalten Konsequenzen nach sich zieht? Ein bisschen den Charme spielen lassen, ein bisschen den Clown geben, Geschichten erfinden und sich selbst als Opfer darstellen – und schon lief der Karren wieder. In die von ihm gewünschte Richtung. Plötzlich machte sich ein ganz eigenartiges Gefühl in mir breit: Nicht das, versagt zu haben, es nicht geschafft zu haben, Oliver großzuziehen. Sondern Zorn. Die Frau hatte mir den Jungen komplett verzogen! Er hätte kein Spieler werden müssen, wenn sie ihm von Anfang an klare Grenzen gesetzt hätte! Wenn er gelernt hätte, was Verantwortung ist! Meine Schultern strafften sich unmerklich. Ich sah Silke und Beate in die Augen: »Und, ist ihm denn gar nicht zu helfen?«

»Nicht, solange er es nicht selbst einsieht. Noch belügt er sich und die anderen. Wir haben ihn schon durchschaut. Nur er sich selbst noch nicht.«

»Und was ist mit einer Therapie?«

Ich dachte an eine geschlossene Anstalt, in der es weit und breit kein Geld gab, das man verspielen konnte. So wie man Messer und Gabel vor potenziellen Selbstmördern versteckt, könnte man doch das Geld vor Spielern verstecken!

»Als ob wir das nicht alles schon versucht hätten!« Silke stieß ein kleines, bitteres Lachen aus und presste beide Fäuste an die Schläfen. »Wie glaubst du, fühlt man sich, wenn man mit dem eigenen Mann zu den Anonymen Spielern geht und ihn bewacht wie einen Schwerverbrecher?«

»Und wenn man ihm jeden Morgen die abgezählten Groschen für die S-Bahn und das Mittagessen in die Hand drückt?«, ergänzte Beate, die ihrer Tochter den Rücken stärkte. »Und alle Freunde und Bekannten heimlich bittet, ihm niemals Geld zu leihen?«

»Dabei habe ich so fest an ihn geglaubt!«

Silkes Worte berührten mich sehr. Ich hätte weinen können, als ich ihr erschöpftes Gesicht sah.

»Ich habe ihn angehimmelt, vergöttert, bewundert!«

Ja, das taten viele. Sein Auftreten war so einschüchternd! Man fühlte sich ihm automatisch unterlegen. Bis man ihn durchschaut hatte. Dann kam die große Ernüchterung. Die Ent-Täuschung. Noch nie in meinem Leben hatte ich mich jemandem so verbunden gefühlt wie Silke. Ich legte meine Hand auf ihren Arm. »Ich bewundere DICH so sehr, Mädchen!«

»Silke hat das tapfer durchgezogen.« Beates Hand streifte die meine, und wir sahen uns an. »So lange, bis der Gerichtsvollzieher vor der Tür stand.«

Bestürzt starrte ich sie an.

Silke schlang schützend die Arme um sich.

Beate nickte sehr ernst.

»Er ist zu den Anonymen Spielern gegangen. Aber nur, um durch den Hintereingang in die Daddelhallen zu verschwinden. Auch wenn er nur fünf Euro in der Tasche hatte – er hat sie verspielt.«

»Und sich immer wieder neues Geld geliehen. Mithilfe seines Charmes ist es ihm sogar gelungen, sich nachts auf dem Autobahnparkplatz von Streife fahrenden Polizisten welches zu leihen! Darauf war er sogar noch stolz!« Silke schnaubte verbittert auf.

Mir wurde abwechselnd heiß und kalt. Ich fächelte mir Luft zu. Er hatte uns alle in ernste Gefahr gebracht! Seine Eltern, Silke, meine Freundinnen und zuletzt auch mich. Ich sah die beiden Frauen an und spürte einen Stich. Mein Sohn! Keine von uns hatte ihm in den Rücken fallen wollen. Jede hatte ihn geschützt. Auch seine A-Mutter. Aber genützt hatte das nichts. Er hatte nicht nur gelogen, betrogen und gestohlen. Er hatte auch seinen leiblichen Vater erpresst. Und mich damit in große Gefahr gebracht. Ich holte tief Luft und erzählte den beiden Frauen vom Besuch der Mafia.

Den beiden fiel der Unterkiefer herunter, als ich ihnen schilderte, wie die kriminellen Kerle bei mir zu Hause auf dem Sofa gesessen hatten. Wie ich sie noch bewirtet hatte. Bis ich plötzlich das Messer an der Kehle spürte. Wie sich die Räder des Rollstuhls weitergedreht hatten, nachdem sie ihn mutwillig umgestoßen hatten. Ich schilderte ihnen meine Angst um Mutter.

Silke ließ die Schultern hängen und klang so niedergeschlagen, dass ich sie am liebsten in den Arm genommen hätte.

»Es ist besser, dass er weg ist«, sagte sie nach einer kurzen Pause. »Wir müssen ja irgendwie weiterleben.« Sie fuhr sich verstohlen über das Gesicht.

Beate war fassungslos.

Ich ließ mich erschöpft in meinen Stuhl zurücksinken. Eine Weile schwiegen wir, obwohl es sich anfühlte, als würden wir weiterkommunizieren. Das war eine ganz neue Erfahrung für mich, dieses stille Einvernehmen.

»Und die Kinder?«, wandte ich schließlich ein. »Fragen sie nicht nach ihm?«

Silke straffte sich und schüttelte den Kopf. Ich bekam kaum noch Luft. Mein Leben lang hatte ich versucht, die Erinnerung an meinen Sohn auszuradieren. Es war mir nicht gelungen. Aber Roman hatte sich selbst ausradiert! Aus seiner eigenen Familie!

»Ihr Papa war beruflich viel unterwegs«, erklärte Silke schließlich sachlich. »Sie sind es nicht anders gewöhnt. Wir sprechen nur gut über ihn.«

So als wäre er tot?! Ein Frösteln überkam mich. Ich hatte schon den Stab über Roman gebrochen, Beate und Silke noch nicht. Plötzlich fühlte ich mich eigenartig. Sie hatten ja auch nicht den Stab über MICH gebrochen! Verdammt! Wie leicht lässt es sich über andere urteilen, wenn man nichts von den Ursachen und Gründen versteht. Wie leicht hätten sie mit dem Finger auf mich zeigen, mir die Schuld zuschieben, mich als Rabenmutter verurteilen können, so wie Roman es getan hatte. Stattdessen hatten Silke und Beate mich aufgefangen. Mich sprichwörtlich vom Boden aufgelesen. In ihre Familie integriert. Mir eine Aufgabe zugewiesen. Sich in mich hineingefühlt. Mir verdammt noch mal eine Chance gegeben. Wenn ich doch nur Roman eine Chance geben könnte!

»Kommt Zeit, kommt Rat, Kind!«, hörte ich meine Mutter sagen. »Du reißt dich jetzt zusammen, versuchst dich nützlich zu machen, krempelst die Ärmel hoch und hältst hier für Roman die Stellung. Gib ihnen all die Liebe, die du ihm nicht geben konntest. Und vielleicht ergibt sich daraus eine neue Chance. Für euch beide.«

# 33

Und so blieb ich die ganze Adventszeit in diesem kleinen Reihenhaus bei Silke und den Kindern. Beate arbeitete in einer Steuerkanzlei und war froh, dass ich sie als Oma ein bisschen unterstützte. In meiner Bibliothek hatte ich mir bis auf Weiteres unbezahlten Urlaub genommen. Frau Dünnbügel übernahm begeistert meinen Job.

Silke wollte sich selbst wieder ein bisschen in ihrem beruflichen Umfeld umschauen, ihre Kontakte pflegen und ein paar Weiterbildungsseminare besuchen. Auf einmal hatte ich einen ganz neuen Platz im Leben! Morgens um halb sieben erschien ich zum »Oma-Dienst«, wie wir das nannten, half Silke, die Kinder anzuziehen, Frühstück zu machen und Ben zu füttern. Zum allerersten Mal bekam ich ein ganz normales Familienleben mit, mit allem, was dazugehört: Zank und Streit im Bad, Trotzanfälle beim Anziehen, Wasserlachen auf dem Fußboden, verlorene Söckchen, verschimmelte Brotreste in der Butterbrottasche, angenagte Apfelstrünke unterm Bett und vermisste Kuscheltiere unterm Schrank. Garniert wurde das Ganze mit entzückendem Französisch, das Silke mit ihren Kindern sprach:

*»Chérie, va te laver les mains!«*

*»Ne tombez pas, chéris!«*

Bald hatte ich mein Französisch von früher wieder ausgegraben. Wir sangen *»Sur le pont d'Avignon, l'on y danse, l'on y danse«* und tanzten im Badezimmer im Kreis herum. Klein-Ben war mir besonders ans Herz gewachsen. Er streckte die Ärmchen nach mir aus und schmiegte sich an mich, wann immer ich ihn halten durfte. Silke erlaubte sogar, dass ich ihn badete. Ich genoss das ganz besonders, diesen innigen Körperkontakt, das Abtrocknen, Küssen und Schmusen. Silke besaß ganz feine Antennen für das, was ich in dieser Hinsicht nachzuholen hatte. Manchmal musste ich hastig die Tränen wegblinzeln, wenn ich meine Nase an den kleinen Kerl drückte. Wir frühstückten gemeinsam am Esstisch, während es draußen noch ganz dunkel war. Das muntere Geplapper der Kinder riss mich aus meinen trüben Gedanken. Ich hatte gar keine Zeit mehr, über meine Sorgen zu Hause nachzudenken. Es war, als wäre ich in einer völlig anderen Welt gelandet. In einem warmen kleinen Nest voller Liebe und Geborgenheit. Anschließend zogen wir mit den dick eingepackten Kindern los: Der eine Trupp trabte mit Laura in Richtung Schule, der andere mit Max in Richtung Kindergarten. Von der selbst gebastelten Laterne bis hin zu den Lebkuchenmännern, von Tupperdosen über Biosnacks bis hin zum selbst gepressten Apfelsaft – wir schleppten alles mit, was den Kindern guttat und ihnen beim Wachsen und Gedeihen half. Ich holte vieles nach, was ich mit Oliver nie hatte erleben dürfen.

Damit war ich gut beschäftigt. Ich hatte ja keine Vorstellung davon gehabt, was es bedeutete, Mutter zu sein, drei kleine Kinder zu haben! Immer fröhlich zu sein wie Silke, alles gelassen zu nehmen, stets zu vermitteln, auszugleichen, abzulenken und sich für keine körperliche Arbeit zu schade zu sein. Zum ersten Mal in meinem Leben krabbelte ich auf allen vieren, um Spielsachen unter dem Schrank hervorzuangeln, klebrige Beruhigungssauger vom Teppich abzulösen, Legosteine einzusammeln und Breiflecken von den undenkbarsten Stellen im Raum abzuwischen. Zum ersten Mal in meinem Leben faltete ich Berge von Lätzchen, Handtüchern, Strampelanzügen, Bettwäsche und tausend Kinderklamotten, rollte Söckchen ineinander und kochte frisches Bio-Gemüse. Zum ersten Mal war ich sechzehn Stunden nonstop auf den Beinen und träumte noch nachts davon, die Milch nicht auf dem Herd anbrennen zu lassen. Doch ich lernte rasch, und schon bald hatte ich den »Oma-Eignungstest« bestanden. Nach ein paar Wochen kam ich mit Kindern und Haushalt so gut zurecht, dass Silke endlich einmal wieder allein in die Stadt fahren konnte. Sie nahm mein Angebot dankbar an, sich einen schönen Tag zu machen. Ich steckte ihr meine letzten fünfhundert Euro zu, für Weihnachtseinkäufe und einen Besuch bei der Kosmetikerin. Sie strahlte mich an, umarmte mich und lief mit wippendem Zopf zur S-Bahn.

»Aber wenn du mich brauchst, rufst du mich auf dem Handy an!«

»Ich schaffe das!«, versicherte ich ihr und nickte ihr aufmunternd zu. »Nicht wahr, Kinder? Die Mama fährt zum Christkind!« Diese bezaubernde junge Frau hatte wirklich nur das Allerbeste verdient. Ich hatte sie so ins Herz geschlossen! Immer häufiger beschlich mich der Gedanke, dass ich zwar keinen Sohn, aber dafür eine Tochter gefunden hatte. Und drei traumhafte Enkelkinder obendrein.

Bald würde das vierte da sein. Ich seufzte. Romans Kind mit Vivian. Beim Gedanken an Vivian fiel mir natürlich auch Sonja ein. Noch so eine Baustelle, die ich aufräumen musste. Aber wie sagte Mutter immer so schön? »Alles zu seiner Zeit.«

Tief in meinem Herzen gedieh trotz des harten Winters ein kleines verborgenes Pflänzchen, sprich meine Gefühle für Viktor.

Nachdem Silke mich immer wieder dazu ermuntert hatte, fand ich irgendwann den Mut, doch einmal bei ihm vorbeizuschauen. Schließlich waren wir ja irgendwie – verwandt. Also, im weitesten Sinne. Obwohl ich mich inzwischen bei Silke für unentbehrlich hielt, schubste sie mich fast lachend zur Tür hinaus: »Jetzt geh schon und sag ihm Hallo! Der freut sich bestimmt, dich zu sehen. Und klär das Missverständnis mit Rainer auf, bevor es zu spät ist!«

»Zu spät?« Unwillkürlich stutzte ich.

»Na ja, ein Mann seines Kalibers bleibt auch nicht ewig allein! Nun geh schon, Carin!«

Aber so eine war ich doch nicht! Meine Mutter hatte mir immer wieder eingeschärft: »Lauf keinem Mann nach. Wenn er nicht den ersten Schritt macht, machst du ihn auch nicht!« Aber streng genommen hatte Viktor ja den ersten Schritt gemacht. Indem er in Butterblum aufgetaucht war! Ich merkte, dass ich lächelte. Er hatte eine verdammt weite Reise auf sich genommen, nur um eine Stunde lang mit mir im Regen spazieren zu gehen. Ich war diejenige gewesen, die dieses Rendezvous rüde abgebrochen hatte, wenn auch gezwungenermaßen. Also war es vielleicht doch kein »plumpes Nachrennen«, wenn ich einmal unverbindlich bei ihm auftauchte? Nur weil ich zufällig gerade in der Nähe war?

»Lass mich wenigstens Ben mitnehmen!«, flehte ich.

Erstens konnte ich auf diese Weise Silke entlasten, und zweitens hatte ich dann wenigstens einen Grund, ihn zu besuchen: »Ich wollte dir nur mal deinen Enkel vorbeibringen! Sieh nur, wie er gewachsen ist!« Es machte einfach einen besseren Eindruck, wenn ich einen Kinderwagen dabeihatte. Es war – unverfänglicher.

»Na gut, wenn du partout nicht mit ihm allein sein willst …« Silke drückte mir noch feixend eine goldene Dose mit selbst gebackenen Keksen in die Hand. »Dann mach eben auf Oma, Opa, Enkelkind!« Sie umarmte mich liebevoll und schickte Ben und mir noch ein paar Kusshändchen hinterher.

Als ich mit Kinderwagen und Keksdose zur Bushaltestelle schritt, zitterten mir ein bisschen die Beine. Aber nicht nur vor Kälte. Auch vor – Vorfreude. Viktor würde Augen machen! Ich ertappte mich dabei, beim Einsteigen in den Bus bis über beide Ohren zu grinsen. Was hatte ich Billi immer um ihre Familie beneidet! Und sie dafür bewundert, wie selbstverständlich sie das alles wuppte! Jetzt ging es mir genauso. Ich war ununterbrochen auf den Beinen – ein tolles Gefühl!

Trotzdem ging ich in Hamburg an der Alster als Erstes zum Friseur. Der vornehme, sündhaft teure Salon von Marlene Schöller lag zufällig auf dem Weg. Natürlich wollte ich todschick aussehen. Und ein Billigfriseur am Bahnhof war eines Viktor Stillers nicht würdig. (Ich vertraute einfach meinem Überziehungskredit.) Ich wollte aussehen wie die attraktive, modebewusste Frau, die auch in mir steckte. Ich war zwar Großmutter, aber eine mit Stil und Klasse. Und keine Landpomeranze mit flachen Tretern und Topfschnitt. Ich bewunderte mich für meinen Mut, als ich den edlen Friseursalon betrat.

Ben schlief im Kinderwagen, also deckte ich ihn nur zu und ließ ihn neben meinem Waschbecken stehen. Die Meisterin kümmerte sich höchstpersönlich um mich und zauberte mir außer schicken neuen Strähnchen auch einen modernen Schnitt. Wir unterhielten uns blendend, und sie versicherte mir immer wieder, wie jung und super ich aussähe.

»Weg mit der spießigen Föhnwelle!«, sagte sie forsch. »Die macht Sie um Jahre älter!«

Ben, der irgendwann wach wurde und staunend seine vielen Spiegelbilder betrachtete, wurde ausführlich geknuddelt und geherzt, und ich sonnte mich in der allgemeinen Bewunderung und Aufmerksamkeit. Keiner wollte glauben, oder täuschte es zumindest aus Höflichkeit vor, dass ich die Großmutter war! Nein, ich wäre gut und gerne als reife Mutter durchgegangen! Bei der neuen Frisur …

Ich schenkte meinem Spiegelbild ein zufriedenes Lächeln. Was war es doch schön, ein KIND zu haben! Die Leute waren alle gleich viel herzlicher! Auch wenn meine Kreditkarte gerade den Schock ihres Lebens erlitten hatte, spiegelte ich mich selbstbewusst in den Schaufensterscheiben der Designerläden. Mit wippenden Haaren schritt ich hinter dem Kinderwagen her. Am liebsten wäre ich damit um die Alster gejoggt, um erst mal Stress abzubauen und meiner Aufregung Herrin zu werden.

Viktor. Der würde Augen machen! Ob er mich überhaupt noch wiedererkannte? Diesmal hatte nicht Sonja Hand an mich gelegt. Diesmal trug ich keinen Tigerlook und keine todbringenden roten Stiefeletten, sondern ein natürlich-sportliches Outfit. Doch je näher ich der Villa kam, umso kleinlauter wurde ich. Die Keksdose im Kinderwagennetz klapperte munter. Carin, du bist eine Dame von Welt! Du besuchst nur den Kindsopa. Nichts Besonderes. Weil du zufällig gerade in der Nähe bist. Genau. Du gehst nämlich IMMER zu Marlies Möller. Er brauchte sich nur nicht einbilden, dass …

Oh. Hier waren wir schon! Die Villa lag unter einer feinen Schneedecke, und in Tannen und Fichten glitzerten Lichterketten. Ob er die selbst angebracht hatte?

»Schau mal, Ben!« Ich kniete mich neben den Kinderwagen. »Das Christkind war schon hier!« Ich konnte mich in Bens großen Augen spiegeln. Und was ich darin sah, war eine aufgeregte Carin mit geröteten Wangen.

Auf einmal schossen mir Viktors Worte wieder durch den Kopf, die Roman mir damals geschrieben hatte: »Als allein lebende ältere Frau wird sie jetzt jedes Weihnachten bei uns unterm Baum sitzen wollen.« Oh. Oje. Hoffentlich machte das jetzt nicht genau den Eindruck!

Ich klingelte. Ein melodiöses Glockenspiel ertönte. Ben quietschte überwältigt. Der Türsummer ging, und das Tor öffnete sich automatisch. Andächtig betrat ich das tolle Grundstück. Über den freigeschaufelten Gartenweg stiefelte ich mit Ben zur Villa. Sein liebes kleines Gesicht leuchtete im Widerschein der Lichterpracht. Hie und da rieselte etwas Schnee von einer Fichte. Die Haustür öffnete sich, und warmes Licht aus dem Flur fiel auf die dunklen Sträucher und Bäume. Mein Herz begann zu rasen. Und das nicht nur von der Anstrengung, den Kinderwagen zu schieben! Wie oft hatte ich mir ausgemalt, Viktor wiederzubegegnen! Vielleicht hatte er eine weiche, warme Strickjacke an, und ein erfreutes Lächeln würde seine Lippen umspielen? »Carin, welch Überraschung! Ich habe mir gerade Tee gekocht …« Später würde er dann eine Flasche Wein aufmachen, den Kamin anzünden, eine weiche Decke für Ben ausbreiten, während wir uns entspannt dazusetzten und plauderten. Dort weitermachten, wo wir am Todestag meiner Mutter aufhören mussten. Ich spürte schon seine warme, weiche Hand in meiner. Und roch seinen Vanilletabak. Gänsehaut überzog mich. Ich konnte nicht verhindern, dass ich fast schon verklärt lächelte. In seliger Vorfreude blickte ich auf.

Oh.

Aber in der Haustür stand nicht Viktor. In der Haustür stand eine Frau. Mit blonder Föhnwelle. Ganz schön unflott. Frau Möller hätte die Hände über dem Kopf zusammengeschlagen.

»Sie wünschen?«, fragte die Frau mit einem unterkühlten norddeutschen Akzent. Sie trug ein fliederfarbenes Strick-Twinset und hatte eine Perlenkette um den Hals. In der Hand hielt sie mit spitzen Fingern eine Tasse Tee.

»Äh, ist Herr Stiller da?«, keuchte ich. Mir brach der Schweiß aus. Was machte die denn hier? Trank SIE etwa Tee mit Viktor? Hatte er etwa – eine Frau kennengelernt? Und dann noch so eine uncoole? Ohne mir Bescheid zu sagen?

Die Frau warf einen abschätzigen Blick auf meine Wenigkeit. Ben fing an zu quengeln. Er hatte Hunger.

»Ich weiß nicht, ob er zu sprechen ist.« Die Frau tat so, als wäre sie die Dame des Hauses und ich eine unwillkommene Zeugin Jehovas. Siedend heiß fiel mir ein, dass Zeugen Jehovas gern Kleinkinder mitschleppen, um die Menschen milder zu stimmen. Genau das war es wohl, was die Frau dazu brachte, die Tür schon wieder zu schließen.

»Dann seien Sie doch so liebenswürdig und fragen Sie ihn«, sagte ich etwas zu honigsüß.

»Haben Sie einen Termin?« Ihr Blick huschte von meiner Frisur zu meinen Stiefeln.

»Nein. Ich wollte ihn überraschen. Ich habe …« Aufmunternd klapperte ich mit der Keksdose.

»Er hat zu tun!«, bürstete mich die Frau ab und wollte die Tür endgültig zumachen.

»Ich würde ihn aber gern sprechen!« Sollte ich den Fuß dazwischenschieben? Aber ich konnte ja schlecht den Kinderwagen loslassen. Er wäre rückwärts den Weg hinuntergerollt.

»Ich schaue, was ich tun kann«, sagte die Perlenkette gnädig. »Wen darf ich melden?«

»Carin Bergmann«, sagte ich so würdevoll wie möglich.

Die Frau schob die Tür zu und ließ mich draußen in der Kälte warten. Wahrscheinlich hatte sie Angst, ich könnte das Tafelsilber stehlen.

»Blöde Kuh«, murmelte ich verdrossen und schaukelte Ben beruhigend, der jetzt auf der Stelle aus seinem Wagen genommen zu werden wünschte und schrie wie am Spieß.

Durch die in die Tür eingelassene Glasscheibe sah ich, wie die Unsympathin die Treppe hinaufging und an eine Tür klopfte. Sie wohnte doch nicht schon hier? Ich hörte sie förmlich sagen: »Liebster, da ist eine Zeugin Jehovas mit Kinderwagen. Wollen wir sie reinlassen?«

O Gott! Mir schlug das Herz bis zum Hals. Ich hätte mich schon viel eher bei Viktor melden sollen! Warum hatte ich nur vorher nicht den Mut gehabt?

Weil ich mich erst noch sammeln, wieder zu mir finden, mein Selbstbewusstsein aufpolieren wollte. Außerdem war ich bei Silke wirklich unabkömmlich gewesen. Das war der Grund,

und genauso würde ich es ihm auch erklären. Außerdem pflegte ich Männern nicht nachzulaufen. Erst recht nicht jenen, bei denen ich Schmetterlinge im Bauch bekam, wenn ich nur an sie dachte. Aber das würde ich natürlich nicht sagen. Wieder hörte ich die Stimme meiner Mutter: »Kind, halt dich fein zurück. Der Mann spürt schon selbst, was du für ihn empfindest.«

Nach gefühlten zehn Minuten öffnete sich die Tür wieder. Meine Hoffnung, vor Viktor stehen und in seine ausgebreiteten Arme sinken zu dürfen, fiel jäh in sich zusammen, als die Arrogante mit der Perlenkette erneut vor mir stand.

»Herr Stiller ist nicht auf Besuch eingestellt«, sagte sie knapp. War er womöglich – im Schlafanzug? Im Morgenmantel? Hatten die beiden etwa bereits eine intime Beziehung? Mir wurde ganz schlecht bei dem Gedanken.

»Auch nicht auf Besuch von – mir?« Ich konnte es einfach nicht fassen, dass diese Frau sich das Recht herausnahm, mich im Garten stehen zu lassen!

»Von niemandem, der sich nicht angemeldet hat.«

»Darf ich dann wenigstens mal kurz Ihre Toilette benutzen?« Ich trat von einem Bein aufs andere. »Wissen Sie, ich bin von Kleinklinkersdorf mit der S-Bahn angereist …«

Ich hob die Stimme und hoffte, das Wort »Kleinklinkersdorf« würde einen oben lauschenden Viktor milde stimmen!

Die Fremde versteinerte immer mehr. »Am Bahnhof sind öffentliche Toiletten. Guten Tag.«

»Aber …« Ich nahm all meinen Mut zusammen und rief: »Das hier sind selbst gebackene Kekse! Darf ich die wenigstens hierlassen? Mit lieben Grüßen von Silke und den Kindern?!« Doch als ich ihr fest in die Augen sah, wandte sie sich einfach ab.

»Die Stelle ist schon besetzt«, sagte die Frau und knallte mir die Tür vor der Nase zu.

Wie ein begossener Pudel schlich ich an der inzwischen nachtschwarzen Alster zurück. Ich musste so dringend auf die

Toilette, dass ich mit dem Gedanken spielte, mich in ein dunkles Gebüsch zu verziehen. Ben schrie sich immer noch die Seele aus dem Leib. Bestimmt hatte er die Windeln voll.

In einem Café riss ich den armen Kerl aus seinen Decken, wickelte ihn auf der Damentoilette und fütterte ihn aus einem Alete-Gläschen, das eine mitleidige Kellnerin für mich warm gemacht hatte.

»Können Sie ihn mal kurz halten? Ich müsste dringend auf die Toilette!«

Ratlos schaute ich in den Spiegel. Eben war ich mir noch so hübsch vorgekommen, wie ein kesser Käfer im zweiten Frühling. Jetzt fühlte ich mich faltig, strähnig und hässlich. Meine Güte!, schoss es mir durch den Kopf. So muss es Sonja gegangen sein! Das sind die Wechseljahre! Tatü, tata, jetzt sind sie auch mit Blaulicht bei mir eingezogen! Schweißausbrüche, Tränenausbrüche, Blasenschwäche. Na toll!

Diese blöde Föhnwellenstrickensembleperlenkettenkuh! Blanker Zorn erfasste mich. Wer war sie überhaupt? Seine Haushälterin? Oder seine neue Lebensgefährtin? Welche Stelle war schon besetzt? Egal, er hätte mich reinbitten müssen, nachdem er meinen Namen gehört hatte. Das wäre ein Mindestmaß an Höflichkeit und Anstand gewesen. Er machte sich nichts aus mir. Er wollte mich nicht unter seinem Weihnachtsbaum sitzen haben. Da saß jetzt schon die Perlenkettenkuh. Unendlich enttäuscht trat ich den Heimweg an. So viel Desinteresse und Arroganz hätte ich Viktor Stiller nicht zugetraut.

Zu Hause erzählte ich Silke nur, ihn nicht angetroffen zu haben. Meinen Zorn und meine Enttäuschung behielt ich für mich. Und mein kleiner Zeuge (Jehovas) Ben konnte ja noch nicht sprechen.

# 34

Zwei Tage vor Heiligabend – Laura war in der Schule und Max im Kindergarten – fasste ich den spontanen Entschluss, noch mal mit Ben die S-Bahn nach Hamburg zu nehmen. Diesmal wollte ich nach Weihnachtsgeschenken Ausschau halten. Klein-Ben war so dick eingepackt, dass nur seine graublauen Äuglein und die Nasenspitze hervorschauten. Ich trug Mantel, Mütze und Schal gegen den eisigen Nordwind. Ich bildete mir ein, das Meer riechen zu können. Krähen und Möwen kreischten im grauen Dunst. Norddeutschland lag wie unter einer Eisglocke.

Als ich am Bahnhof ausstieg, schlug mir die kalte Betriebsamkeit entgegen, die es nur in Großstädten gibt. Menschen eilten teilnahmslos an mir vorbei, es wimmelte nur so von dunkel gekleideten Gestalten mit Stiefeln und Rucksäcken. Sie kamen mir vor wie Mitglieder einer Armee, die alle auf ein unliebsames Ziel zuzustreben schienen. Insgeheim dankte ich dem lieben Gott, dass ich im beschaulichen Butterblum leben durfte, in meinem gemütlichen Städtchen am Starnberger See. Wo die Welt zwar schlief, aber noch irgendwie in Ordnung war.

Ich seufzte. War sie es denn noch? Gab es dort noch einen Platz für mich? Wann würde ich den Mut haben, Sonja anzurufen und nach Vivian zu fragen? Oder Rainer? Was war aus ihnen geworden? Würde ich jemals wieder in meine Dreizimmerwohnung zurückkehren?

Während ich mich noch etwas unbeholfen mit dem Kinderwagen auf die Rolltreppe wagte, überholte mich eine Männergestalt, die Hände tief in den Jackentaschen vergraben. Der Mann eilte nicht, er rannte! Mit hochgeschlagenem Kragen und eingezogenem Kopf sauste er in panischer Hast an mir vorbei. Unsanft stieß er mir den Ellenbogen in die Seite. Ich geriet aus dem Gleichgewicht und stolperte mit dem Kinderwagen zwei, drei Rolltreppenstufen hinunter. Hätte mich nicht jemand am Mantelzipfel festgehalten, wäre ich wahrscheinlich mitsamt Ben in die Tiefe gestürzt. Was für eine grauenvolle Vorstellung! Mir zitterten die Knie, und mir wurde übel. »Arschloch!«, brüllte ich hinter dem ungehobelten Kerl her. »Sind Sie bescheuert, Sie Idiot!« Was anderes fiel mir auf den Schrecken nicht ein. Nietete der einfach so unbescholtene Großmütter um! Der Mann murmelte irgendwas und hob nur den Mittelfinger. Da hatte ich ein Déjà-vu-Erlebnis. Dasselbe hatte Roman getan, als er durch die Drehtür am Flughafen verschwunden war. Es durchzuckte mich kalt. War das … Das war doch nicht … Es war Roman! Er sah mager aus, grau im Gesicht. In seinen Augen stand nackte Angst. Er sah aus wie ein gehetztes Tier. Ich strauchelte und klammerte mich am Rolltreppengeländer fest. Wir waren noch nicht ganz unten, als zwei stiernackige Gestalten an mir vorbeistürmten. Sie waren offensichtlich hinter Roman her! Wieder wurde ich so heftig gestreift, dass ich ins Straucheln geriet. Um Gottes willen! Sie verfolgten ihn! Ich presste mich ans Geländer und zog den Kopf ein, während meine Hände den Kinderwagengriff fest umklammerten.

»Das schafft der nicht!«, rief der eine keuchend.

»Diesmal schlagen wir ihn tot«, stieß der andere zwischen den Zähnen hervor.

Das waren zwei Raubtiere, die ihre Beute zerfleischen wollten. Hilfe!, dachte ich. Hilfe.

Wir kamen unten an, der Kinderwagen und ich. Eine Hand

legte sich auf den Kinderwagengriff und half mir, das Gleichgewicht wiederzufinden.

»Danke«, stammelte ich, »Danke.«

»Geh mal nach Hause, Mutti«, sagte mein Retter. »Das ist eine gefährliche Gegend!«

Romans Verfolger drängten inzwischen die Leute in der Unterführung zur Seite. Die schrien verärgert auf.

»He, was soll das!«

»Rüpel!«

»Arschlöcher!«

»Ich ruf die Polizei!«

Und plötzlich wurde mir klar, dass Roman meine Hilfe brauchte. Instinktiv setzte ich mich in Bewegung. Es war schwer zu erklären, was mir die entscheidende Prise Löwenmuttermut eingab. Fakt war, dass ich mitsamt dem Kinderwagen durch die Gasse rannte, die sich gerade in der Unterführung gebildet hatte.

»Weg da!«, schrie ich und galoppierte in wilder Hast hinter den beiden brutalen Kerlen her. Silke hatte eine Fahrradklingel am Kinderwagengriff angebracht, und die betätigte ich jetzt, dass es nur so schrillte.

»Die ist verrückt, eh!«

»Die spinnt, die Alte!«

»Voll behindert, eh!«

Obwohl es vernünftiger gewesen wäre, Ben in Sicherheit zu bringen, raste ich mit Tunnelblick durch den Tunnel. Durch die Ansammlung von Billigläden, Kneipen, Pennern, Pendlern, Jugendlichen, verschleierten Frauen mit Einkaufstüten, Reisenden mit Rollköfferchen und Geschäftsmännern mit Aktentaschen. Ich sah, wie sie wie in Zeitlupe vor mir zurückwichen, gleichzeitig nahm ich kaum etwas anderes wahr als Roman. Roman war in Gefahr.

Auf der anderen Seite ging es die Rolltreppe wieder hoch, und nun verlor ich mit dem Kinderwagen wertvolle Zeit. Ich konnte ja nicht rennen, nur stehen. Roman verschwand draußen im Schneeregen, während seine Verfolger dermaßen aggressiv die Rolltreppe hochpolterten, dass die Passanten Schutz suchend die Köpfe einzogen.

»Polizei!«, schrie ich. »Hilfe, Polizei! Die haben meinen Sohn!«

Einige Passanten starrten mich an, als wäre ich eine arme Irre.

»Die wollen meinen Sohn umbringen!«, schrie ich. »Mein KIND!«

Und plötzlich kam Leben in die Umherstehenden. Eine Frau mit Kinderwagen, die schreit: »Sie haben meinen Sohn«, lässt jeden noch so abgebrühten Gaffer reagieren. Dutzende Handys wurden gezückt, ich hörte »Eh, Kind entführt!« und »Voll krasses Kidnapping!«

Auf einmal ging alles ganz schnell: Getrappel von schweren Stiefeln, uniformierte Sicherheitsmänner. Eine Alarmsirene schrillte. Ich war noch nicht ganz oben, als ich schon das Martinshorn hörte: Tatüüü, tataaaaa. Dann sah ich mehrere Polizeiwagen mit Blaulicht über den Bahnhofsvorplatz rasen. Diesmal waren es nicht die Wechseljahre. Diesmal war alles echt.

Die Polizeiwagen bildeten eine Barriere. Sofort war alles hermetisch abgeriegelt. Über Lautsprecher wurden Befehle erteilt. »Hier spricht die Polizei! Bleiben Sie stehen, oder wir machen von der Schusswaffe Gebrauch. Legen Sie sich flach auf den Boden! Arme und Beine auseinander, Gesicht auf die Erde!«

Bewaffnete Polizisten rannten auf Roman und seine Verfolger zu, und ich stand keuchend da und sah wie in Trance zu.

»Räh!«, machte Ben beeindruckt.

»Weitergehen, hier gibt es nichts zu sehen«, hieß es nun. »Sie behindern die Arbeit der Polizei!« Ich wusste gar nicht, wer gemeint war, war mir aber sicher, dass mein Roman außer Lebensgefahr war. Ich hatte ihn gerettet, das spürte ich.

In einigen Metern Entfernung lagen drei Männer auf dem Boden. Polizisten knieten auf ihren Rücken. Handschellen wurden angelegt.

»Weitergehen, gute Frau, bringen Sie mal den Kleinen in Sicherheit!«, sagte ein bulliger Polizist und fasste mich an der Schulter. »Soll ich Sie über die Straße begleiten?«

»Ich bin doch nicht blind!«, sagte ich.

»Wer hat denn nun die Polizei gerufen?«, rief jemand, und auf einmal zeigten alle auf mich.

»Die! Die da!«

»Sie hat geschrien, die haben ihr Kind!«

»Stimmt doch gar nicht, es ist ja noch im Wagen!«

»Räh«, sagte Ben und strampelte mit den Beinen.

»Ja, was denn nun, gute Frau?« Der Polizist, der mich unbedingt über die Straße begleiten wollte, sprach in sein Funkgerät. »Ich hab hier die Frau, die Alarm geschlagen hat. Macht einen ganz vernünftigen Eindruck, hat ein Baby dabei.«

Keine drei Sekunden später war ich von mehreren Polizistinnen umzingelt.

»Was ist denn los? Wie können wir Ihnen helfen?«

»Die haben meinen Sohn verfolgt«, keuchte ich, und auf einmal merkte ich, wie mich die Kraft verließ. »Meinen Sohn Roman. Die wollen ihn umbringen.«

»Wir haben alles im Griff.«

»Beruhigen Sie sich.«

»Ich BIN ruhig«, sagte ich. »Aber mein Sohn ist in Schwierigkeiten. Er braucht mich.«

»Lasst mal die Frau durch!«

»Gasse bilden!«

Unter Polizeischutz gelangte ich zu den drei Männern, die mit Handschellen gefesselt auf dem Boden lagen. Einer davon war Roman.

Schäferhunde bewachten sie knurrend. Als Roman den Kopf

hob, sah ich die nackte Angst in seinen Augen. Es war Todesangst.

»Alles ist gut«, sagte ich beruhigend und ging in die Hocke. »Ich bin bei dir.« Ich sah ihm ins Gesicht, und in diesem Moment schloss sich ein Kreis. Ein Kreis aus dreißig Jahren. Er lag hilflos vor mir, und seine fast schwarzen Augen hefteten sich an meine. Alle Arroganz und Kälte, alle Unnahbarkeit waren daraus verschwunden.

»Mutter?!« Romans Blick drückte Fassungslosigkeit aus.

Es waren Olivers Augen. Seine erstaunten, großen, schwarzen Augen, die mich fixierten. »Ich bin ja da. Alles ist gut.« Ich strich ihm sanft über die verschwitzten Haare. Genau wie damals. Ich sah mich im Entbindungsheim im Bett sitzen und über seine verschwitzten Haare streichen. Dreißig Jahre hatten sich in Luft aufgelöst.

»Alles ist gut. Ich bin bei dir«, wiederholte ich beruhigend.

Die Hunde schnüffelten an mir. Die Polizisten zogen sie weg.

»Mutter?!« Er sagte nicht: »Carin.« Er sagte: »Mutter.« Und es klang nicht im Mindesten spöttisch, kalt oder sarkastisch. Es klang – dankbar.

»Wir kriegen das hin, Roman!«, hörte ich mich sagen. »Du bist nicht allein. Ich bin bei dir.«

»Die zwei Kerle wollen mich fertigmachen!«

»Nicht, solange ich lebe.«

»Ja, aber … Wie hast du … Wieso … Woher …«

Ich zuckte die Achseln. »Mütterlicher Instinkt?!«

Roman starrte mich an, als wäre ich eine überirdische Erscheinung. (War ich ja auch. Ein gutes Gefühl.)

»Schau, dein Sohn Ben ist auch hier. Er braucht dich!«

»Ben!«, wimmerte Roman, der sich immer noch nicht aufrichten konnte, weil ein Polizistenfuß auf ihm stand. »Benni!«

»Räh«, sagte Ben in seinem Kinderwagen und strampelte mit den Beinen.

»Wo … Mist, ich kann's echt nicht fassen. Wo kommt ihr denn auf einmal her?« Erschüttert schlug Roman die Hände vor den Mund, wobei die Handschellen klirrten.

»Mütter sollten in der Nähe sein, wenn ihre Kinder sie brauchen«, hörte ich mich wie aus weiter Ferne sagen. Ich befand mich immer noch in der Hocke, und mir schliefen schon die Beine ein. Für solch filmreife Szenen war ich einfach nicht geeignet. Die schwarz gekleideten Polizisten starrten ebenso auf uns herab wie die schaulustigen Passanten. Im Hintergrund hörte ich die Funkgeräte krächzen: »Hat sich erledigt. Ja, die Mutter ist hier, wir haben alles im Griff … Nee, wir brauchen dann nur einen Peterwagen …«

»Sie dürfen meinen Sohn jetzt ruhig losmachen«, regte ich an, während ich mich mit steifen Knien erhob. »Das ist ja keine besonders gemütliche Haltung hier!«

»Ja, also, wenn Sie sich für den Mann verbürgen …«

»Ja, tu ich. Er ist mein Sohn.«

Man half Roman auf die Beine und schloss ihm die Handschellen auf. In diesem Moment tat er etwas ganz Unbegreifliches: Er breitete die Arme aus und fiel mir um den Hals.

»Danke, Carin, danke! Du hast mir das Leben gerettet!« Er schluchzte, und ich spürte seine warmen Tränen an meinem Hals.

»Passt schon«, sagte ich und tätschelte verlegen seinen Rücken.

»Die wollten mich totschlagen!«

»Ja. Ich weiß.«

Ich warf einen Blick auf die beiden, die immer noch am Boden lagen. Im Schein des nach wie vor zuckenden Blaulichts betrachtete ich die Gangster. Ich kam mir wirklich vor wie in einem Krimi. Der eine war bullig mit Glatze, der andere trug trotz des Wetters doch tatsächlich eine Sonnenbrille. Irgendwie kamen mir die beiden bekannt vor. Ich wusste nur nicht, woher. Vielleicht hatte ich auch einfach zu viele Krimis gesehen. Die

Bösen sehen ja irgendwie alle gleich aus. Bis ich das Tattoo auf dem behaarten Arm des Glatzköpfigen entdeckte.

»Ihr seid das?« Verwirrt fuhr ich mir übers Gesicht. Vor lauter Aufregung fing meine Stimme an zu quieken.

»Kennen sich offensichtlich«, hörte ich die Beamten sagen. Jemand sprach in sein Funkgerät: »Handelt sich tatsächlich um Mutter und Sohn, Täter offensichtlich auch bekannt, die Frau trägt maßgeblich zur Aufklärung des Sachverhaltes bei.«

Ich stieß ein sarkastisches Lachen aus. »Die zwei Versicherungsvertreter!« Ich schlug mir vor die Stirn. »Manchmal brauche ich ein bisschen, bis ich Leute wiedererkenne«, sagte ich höflich. »Bitte nicht persönlich nehmen! Das liegt an meinem Alter!« Ich beugte mich zu ihnen hinunter. »Wie nett, Sie wiederzusehen! Leider kann ich Ihnen jetzt auf die Schnelle kein Bier anbieten!«

Mit zitternden Fingern hob ich meine Tasche auf, die mir von der Schulter gerutscht war.

Roman hatte inzwischen seinen Sohn Ben an sich gerissen. »Benni! Oh, ich schäme mich so! Benni, mein Schatz!« Seine gehetzte, verzweifelte Miene entspannte sich sichtlich. »Mein Sohn! Dass ich dich wiederhabe! Ich hab dich gar nicht verdient!«

Die Einsicht! War DAS der Moment der Einsicht?! Plötzlich hatte ich einen Kloß im Hals. »Das wäre ja eigentlich mein Text gewesen!«, murmelte ich, um die Situation zu retten, und grinste schief. Plötzlich spürte ich, dass mir die Tränen kamen. Aber ich weigerte mich zusammenzuklappen. Das konnte ich später immer noch tun.

In diesem Moment hatten sich die ersten Pressefotografen bis zum Ort des Geschehens durchgeboxt. Blitzlichtgewitter zuckte.

»Räh«, machte Benni und strampelte mit den Beinen. Und dann verzog er sein Gesichtchen und heulte los. Das war nun wirklich zu viel für ihn!

Roman und ich sahen uns an. Wir umarmten uns im Blitzlichtgewitter der Boulevardfotografen und wollten uns gar nicht mehr loslassen. Fast hätten wir das plärrende Bennilein zwischen uns zerdrückt.

»So, nun aber zusammenreißen!«, hörte ich Mutter sagen. »Du ärgerst dich morgen, wenn du dich so verheult in der Zeitung siehst.« Ich bückte mich und zog schnell ein Taschentuch aus der Manteltasche. »Das sind die Hormone!«, erklärte ich den beiden Gangstern aus Rom, die fassungslos zu uns emporstarrten. »Muss man Verständnis für haben. Wechseljahre, falls Sie verstehen, was ich meine.«

Moment mal. Heulten die etwa? Waren die AM FLENNEN???

»Der wollte viele Gelte vonne Bosse«, schluchzte der eine. »Musste wir töte!«

»Meine Güte, da hat euer Verein ja seit zweitausend Jahren nix dazugelernt«, sagte ich kopfschüttelnd und richtete mich wieder auf. »Und das alles wahrscheinlich für läppische dreißig Silberlinge.«

Arm in Arm zog ich mit Roman und Benni von dannen.

# 35

Am nächsten Tag stand der Vorfall dick und fett in der Zeitung. Wir hatten sogar die Titelseite: »Mutige Mutter rettet Sohn vor der Mafia!« Und das Bild war auch nicht von schlechten Eltern. Drei Generationen heulten herzerweichend in die Kamera. Die Familienähnlichkeit sah man schon an den identischen Rotznasen.

Die Täter, Emanuele C. (Bild, Balken) und Giorgio S. (Bild, Balken), so hieß es, seien als Auftragskiller schon lange hinter dem Opfer, Roman S. (Bild, kein Balken) her gewesen, der hohe Spielschulden habe. Nachdem Roman S. zum wiederholten Mal bei seinem angeblichen Erzeuger, einem hohen Geistlichen, Nuntius B. (Bild, Balken) in Rom aufgetaucht sei und bei diesem ein ihm rechtlich gar nicht zustehendes »Erbe« eingefordert habe, sei dem erzürnten Gottesmann der Kragen geplatzt. Er habe die Vaterschaft niemals anerkannt, zumal Roman S. nach seiner Adoption bei einem ganz anderen Vater aufgewachsen sei. Dieser, ein bekannter Reeder (Bild, kein Balken), sei allerdings nicht für ein Interview zu erreichen gewesen. (Kein Bild, aber schätzungsweise Perlenkette, Strickensemble, Föhnfrisur.) Auch der angebliche Erzeuger im Vatikan sei nicht zu sprechen gewesen. Dort versuche man so pikante Familienangelegenheiten anscheinend mit südeuropäischem Temperament zu lösen, lautete der süffisante Kommentar. Die Mutter, Carin B. (Bild, Mitte), sei ganz zufällig in der Nähe gewesen und habe dem Verfolgten durch beherztes Eingreifen beigestanden. Obwohl sie einen Kinderwagen mit Enkel Ben (fünf Monate, Bild links) dabeigehabt habe, sei sie den Tätern auf den Fersen geblieben und habe sich mithilfe einer Fahrradklingel (Pfeil zum Kinderwagengriff) und schriller Stimme Aufmerksamkeit verschafft. Insgesamt hätten siebzehn Leute die Polizei gerufen. Dass es wirklich Zufall gewesen sei, dass die Frau just in der Sekunde dieselbe Rolltreppe benutzte wie ihr vor den römischen Gangstern flüchtender Sohn, wage man allerdings zu bezweifeln: »Blut ist nun mal dicker als Wasser.«

Wir lasen diesen Bericht gemeinsam am Frühstückstisch, Silke, Roman und ich.

Natürlich hatte ich ihn in seinem mitgenommenen Zustand mit nach Hause genommen. Weder hatte er Geld für ein Hotel noch die Kraft, weiter durchzuhalten. Seit Tagen war er vor diesen beiden Typen quer durch Europa geflohen. Halb verhungert, halb erfroren, komplett am Ende war er erstmals – endlich! – zerknirscht und voller Einsicht.

Silke hatte ihn reingelassen und ihm das Wohnzimmersofa als Gästebett hergerichtet.

Ich selbst wohnte längst nicht mehr in dem kleinen Hotel an der Kreuzung, sondern war in das Klinkerhäuschen gezogen. Es war zwar etwas eng, aber ich schlief in Bens Kammer, und das ging prima. So musste Silke nachts nicht mehr aufstehen, und ich holte mir den kleinen Kerl einfach ins Bett, wenn er weinte. Auf diese Weise bekamen wir beide unsere Portion Nestwärme.

Roman war kleinlaut und voller Reue. »Ich will mich doch ändern, glaubt mir! Die Spielsucht ist wie ein böses Tier, das mich in den Klauen hat …«

Ich betrachtete ihn voller Mitgefühl.

Silke schwieg und verzog das Gesicht. »Die beiden aus Rom sind bestimmt nicht die Einzigen, die hinter dir her sind«, sagte sie sachlich. »Uns kann hier jederzeit die Scheibe eingeworfen werden.«

»Hierbleiben kannst du auf Dauer nicht«, sagte ich. »Du darfst Silke und die Kinder nicht gefährden.«

Romans Stimme klang so verzweifelt, dass sich mein Herz schmerzhaft zusammenzog.

»Ich würde so gern ans andere Ende der Welt fliehen!« Roman raufte sich die Haare. »Am liebsten würde ich mich in Luft auflösen!«

Aus den Augenwinkeln sah ich, dass Silke angestrengt ausatmete. Sie konnte diese Beteuerungen nicht mehr hören.

»Sie werden mich überall finden!«, jammerte Roman verzweifelt. »Da kann ich mich gleich erschießen!«

»Nun mach mal halblang!«, hörte ich mich wie Mutter sagen. »So schnell schießen die Preußen nicht.«

»Es reicht, wenn du gehst«, sagte Silke kühl. »In ein Land, in dem es keine Spielautomaten gibt!«

»Am besten in eines, in dem es kein Geld gibt«, sinnierte ich laut.

»In den Dschungel oder so«, sagte Roman düster. »Aber dann könnte ich meine Kinder nie sehen!« Seine Stimme kippte. »Ich brauche euch doch! Ich brauche euren Halt!«

Silke schenkte ihm nur einen langen, traurigen Blick. Sie war sichtlich mit ihrem Latein am Ende.

Verunsichert betrachtete ich meinen Sohn. Er zeigte Einsicht! Er war von seinem hohen Ross heruntergekommen! Muss man denn da als Mutter nicht helfen? Wieder sah ich Bilder von Müttern vor mir, die ihre kriminellen Söhne sogar noch im Gefängnis besuchten und zu ihnen standen, koste es, was es wolle.

Gefängnis. Wenn er freiwillig ins Gefängnis ging? Oder in eine geschlossene Anstalt?

»Es muss doch noch eine andere Lösung geben!«, sagte ich verzweifelt. Konzentriert kniff ich die Augen zusammen und presste die Fäuste gegen die Schläfen. »Ach, Junge!«, sagte ich. Wie hätte Mutter jetzt gesagt? »Was man sich eingebrockt hat, muss man auch auslöffeln.« Aber so viele Löffel gab es auf der ganzen Welt nicht, das musste auch meine Mutter im Himmel einsehen. Ich schickte ihr ein Stoßgebet. Los, Mutter. Gib Stichwort!

In dem Moment klingelte das Telefon.

Es war Viktor. Sofort machte mein Herz einen zaghaften Hopser. Silke stellte auf laut. Seine Haushälterin habe ihm gerade die Zeitung gebracht. Zusammen mit dem Frühstück und dem Tee. Mein Herz polterte irgendeine Rolltreppe hinunter und verlor diesmal wirklich das Gleichgewicht. Sie war seine Haushälterin! (Es gibt doch einen Gott.) Mit knallroten Flecken im Gesicht lauschte ich Viktors tiefer, markanter Stimme.

Sie habe gerade errötend zugegeben, dass sie mich auf dem Bild erkannt habe. Sie habe gedacht, ich wolle mich für den Posten als Haushälterin bewerben. Deshalb habe sie ihm meinen Namen, meine Grüße und meine Kekse nicht übermittelt. Doch nun sei es ihr wie Perlen aus der Kette gefallen, dass wir ja quasi eine Familie seien und dass sie mich sehr wohl hätte hereinbitten müssen, mitsamt dem Enkelkind, das ja bitterlich geweint habe. Er habe sehr mit ihr geschimpft, denn über meinen Besuch hätte er sich wahnsinnig gefreut. Mit höchstem Erstaunen entnehme er diesem Boulevardblatt, dass ich offensichtlich schon länger in Hamburg sei!

Der Stein, der mir vom Herzen fiel und laut polternd durch mehrere Unterführungen kullerte, war bestimmt bis nach Brunsbüttel zu hören.

Er hätte sich gefreut!

Sie war seine Haushälterin!

Und er fragte, ob es uns etwas ausmache, wenn er den Heiligen Abend bei uns verbringe. Er selbst habe nämlich gar keinen Baum und werde die Haushälterin entlassen. Er wolle sich nicht aufdrängen, habe aber das starke Bedürfnis, Weihnachten mit uns unter einem Baum zu sitzen und vielleicht in aller Ruhe mal ein klärendes Gespräch zu führen. Im engsten Familienkreis.

Mein Herz begann, unrhythmisch zu hopsen. Roman und ich tauschten einen vielsagenden Blick. Täuschte ich mich, oder zuckten seine Mundwinkel?

Ich räusperte mich und näherte mich dem Hörer.

»Wenn das jetzt nicht jedes Jahr vorkommt«, sagte ich großmütig, »meinetwegen gern.« Dann legte ich auf.

Silke sah erschrocken zwischen Roman und mir hin und her. »Aber …«

»Insiderwitz«, sagte ich und legte meine Hand auf ihren Arm.

Es war das erste Mal, dass Roman wieder grinste.

# 36

Der Heilige Abend war wunderschön. Ein richtiges Familienfest. Silkes Eltern, Beate und ihr Mann Hermann, kamen auch, und wir saßen eng, aber gemütlich mit den Kindern am Tisch.

Vorher hatten Roman und ich noch den Baum geschmückt und Geschenke verpackt. Und auf einmal war alles so zwischen uns, wie es sein sollte.

»Hier, was ist das?«

»Ach, die Holzeisenbahn für Max.«

»Und das hier?«

»Das ist der Struwwelpeter, die Kinder lieben ihn!«

»Ich habe schon gemerkt, dass sie ihn inzwischen auswendig können!«

»Ja, und wenn sie jetzt die Bilder dazu sehen … Ich bin so gespannt auf ihre Gesichter!«

Ich machte eine dicke rote Schleife um das Buch. »Hier. Halt mal den Daumen drauf.«

»Au, nicht so fest!«

In der Küche hörten wir Silke rumoren. Wir hatten ein tolles Essen gezaubert. Das Nachtisch-Dekorieren überließ ich ihr gern. Hermann und Beate waren noch mit den Großen in der Kinderchristmette, während Bennilein uns unfairerweise beim Geschenkeverpacken zugucken durfte. Er würde uns bestimmt nicht verraten.

Außer »Räh!« sagte er nichts weiter, und beim Anblick des funkelnden Christbaumes strampelte er begeistert mit den Beinen.

Ja, und dann wurde es Abend.

Mein Herz klopfte wie verrückt, als Viktor an der Tür klingelte.

»Mach du ihm auf!«, rief Silke aus der Küche und brachte die Kinder auf Französisch dazu, in ihren Zimmern zu bleiben.

Es war einer der schönsten Momente meines Lebens, als ich Viktor die Tür öffnete.

Unsere Tür. Die Familientür.

Als ich seine Augen sah in diesem starken, männlichen Gesicht, das für Fremde oft so undurchschaubar war, zog sich mein Herz sehnsüchtig zusammen. Sie strahlten mich freundlich an, und seine Lippen verzogen sich zu einem fast zärtlichen Lächeln. Er roch wieder so gut nach Vanille und nach Viktor, als er sich zu mir hinunterbeugte und mir einen Kuss auf die Wange gab. Ich schloss die Augen und atmete seinen Duft ein.

»Carin. Endlich.« Er hatte einen Strauß Blumen dabei, den er Silke überreichte.

»Für dich habe ich ein anderes Geschenk. Später.« Er sah mich so geheimnisvoll an, dass mir ganz anders wurde.

»Roman!«

Sehr reserviert gab er unserem Sohn die Hand, und ich drückte mich ein bisschen verlegen im Flur herum und hängte Viktors schweren braunen Mantel auf.

»Vater, ich …«

»Schon gut. Später.«

Die Kinder stürzten herbei und umarmten ihren Großvater. Er küsste Benni, der strampelnd in seinem Hochstuhl saß, auf die Glatze und gab Silkes Eltern freundlich die Hand.

Ja, und nun saßen wir eng nebeneinander am Tisch, plauderten und lachten und fielen einander ins Wort. Die Kinder konnten vor Aufregung keine Sekunde still sitzen, und aus dem CD-Player kamen leise Weihnachtslieder.

Ich konnte es kaum fassen: Wir waren eine Familie. Eine große, bunte, problembeladene, aber zusammenhaltende Familie. Wie im Fernsehen. Nur in echt.

Aber das Schönste daran war, dass ich das alles zum ersten Mal kennenlernen durfte. Dass ich hier nicht nur ein geduldeter Gast war: Ich gehörte dazu, lange schon.

Wenn eine Schüssel leer war, sprang ich selbstverständlich auf und füllte sie nach. Als Ben weinte, nahm ich ihn selbstverständlich hoch und brachte ihn ins Bett. Als Laura und Max um ein Geschenk stritten, schlichtete ich und lenkte sie ab. Als Max später auf der Toilette Hilfe brauchte, ging ich zu ihm und half, seinen Schniedelwutz zu verstauen. Und als die Kinder ihr Gedicht aufsagten und dabei ins Stocken gerieten, war ich diejenige, die ihnen unauffällig weiterhalf.

Viktors erstaunte, bewundernde Blicke spürte ich fast körperlich im Nacken. Aus dem Augenwinkel sah ich, dass sich Hermann und Beate gerührt die Hände drückten. Selbst Silke hatte große, wissende Augen. Auf einmal passte alles. Es war großartig, einfach großartig. Wie Weihnachten eben. Auf einmal war das Leben schön.

Als Silke die Kinder dann später ins Bett brachte und Beate und Hermann sich um die Küche kümmerten, zogen wir »Eltern« uns mit Roman wie selbstverständlich in eine ungestörte Wohnzimmerecke zurück.

»Ohne Carin wärst du jetzt wohl tot.« Viktor blies seinen Pfeifenqualm durch das geöffnete Fenster in den Garten.

»Ich weiß. Sie hat mir das Leben gerettet. Ich stehe tief in deiner Schuld, Carin …«

»Ach, hört doch auf mit dem Gejammer!«, sprach meine Mutter aus mir. »Wichtig ist doch nur, wie es jetzt weitergeht.«

»Ich bin mit meinem Latein am Ende.« Viktor schüttelte traurig den Kopf. »Ich weiß, dass du nicht aus Böswilligkeit handelst, Roman, auch wenn ich Jahre gebraucht habe, um das zu verstehen. Ich habe mich ausführlich mit deiner Krankheit beschäftigt und sehe nur eine einzige Lösung: totaler Entzug. Mit anderen Worten, eine geschlossene Anstalt.«

»So eine Einrichtung, wo die Türklinken von innen abgeschraubt sind?« In Romans Augen spiegelte sich Entsetzen.

»Ich habe mich jahrelang klein und schäbig gefühlt, weil ich die Verantwortung für meinen Sohn in fremde Hände gegeben habe«, mischte ich mich ein. Plötzlich spürte ich, wie meine Augen brannten. »Und als ich wusste, in WESSEN Hände er gelangt ist, habe ich mich noch kleiner und erbärmlicher gefühlt.« Hastig blinzelte ich die Tränen weg. »Weil ich überzeugt davon war, dass du, Viktor, und deine Frau dem Jungen viel mehr Liebe und Geborgenheit gegeben habt, als ich das je gekonnt hätte.« Ich räusperte einen dicken Kloß weg. »Aber inzwischen weiß ich, dass ihr in eurer blinden Liebe zu Roman ganz vergessen habt, ihn zu einem verantwortungsvollen Menschen zu erziehen, ihm Grenzen zu setzen und ihm – verzeiht, wenn ich jetzt meine Mutter zitiere – auch mal ordentlich eins hinter die Löffel zu geben!«

Roman zuckte zusammen. Verdutztes Schweigen machte sich breitet.

»Carin, ich …«

»Moment, Viktor, ich bin noch nicht fertig. Ich weiß, über Tote soll man nicht schlecht reden, und das habe ich auch nicht vor. Ich habe größten Respekt vor Beatrice, die alles für Roman gegeben hat. Aber sie hat einen entscheidenden Fehler gemacht. Sie hat dich verteidigt und beschützt, Roman. Sogar vor Viktor hat sie dich gedeckt. Sogar vor ihrem eigenen Mann!« Ich warf Viktor einen strengen Blick zu, und der öffnete den Mund und schloss ihn wieder.

»Statt sich mit dem Vater die Erziehungsarbeit zu teilen, hat sie sich mit dem Sohn gegen den Vater verbündet. DAS hat sie für Liebe gehalten. Aber das war keine Liebe, sondern Beihilfe zum Lügen, Betrügen und Stehlen. Zu reinem Egoismus.« Ich atmete scharf aus. »Zu einer kriminellen Karriere.« Entsetztes Schweigen füllte das kleine Wohnzimmer.

Schließlich kam Leben in Viktor.

»Carin, ich muss doch energisch …«

»Ich habe mir lange Gedanken darüber gemacht.« Ich hob abwehrend die Hände, weil beide mich unterbrechen wollten. »Vielleicht denkt ihr, es steht mir nicht zu, so zu reden.« Ich straffte mich und drehte mich zu Silke um, die abwartend im Türrahmen lehnte. »Als rein biologische Mutter steht mir das auch nicht zu. Aber als Großmutter dieser Kinder und Schwiegermutter dieser wunderbaren jungen Frau hier« – ich stand auf, trat einen Schritt zurück und legte den Arm um Silke – »habe ich sehr wohl das Recht, mich einzumischen und meine Meinung zu sagen. Es ist nicht Liebe, aus Roman ein armes Opfer zu machen. Es ist Liebe, ihm einen Tritt in den Hintern zu geben! Roman ist niemand, der auf Kosten des Steuerzahlers erst mal jahrelang zum Seelenklempner laufen sollte«, sagte ich mit fester Stimme. »Während Silke hier mit drei kleinen Kindern auf die Unterstützung ihres Schwiegervaters angewiesen ist. O nein, das wäre zu einfach.«

Die Atmosphäre war zum Zerreißen gespannt, und ich fuhr fort:

»Roman ist der Vater dreier Kinder, und es ist seine Aufgabe, sofort für diese Familie Geld zu verdienen.« Ich atmete tief durch. »Ohne es gleich wieder zu verspielen.«

Alle Blicke waren starr auf mich gerichtet. Plötzlich wurde mir bewusst, dass auch Beate und Hermann Arm in Arm im Raum standen und lauschten.

»Ja, das ist ja alles schön und gut, Carin. So weit waren wir auch schon.«

»Schon lange!«, seufzte Beate.

»Schon tausendmal«, nickte Viktor düster.

»Und deshalb musst du ihm diese eine, letzte Chance geben, Viktor.« Mit festem Blick sah ich Viktor an.

»Ja, aber das tue ich doch!« Viktor raufte sich die Haare. »Ich zahle ja schon für dieses Häuschen, für den Unterhalt, für die Kinder, und ich bin auch bereit, eine Therapie zu bezahlen …«

»Falsch. Falscher Denkansatz. Roman muss zahlen. Nicht du.«

»Ja, aber wovon denn?«

»Er hat alle Jobs verloren, keine Redaktion nimmt ihn mehr …«

»Er sollte als Croupier arbeiten! Da ist er in seinem Element, das kann er!«

»Bitte was?«

Ich hörte ein allgemeines ungläubiges Schnauben.

Roman legte den Arm um meine Schulter. »Eine originelle Idee, Carin, aber ich habe in allen namhaften Spielcasinos Eintrittsverbot!«

»Er hat sich ja selbst sperren lassen!« Viktor zündete sich die Pfeife an.

»Außerdem kann ich mich in Deutschland oder Europa nirgendwo mehr blicken lassen«, sagte Roman ernst. »Carin. Ich werde verfolgt. Nicht nur von der römischen Mafia.«

»Das mit dem Dschungel war bisher noch deine beste Idee«, meinte Silke. »Am besten, du gehst zu irgendwelchen Steinzeitmenschen, die weder Geld noch Spieltische kennen.«

»Weglaufen ist nicht die Lösung!«, sagte ich mit fester Stimme.

Viktor zog kopfschüttelnd an seiner Pfeife und sah mich abwartend an.

»Wenn einer vom Pferd gefallen ist, muss man ihn sofort wieder draufsetzen.« Ich räusperte mich. Das hätte Mutter auch gesagt! »Lass ein Kind auf die heiße Herdplatte fassen, dann macht es den Herd nie wieder an!«

Aus dem Augenwinkel sah ich, dass Viktor mich durchdringend musterte. Energisch drehte ich mich zu ihm um. »Du hast doch Schiffe.« Fragend sah ich zwischen Vater und Sohn hin und her. »Oder sind die auch schon alle verhökert?«

Roman wurde rot, und Viktor grinste verhalten. »Nee. Die laufen zum Glück unter ausländischer Flagge.«

»Also kehren wir doch zum Ursprung des Problems zurück!« Vor Aufregung konnte ich kaum still stehen. »Roman hat auf dem Schiff ersten Kontakt zu Spielcasinos geknüpft, stimmt's?«

»Ähm … Ja?«

»Ein Schiff ist doch neutrales Gebiet. Da gibt es doch nicht wirklich Bargeld.«

»Ähm … Wie?«

»Ich meine, da unterschreibt man doch nur Zettel, wenn man etwas konsumiert.«

»Man zieht seine Bordkarte durch einen Scanner«, sagte Viktor nickend.

»Wie wär's, wenn Roman auf einem deiner Schiffe als Croupier arbeitet?« Vor lauter Eifer wurde mein Mund ganz trocken. Ich leckte mir die Lippen. »Du stellst ihn ein, für einen längeren Zeitraum. Dann befindet er sich in einem geschützten Raum, zu dem keiner seiner Verfolger Zutritt hat …«

Als mich die beiden kopfschüttelnd unterbrechen wollten, hob ich abwehrend die Hand.

»Oder etwa nicht? Habt ihr nicht so Zampanos am Eingang stehen, die keinen reinlassen?«

»An der Gangway«, sagte Viktor hoheitsvoll. »Das stimmt. Da steht bewaffnete Security.«

»Na bitte!«, sagte ich triumphierend. »Dann hat Roman ja schon mal Bodyguards.«

»Aber ich kann doch nicht …« Roman hob abwehrend die Hände.

»Moment, ich bin noch nicht fertig! Roman hat den ganzen Tag mit Plastikgeld zu tun. Sind das nicht so rote und grüne Dinger? Es ist Spielgeld, wie bei Monopoly! Oder nicht? Aber er selbst spielt ja nicht! Er verteilt es nur! Er ist in seinem heiß geliebten Milieu, und kein Mensch kennt sich besser mit den Spielregeln und den ganzen Gepflogenheiten aus als er!« Ich war so aufgeregt, dass ich spürte, wie meine Halsschlagader pulsierte. »Und so ganz nebenbei verdient er als Croupier …« Ich sah die beiden fragend an. »Doch einen gewissen Betrag, oder nicht? Irgendwo habe ich mal gehört, dass das gar nicht so wenig ist.«

»Das stimmt.« Viktor klopfte seine Pfeife aus. Ich hörte, wie Beate und Hermann laut ausatmeten.

Roman nickte. »Ich käme nicht mit Geld in Berührung. Es könnte direkt an Silke und die Kinder überwiesen werden.«

»Also?« Ich hob fragend die Hände und sah Viktor an. »Gib deinem Sohn diese eine letzte Chance! Stell ihn als Croupier ein.« Ich sah zu Roman hinüber und sagte achselzuckend: »Du kommst in eine schwimmende geschlossene Anstalt.«

»Aber das hieße ja, den Bock zum Gärtner machen …«

»Nee. Roman ist und bleibt Schiedsrichter. Mitspielen darf er nicht. Oder hast du schon mal einen Schiedsrichter ein Tor schießen sehen?«

Roman biss sich auf die Lippen. In seinen Augen stand – Hochachtung. Wärme. Vertrauen.

Viktor starrte mich erstaunt an. »Okay«, sagte er schließlich. »Ich gebe UNSEREM Sohn diese letzte Chance. Aber nur unter der Bedingung, dass er, sagen wir siebzig Prozent seines Gehalts an Silke und die Kinder überweist.« Er wandte sich an Roman, und dieser nickte eifrig. »Ja, Papa, das würde ich wahnsinnig gern …«

»Halt, Moment, stopp!«, sagte ich und trat Roman auf den Fuß. »Auf einem Schiff bekommt man bekanntlich zu essen und zu trinken, nicht wahr?«

»Allerdings«, sagte Viktor und nickte.

»Und ein Bett und eine Dusche?«

»Natürlich.«

»Klamotten?«

»Dienstkleidung. Selbstverständlich.«

»Damit wären sämtliche Grundbedürfnisse abgedeckt.« Ich nickte zufrieden. »Deshalb kann Roman siebzig Prozent seines Gehalts an Silke und die Kinder überweisen und die restlichen dreißig an Vivian und ihr Kind.«

»Vivian?« Viktor schaute uns alarmiert an. »Kind?«

»Andere Baustelle!«, sagte ich beschwichtigend und legte meine Hand auf seinen Arm. »Jetzt nicht gleich ausflippen, Viktor. Wir kriegen das hin.«

»Ja, aber dann hat Roman ja überhaupt kein Geld zum Leben!«

Ich schüttelte den Kopf. Typisch Übervater. Damit hatte doch alles angefangen! Dem armen Jungen immer noch was zustecken, damit er sich ein Eis kaufen kann! Nein, damit war jetzt ein für alle Mal Schluss. »Zum Leben schon. Zum Spielen nicht.« Ich presste die Lippen zusammen. »Ich finde, das ist eine sehr faire Lösung. Für alle Beteiligten. Und im Übrigen deutlich besser, als von Gangstern erschossen zu werden.«

Alle schwiegen. In ihren Köpfen ratterte es hörbar.

»Überhaupt kein Geld«, sagte Viktor beeindruckt. »Und wie lange soll das so gehen?«

»Bis Sonja und Vivian ihr Geld wiederhaben.« Ich zog die Stirn in Falten. »Oder muss ich noch deutlicher werden?«

»Nein, lass mal, Carin«, sagte Roman verlegen.

»Und bis Romans Kinder mit dem Studium fertig sind. Ich schätze, das dauert zwanzig Jahre.«

Von der Tür her hörte ich Beate und Helmut glucksen.

»Jahre!«, sagte Viktor und sah seufzend an die Decke. »Benni ist noch nicht mal ein Jahr alt!«

»Und Vivians Kind noch nicht mal geboren! Ja, sag mal, wann kapierst du denn endlich?«, fuhr ich ihn an. »Unser Sohn darf nicht den kleinsten Spielraum haben! Nicht. den. Kleinsten. SPIEL-RAUM!!«

Täuschte ich mich, oder kam aus dem Hintergrund leiser Beifall? Silke starrte mich völlig überwältigt an. Sie hatte einen Teddy an die Brust gepresst.

Viktor schaute mich lange an. »Du hast recht«, sagte er schließlich. »Wie verblendet war ich nur die ganze Zeit?« Er raufte sich die Haare. »Weißt du, ich wollte ihm immer wieder was Gutes tun, ihm entgegenkommen, ihm die Hand reichen …«

»Du gibst einem Drogenabhängigen Drogen und behauptest, du wolltest ihm die Hand reichen.« Ich schüttelte den Kopf. »Toll. Wirklich toll, Viktor!«

Wir starrten uns an. Plötzlich sah ich, dass Viktor rot geworden war. Er. Der starke, unerschütterliche Reeder. Der Hunderte von Angestellten hatte. Wurde rot. (Unter MEINEM Weihnachtsbaum. Das war das Beste daran.)

»Carin hat recht!«, sagte Roman plötzlich. »Mutter und du, ihr habt es immer gut gemeint. Ihr habt mir die Kohle vorn und hinten reingeschoben, sobald ich nur einen Mucks gemacht habe. Letztlich habe ich nie kämpfen müssen.« Er sah mich von der Seite an, und seine Lippen zitterten. »Nicht so wie Carin.«

»Bingo!«, sagte ich. »Ich glaube, jetzt hat er's! Silke lässt ihre Kinder zu Fuß zur Schule gehen, bei Wind und Wetter. Und mit der S-Bahn fahren. Sie essen Butterbrot statt Kaviar und spielen mit Bauklötzen statt mit Einarmigen Banditen. Sie lesen Bilderbücher statt am Computer zu spielen. Silke setzt ihnen Grenzen.« Ich schenkte Silke einen anerkennenden Blick. »Aus diesen Kindern werden mal ganz großartige Menschen.«

»Das sind sie jetzt schon«, murmelte Beate.

»Das sind sie jetzt schon«, pflichtete ich ihr bei. »Weil sie konsequent erzogen werden. Und nicht VERzogen.«

Viktor sah mich nachdenklich an. Eine Mischung aus Bewunderung und Verständnis lag in seinem Blick. »Wenn du mir so harte Vorwürfe machst, hat sich mein Weihnachtsgeschenk wahrscheinlich erübrigt ...«

Er griff in die Innentasche seines Jacketts, und ich sah, dass seine Hände zitterten. Oh, dachte ich. Schade. Jetzt ist er sauer auf mich. Wahrscheinlich hat es noch nie jemand gewagt, dem großen Reeder Viktor Stiller mal die Meinung zu sagen. Aber er war nicht sauer. Nicht im Mindesten! Er überreichte mir einen Umschlag, nein, es waren zwei, und am Flackern in Romans Augen merkte ich, dass es sich um etwas ganz Tolles handeln musste.

»Du hast die Wahl zwischen Transatlantik oder Transsuez«, sagte Viktor und blinzelte verdächtig.

»Wie meinen? Trans-was?«

»Karibik oder Orient?«

»Ähm ... Wie jetzt?« Mein Herz fing auf einmal an, Tango zu tanzen. Das war doch nicht ...Das war jetzt aber nicht das, wovon ich heimlich träumte?

»Ich muss auf beiden Schiffen nach dem Rechten sehen. Aber was die Silvesterreise betrifft, darfst du entscheiden.«

»Silvesterreise? Jetzt? Ich meine – noch dieses Jahr?«

»Du bist doch auch sonst sehr entschlussfreudig.« Viktor genoss meine sichtliche Verunsicherung. Jetzt war er wieder ganz Herr der Lage.

»Ich?« Ich zeigte ratlos auf mich. »Ich soll mich für eine – Luxusreise entscheiden?«

Plötzlich erinnerte ich mich an die *Herzblatt*-Sendung, die ich mal im Fernsehen gesehen hatte. Zwei Kandidaten, die sich gefunden hatten, durften eine Reise ziehen. Und es war die

Frau, die entscheiden sollte. Klar. An uns Frauen blieb eben das Wichtigste im Leben hängen.

»Ich nehme Umschlag zwei«, sagte ich mit zusammengekniffenen Augen.

Es war der Orient.

# 37

Ein Jahr später.

Viktor und ich sind häufig auf seinen Schiffen unterwegs, während die Perle mit dem Strickensemble die Hamburger Villa hütet. Ja, ich habe ein gutes Wort für sie eingelegt und Viktor daran gehindert, sie zu entlassen. Schließlich hat sie mich für eine direkte Konkurrentin gehalten – und die war ich schließlich nie! Und so schippern wir langsam um die Welt. Am liebsten bin ich natürlich auf der MS *Präludium und Fuge*, auf der unser Sohn Roman arbeitet. Es ist das größte und prächtigste Schiff, sozusagen der Johann Sebastian Bach der Flotte. »*Präludium und Fuge*« haben wir das Schiff deshalb genannt, weil Roman irgendwie das Präludium war und jetzt eine so tolle Fuge daraus geworden ist. Wir sind wirklich stolz auf unseren Sohn. Er ist mit Leib und Seele Croupier. Er macht das wirklich toll. Seine dunklen Augen strahlen, wenn er die roten Plastikchips verteilt, und erst recht, wenn er sie mit diesem kleinen Rechen wieder einsammelt! Das ist für ihn Glück pur. Dieser Kick, sagt er, der sei besser als jeder Orgasmus. (Also, bei aller Liebe: Ich sehe das anders. Aber das bleibt unter uns, okay? Schon mit meiner Mutter war ich geteilter Meinung darüber.)

Und er fiebert so richtig mit seinen »Kunden« mit! Oder nennt man sie »Klienten«? Er nennt sie heimlich »Patienten«. Für mich ist es die Brigade der Durchgeknallten.

Menschen, die zu viel Zeit und zu viel Geld haben. (So ähnlich wie Golfer. Dicht gefolgt von Bridge-Spielern.) Egal, jedem Tierchen sein Pläsierchen, hat Mutter immer gesagt.

Seit einem Jahr zahlt Roman regelmäßig Unterhalt an beide Mütter seiner Kinder, und die sind – Überraschung! – gerade zufällig bei dieser Weihnachtsreise mit an Bord!

Wie gesagt, *Präludium und Fuge* ist das größte und prachtvollste von Viktors Schiffen. Ich habe mir diesen Namen gewünscht, und ich durfte das Schiff sogar taufen. Die Bilder kursieren im Internet. Na ja, mit Marlies-Möller-Frisur werfe ich eine Flasche Champagner gegen den Schiffsbauch! Es ist mir ein bisschen peinlich, dass sie gar nicht kaputtgehen wollte, aber Viktor hat nur gelacht und gemeint, unsere späte Liebe will ja auch nicht kaputtgehen! Die Sache mit dem Hut, der aussah wie eine riesige tote Motte und mir beim ersten Windstoß vom Kopf flog, vergessen wir einfach.

Das Schiff ist ganz neu und hat vierhundert edle Suiten. Die Owner-Suite ist nebenbei bemerkt die größte. Wesentlich größer als meine Dreizimmerwohnung in Butterblum. Gerade war ich im topmodernen Fitnesscenter und habe einen Pilates-Power-Kurs besucht. Die Trainerin heißt zufällig Vivian. (Na ja, mit familiären Beziehungen kriegt man natürlich die besten Jobs.)

Dafür, dass sie erst im Frühling Zwillinge bekommen hat, sieht sie schon wieder fantastisch aus. Sie ist in Topform. Aber nicht nur sie: auch ihre Zwillingsschwester (wie manche Passagiere meinen). Eben sah ich Sonja mit fliegenden Zöpfen den Zwillingskinderwagen über die Joggingmeile schieben. Damit ist ihr das ungeteilte Interesse aller Passagiere sicher. Hoffentlich verliert sie die Zöpfe nicht. Im Gegensatz zu den Zwillingen sind die nämlich nicht echt. Aber das wissen nur Eingeweihte.

Wir haben uns wieder vertragen, Sonja und ich. Ich meine,

wenn eine alte Freundin anruft und mit einer Schiffsreise für die ganze Familie winkt, wer bleibt denn da noch in seinem Schmollwinkel? Außerdem sieht sie das mit den Briefen jetzt aus einem ganz anderen Blickwinkel. Sie waren ja auch irgendwann, irgendwie für Sonja. Da ist sie letztlich flexibel.

Den ersten, der wirklich ihr galt, hat sie mir freudestrahlend gezeigt:

*Ich*
*kündige*
*dir*
*die Freundschaft,*
*weil ich anfange,*
*dich*
*zu*
*lieben.*

Süß, nicht? Da hat Rainer ganz tief in die Mottenkiste gegriffen. (Dass ich diesen Brief auch schon bekommen habe, habe ich Sonja gegenüber natürlich nicht erwähnt.)

Rainer, ihr Lebensgefährte (schlank, modisch vorn dabei, kaum wiederzuerkennen), ist natürlich auch mit an Bord und versucht sich an langen Seetagen als Mediator und Eheberater. Er erkundigt sich bei den Kabinenstewardessen, wo es Krach oder Missverständnisse gibt, und dann schiebt er seine Gedichte unter den Kabinentüren durch. Das macht wahnsinnig Eindruck. Die Passagiere spüren, dass man sich persönlich um sie kümmert. Die Buchungsraten, so Viktor, sind enorm gestiegen.

Ich meine, welch keifende Ehefrau ist nicht zu Tränen gerührt, wenn sie morgens unter dem Türspalt Folgendes vorfindet:

*Liebe*
*macht vieles*
*so viel leichter.*
*Warum*
*machen wir*
*es uns*
*so*
*schwer.*

So was kann nur Rainer. Er liebt mit Haut und Haaren. Wir sind inzwischen gute Freunde. Und seine Modeberaterin möchte ich inzwischen auch nicht mehr schlagen. Ganz im Gegenteil! Ich möchte sie umarmen. (Tu ich auch!)

Sonja war mir, wie gesagt, gar nicht mehr böse, als ich sie anrief und mitsamt ihrer Mischpoke auf diese Kreuzfahrt einlud. Zumal ich Vivian und ihr den Erlös aus dem Verkauf meiner Eigentumswohnung überwiesen habe. Ja, ich habe meine Dreizimmerwohnung in Butterblum verkauft. (Ich meine, was soll ich denn da, wenn Rainer nicht mehr dort wohnt?) Ich hatte Sonja schließlich versprochen, mich für Vivians Nachwuchs zuständig zu fühlen. Und ein kleines bisschen wollte ich damit auch Roman unter die Arme greifen. (Das darf aber niemand wissen! Sonst ist ja meine ganze tolle Erziehungsphilosophie im Eimer. Von wegen Suppe auslöffeln und so! Andererseits: Man muss auch mal ein Auge zudrücken, hat Mutter immer gesagt.)

Inzwischen sind wir übrigens in der Karibik. Den Orient hatten wir ja letztes Jahr schon. Da waren Viktor und ich alleine. Mit unserem Sohn, natürlich. Aber der darf nicht in den Passagierbereich, außer er muss zum Dienst ins Casino. Es war fabelhaft! Nur Viktor und ich! Einfach herrlich! (Ich WUSSTE, dass man Männern keinen Orgasmus vorspielen muss. Nicht allen, meine ich.)

Dieses Jahr sind wir mit der ganzen Großfamilie da. Silke und die Kinder genießen die Reise auch sehr. Es gibt nämlich eine Kinderbetreuung, die Kindergärtnerin heißt Rikki! Sie hat ihr Abitur bestanden und ihr süßes zweijähriges Mohairchen mitgebracht, das hier in der Karibik unter den süßen Schokotalerkindern gar nicht auffällt. (Rikki hat mich schon angeschnauzt, ich solle mir solche rassistischen Bemerkungen verkneifen, aber Sie verstehen, wie ich das meine, oder? Man darf nicht immer gleich alles auf die Goldwaage legen. Hat Mutter immer gesagt.)

Der Club der jungen Mütter (und Großmütter) versteht sich prächtig. Silke tanzt abends mit Vivian und Sonja in der Disco, dass einem die Augen übergehen!

Billi ist auch hier, was mich besonders freut. Mit David, ihrem Doktorvater. Der ist ja süß! Also, den gönne ich ihr von Herzen. Gerade mal sechsunddreißig, Philosoph, und sichtlich verliebt in meine zauberhafte Freundin. Sie hat ihren Doktortitel frisch in der Tasche. So eine tolle Akademiker-Familie! Ihr Sohn, Robbi, arbeitet hier als Schiffsarzt.

Ab und zu spritzt er uns Hormone.

Wenn sie Billi, Sonja und mich mal wieder ganz heftig in die Zange nehmen. Wir schwitzen und frieren abwechselnd (ich brauche sogar in der Karibik eine Heizdecke! Obwohl ich in Viktors Armen …) Wir heulen und lachen, wir streiten und versöhnen uns, wir fallen uns in die Arme und trinken Champagner und Kamillentee. Wir sind eben eine große Familie, und ausgerechnet ich, die ich letztes Jahr eine einsame alte Jungfer zu werden drohte, habe nun die meisten Enkelkinder (fünf!), zwei tolle Schwiegertöchter und einen (tollen) Sohn. Und den tollsten Mann natürlich!

(Ich glaube, Sonja möchte mich ab und zu vor Neid schlagen, aber sie behauptet, mit Rainer glücklich zu sein. Und ehrlich: Rainer brauchte eine Domina, die ihm mal richtig Dampf unterm Hintern macht!)

Aber Hauptsache, wir sind alle zusammen, fächeln uns gegenseitig Luft zu, tanzen, lachen, essen und trinken, bis wir fast platzen. Am nächsten Morgen trotten wir dann völlig verkatert mit Kind und Kegel über die Joggingmeile und sehen zum Fürchten aus. Nur Sonja nicht. Die schminkt und frisiert sich vor dem Joggen. Seit ihrer letzten Fettabsaugung hat sie ein bisschen Schlagseite. Sie behauptet natürlich, das liege am Seegang.

Viktor lacht sich darüber kaputt. Er sagt, so eine erfrischende Mischpoke hat er noch nie auf seinem Schiff gehabt. Und wenn ich so im Kreis laufe, weiß ich, dass er sich immer schließt im Leben. Hat Mutter jedenfalls immer gesagt. Stimmt doch! Mein Sohn. Mein Oliver. Schwimmt immer mit. Im Schiffsbauch. Im Fruchtwasser des Ozeans, sozusagen. Deshalb schaue ich in den grenzenlos weiten Himmel und nicke meiner Mutter in Liebe zu. Denn eines weiß ich jetzt: Mutterliebe stirbt nie.

# Dank

Als Erstes möchte ich mich bei meinen Leserinnen für die vielen positiven Rückmeldungen, die wertvollen Anregungen und Ideen, das Lob, die Unterstützung, die Kritik und die Treue bedanken.

Besonderer Dank gilt diesmal Carin Stöhr. Sie hat mir den Anstoß gegeben, eine Geschichte über Adoption zu schreiben.

Dank gebührt auch Sylvie Goedel, die mir für die Figur der Silke Patin gestanden hat. Bei ihr habe ich auch die französischen Brocken aufgeschnappt.

Danke auch an Werner Kunde, der mir seine Gedichte *Mitten drin* zur freien Verfügung überlassen hat. Ich bin wirklich sehr frei damit umgegangen, denn Werner ist nicht Rainer. (Werner ist ein cooler Rennradfahrer!)

Über die Spielsucht und ihre Folgen habe ich mich mithilfe des Buches *Jackpot – Aus dem Leben eines Spielers* von Alexander Schuller informiert.

Wie immer danke ich auch meinem toll eingespielten Team vom Diana Verlag, allen voran Programmleiterin Britta Hansen sowie Doris Schuck, Claudia Limmer, Julia Winkel, Anna Kalb und natürlich *The Big Boss,* Ulrich Genzler. Danke für inzwischen sieben Romane und fast fünf Tatsachenromane in toller Zusammenarbeit!

Der innigste Dank gilt aber wie immer meinen Kindern, die meine Geschichten mit mir entwickeln, mich und meine gedankliche Abwesenheit ertragen und akzeptieren, dass das Essen manchmal nicht rechtzeitig fertig ist. (Manchmal???) Danke, liebe Franzi, für den wieder mal genialen Titel – und das von einer Siebzehnjährigen! Und danke, dass ihr mich ab und zu mal an meinen Computer lasst.